Joy Fielding

Die Haushälterin

GOLDMANN

Joy Fielding

Die Haushälterin

ROMAN

Aus dem Amerikanischen
von Kristian Lutze

GOLDMANN

Die amerikanische Originalausgabe erschien 2022 unter dem Titel
»The Housekeeper« bei Ballantine Books, New York.

MIX
Papier | Fördert
gute Waldnutzung
FSC® C014496

Penguin Random House Verlagsgruppe FSC® N001967

11. Auflage
Taschenbuchausgabe Oktober 2023

Umschlaggestaltung: UNO Werbeagentur, München
Umschlagmotiv: Nic Skerten/Trevillion Images
LK · Herstellung: ik
Satz: Uhl + Massopust, Aalen
Druck und Bindung: GGP Media GmbH, Pößneck
Printed in Germany
ISBN: 978-3-442-49476-7

www.goldmann-verlag.de

Für Warren, immer

KAPITEL EINS

Es ist meine Schuld.

Ich war diejenige, die die Idee als Erste aufgeworfen hat, die sich dafür eingesetzt hat, die den Ball ins Rollen gebracht und letztendlich darauf bestanden hat, die Frau anzustellen. Mein Vater war entschieden dagegen, meine Mutter bestenfalls zwiespältig. Nur mein Ehemann Harrison fand den Vorschlag gut, und das auch nur, weil er glaubte, es würde mich entlasten.

»Du machst zu viel«, sagte er, gefolgt von: »Es gibt Dinge, die man steuern kann, und Dinge, die man nicht steuern kann. Es ist unmöglich, für alle Menschen alles zu sein. Konzentriere dich auf *deine* Familie. Lass den Rest los.«

Er hatte natürlich recht. Aber es war nicht so leicht, den Rest einfach loszulassen. Und trotz allen Bemühens konnte ich nicht umhin, auch den unausgesprochenen Folgegedanken mit zu hören: *Wenn du nur die Hälfte der Mühe und Kraft in unser Haus … unsere Kinder … unsere Ehe investieren würdest, die du in deine Eltern … deine Schwester … deine Karriere steckst …*

Es hatte nur den Schönheitsfehler, dass genau diese Karriere dafür sorgte, dass nicht nur unsere Hypothek abgedeckt war, sondern auch alle anderen Rechnungen bezahlt wurden, weshalb mein Mann sich den Luxus leisten konnte, in Vollzeit ohne nennenswerte Vergütung an seinem neuesten Roman zu arbeiten.

Ich sage, seinem »neuesten«, obwohl es fast zehn Jahre her war, seit er seinen ersten Roman veröffentlich hatte. Unter großem Beifall, wie ich hinzufügen könnte. Aber trotzdem … Wenn ich nur alle zehn Jahre ein Haus verkaufen würde, würde ich vermutlich darüber nachdenken, etwas anderes zu probieren.

Darauf würde Harrison antworten, dass Schreiben mehr Berufung als Beruf sei, wie das Priesteramt, keinesfalls vergleichbar mit dem Verkauf von Immobilien auf einem überhitzten Markt. Worauf wahrscheinlich noch folgen würde: »Es ist nicht leicht, etwas von Wert zu schaffen, wenn ständig zwei kleine Kinder um einen herumspringen.«

Dieser letzte Einwand wäre womöglich gewichtiger, wenn unser achtjähriger Sohn Samuel nicht fast den ganzen Tag in der Schule wäre und unsere dreijährige Tochter Daphne in der Kindertagesstätte. Gewiss, manchmal muss Harrison die Kinder ins Bett bringen, wenn ich eine Besichtigung am Abend habe, und manchmal muss er sie an Wochenenden bespaßen, wenn ich Termine habe. Der Verkauf von Immobilien ist nun mal kein Beruf mit festen Bürozeiten. Ganz so wie das Schreiben, bin ich versucht zu sagen.

Aber das tue ich natürlich nicht, weil es wahrscheinlich zu einem Streit führen würde. Und ich hasse Streit.

»Das männliche Ego ist fragil«, hatte meine Mutter mir einmal erklärt. Und sie sollte es wissen. Sie war fast fünfzig Jahre lang mit meinem Vater verheiratet, der immer ein ziemlich schwieriger Mann gewesen ist.

Nicht, dass meine Mutter ein Mauerblümchen war. Sie konnte genauso gut austeilen wie einstecken, und die lautstarken Auseinandersetzungen meiner Eltern waren in ihrem exklusiven Wohnviertel Rosedale legendär. Einige meiner frühesten Erinnerungen handeln davon, wie ich in meinem Bett liege und mir die Ohren zuhalte, um die wütenden Vorwürfe und empörten Widerworte auszublenden, die die Treppe hinaufschallten und durch die Tür des Zimmers drangen, das ich mit meiner Schwester teilte, die wie immer ahnungslos in dem Bett neben meinem schlummerte. Wenn ich nicht einschlafen kann, höre ich bis heute die lauten Stimmen meiner Eltern, die die Stille der Nacht zerreißen und mir in den Ohren gellen.

Ein Therapeut könnte bestimmt erklären, weshalb diese Erinnerungen verantwortlich sind für meine Abneigung gegen jede Art von Konfrontation. Und wahrscheinlich hätte der Therapeut recht.

Wenn nur alle anderen Geschehnisse ebenso leicht zu erklären wären.

Die Stimme meiner Mutter war in den letzten Jahren fast verstummt, verloren an die unbarmherzigen Verheerungen der Parkinson-Krankheit. Und nachdem er seine Lieblings-Sparringpartnerin verloren hatte, blieb auch meinem Vater wenig anderes übrig, als entsprechend milder zu werden.

Oh, er konnte immer noch schwierig sein – das männliche Ego ist schließlich fragil –, aber auch fürsorglich und manchmal sogar zärtlich. Vor acht Jahren hat er seinen Posten als Chef der Makleragentur aufgegeben, die er gegründet hat – ja, dieselbe Agentur, für die ich arbeite –, um sich ausschließlich der Pflege meiner Mutter zu widmen.

Eine großherzige Entscheidung, gewiss.

Aber der Mann war neunundsiebzig Jahre alt, und selbst wenn er gesund und beneidenswert rüstig war – ganz zu schweigen davon, auf eine saloppe Art auch immer noch attraktiv –, war er kein junger Mann mehr. Und die Pflege einer Frau mit Parkinson im fortgeschrittenen Zustand ist in keinem Alter eine leichte Aufgabe.

Deshalb schlug ich vor, dass er eine Haushälterin anstellen sollte.

Eine Idee, die prompt und mit Nachdruck zurückgewiesen wurde. (»Wir sind durchaus in der Lage, allein zurechtzukommen, vielen Dank!«, brüllte er.)

Also versuchte ich, die Unterstützung meiner Schwester zu gewinnen. Tracy ist vier Jahre älter als ich und eine blonde, blauäugige Göttin. Sie ist etwas über eins achtzig groß und wiegt kaum mehr als fünfundfünfzig Kilo. (Fürs Protokoll, mein Haar und meine Augen sind von dem gleichen Braunton, ich messe weniger beeindruckende eins sechsundsiebzig, und zum letzten Mal fünfundfünfzig Kilo gewogen habe ich mit einundzwanzig, also vor gut zwei Jahrzehnten.)

Seit ich mich erinnern kann, fragte mein Vater mich bei jedem Besuch so ziemlich als Erstes: »Hast du ein bisschen zugelegt?« (Noch mal fürs Protokoll, mit meinem Gewicht ist alles in Ordnung. Tatsächlich halten mich alle meine Freundinnen für schlank.)

Jedenfalls lehnte Tracy es ab, sich einzumischen, was einer der Gründe dafür sein könnte, weshalb sie immer der Liebling meiner Eltern gewesen ist, obwohl sie sie nur selten besuchte, und auch nur dann, wenn sie Geld brauchte.

Die Idee, eine im Haus lebende Hilfe zu engagieren, wurde also auf die sprichwörtliche Sparflamme gesetzt.

Bis zu dem Tag, als meine Mutter aus dem Bett fiel und mein Vater ihr nicht allein hochhelfen konnte. Er versuchte, mich anzurufen, doch ich hatte eine Besichtigung und mein Handy abgeschaltet; Harrison war zu beschäftigt damit, auf seinen leeren Computerbildschirm zu starren, um abzunehmen, und Tracy blickte etwa eine halbe Sekunde lang unschlüssig auf die Anruferkennung auf ihrem Display, entschied, nicht dranzugehen, und steckte ihr Handy wieder ein. Mit dem Ergebnis, dass meine Mutter gut zwei Stunden auf dem kalten harten Holzboden lag, weil mein Vater sich sträubte, einen Krankenwagen zu rufen. »Wir kommen durchaus allein zurecht! Wir brauchen keine Fremden, die durch unser Haus marschieren und unsere Besitztümer begutachten!« Bis ich schließlich meine Nachrichten abrief und sofort zu ihnen eilte.

Das war der Punkt, an dem ich auf den Tisch haute und darauf bestand, dass mein Dad eine Haushälterin engagierte. Sie kamen ganz offensichtlich nicht mehr »allein zurecht«. Und die Putzfrau, die einmal die Woche kam – genau genommen eine Folge von Putzfrauen, weil keine je gut genug war, um es meinem Dad länger als ein paar Monate recht zu machen –, würde nicht mehr ausreichen. Sie bräuchten eine Hilfe, die im Haus lebte, argumentierte ich, die Dad bei der Pflege meiner Mutter unterstützen sowie kochen und das Haus sauber halten konnte. Geld war kein Thema. Meine Eltern hatten weiß Gott mehr als genug davon. Es war eine Frage ihres Wohlbefindens.

Widerwillig gab mein Vater nach und erlaubte mir, Gespräche mit Kandidatinnen zu führen. Er erteilte mir strikte Anweisungen: Sie müsse makellose Referenzen haben und kräftig genug sein, meiner Mutter ins und aus dem Bett zu helfen, sollte jedoch gleichzeitig schlank und attraktiv sein, beharrte er. Wenn er schon die Anwesenheit einer Fremden im Haus ertragen müsse, betonte er, dann sollte sie zumindest nett anzuschauen sein.

Auftritt Elyse Woodley.

Eine jung aussehende Frau von zweiundsechzig Jahren, schlank, mit erkennbar muskulösen Oberarmen, kurzem blondem Haar, einem einnehmenden Lächeln und einem ebenso einnehmenden Wesen, die beinahe zu gut schien, um wahr zu sein.

Und was sagt man über Dinge, die zu gut sind, um wahr zu sein?

Also hätte ich vielleicht argwöhnischer sein sollen. Oder zumindest aufmerksamer. Tracy behauptet, die Zeichen seien von Anfang an erkennbar gewesen, obwohl sie solche Bedenken damals nie geäußert hat. Sie sagt, was geschehen ist, verfüge über alle Elemente einer guten Kriminalgeschichte: das knarrende alte Haus, die betagte Invalidin und die scheinheilige Haushälterin, die für ihre Pflege engagiert worden war, die subtilen Indizien, falschen Fährten, die Leiche am Fuß der Treppe.

Aber ich eile meiner Erzählung voraus. Die Leiche kommt später.

Und wenn es irgendein Rätsel darüber gibt, was passiert ist, dann ist es die Frage, wie ich es geschehen lassen konnte.

Am Ende kann ich mir nur selbst die Schuld geben.

Ich bin diejenige, die sie hereingelassen hat.

KAPITEL ZWEI

»Was wissen Sie über Parkinson?«

Das war immer die erste Frage, die ich stellte. Ich wollte sichergehen, dass eine potenzielle Angestellte wusste, worauf sie sich einließ.

Elyse Woodley saß in einem der beiden elfenbeinfarbenen Sessel gegenüber dem lindgrünen Samtsofa in unserem selten benutzten Wohnzimmer. Sie trug eine kurzärmelige gelbe Bluse, eine dunkelblaue Baumwollhose und offene Sandalen. Unter den perfekt frisierten Wellen ihres kinnlangen blonden Haars lugten kleine goldene Perlohrringe hervor, neben ihrer schlichten goldenen Armbanduhr der einzige Schmuck, den sie trug. Auch keinen Ehering, und dafür war ich dankbar. Eine Komplikation weniger, erinnere ich mich gedacht zu haben.

Ich hatte mich entschieden, die Bewerbungsgespräche in unserem Wohnzimmer zu führen, nicht weil es der förmlichste Raum im Erdgeschoss war, sondern der am wenigsten unordentliche. In allen anderen Räumen – dem kleinen Esszimmer mit der permanent verschmierten gläsernen Tischplatte, der modernen offenen Küche inklusive großem Inseltresen mit Marmorplatte, dem angrenzende Familienzimmer mit Blick auf einen winzigen Streifen Garten –

waren überall Spielsachen verteilt. Es war schwer, einen Schritt zu machen, ohne über eine Super-Mario-Figur oder einen Legostein zu stolpern. (Von den hartnäckigen und anscheinend unzerstörbaren Kneteklümpchen, die an praktisch jeder Oberfläche klebten, will ich gar nicht erst anfangen.)

»Ich weiß, dass es eine Störung des Nervensystems ist, die in erster Linie den Bewegungsapparat betrifft«, antwortete sie. »Sie wird fortschreitend schlimmer. Und es gibt keine Heilung«, fügte sie leise hinzu.

Ich musste mir auf die Zunge beißen, um nicht gleich an Ort und Stelle zu rufen: »Sie sind engagiert!« Die meisten Frauen, die ich bis dahin interviewt hatte – insgesamt sechs – hatten schlicht den Kopf geschüttelt und in verschiedenen Varianten gestammelt: »Nicht viel.«

»Denken Sie, dass Sie sich um eine Person in einem späten Stadium kümmern könnten?«

»Ich glaube schon. Meine Mutter hat jahrelang unter MS gelitten, und mein letzter Arbeitgeber hatte Krebs und war in den letzten Jahren seines Lebens mehr oder weniger ans Bett gefesselt, sodass ich eine Menge Erfahrung mit degenerativen Erkrankungen habe.« Sie schenkte mir ein mitfühlendes Lächeln. Grübchen wie große Kommas tauchten auf beiden Seiten ihres Mundes auf. »Außerdem bin ich tougher, als es den Anschein hat.«

Ich erläuterte die Situation meiner Mutter in breiterem und quälendem Detail: Nach der Diagnose zehn Jahre zuvor nahmen die Symptome den normalen und vorgezeichneten Weg. Es begann mit einem noch harmlosen Zittern ihrer kleinen Finger – »Ruhetremor« nannten die Ärzte es –, gefolgt von verlangsamten Bewegungen und zunehmender Muskelschwäche, die zu Steifheit, einer Veränderung ihrer früher perfekten Haltung und zuletzt einem starren Gang führte.

Meine Mutter war ihr Leben lang eine Tänzerin gewesen, und nun schien es, als würden ihre Füße am Boden kleben. Sie schleppte sich mehr dahin, als dass sie ging. Darüber hinaus war ihre Handschrift bis zur Unleserlichkeit geschrumpft, wegen Veränderungen der Gehirnpartien, die ihre motorischen Fähigkeiten steuerten und es ihr schwer bis unmöglich machten, die Bewegungen ihrer Finger und Hände zu kontrollieren.

Sie hatte Schlafprobleme, schwitzte heftig und litt häufig unter Verstopfung. »Man hat eine Menge am Hals«, musste ich zugeben, bemüht, nichts auszulassen, damit die Frau nicht kündigte, wenn das Ausmaß der Erkrankung meiner Mutter so offensichtlich wurde, dass man es nicht mehr abtun konnte, »auch wenn mein Vater darauf beharren wird, dass er ihr Hauptpfleger ist. Wahrscheinlich hätten Sie mehr mit Kochen und Haushaltsführung zu tun«, sagte ich hoffnungsvoll, »und damit, zur Stelle zu sein, falls …«

»Ihre Eltern mich brauchen«, beendete Elyse den Satz für mich. »Vielleicht sollten Sie weiteratmen«, riet sie mir und riss ihre dunklen Augen auf, während die Grübchen zurückkehrten und an ihren Mundwinkeln zupften.

Ich merkte, dass ich die Luft angehalten hatte, und lachte, obwohl das Geräusch eher so klang, als würde jemand nach Luft schnappen. Ich stellte mir einen alten Baum vor, verbogen und knorrig, und fragte mich, ob sie mich so sah. »Gibt es noch irgendetwas, das Sie wissen müssen?«, sagte ich und wappnete mich auf Nachfragen nach Gehalt und Urlaub, das Erste, wonach sich alle vorherigen sechs Bewerberinnen erkundigt hatten.

»Wann soll ich anfangen?«, fragte sie stattdessen und fügte dann hastig hinzu: »Oh herrje. Wie anmaßend von mir! Es tut mir leid. Ich wollte nicht vorschnell von irgendetwas ausgehen. Mein Sohn ermahnt mich ständig deswegen. Er sagt, ich neige zu voreiligen Schlüssen …«

»Sie haben einen Sohn?«

»Ja, Andrew. Er ist etwa in Ihrem Alter. Er lebt in Kalifornien. Los Angeles. Von dort komme ich ursprünglich.«

»Wie lange leben Sie schon in Toronto? Wenn ich fragen darf …«, fügte ich hinzu, weil ich irgendwo gelesen hatte, dass angehende Arbeitgeber potenziellen Angestellten nicht zu viele persönliche Fragen stellen durften, wobei ich mir nicht sicher war, ob das auch für diese Art Position galt. Ich fand, wenn man eine Person einlud, in seinem Haus zu leben, sollte man das Recht haben, zumindest ein paar wesentliche Dinge über sie zu erfahren.

»Kein Problem«, erwiderte sie locker. »Ich bin vor neun Jahren hierhergekommen, kurz nach dem Tod meiner Mutter. Ich brauchte Urlaub, habe mir ein Ticket für eine Zugfahrt quer durch Kanada gekauft und mich einfach in das Land und die Leute verliebt. Vor allem in einen Mann, wenn ich ehrlich bin.« Sie hob ihre Hand vors Gesicht, um ihr Erröten zu verbergen. »Kurz nach meiner Ankunft in Toronto habe ich einen reizenden Mann kennengelernt, und drei Monate später waren wir verheiratet. Alles war perfekt. Bis es nicht mehr perfekt war.« Sie tat einen jener Riesenseufzer, die den ganzen Körper erschüttern. »Eines Abends – in diesem

September ist es vier Jahre her – haben wir zusammen ferngesehen, und Charlie sagte, ihm sei ein wenig schwindelig, und ehe ich begriff, was geschah … war er tot. Gehirnaneurysma, sagten die Ärzte.« Sie hielt inne, und ihr Blick folgte ihren Gedanken in die Vergangenheit. »Damit war ich zum zweiten Mal Witwe. Mein erster Mann, Andrews Vater«, fuhr sie unaufgefordert fort, »ist ebenfalls gestorben. Ein schwerer Herzinfarkt, als er kaum älter war als Andrew jetzt.«

»Das tut mir sehr leid«, setzte ich an, unsicher, was ich sonst noch sagen konnte. In Wahrheit dachte ich, dass sie auf eine perverse Art Glück gehabt hatten. Hirnaneurysmen und schwere Herzinfarkte erschienen mir als Todesart dem langsamen, unbarmherzigen Fortschreiten einer Parkinson-Krankheit vorzuziehen.

»Tja, nun. Man kann nur nach vorne schauen. Als Charlie starb, hatten wir eine Wohnung in der Nähe der St. Claire-Avenue und der Yonge Street, und ich fing an, einer meiner älteren Nachbarinnen bei den Einkäufen zur Hand zu gehen. Schon bald brachte ich selbst gebackene Kekse vorbei – ich backe für mein Leben gern –, und schließlich stellte die Familie mich ein, um der alten Dame ihre Mahlzeiten zuzubereiten, mich um die Wohnung zu kümmern und ihr Gesellschaft zu leisten. Mein Sohn war natürlich entsetzt, dass seine Mutter sich zu solch niedrigen Arbeiten herabließ. Diesbezüglich ist er ein wenig snobistisch. Aber in Wahrheit kümmere ich mich gern um Menschen. Ich bin es gewohnt. Und ich bin gut darin. Außerdem wollte ich nicht nach L.A. zurückziehen und Andrew zur Last fallen.« Sie beugte sich verschwörerisch vor. »Ganz ehrlich … ich kann seine Frau nicht besonders gut leiden.«

Ich unterdrückte ein Lächeln. »Haben Sie Enkelkinder?«

»Nein.« Sie schüttelte den Kopf. Offensichtlich ein wunder Punkt.

Wie aufs Stichwort brach im selben Moment im ersten Stock ein lautstarkes Gekabbel aus. »Mom, Daphne klaut mir Sachen!« »Mommy, Sam ist gemein zu mir!«

»Daphne«, rief ich zurück, »hör auf, Sams Sachen zu nehmen. Sam, hör auf, gemein zu deiner Schwester zu sein.«

»Sie gibt mir meine Nintendo Switch nicht zurück!«

»Er hat gesagt, ich darf damit spielen!«

»Nein, hab ich nicht! Gib es zurück!«

»Mommy, er ist gemein!«

»Was ist eine Nintendo Switch?«, fragte Elyse.

»Jodi, Herrgott noch mal«, dröhnte eine männliche Stimme die Treppe herunter. »Kannst du bitte irgendwas machen? Ich versuche zu arbeiten.«

»Mein Mann«, erklärte ich Elyse. »Er ist Schriftsteller.«

»Wie wunderbar. Könnte ich seine Bücher kennen?«

Ich zuckte die Achseln. »Möglich. Er hat einen Roman mit dem Titel *Der Weg des Träumers* geschrieben.«

»Ich glaube nicht, dass ich ihn kenne.«

»Na ja, es ist schon eine Weile her.«

»Mom!«, rief Sam.

»Mommy!«, ließ sich Daphne wie ein Echo vernehmen.

»Okay, Kids, das reicht. Kommt runter. Sofort.« Wenige Augenblicke später stürmten meine Kinder die Treppe herunter ins Zimmer: Sam, eine dünner Schlaks, und Daphne, ein moppeliges Energiebündel, beide mit meinem leicht widerspenstigen braunen Haar und den neugierigen blauen Augen ihres Vaters.

»Wer sind Sie?«, fragte Sam Elyse und beäugte sie misstrauisch.

»Das ist Mrs Woodley«, sagte ich.

»Elyse, bitte«, verbesserte sie mich. »Was für wunderbare Kinder. So ein attraktiver junger Mann«, sagte sie zu Sam und wandte ihre Aufmerksamkeit Daphne zu. »Und du bist einfach eine süße Zuckerschnecke, nicht wahr?«

Beide Kinder strahlten.

»Wenn ich groß bin, will ich in New York wohnen«, verkündete Sam, etwas, das er bis dahin noch nie erwähnt hatte.

»Wenn *ich* groß bin«, plapperte Daphne ihm nach, »will *ich* in New York wohnen. Dann arbeite ich in einer Buntstifte-Fabrik«, fügte sie noch hinzu.

Ich wusste nicht, ob ich amüsiert oder entsetzt sein sollte. *Eine Buntstifte-Fabrik?*

»Was für eine reizende Idee«, sagte Elyse. »Dann könntest du deine eigenen Buntstifte herstellen und den ganzen Tag malen.«

Daphne nickte begeistert.

»Ich hab Hunger«, sagte Sam.

Elyse stand sofort auf. Eine Sekunde lang dachte ich, sie würde in die Küche gehen und anfangen, das Abendessen zuzubereiten. Stattdessen griff sie in ihre Handtasche und überreichte mir einen lavendelfarbenen Bogen Papier. »Erkundigen Sie sich doch bei diesen Adressen und melden Sie sich bei mir, wenn Sie alle Vorstellungsgespräche geführt haben. Und falls Sie noch Fragen haben, können Sie mich jederzeit gerne anrufen.«

»Aber wir haben überhaupt noch nicht über die Bezahlung und Urlaubsregelungen gesprochen«, sagte ich, weil ich sie nicht gehen lassen wollte.

»Ich bin sicher, was Ihnen vorschwebt, wird mehr als fair sein«, erwiderte sie und streckte die Hand zu Sam aus. »Hat mich sehr gefreut, dich kennenzulernen, Sam«, sagte sie, als er ihre Finger ergriff. »Und dich auch, Daphne. Ich hoffe, euch beide sehr bald wiederzusehen. Und ich werde mir sofort das Buch Ihres Mannes besorgen«, sagte sie, als wir die Haustür erreichten.

Ich sah sie die von Bäumen gesäumte Straße hinunter verschwinden und unterdrückte den Impuls, ihr nachzulaufen, sie im nächstbesten Vorgarten auf den Frühlingsblumen zu Boden zu ringen und ihr zu sagen, dass sie den Job hatte, dass es unnötig war, irgendwelche Referenzen zu überprüfen oder weitere Kandidatinnen zu interviewen, dass ich bereitwillig bezahlen würde, was sie verlangte, und ihr so viel Urlaub zugestehen würde, wie sie wünschte.

Es muss einen Haken geben, erinnere ich mich, gedacht zu haben. Niemand war derartig vollkommen. Aber der unangenehme Gedanke wurde schnell von den Stimmen meiner Kinder übertönt.

»Ich habe Hunger«, jammerte Sam hinter mir.

»Ich bin eine süße Zuckerschnecke«, sagte seine Schwester.

KAPITEL DREI

»Was soll das heißen, du hast sie angestellt?«, wollte meine Schwester wissen. »Ohne mich zurate zu ziehen? Ohne dass ich sie auch nur gesehen habe?«

»Ich hatte dich gebeten, anwesend zu sein«, erinnerte ich sie.

»Und ich habe dir gesagt, dass ich an dem Nachmittag einen Fitness-Kurs habe.«

»Du hast *jeden* Nachmittag einen Fitness-Kurs«, bemerkte ich und blickte auf ihre schwarzen Leggins und das bauchfreie weiße T-Shirt mit dem *Goodlife*-Logo. Unbehagen flatterte in meiner Brust wie ein gefangener Schmetterling. Ich wollte auf keinen Fall Streit. Ich fühlte mich optimistischer und weniger gestresst als seit Wochen und hatte Tracy zum Abendessen eingeladen – Lachs, eins der weniger Dinge, die sie aß –, um das große Glück zu feiern, dass wir uns Elyses Dienste gesichert hatten.

Tracy strich eine Strähne ihres langen, blonden, vollkommen glattgeföhnten Haares hinters Ohr und schüttelte dann den Kopf, sodass die Strähne wieder an ihren Ausgangspunkt fiel. Sie rückte das silberne Tiffany-Herz an der Kette um ihren Hals zurecht, hob ein wohlgeformtes Bein und legte ihren nackten Fuß auf das violette Wildleder-Ecksofa.

»O Gott. Was ist das?«, fragte sie, kräuselte vor Abscheu ihre chirurgisch begradigte Nase und ihre aufgespritzten Lippen und kratzte einen kleinen Knubbel knallpinker Knete von ihrer Ferse.

»Tut mir leid.« Ich löste das Klümpchen von ihrem Finger, erhob mich von dem Sofa und warf es in den Abfalleimer unter dem Spülbecken in der Küche.

»Könntest mir ein Glas Wasser mitbringen, wo du gerade stehst?«, fragte Tracy. »Iiih«, sagte sie, als ich es überreichte. »Das ist ja lauwarm. Du hast kein Wasser aus Flaschen im Kühlschrank?«

»Tut mir leid.« Zwei Entschuldigungen in nicht einmal einer Minute, dachte ich. Möglicherweise ein neuer Rekord.

Sie stellte das Glas auf den Beistelltisch, ohne einen Schluck zu trinken. »Also, erzähl mir von dieser Elyse Woodley.«

»Sie ist perfekt«, sagte ich und nahm wieder auf der anderen Seite des Ecksofas Platz. Prompt spürte ich, wie ein kleiner Superheld aus Plastik sich in meine Seite bohrte. »Geduldig, freundlich, hat eine Menge Erfahrung mit Senioren und Menschen mit medizinischen Problemen …«

»Hast du ihre Referenzen überprüft?«

»Selbstverständlich. Sie hätten nicht glänzender sein können.« Ich hatte sowohl mit der Tochter von Elyses vormaliger Nachbarin als auch mit dem Sohn des Mannes gesprochen, der an Krebs gestorben war, und beide hatten geradezu von Elyse geschwärmt.

»Und was kostet uns diese Wonder Woman?«, fragte Tracy.

»Dad zahlt alles«, erinnerte ich sie.

»Von unserem Erbe.«

»Tracy, Herrgott.«

»Oh, nun sei nicht so scheinheilig. Stimmt doch.«

Ich wollte nicht über das Thema diskutieren, also sagte ich nichts.

Tracy zuckte die Schultern. »Du hast mir noch nicht erzählt, was Dad von ihr hält.«

Nun war es an mir, mit den Schultern zu zucken. »Er hat sie bisher noch nicht kennengelernt.«

»Du hast sie ohne Dads Zustimmung angestellt? Soll das ein Witz sein?«

»Das Angebot hängt offensichtlich daran, dass beide Seiten aneinander Gefallen finden. Ich treffe mich morgen mit ihr bei Mom und Dad. Du bist sehr herzlich eingeladen, auch zu kommen.«

»Warum verabredest du immer Zeiten, zu denen ich etwas anderes vorhabe?«, fragte Tracy. »Du könntest mich schon vorher fragen.«

»Vielleicht kannst du deine Verabredung verschieben«, schlug ich vor, ohne ihren vorwurfsvollen Ton zu beachten.

»Vielleicht.«

»Du hast sie schon eine Weile nicht mehr besucht«, wagte ich meinerseits einen leisen Vorwurf zu äußern. »Mom würde sich bestimmt riesig freuen ...«

»Du weißt, dass es mir schwerfällt, sie in diesem Zustand zu sehen.«

»Es fällt uns allen schwer.«

»Du verstehst das nicht. Du bist besser in so was als ich. Ich bin zu sensibel ...«

»Es geht nicht um dich«, erwiderte ich und erkannte sogleich die Nutzlosigkeit meiner Worte. Es ging *immer* um Tracy. Seltsamerweise war das ein Teil ihres Charmes.

Ein weiteres Achselzucken. Ein weiteres »Vielleicht«.

Ich stand erneut von meinem Platz auf und ging in die Küche, um nach dem Lachs und dem Gemüse zu sehen, das im Kühlschrank vor sich hin marinierte. Es war eigentlich nicht nötig. Aber ich konnte die Ichbezogenheit meiner Schwester nur begrenzt lange ertragen, bevor ich ihr irgendwas an den Kopf werfen wollte, und der kleine Superheld, der sich in meine Hüfte bohrte, war gefährlich griffbereit.

»Und wo sind alle?«, fragte Tracy und blickte sich um, als würde ihr erst jetzt auffallen, dass weder mein Mann noch meine Kinder irgendwo zu sehen waren. »Es ist so still.«

»Harrison holt Daphne in der Kindertagesstätte ab. Er hat Sam mitgenommen.«

»Er ist ein guter Vater«, bemerkte sie.

»Ja, das ist er.«

»Er unternimmt viel mit ihnen.«

»Er ist ihr Vater«, erinnerte ich sie.

»Trotzdem bringen sich nicht alle Väter so ein«, erwiderte sie und dachte womöglich an unseren eigenen. »Du hast Glück.«

»Ja, hab ich.«

»Harrison hat auch Glück. Du bist eine wirklich gute Mutter«, fügte sie hinzu und erwischte mich auf dem falschen Fuß. An Komplimente von meiner Schwester war ich nicht gewöhnt. An Komplimente von wem auch immer aus unserer Familie. Wir waren nicht gerade eine Familie, die dazu neigte, unsere eher positiven Gefühle auszusprechen.

Ich konnte mich nicht erinnern, wann irgendjemand von uns zum letzten Mal gesagt hatte: »Ich liebe dich.« Hatten wir es je gesagt?, fragte ich mich. Und war das der Grund, warum ich darauf achtete, meinen Kindern jeden Tag zu versichern, wie sehr ich sie vergötterte, damit sie ihren eigenen Wert nie anzweifelten?

»Ich möchte gern glauben, dass ich eine gute Mutter bin«, sagte ich und hatte ein schlechtes Gewissen wegen meiner unfreundlichen Gedanken über Tracy vorhin. »Ich gebe mir Mühe.«

»Gibt Harrison im Sommer wieder diesen Kurs in Kreativem Schreiben?«

»Ja. Er freut sich darauf.«

»Vielleicht sollte ich mich anmelden.«

»Was?«

»Nun, ich hatte ein interessantes Leben, und ich habe eine lebhafte Fantasie. Wie schwierig kann es sein, einen Roman zu schreiben?«

Es gibt da eine Kleinigkeit namens Disziplin, dachte ich, behielt den Einwand jedoch für mich. »Ich glaube, es ist nicht so leicht, wie du dir das vorstellst«, sagte ich stattdessen.

»Du glaubst bloß nicht, dass ich es kann.«

»Das ist nicht wahr«, protestierte ich. »Ich glaube, du könntest toll in allem sein, was du dir ernsthaft vornimmst.« Das stimmte. Das Problem war bloß, dass Tracy sich nie ernsthaft etwas vornahm, zumindest nicht für länger. Sie war das, was Harrison eine »Universaldilettantin« nannte. Allein in den letzten paar Jahren hatte sie ein kleines Vermögen vom Geld unserer Eltern für eine Ausbildung als Pilates-Trainerin, als Yoga-Lehrerin, als Lehrerin für modernen Tanz, als Trainerin in den Arthur-Murray-Tanzstudios, als Barkeeperin, als Model sowie als Ernährungsberaterin ausgegeben, um jeden Kurs noch vor Ende des ersten Semesters wieder aufzugeben. Des Weiteren hatte sie Bridge-, Tennis- und Golfstunden genommen, wovon sie allerdings ebenfalls nichts durchgehalten hatte.

Das Gleiche galt für die Männer in ihrem Leben, eine in weiten Teilen abstoßende Palette von Verehrern, die in der Regel nach einem oder zwei Dates wieder in der Versenkung verschwunden waren.

»Ich wünschte, ich könnte mehr so sein wie du«, sagte sie, ein weiteres unerwartetes Kompliment, das noch einmal unterstrich, wie engherzig ich war. »Aber dieses ganze Fester-Job-Ehe-und-Kinder-Ding ist nichts für mich. Du bist so gut darin. Ich bin einfach zu kreativ, zu sehr Freigeist.«

Das wiederum war eines der zweifelhaften Komplimente, die ich gewöhnt, mit denen ich aufgewachsen war. Mein Vater war ein Meister darin. Ich lächelte. Ich konnte es meiner Schwester nicht verdenken, dass sie von dem Besten gelernt hatte.

In diesem Moment ging die Haustür auf, und Sam und Daphne stürmten herein.

»Das war's mit der Ruhe«, sagte Tracy, als Harrison die Tür hinter sich schloss und die Kinder durch den Flur auf uns zu rannten.

»Schaut mal, wer hier ist«, sagte ich, als sie sich in meine Arme warfen. »Sagt Tante Tracy Hallo.«

»Hallo, Tante Tracy«, gehorchte Sam.

»Hallo, Tante Tracy«, sagte Daphne wie sein Echo.

»Wie war die Schule heute?«, fragte ich meinen Sohn.

»Gut«, antwortete er.

»Und wie war es in der Kita?«, fragte ich meine Tochter.

»Es gibt ein kleines Problem«, sagte Harrison.

»Ich will da nicht mehr hingehen«, erklärte Daphne.

»Was ist passiert, Zuckerschnecke?« Seit dem Vorstellungsgespräch mit Elyse hatte ich mir angewöhnt, sie so zu nennen.

»Da ist ein Junge. Joshua. Er sagt böse Sachen zu mir.«

»Was sagt er denn zu dir?«

Bei dem Ausmaß an Bestürzung in ihrer Miene bezweifelte ich, dass etwas Freundliches wie das Wort »Zuckerschnecke« darunter war.

Daphne straffte ihre Schultern und blies die Backen auf. »Er nennt mich Ficker und Schwanzlutscher«, verkündete sie.

Ich sah Tracy an; sie sah mich an. Wir brachen beide in lautes Gelächter aus.

»Sehr nett, Ladys«, tadelte Harrison. »Sehr erwachsen.«

»Kommst du morgen mit in die Kita und sagst ihm, dass er mich nicht Ficker und Schwanzlutscher nennen soll?«, fragte Daphne, offensichtlich ermutigt von meiner Reaktion.

»Ich glaube, das kannst du ganz allein regeln«, erklärte ich ihr, als ich meine Stimme wiederfand.

»Sag ihm einfach, er soll sich selbst ficken«, meinte Tracy.

»Also wirklich?«, fragte Harrison Tracy. »*Sag ihm, er soll sich selbst ficken?*«

Tracy zuckte die Achseln. »Komm, setz dich zu uns.« Sie klopfte neben sich auf das Polster. »Und vielleicht möchtest du dir den Stock aus dem Arsch ziehen, bevor du Platz nimmst.«

Ich musste auf meine Unterlippe beißen, um mir ein Grinsen zur Unzeit zu verkneifen. Zu spät. Harrison hatte es gesehen und war sichtlich verärgert.

»Ich denke, ich versuche vor dem Abendessen noch ein wenig zu arbeiten«, sagte er. »Vielleicht könntest du morgen mit der Leiterin der Kindertagesstätte sprechen, um die Sache zu klären.«

Wir sahen ihm nach, bis er auf der Treppe nach oben verschwunden war.

»War er früher nicht irgendwie viel lockerer?«, fragte Tracy.

KAPITEL VIER

Das große dreistöckige Haus in der Scarth Road 223 war 1932 erbaut worden, und von außen sah man ihm jedes seiner Jahre an. Wenn ich es potenziellen Käufern beschreiben müsste, würde ich ihnen raten, sich nicht von der dunkelroten Backsteinfassade und den altmodischen Fenstern abschrecken zu lassen, die das Haus »unheimlich« wirken ließen, um es mit einem Wort meines Sohnes zu sagen. Ich würde ihnen versichern, dass es von innen vollkommen anders war.

Und das stimmte größtenteils auch.

Seit dem Kauf des Hauses vor mehr als einem halben Jahrhundert hatten meine Eltern es mehrfach renovieren lassen. Kupferrohre und elektrische Leitungen waren verlegt, die schwere Brokattapete herausgerissen, allen Räumen war ein frischer weißer Anstrich verpasst, Küche und Bad nach den neuesten Trends modernisiert und die Kleiderschränke vergrößert worden. Im Untergeschoss waren sogar ein kleines Heimkino und ein voll ausgestatteter Fitnessraum eingerichtet worden. Hinter dem Haus erstreckte sich ein landschaftlich gestalteter Garten mit einem unregelmäßig geformten Swimmingpool.

Aber trotz aller Modernisierungen hatte das Haus selbst

ein eigentümlich altmodisches Flair bewahrt. Vielleicht lag es an der imposanten Treppe mit dem kunstvollen Mahagonigeländer, die sich in der Mitte der riesigen Eingangshalle erhob, vielleicht an den breiten hölzernen Deckenbalken und der dunklen Täfelung in dem geräumigen Wohnzimmer und dem ebenso großen Esszimmer; vielleicht war es die Tatsache, dass das Haus keinen offenen Grundriss hatte, wie er von heutigen Käufern bevorzugt wird, sondern über zahlreiche verschiedene Zimmer verfügte.

Interessanterweise war es trotz seiner mehr als vierhundertfünfzig Quadratmeter Wohnfläche eines der kleineren Häuser in der Straße und würde in dieser extrem nachgefragten Toplage ungeachtet der langsam bröckelnden, »unheimlichen« Fassade ein kleines Vermögen einbringen, sobald es zum Verkauf angeboten werden würde.

Aber mein Vater hatte kein Interesse zu verkaufen.

Schon seit Jahren versuchte ich, meine Eltern zu überreden, in eine Eigentumswohnung umzuziehen, vor allem nach der Diagnose meiner Mutter. Oder in einen kleinen Bungalow. Irgendwas ohne Treppen. Etwas, das man leichter bewältigen konnte. Davon wollte mein Vater nichts hören. Dies sei ihr Zuhause, beharrte er. Sie würden nirgendwohin ziehen.

Das war jetzt natürlich ohnehin keine Option mehr. Einen Umzug würde meine Mutter höchstwahrscheinlich nicht überleben.

Die einzige Konzession, die mein Vater machte, war der Einbau eines kleinen Aufzugs rechts neben der Treppe. Anfangs war er häufig in Betrieb, doch im letzten Jahr hatte seine Benutzung stark abgenommen, weil meine Mutter zu zittrig war, um sich herauszuwagen, zu schwach, um länger im Garten zu sitzen, zu stolz, um sich in dem verhassten Rollstuhl durch die Straßen von Rosedale schieben zu lassen.

Sobald ich in die Scarth Road bog, sah ich Tracy am Ende der Straße hinter dem Steuer ihres sportlichen roten Audis sitzen. Ich stellte mein überaus unsportliches SUV in der Einfahrt unserer Eltern ab, stieg aus und ging die Straße hinunter bis zu dem geparkten Wagen meiner Schwester. »Wieso stehst du hier ganz am Ende?«, fragte ich und beugte mich zu dem offenen Fahrerfenster herunter.

»Du warst noch nicht da, und ich wollte nicht in der Einfahrt zugeparkt werden für den Fall, dass ich früher weg will«, erklärte sie und schwang ihre langen nackten Beine aus dem Wagen. Sie trug ein kurzes rosafarbenes Sommerkleid und passende flache Schuhe, ihr langes Haar war zu einem Pferdeschwanz gebunden.

»Hübsch siehst du aus«, erklärte ich ihr in der Hoffnung, dass sie etwas Freundliches erwidern würde, aber was immer sie von meinem beigen Rock und der geblümten Bluse hielt, sie behielt es für sich. »Warum bist du nicht reingegangen?«

Sie verdrehte die Augen, als wäre das Antwort genug. »Und wo ist Mary Poppins?«

Ich blickte auf meine Uhr. »Sie sollte jeden Moment hier sein.«

»Kein gutes Zeichen, wenn sie zu spät kommt.«

»Sie hat immer noch zehn Minuten.«

Tracy verdrehte wieder die Augen und nahm eine verspiegelte pinke Sonnenbrille aus ihrer Handtasche.

»Schick«, sagte ich, als sie sie auf ihre Nase setzte. »Neu?«

»Tom Ford. Hat ein Vermögen gekostet.«

Etwas anderes hätte ich auch nicht erwartet, dachte ich, ohne es laut zu äußern. »Wahrscheinlich sollten wir reingehen«, sagte ich stattdessen.

»Muss das sein?«, jammerte sie.

»Nun, wir können ja schlecht hier draußen auf dem Bürgersteig rumstehen, bis Elyse kommt.«

»Wieso nicht?«

»Weil«, setzte ich an und entschied dann, dass es sinnlos war zu versuchen, eine vernünftige Antwort auf diese Frage zu geben. Also drehte ich mich um und ging zurück zum Haus, sodass Tracy mir wohl oder übel folgen musste.

»Warte.«

»Was?«

»Was, wenn Dad sie nicht ausstehen kann?«

»Dann finden wir jemand anderen.«

»*Du* findest jemand anderen«, korrigierte Tracy mich. »Ich mach das nicht alles noch mal durch.«

Was genau hast du bisher durchgemacht, fragte ich mich, ein weiterer Gedanke, den ich für mich behielt.

Tracy folgte mir über die Straße und den Betonweg zum Hauseingang meiner Eltern. »Warte«, sagte sie noch einmal und blieb auf der untersten Stufe stehen. »Ich brauche noch eine Minute.«

Allmählich ging mir die Geduld aus, und ich wollte gerade etwas sagen, was ich wahrscheinlich bereut hätte, als die Haustür geöffnet wurde.

Auf der Schwelle stand Elyse Woodley und lächelte. Sie trug eine weiße Hose und eine violette Bluse, die ihre schlanke Gestalt und ihre muskulösen Arme betonten. »Wir haben uns schon gefragt, was Sie hier draußen machen. Kommen Sie rein. Kommen Sie rein.«

Herein, herein, sagte die Spinne zu der Fliege, denke ich heute.

Damals habe ich natürlich nichts dergleichen gedacht.

Und als mir der Gedanke kam, war es zu spät.

KAPITEL FÜNF

»Ihr seid zu spät«, sagte mein Vater und trat aus dem hinteren Teil des Hauses in die große Eingangshalle, als Tracy die Tür schloss. Er trug eine schwarze Baumwollhose und ein blaues Polohemd. Sein üppiges graues Haar war frisch gewaschen und ordentlich aus der Stirn gekämmt.

»Eigentlich sind sie genau pünktlich«, sagte Elyse mit einer so warmen und freundlichen Stimme, dass es jedem, sogar meinem Vater, schwergefallen wäre, Anstoß zu nehmen. »*Ich* war zu früh«, gestand sie. »Ich habe den Bus genommen und wusste nicht genau, wie lange ich brauchen würde, deshalb habe ich mehr als ausreichend Zeit eingeplant. Sie müssen Tracy sein.«

»Die bin ich«, bestätigte meine Schwester. »Freut mich, Sie kennenzulernen. Jodi hat in höchsten Tönen von Ihnen geschwärmt.«

»Und Ihr Vater von Ihnen. Er ist sehr stolz. Auf Sie beide«, fügte Elyse eilig hinzu.

»Tatsächlich?« Tracy zog eine ihre anmutig gewölbten Brauen hoch. »Wie geht's, Daddy?«

»Sehr gut, danke«, antwortete er. »Ist das ein neues Kleid?«

»Victoria Beckham«, nannte sie den Namen des ehemaligen Spice Girls, das eine der weltweit führenden Mode-Designerinnen geworden war, und drehte sich einmal um die eigene Achse.

Ich wollte nicht einmal darüber nachdenken, wie viel das Kleid gekostet hatte, schließlich war es *Tracys* Sache, wie sie ihr Geld ausgab. Das zu bewerten stand mir nicht zu.

Außer, dass es natürlich nicht ihr Geld war. Mein Vater kam für alle ihre Kreditkarteneinkäufe und Lebenshaltungskosten auf. Und auch wenn ich versuchte, mich nicht darüber aufzuregen, und mich regelmäßig daran erinnerte, dass ich in der glücklichen Lage war, ihn nicht um Geld bitten zu müssen, pikste es doch. »Hi, Dad«, sagte ich. »Du siehst ja ziemlich schmuck aus.« Als mein Kompliment nicht erwidert wurde, fragte ich: »Wie geht es Mom heute?«

»Genauso wie gestern und vorgestern.«

»Sie schien guter Dinge«, sagte Elyse.

»Sie haben sie gesehen?«

»Ihr Vater hat mir das Haus gezeigt und uns bekanntgemacht. So eine wundervolle Frau, trotz allem. Sollen wir in die Küche gehen und uns unterhalten?«, fragte sie. »Ich habe ein paar Brownies mitgebracht, die ich heute Vormittag gebacken habe, und Wasser für Tee aufgesetzt.«

»Klingt wunderbar«, sagte ich und warf Tracy einen Blick zu. *Könnte sie noch fantastischer sein?*

Wir folgten meinem Vater und Elyse in die komplett weiße Luxusküche mit Blick in den Garten, in dem die terrassierten Blumenbeete und Büsche in verschiedenen Righttönen von Koralle bis Pink in Blüte standen.

»Oh gut. Du hast den Pool eröffnet«, sagte Tracy und ließ sich auf einem der vier Korbstühle um den runden Tisch vor dem großen bodentiefen Fenster nieder. »Vielleicht komme ich Samstag zum Schwimmen vorbei.«

»Gute Idee«, sagte ich. »Ich bring die Kinder mit.«

»Wie *geht* es diesen entzückenden Kindern?«, fragte Elyse, bevor Tracy Einwände erheben konnte.

»Bestens, danke.«

Mein Vater musterte mich von unten bis oben und kniff die Augen zusammen. »Hast du ein wenig zugelegt?«

Ich stieß ein gezwungenes Lachen aus. »Nein, Dad. Alles wie immer.« *Genauso wie gestern. Und vorgestern.* »Kann ich Ihnen behilflich sein, Elyse?«, bot ich an, als sie das kochende Wasser in eine Porzellankanne goss. »Lassen Sie mich Ihnen etwas abnehmen.«

»Kommt nicht infrage. Setzen Sie sich. Alles ist fertig. Der Tee muss bloß noch ein paar Minuten ziehen.«

Ich blickte auf den Teller auf dem Tablett und spürte, wie mir das Wasser im Mund zusammenlief. »Die Brownies sehen fantastisch aus.«

»Hoffen wir, dass sie auch so gut schmecken, wie sie aussehen«, sagte Elyse. »Das ist eine sehr schöne Bluse«, erklärte sie mir. »Ich mag kräftige Muster.«

»Kräftig ist es«, murmelte Tracy, als ich ihr gegenüber Platz nahm.

»Gefällt es dir nicht?«, fragte ich.

»Nun, kräftige Muster sind nicht unbedingt mein Stil, aber es ist … ganz du.«

Ich nickte und entschied, dass diese Bemerkung das größtmögliche Kompliment war, das ich erwarten konnte.

»Bitte, bedienen Sie sich«, sagte Elyse und begann Tee in die gedeckten Porzellantassen auszuschenken.

»Für mich kein Kuchen, danke«, sagte Tracy.

»Tracy ist sehr gesundheitsbewusst«, erklärte mein Vater, während ich nach dem größten Stück griff.

»Im Gegensatz zu Jodi«, fügte er kopfschüttelnd hinzu. »Einmal haben Audrey und ich sie nachmittags in der Speisekammer entdeckt, wo sie eine ganze Packung Chocolate-Chip-Cookies verputzt hatte.«

»Damals war ich fünf«, erinnerte ich ihn.

Elyse lachte. »Hätte ich sein können. Ich könnte ehrlich gesagt den ganzen Tag Desserts essen.«

»Und trotzdem haben Sie es geschafft, schlank zu bleiben«, bemerkte mein Vater.

»Guter Stoffwechsel.« Elyse zuckte die Schultern. »Und Glück in der Lotterie. Und?«, fragte sie und blickte von mir zu meinem Vater. »Wie lautet das Urteil?«

»Köstlich«, sagten wir beide im Chor.

Immerhin etwas, worauf wir uns einigen können, dachte ich.

»Da bin ich aber froh. Dort stehen Milch und Zucker für den Tee.« Elyse wies mit ihren langen eleganten Fingern auf den Tisch.

»Für mich weder noch«, sagte Tracy, während ich beides nahm.

»Und«, begann Elyse, »Sie haben bestimmt einige Fragen. Wer will anfangen?«

In der nächsten halben Stunde besprachen wir die Anforderungen und Bedenken meines Vaters. Aber es war eigentlich nur Show. Wir wussten alle, dass es eine ausgemachte Sache war. Der unsichtbare Vertrag war in dem Moment unterschrieben worden, als Elyse zwanzig Minuten zuvor mit einem Teller selbst gebackener Brownies durch die Tür geschwebt war. Noch bevor Tracy und ich eingetroffen waren, hatte sie es geschafft, unseren Vater mit ihrem ungezwungenen Charme und ihrem adretten Äußeren zu entwaffnen.

Aber weil mein Vater mein Vater war, wollte er ihr das nicht zeigen.

»Hätten Sie etwas dagegen, wenn wir alles noch einmal unter uns besprechen?«, fragte er sie, als sie den Küchentisch abräumte. »Jodi wird sich heute Abend bei Ihnen melden.«

»Klingt absolut vernünftig«, erwiderte Elyse. Wenn sie verärgert war, ließ sie es sich nicht anmerken. »Es war wirklich sehr nett, Sie beide kennenzulernen«, sagte sie beim Gehen zu Tracy und meinem Vater. »Und bitte sagen Sie Mrs Dundas auf Wiedersehen von mir.«

Wir blickten ihr nach, als sie den Weg zum Bürgersteig hinunterging, und wieder erforderte es all meine Selbstbeherrschung, ihr nicht nachzulaufen und sie zu Boden zu reißen.

»Soll das ein Witz sein?«, fragte ich meinen Vater, als er die Haustür geschlossen hatte. »Was gibt es da zu besprechen? Sie ist phänomenal!« Ich blickte zu Tracy, damit sie mir beipflichtete.

Tracy zuckte die Schultern. »Das ist Dads Sache.«

»Findest du sie nicht perfekt?«, drängte ich.

»Sie macht einen ganz netten Eindruck«, räumte Tracy ein. »Aber was *ich* denke, ist nicht von Belang.«

Unser Vater lächelte. »Du kannst Mrs Woodley heute Abend anrufen. Sag ihr, dass wir alles besprochen haben und bereit sind, es zu probieren.«

»Ich verstehe nicht, warum du ihr das nicht einfach gesagt hast, bevor sie gegangen ist.«

»Weil es nie eine gute Idee ist, einer Hausangestellten die Oberhand zu lassen«, sagte er und zwinkerte Tracy zu, als wäre das etwas, das ich nie begreifen würde.

»Okay. Gut. Wie auch immer«, sagte ich, stumm empört über seine herablassende Betonung des Wortes »Hausangestellte«, und dachte, dass wir von Glück reden konnten, wenn Elyse länger als eine Woche bleiben würde, bevor sie das Haus fluchtartig verließ.

»Ich sollte los«, sagte Tracy.

»Willst du Mom nicht Hallo sagen?«

»Natürlich sage ich Mom Hallo«, sagte Tracy, obwohl ihr wütend funkelnder Blick darauf schließen ließ, dass sie keineswegs die Absicht gehabt hatte.

Ich folgte ihr die breite Treppe hinauf. Im obersten Stockwerk gab es vier Schlafzimmer, zwei nach vorn und zwei nach hinten heraus, jedes mit einem eigenen Badezimmer. Als wir klein waren, hatten meine Schwester und ich uns ein größeres Zimmer mit Blick auf die Straße geteilt, und unser Vater hatte den Raum gegenüber als häusliches Arbeitszimmer benutzt.

»Vielleicht schläft sie«, sagte Tracy, als wir uns dem großen Elternschlafzimmer mit Blick in den Garten näherten. »Wir wollen sie nicht stören«, fügte sie hinzu, bemüht, ihre stille Hoffnung wie Besorgnis klingen zu lassen.

Die Tür stand offen, und ich spähte hinein. An einer Wand stand ein großes Himmelbett. Darin wirkte unsere Mutter bleich und winzig. Ihr schwindender Körper wurde von drei großen, gut gepolsterten Kissen in ihrem Rücken und drei weiteren für jeden Arm gestützt. Als ihr Zustand es vor zwei Jahren unmöglich gemacht hatte, dass meine Eltern weiter das Bett teilten, war mein Vater in das kleinere Schlafzimmer gegenüber gezogen.

»Hallo, Mom«, ich trat ans Bett und strich über ihr dünner werdendes, graues Haar, das einmal dicht und schwarz und auf das sie stolz gewesen war.

Sie drehte den Kopf langsam in meine Richtung. »Hallo, Liebes«, sagte sie und ließ ihren Blick suchend durchs Zimmer schweifen. »Ist Tracy auch da?«

»Ja, Mom, bin ich«, sagte Tracy von der Tür her. »Wie fühlst du dich heute?«

»Besser, jetzt wo du da bist. Komm näher. Ich will dich sehen.« Ein Arm schnellte vor, um Tracys Handgelenk zu packen. »Was für ein wunderschönes Kleid.«

»Von Victoria Beckham«, sagte Tracy und absolvierte die obligatorische Drehung um die eigene Achse. »Und was hältst du von Elyse Woodley?«

»Sie macht einen sehr netten Eindruck«, flüsterte unsere Mutter, jedes Wort mühsam hervorstoßend, während ihre erstarrten Gesichtszüge nichts preisgaben.

»Wir haben mit vielen Kandidatinnen gesprochen«, fuhr Tracy fort. »Sie war mit Abstand die Beste.«

»Wirklich lieb von dir, dir solche Mühe zu machen.«

Wenn Tracy Gewissensbisse hatte, den Ruhm für meine Arbeit zu ernten, wusste sie sie gut zu verbergen. Sie blieb noch ein paar Minuten und entschuldigte sich dann. »Ich komm dich am Wochenende besuchen«, sagte sie und gab unserer Mutter einen flüchtigen Kuss auf die Stirn.

»Ich kann noch bisschen bleiben«, sagte ich und hockte mich neben sie auf die Bettkante.

Ich möchte glauben, dass ich sie lächeln gesehen habe.

KAPITEL SECHS

»Sie hat wirklich gesagt, dass wir viele Kandidatinnen befragt hätten«, beschwerte ich mich beim Abendessen bei meinem Mann. »Sie hat rein gar nichts gemacht.«

»Und warum noch gleich bist du überrascht …?«

»Und dann erklärt sie meiner Mutter, dass sie sie am Wochenende besuchen kommt«, fuhr ich fort, ohne auf Harrisons Frage einzugehen, weil ich sie für rhetorisch hielt, »obwohl sie eigentlich nur kommt, um den Pool zu benutzen.«

»Ich will schwimmen gehen«, unterbrach Sam mich.

»Ich auch«, rief Daphne. »Ich will schwimmen gehen.«

»Und das werden wir auch. Am Samstag«, versprach ich ihnen. Ich wusste, dass ich es ebenso sehr den Kindern zuliebe tat, wie um Tracy zu ärgern, deren Toleranz gegenüber Kindern – sogar meinen – bestenfalls begrenzt war, und hatte wegen meiner Kleinlichkeit sofort ein schlechtes Gewissen. »Lust mitzukommen?«, fragte ich Harrison.

»Ich verzichte, danke«, sagte er. »Mein Kurs beginnt in fünf Wochen, und ich muss noch eine Menge vorbereiten. Ich bin dir wirklich dankbar, dass du die Kinder am Samstag nimmst. Das ist eine große Hilfe.«

»Apropos dein Kurs«, setzte ich an. »Habe ich dir erzählt, dass Tracy überlegt, sich dafür einzuschreiben?«

»Was?« Nichts konnte den Ausdruck des Entsetzens im Gesicht meines Mannes angemessen beschreiben.

»Ich glaube, wörtlich hat sie gesagt: ›Wie schwierig kann es sein, einen Roman zu schreiben?‹«

»Scheiße.«

Sam hielt erschrocken die Luft an. »Daddy hat ein böses Wort gesagt.«

»Scheiße«, sagte Daphne.

»Scheiße, Scheiße, Scheiße«, wiederholte Sam lachend.

»Okay, Kinder. Das reicht«, fauchte Harrison. »Bitte«, sagte er zu mir. »Das darfst du nicht zulassen.«

»Ich wüsste nicht, was ich dagegen machen soll.«

»Sie ist *deine* Schwester.«

»Meine *ältere* Schwester, die Vorschläge meinerseits noch nie besonders gut aufgenommen hat«, erinnerte ich ihn. »Je öfter ich ›schwarz‹ sage, desto vehementer wird sie auf ›weiß‹ beharren. Je mehr ich ihr davon abrate, desto großartiger wird sie die Idee finden.«

»Scheiße«, sagte er noch einmal.

»Scheiße«, wiederholte Sam.

»Scheiße, Scheiße, Scheiße«, sagte Daphne.

»Ich habe gesagt, das reicht, Kinder!«

»*Du* hast es selbst gesagt«, erwiderte Sam.

»Ja«, gab Harrison zu. »Und das hätte ich nicht tun sollen. Tut mir leid«, entschuldigte er sich mit einem gezwungenen Lächeln in seinem attraktiven Gesicht. »Tut mir leid«, sagte er noch einmal, diesmal zu mir, und wiederholte an niemand Bestimmten gerichtet: »Tut mir leid.«

»Tut mir leid«, sagte er ein weiteres Mal, diesmal im Bett, als er sanft meine Hand von seinem nackten Oberkörper schob. »Ich glaube, das wird heute Abend einfach nichts.«

»Alles in Ordnung mit dir?« Ich gab mir Mühe, nicht zu enttäuscht zu klingen. Harrison und ich hatten seit mehr als einer Woche nicht mehr miteinander geschlafen, und ich hatte gehofft, dass sich das heute Abend ändern würde. Ich hatte sogar den roten Spitzenbody angezogen, den Harrison so mochte, und dazu passende High Heels.

Mir fiel die Bemerkung meines Vaters wieder ein, und ich überlegte, ob ich wirklich ein paar Pfunde zugelegt hatte. Allerdings passte meine Kleidung wie immer, und ich ermahnte mich, Harrisons Zurückweisung nicht persönlich zu nehmen. Er war einfach müde und beschäftigt wie jedes Mal, wenn er sich für den Kurs vorbereitete, den er im Sommer gab. Ich wusste, dass es ihm zu schaffen machte, dass er etwas unterrichtete, was er selbst anscheinend nicht mehr zustande brachte.

»Mir geht es gut«, antwortete er. »Ich bin bloß ... ich weiß nicht ...«

»Mit den Gedanken woanders?«

»Ja, vermutlich. Die Vorstellung, dass deine Schwester meinen Kurs belegen will, hat mich ein bisschen umgehauen.«

»Entspann dich. Wahrscheinlich macht sie es doch nicht.«

»Ich rufe gleich morgen bei der Verwaltung an. Hoffentlich ist mein Kurs schon voll.«

Ich nickte, schwang meine Beine aus dem Bett, streifte die High Heels ab und kuschelte mich wieder an meinen Mann. Harrison gab im Rahmen des Sommerprogramms für Erwachsenenbildung seit vier Jahren einen Kurs in Kreativem Schreiben an der University of Toronto. Angeboten wurden Schreibkurse für Lyrik, Drehbücher, Autofiktion, Sachbücher und Romane, literarische und populäre. Pro Kurs waren nur jeweils zwölf Studierende zugelassen, und das Programm war äußerst beliebt, sodass es durchaus möglich war, dass Tracy mit ihrer Anmeldung schon zu spät dran war. Das hoffte ich sehr, sonst würde Harrison womöglich den ganzen Sommer lang »mit den Gedanken woanders« sein.

»Wenigstens ist die Situation mit der Haushälterin geklärt«, sagte er aufmunternd.

»Ja«, stimmte ich zu. »Sie fängt Montag an.«

»Das ist großartig. Dann kannst du aufhören, alle zwei Sekunden rüberzufahren, und stattdessen mehr Zeit zu Hause verbringen ...«

»Ich verbringe jede Menge Zeit zu Hause.«

»Das meine ich nicht.«

»Was *meinst* du denn?«

»Nur dass du zu viel machst, und jetzt, da die Situation mit der Haushälterin geklärt ist, kannst du dich ein bisschen entspannen«, schloss er, gab mir einen flüchtigen Kuss auf die Nasenspitze und drehte sich auf seine rechte Seite.

Ich lag da, in meinem roten Body, starrte auf seinen nackten Rücken und hörte ihn, die Berührung seiner Lippen noch auf der Haut, leise atmen, während er einschlief.

Sobald wir im Garten meiner Eltern eingetroffen waren, klingelte mein Handy. Ich blickte zu meiner Schwester, die sich in ihrem knallorangefarbenen Bikini auf einem Liegestuhl neben dem Pool sonnte. Sie hätte den Anruf ignoriert. Leider war ich nicht so gestrickt.

»Hier ist Linda Francis«, meldete sich eine Stimme, sobald ich den Anruf angenommen hatte. »Ich hoffe, ich bereite Ihnen keine zu großen Unannehmlichkeiten, aber könnten wir unseren Termin vielleicht von morgen auf heute verlegen?«

»Heute?«, wiederholte ich, während meine Kinder zum Pool rannten.

»Genau genommen so bald wie möglich. Wir sind eben für ein paar Tage in das Ferienhaus von Freunden eingeladen worden, und mein Mann möchte heute Nachmittag aufbrechen.«

Meine Schwester warf Sam einen missmutigen Blick zu, als er in das tiefe Ende des Beckens sprang und einen Schwall Wasser in ihre Richtung spritzte. »Herrgott noch mal, Sam«, rief sie. »Pass auf!«

»Worauf?«, fragte er.

»Mommy«, drängte Daphne. »Komm mit mir schwimmen.«

»Kann ich Sie gleich zurückrufen, Mrs Francis?«, fragte ich. »Ich werde sehen, was ich machen kann.«

»Du wirst sehen, was du was machen kannst?«, fragte Tracy und kniff die Augen zusammen.

»Es geht um eine neue Kundin«, erklärte ich die Situation.

»Du brauchst gar nicht erst mich anzusehen«, sagte Tracy, meine Bitte vorausahnend.

»Ich wäre höchstens eine Stunde weg.«

»Kommt nicht infrage«, sagte Tracy. »Das ist mein Nachmittag zum Entspannen.«

Im Gegensatz zu jedem anderen Nachmittag?, dachte ich, sagte es jedoch nicht laut. Eine Diskussion war zwecklos. Ich wollte nicht betteln, und eine andere Möglichkeit gab es nicht. Mein Vater hatte beide Hände voll zu tun mit meiner Mutter, und Harrison wäre bestimmt nicht begeistert, wenn seine Pläne durchkreuzt würden. Ich würde Linda Francis zurückrufen müssen, um ihr zu erklären, dass ich es nicht schaffte.

In diesem Moment hörte ich, wie die Schiebetür aufgeschoben wurde, drehte mich um und sah Elyse Woodley die Stufen zum Pool hinaufkommen, in den Händen ein Tablett mit einem Krug Limonade, einem Teller Kekse und einem Stapel Plastikbecher. Sie trug weiße Shorts sowie ein ärmelloses blaues T-Shirt und hatte ein breites Lächeln im Gesicht.

Ich träume, dachte ich.

»Wer möchte Kekse und Limonade?«, fragte sie.

»Ich!«, rief Daphne.

»Ich auch«, sagte Sam und kletterte eilig aus dem Becken, um vor seiner Schwester einen Becher zu ergattern.

»Sam! Pass auf!«, quiekte meine Schwester. »Du machst mich ganz nass.« Sie strich ein paar Wassertropfen vom Oberteil ihres Bikinis. Ich staunte, dass irgendjemand einen derart flachen Bauch haben konnte, und zog meinen eigenen ein.

»Was machen Sie hier?«, fragte ich Elyse. »Ich dachte, Sie fangen erst am Montag an.«

»Ich habe beschlossen, heute schon ein paar von meinen Sachen rüberzubringen«, sagte sie. »Und als ich Ihren Wagen vor dem Haus gehört habe, dachte ich, dass Sie vielleicht gern etwas Kaltes trinken würden. Gibt es ein Problem?«

»Oh nein. Nicht mit Ihnen«, erklärte ich rasch. »Ich hatte gerade einen Anruf von einer Kundin, die ihren Termin von morgen auf heute Nachmittag verlegen will.«

»Dann sausen Sie los«, erwiderte Elyse locker. »Ich pass auf die Kinder auf, bis Sie zurück sind.«

»Nein! Darum kann ich Sie nicht bitten.«

»Das haben Sie auch nicht. Ich habe mich freiwillig angeboten.«

»Aber …«

»Kein Aber. Sie müssen sich keine Sorgen machen. Ich bin eine ausgezeichnete Schwimmerin. Ich passe gut auf sie auf.«

»Wirklich?«

»Ich würde lieber fahren, ehe sie es sich anders überlegt«, riet Tracy mir.

»Ich versuche, mich zu beeilen.«

»Nehmen Sie sich so viel Zeit, wie Sie brauchen.«

»Danke. Vielen, vielen Dank. Ich bin bald zurück«, erklärte ich den Kindern. »Benehmt euch und hört auf Mrs Woodley.«

»Machen wir«, rief Sam und spuckte Kekskrümel um sich wie Granatsplitter.

»Sam, Herrgott noch mal«, sagte Tracy und schlug nach den Krümeln wie nach Fliegen.

»Tschüss, Mommy«, rief Daphne.

Am hinteren Gartentor drehte ich mich noch einmal um und sah Elyse Woodley in ihren Shorts und dem T-Shirt bis zur Hüfte im Wasser stehen, in einem Arm Sam, im anderen Daphne.

KAPITEL SIEBEN

Linda und Dean Francis wohnten in Lawrence Park, einer weiteren gehobenen Wohngegend, mit dem Auto nur eine gute Viertelstunde von Rosedale entfernt, insbesondere im Samstagsnachmittagsverkehr. Ich parkte den Wagen in einer sonnenüberfluteten Straße und nahm mir eine Minute Zeit, das große zweistöckige Haus im georgianischen Stil von außen zu betrachten. Die Nachbarin war eine Freundin von mir und hatte mich empfohlen, als sie gehört hatte, dass das Ehepaar Francis Interesse hatte, das Haus zu verkaufen. »Sie sind ein wenig exzentrisch«, hatte sie mich gewarnt.

Ich atmete ein paarmal tief durch, zog meine Lippen nach und bauschte mein Haar auf, bevor ich ausstieg. An dem geblümten formlosen Hemdkleid, das ich über meinem dazu passenden Badeanzug trug, und den knallpinken Flipflops an meinen Füßen konnte ich nichts mehr ändern. Linda Francis hatte betont, dass ich möglichst schnell kommen sollte, deshalb hatte ich beschlossen, keine wertvolle Zeit damit zu verschwenden, mich zu Hause umzuziehen. Das könnte ein Fehler gewesen sein, dachte ich, als ich klingelte. Nur weil meine Kunden »exzentrisch« sein mochten, bedeutete das nicht, dass sie diese Eigenschaft auch bei anderen schätzten.

Wie sich herausstellte, war »exzentrisch« eine Untertreibung.

»Mrs Francis?«, fragte ich und gab mir Mühe, die kleine hühnerbrüstige Frau, die die Tür öffnete, nicht anzustarren. Sie war etwa zehn Jahre älter als ich und ganz in Schwarz gekleidet. Ihr dunkles, von einer breiten weißen Strähne durchzogenes Haar war zu einer hohen Beehive-Frisur hochgesteckt, die an Morticia Addams von der *Addams-Family* erinnerte. Die Kontur um ihre breiten rosafarbenen Lippen war von demselben Dunkelrot wie die unverblendeten Streifen auf ihren Wangen, und ihre Lider hingen von dick aufgetragener Mascara beinahe auf Halbmast. An ihren Ohren baumelten große Strassohrringe, um ihren Hals mehrere Schichten bunter Glasperlen. An jedem ihrer zehn pummeligen Finger steckte ein Ring, und ihre Handgelenke waren von Armbändern eingefasst wie von Handschellen.

»Vielen Dank, dass Sie so flexibel waren«, sagte sie und führte mich in den Flur, wo ihr Gatte wartete. »Das ist mein Mann Dean.«

Dean Francis war ein nicht minder spektakulärer Anblick. Er war mindestens zwei Meter groß und trug grüne Bermudashorts, schwarze Kniestrümpfe und einen dunkelblauen Blazer. Sein schütteres Haupthaar war in einem unvorteilhaften Burgunderrot gefärbt und von einem zum anderen Ohr quer über den kahlen Kopf gelegt, was seine spitzen, vogelartigen Gesichtszüge betonte.

»Soll ich Sie herumführen?«, fragte er anstelle einer Begrüßung.

Leider erwies sich das Haus als noch schockierender als seine Besitzer. Die Francises waren Sammler. Was immer sich anbot, sie sammelten es, obwohl offenbar nichts von echtem Wert darunter war. Stapel von alten Zeitungen und Zeitschriften rankten an den Wänden nach oben wie Efeu, auf jedem Regal reihten sich gruselige alte Puppen und billige Plastikfiguren. Die Wände waren mit ungerahmten Familienfotos tapeziert. Im Wohnzimmer standen genug alte Stühle und Sofas herum, um damit mehrere Hotellobbys zu möblieren. Die Schlafzimmer waren ein Albtraum aus nicht zueinander passenden Stilen und Stoffen.

»Stimmt irgendwas nicht?«, fragte Linda Francis, als wir am Ende des Rundgangs auf Holzstühlen mit hohen Lehnen Platz nahmen, die sich um den Küchentisch drängten.

Ich versuchte, die vier Sets von Salz- und Pfefferstreuern zu übersehen. »Es ist eine Menge«, hörte ich mich sagen.

»Wir wissen, dass unser Geschmack nicht jedermanns Sache ist«, begann Dean Francis.

»Aber es braucht nur einen Menschen, der das Haus liebt«, fügte seine Frau hinzu.

»Es ist nicht das Haus«, sagte ich und stellte mir die Räume mit frischem Anstrich und schlanken minimalistischen Möbeln vor. »Das Haus ist nicht das Problem.«

»Was denn?«, fragten sie im Chor.

Ich biss mir auf die Zunge, um nicht zu sagen: »Sie! Sie sind das Problem!« Stattdessen erklärte ich ihnen: »Es ist einfach zu viel von … allem. Das Haus ist wirklich wundervoll. Aber alles, was jemand sieht, der hereinkommt, ist … Krempel.«

»Was schlagen Sie vor?«, fragte Linda, sichtlich betroffen. »Wir haben bereits … wie nennen Sie Immobilienmakler das … entrümpelt.«

Ich hätte beinahe gelacht. »Sie müssen mehr machen«, sagte ich so diplomatisch wie nötig. »Normalerweise empfehlen wir doppelt so viel zu entrümpeln, wie man es selbst für nötig hält. Aber in Ihrem Fall müssen Sie gnadenlos sein«, fuhr ich fort und kam langsam in Fahrt. »Entsorgen Sie die alten Zeitungen und Zeitschriften oder verstauen Sie sie zumindest in Kartons. Packen Sie Ihre Sammlungen und Ihre Familienfotos ein. Vielleicht müssen Sie einen Lagerraum mieten, einen Profi engagieren …«

»Einen Profi? Das wird bestimmt nicht nötig sein.«

»Es ist nötig, wenn Sie es mit dem Verkauf ernst meinen«, sagte ich. »Im Moment können sich potenzielle Käufer unmöglich vorstellen, wie sie Ihr Haus in ihr eigenes verwandeln sollen, und jeder Versuch, es in diesem Zustand zu verkaufen, wäre zwecklos. Hören Sie«, sagte ich und erhob mich nach mehreren Sekunden quälenden Schweigens, vorsichtig darauf bedacht, nichts umzustoßen. »Sie wollen für ein paar Tage in ein Ferienhaus fahren. Entspannen Sie sich und denken Sie darüber nach, was ich gesagt habe, besprechen Sie es mit Ihren Freunden und entscheiden, was Sie tun wollen. Sie können sich jederzeit wieder bei mir melden.«

Sie würden sich garantiert nicht melden, dachte ich auf der Rückfahrt nach Rosedale und ärgerte mich über den verlorenen Nachmittag. Ich hätte gar nicht erst an das verdammte Telefon gehen sollen, fluchte ich mit einem Blick auf die Uhr am Armaturenbrett. Ich war fast zwei Stunden weg gewesen. Ich sprach ein stilles Dankgebet an die Götter, die vielleicht zuhörten, dafür, dass sie mir Elyse Woodley geschickt hatten.

»Tut mir leid, dass es so lange gedauert hat«, entschuldigte ich mich, sobald ich das Haus betrat.

»Unsinn«, sagte Elyse. »Ich habe jede Minute genossen.«

Mir fiel auf, dass sie sich trockene Sachen angezogen hatte. »Wo sind alle?« Ich warf einen Blick zum hinteren Teil des Hauses. Sie hatte die Kinder doch bestimmt nicht allein am Pool gelassen.

»Nun, Ihre Schwester ist kurz nach Ihnen aufgebrochen, Ihre Mutter schläft, Ihr Vater ruht sich aus«, begann sie, »und die Kinder gucken im Heimkino Zeichentrickfilme. Ich hoffe, Sie haben nichts dagegen. Nach dem Schwimmen waren sie ziemlich erledigt, und ich dachte, es wäre okay.«

»Soll das ein Scherz sein?« Ich konnte nicht glauben, dass sie sich entschuldigte. »Sie sollten heute doch gar nicht arbeiten.«

Sie zuckte mit den Schultern.

»Ich werde Sie auf jeden Fall für die Zeit bezahlen.«

Sie winkte ab. »Das ist nicht nötig. Aber ich möchte Sie um einen Gefallen bitten.«

»Was immer Sie wollen.«

»Folgen Sie mir.« Sie führte mich die Treppe hinab ins Untergeschoss.

»Hey, Kinder«, sagte ich und winkte ihnen zu, als wir an dem Heimkino vorbeikamen.

Sam winkte zurück, ohne zu gucken.

»Hi, Mommy. Wir schauen Zeichentrickfilme«, rief Daphne.

»Ich habe ihnen die Sachen angezogen, die Sie mitgebracht haben, und ihr nasses Schwimmzeug in diese Tüte gepackt«, sagte Elyse und überreichte mir eine Plastiktüte, als wir das Zimmer erreichten, das bald ihres werden sollte.

»Ist mit dem Zimmer alles in Ordnung?«, fragte ich, als sie zu dem Nachttisch neben dem Doppelbett ging. Die Tür zu dem kleinen angrenzenden Bad stand offen, und ich konnte sehen, dass sich auf dem Regal neben dem Waschbecken bereits ihre Toilettenartikel reihten.

»Es könnte nicht besser sein. Aber wenn Sie nichts dagegen hätten …« Sie kam mit einem Buch in den Händen auf mich zu. »Das ist der Roman Ihres Mannes. Ich hatte Glück, ihn zu finden. Es gab nur noch ein Exemplar. Glauben Sie, er würde es für mich signieren?«

»Er wird begeistert sein«, antwortete ich ehrlich.

»Sicher? Ich möchte ihn nicht behelligen.«

»Glauben Sie mir. Das macht überhaupt keine Mühe.«

Sie gab mir das Buch. »Es wäre wirklich wundervoll. Ich wäre Ihnen sehr dankbar.«

»Es ist das Mindeste, was ich tun kann.«

Über die Gegensprechanlage neben dem Bett hörten wir meine Mutter husten.

»Ich sollte nach ihr sehen«, sagte ich.

»Ich komme mit Ihnen«, bot sie sofort an.

Bitte, lass sie hier glücklich sein. Bitte, lass sie bleiben, wünschte ich stumm auf der Fahrt nach Hause, während die Kinder auf der Rückbank fröhlich plapperten.

Sei vorsichtig, was du dir wünschst, flüsterten die Götter zurück.

Aber ich war zu beschäftigt damit, mir zu meinem Glück zu gratulieren, um sie zu hören.

KAPITEL ACHT

Rückblickend fällt es mir schwer, den genauen Moment zu benennen, ab dem sich alles änderte.

Vielleicht gab es keinen.

Vielleicht war es eine allmähliche Folge von Ereignissen, eine Nuancc hier, eine Veränderung im Ton dort. Dinge, denen man keine große Aufmerksamkeit schenkt, wenn sie passieren, die man als selbstverständlich hinnimmt und als unwichtig ansieht. Bis plötzlich alles anders ist.

Bis nichts mehr ist, wie es war.

Jene ersten Monate, in denen Elyse für meine Eltern arbeitete, waren die pure Glückseligkeit. Sie war alles, was ich mir erhofft hatte, und mehr: eine wunderbare Köchin, eine ausgezeichnete Haushälterin, eine großartige Gesellschafterin. Sie war geduldig, gütig und fürsorglich. Keine Pflicht war zu beschwerlich. Nichts war ihr zu viel. Wenn sie keine Hausarbeit verrichtete oder Mahlzeiten vorbereitete, saß sie stundenlang bei meiner Mutter, kämmte ihr Haar, machte ihr die Nägel, las ihr vor, achtete darauf, dass sie vernünftig aß, und verschaffte meinem Vater auf diese Weise die so dringend benötigte Verschnaufpause.

»Sag mir die Wahrheit«, flüsterte ich ihm etwa vier Wochen nach Elyses Anstellung beim Abendessen zu. »Sie ist ein Geschenk Gottes. Ihr wüsstet nicht, was ihr ohne sie machen würdet.«

»Es funktioniert besser, als ich erwartet hatte«, räumte er ein, unwillig, noch mehr zuzugeben.

Die Einladung zum Abendessen war eine Überraschung gewesen, und ich vermutete, dass sie auf Elyses Anregung erfolgt war. Es war das erste Mal, dass mein Vater die Familie zum Abendessen eingeladen hatte, seit meine Mutter zu krank geworden war, um daran teilzunehmen. Und nun waren wir hier – ich, mein Vater, Tracy, Harrison und die Kinder, gruppiert um den langen schmalen Esstisch aus Eiche. Meine Mutter trug einen langen, pinkfarbenen, gesteppten Hausmantel, ihr Haar war frisch gewaschen und vorteilhaft um ihr hageres Gesicht arrangiert. Sie saß gebeugt in ihrem Rollstuhl neben meinem Vater am Kopf des Tisches und genoss frischen Hecht, einen Salat aus Kohl und Beeren, wilden Reis und den besten selbst gebackenen Apfelkuchen, den ich je gekostet hatte.

Es kam einem Wunder gefühlt näher als irgendetwas, das ich mir vorstellen konnte.

Nicht, dass es leicht war. Meine Mutter musste gefüttert werden, sie hatte erkennbare Mühe, ihr Essen zu schlucken, und ihre Konversation war auf ein paar kaum hörbare Worte und Phrasen beschränkt, die sich im Nichts verloren, bevor sie ihren Gedanken beendet hatte. Als ich ihren leeren Blick und ihre erstarrten Gesichtszüge sah, ertappte ich mich bei der Frage, ob sie überhaupt wusste, wer wir waren. Ich hatte gelesen, dass Demenz ein verbreitetes Kennzeichen für das Endstadium einer Parkinson-Erkrankung war.

»Nächste Woche fängt Harrisons Kurs an«, sagte ich in

dem Bemühen, solche unangenehmen Gedanken zu verdrängen, und suchte nach dem kleinsten Aufblitzen von Lebhaftigkeit in dem einst wunderschönen Gesicht meiner Mutter. Aber ich sah nur das vertraute dumpfe Starren.

»Warum um alles in der Welt verschwendest du deine Zeit damit?«, fragte mein Vater Harrison und schob ein winziges Stückchen Apfelkuchen zwischen die kaum geöffneten Lippen meiner Mutter. »Wie viel verdienst du damit überhaupt?«

»Ich halte es nicht für Zeitverschwendung«, beantwortete Harrison die erste Frage und ignorierte die zweite.

»Hat irgendeiner deiner Studenten je etwas veröffentlicht?«

»Noch nicht«, gab Harrison zu. »Aber das heißt nicht unbedingt, dass sie das nicht noch tun werden. Es ist heutzutage nicht leicht, etwas zu veröffentlichen.«

»Nun, du musst es ja wissen«, sagte mein Vater und kaschierte die beiläufige Gemeinheit seiner Bemerkung mit einem Lächeln. »Wie kommst du eigentlich mit deinem Buch voran?«

Ich sah, wie Harrison das Lächeln erwiderte, und bewunderte seine Selbstbeherrschung.

»Es wird«, sagte er.

»Es wird auch Weihnachten«, kam die prompte Antwort meines Vaters.

»Hat Jodi dir erzählt, dass ich versucht habe, in deinen Kurs zu kommen?«, fragte Tracy. »Aber man hat mir erklärt, er sei voll.«

Danke, Gott, dachte ich und senkte den Kopf.

»Deshalb habe ich mich stattdessen für einen der anderen Kurse eingeschrieben«, fuhr Tracy fort.

»Wirklich«, sagte Harrison. »Für welchen denn?«

»*Wie man einen Bestseller schreibt*. Wahrscheinlich ist das ohnehin der geeignetere Kurs für mich. Ich meine, das ist doch letztendlich das Ziel, oder? Warum sollte man etwas schreiben, das niemand lesen will?«

»Ich denke, das Ziel ist es, etwas von Wert zu schaffen«, widersprach Harrison immer noch lächelnd, obwohl ich an seinem Tonfall erkannte, dass die Grenzen seiner Geduld fast erreicht waren, »und wenn es sich dann auch noch gut verkauft, ist das der Zuckerguss auf dem Kuchen.«

»Quatsch«, erwiderte Tracy lachend.

»Klär ihn auf, Kindchen«, sagte unser Vater. »Hast du das gehört, Audrey?«, fragte er meine Mutter. »Tracy schreibt einen Bestseller.«

Meine Mutter öffnete den Mund, um etwas zu sagen, doch ihre Worte gingen rasch in einem sich heftig steigernden Hustenanfall unter. Aus dem Husten wurde ein Keuchen, das einen Würgereflex auslöste.

»Was ist mit Grandma?«, rief Daphne, sprang von ihrem Stuhl und vergrub ihr Gesicht in meinem Schoß.

»Stirbt sie?«, fragte Sam.

»Herrgott noch mal, Sam«, sagte Harrison. »Red keinen Unsinn.«

»Sie stirbt nicht«, versicherte ich meinem Sohn, obwohl ich mir selbst alles andere als sicher war. In Wahrheit hatte ich panische Angst und hockte so angewurzelt auf meinem Platz wie meine Mutter auf ihrem.

Sofort eilte Elyse an ihre Seite, wiegte sie in den Armen und linderte ihre Krämpfe. »Schscht«, flüsterte sie beruhigend. »Alles ist gut. Alles ist gut.«

Ob es nun Elyses besänftigender Ton war oder ein natürliches Abflauen der Attacke, meine Mutter hörte jedenfalls auf, keuchend und würgend zu zappeln, und sackte wieder in ihre starr gekrümmte Haltung zurück.

»Vielleicht sollte ich dich wieder nach oben bringen?«, fragte Elyse zur allgemeinen Erleichterung.

»Ich mache es«, sagte mein Vater.

»Nein, Vic«, erklärte Elyse und legte die Hand fest auf seine Schulter, um ihn zurück auf den Stuhl zu drücken. »Bleib du hier und genieße den Besuch deiner Familie. Ich mache Audrey fertig.«

»Kann ich mitkommen?«, fragte Sam, der schon aufgesprungen war.

»Ich auch«, schloss Daphne sich an.

»Setzt euch sofort wieder hin«, schimpfte Harrison.

»Es ist nicht für alle Platz in dem Aufzug«, sagte Elyse sanft. »Aber wir machen eine Fahrt, bevor ihr nach Hause müsst. Wie findet ihr das?«

»Suuuper!«, jubelte Sam.

»Suuper!«, meldete sich Daphne wie sein Echo.

»Das Essen war absolut wunderbar«, erklärte ich Elyse, als wir uns zum Gehen fertig machten. Tracy war bereits aufgebrochen, und mein Vater hatte sich entschuldigt, um unserer Mutter Gesellschaft zu leisten.

»Es war mir ein Vergnügen. Dies ist Ihr Zuhause. Sie sind jederzeit willkommen.«

»Kinder!«, rief Harrison die Treppe hoch, wo Sam und Daphne zum zigsten Mal aus dem Aufzug stiegen. »Kommt sofort runter. Wir fahren.«

»Ooch …«

»Sofort«, wiederholte Harrison.

Die Kinder stiegen wieder in den Aufzug, der seine langsame Abwärtsfahrt begann. Aber als sie im Erdgeschoss angekommen waren, drückte Sam schnell auf den Knopf, und sie fuhren gleich wieder nach oben.

»Samuel!«, brüllte Harrison wütend und drehte sich jäh zu mir um. »Mach irgendwas.«

»Was soll ich denn machen?«

»Das ist meine Schuld«, ging Elyse rasch dazwischen. »Ich bin diejenige, die ihnen gezeigt hat, wie man das alberne Ding bedient …«

»Es ist nicht Ihre Schuld«, stellte Harrison klar, dessen Frustration über den Abend nun offen hervorbrach. »Sie wissen, dass Jodi ihnen alles durchgehen lässt, deshalb fällt es immer mir zu, den Zuchtmeister zu geben.« Bevor ich etwas erwidern konnte, rannte er die Treppe bis zum oberen Absatz hoch.

Elyse wandte sich mir zu. »Es ist nicht leicht, mit jemandem verheiratet zu sein, der so perfekt ist«, sagte sie leise.

Ich hätte sie am liebsten umarmt. »Danke«, flüsterte ich. »Danke für alles.«

Erst auf der Heimfahrt ließ ich den Abend noch einmal Revue passieren: das wunderbare, selbst gekochte Essen, die Anwesenheit meiner Mutter am Tisch, der schreckliche Hustenanfall, Elyses ruhige Reaktion und ihre besänftigenden Worte, die Art, wie sie mühelos die Kontrolle übernommen hatte. »Nein, Vic«, hatte sie meinem Vater erklärt. »Bleib du hier und genieße den Besuch deiner Familie. Ich mache Audrey fertig.«

Gedankenverloren überlegte ich, wann aus Mr und Mrs

Dundas Vic und Audrey geworden waren, begrüßte die Veränderung jedoch schnell. Warum sollte man auf steifen und unnötigen Förmlichkeiten beharren? Ich war wahnsinnig froh, dass alles so gut lief, dass alle sich so wohl fühlten.

Aber heute frage ich mich, ob das der Moment war.

Die Verschiebung um eine Nuance. Ein neuer Ton.

Der Moment, ab dem alles anders wurde.

KAPITEL NEUN

Ich saß auf der Bettkante, mein Körper noch feucht von der Dusche am späten Nachmittag, den Hals in einem schrägen Winkel zu meiner Brust gedreht, die Schultern schlaff, die Hände auf das Handtuch um meinen Oberkörper gelegt, die nackten Beine unbeweglich und nutzlos wie Baumstümpfe.

Ohne den Kopf zu bewegen, schwenkte ich den Blick zu dem Radiowecker auf dem Nachttisch und stellte fest, dass ich seit gut zwanzig Minuten in dieser unbequemen Position verharrte. *Noch zehn Minuten*, sagte ich mir. *Guck, ob du noch zehn Minuten durchhältst.*

»Was um alles in der Welt machst du da?«, fragte Harrison von der Tür.

Ich fuhr zusammen, meine Arme zuckten, und ich riss den Kopf zu ihm herum. Das Handtuch löste sich und rutschte bis auf die Hüften. »Du hast mich erschreckt«, sagte ich und knotete es zwischen meinen nackten Brüsten wieder zusammen.

»Was machst du?«, fragte er noch einmal.

»Tagträumen«, sagte ich achselzuckend. Eine Lüge. Aber es war leichter – und hörte sich weniger verrückt an –, als ihm die Wahrheit zu sagen: Ich versuchte, mir vorzustellen, wie es für meine Mutter sein musste, wie es sich anfühlte, im eigenen Körper gefangen zu sein, zerknüllt wie Pappmaschee, Stunde um Stunde, vierundzwanzig Stunden am Tag.

Jeden Tag.

Ich hatte nicht mal dreißig Minuten durchgehalten.

»Nun, meinst du nicht, dass du dich fertig machen solltest? Sie werden in nicht einmal einer Stunde hier sein.«

Ich zwang mich aufzustehen. Aus meinem nassen Haar tropfte es auf meine Schultern.

»Was ziehst du an?«, fragte Harrison mich überraschend.

»Was?«

»Was hattest du überlegt anzuziehen?«, formulierte er seine Frage um.

»Darüber hatte ich noch nicht nachgedacht«, antwortete ich ehrlich. »Vielleicht das orange-weiß karierte Kleid, das ich mir letzten Monat gekauft habe?«

Harrison zog ein Gesicht, als hätte er etwas Übles gerochen. »Nein. Das nicht. Zieh etwas, ich weiß nicht … Moderneres an.«

»Moderner als letzten Monat?«

»Du weißt, was ich meine. Etwas, das ein bisschen hipper ist … mehr auf der Höhe.«

Von was, war ich versucht zu fragen. Stattdessen sagte ich: »Wie wär's mit einer weißen Hose und einem Top?«

»Was für ein Top?«

Echt jetzt? »Vielleicht mein Vintage-Rolling-Stones-T-Shirt, das mit der riesigen Zunge. Ist das hip genug?«

»Das müsste hinhauen«, sagte er, weil er meine Frage für bare Münze genommen hatte. »Und könntest du eventuell irgendwas mit deinem Haar machen …«

»Ich komme gerade aus der Dusche«, erinnerte ich ihn. »Es ist noch feucht.«

»Ja. Du hast also nicht mehr viel Zeit.«

»Ich gebe mir alle Mühe.«

»Hast du daran gedacht, die Barbecue-Sauce zu besorgen, wie ich dich gebeten hatte?«

»Steht im Schrank.«

»Okay. Gut.« Er drehte sich um und wollte hinausgehen.

»Gern geschehen«, sagte ich.

Er blieb stehen. »Tut mir leid. Danke.«

»Gern geschehen«, sagte ich noch einmal und hoffte auf ein Lächeln.

Stattdessen blickte Harrison auf seine Uhr. »Tick tack«, sagte er.

Harrisons Studenten trafen pünktlich um sechs ein, alle zwölf innerhalb von Minuten, als wären sie mit demselben Bus gekommen. Ich weiß nicht, warum mich das jedes Mal überraschte, aber so war es. Seit vier Jahren lud Harrison seine Studentinnen und Studenten nach der ersten Woche des Kurses zu einer Grillparty ein, und jedes Jahr tauchte ein Dutzend eifriger Menschen praktisch gleichzeitig vor unserer Haustür auf, einige mit Blumen, andere mit Konfekt in der Hand, einige nur mit weit aufgerissenen Augen vor Ehrfurcht und Bewunderung für ihren attraktiven Dozenten.

In der Regel waren es deutlich mehr Frauen als Männer, doch dieses Jahr war das Verhältnis fast ausgeglichen, sieben Frauen gegenüber fünf Männern im Alter von achtzehn bis siebzig, die Mehrheit irgendwo dazwischen.

»Das ist meine Frau Jodi«, stellte Harrison mich jedem von ihnen nacheinander vor.

»Freut mich sehr, Sie kennenzulernen«, sagte eine Frau mittleren Alters namens Sarah.

»Reizend, Sie kennenzulernen«, sagte Thomas, ein bärtiger Mittdreißiger mit einem starken britischen Akzent.

»Sie haben ein wunderschönes Haus.« Candace.

»Danke, dass wir hier sein dürfen.« Zack.

»Irgendwas riecht gut.« Lester.

Und so weiter und so weiter.

Ich betrachtete die Gruppe, die sich in unserem schmalen Garten versammelt hatte, fröhlich plaudernd mit einem Glas Wein oder Bier in der Hand. Alle waren leger gekleidet, niemand stach wegen seines Outfits hervor, sodass ich mir in meinem Rolling-Stones-T-Shirt einen Tick zu auffällig vorkam, als würde ich mich zu sehr anstrengen, »auf der Höhe« zu sein, und alle wussten es. Wen genau wollte Harrison beeindrucken, fragte ich mich abwesend.

Und praktisch im selben Moment, in dem ich mir die Frage stellte, tauchte die Antwort vor meinen Augen auf.

»Cooles T-Shirt«, sagte sie.

»Danke.«

»Genau so eins hat meine Mutter auch.«

So viel zum Thema Hipsein, dachte ich und lächelte gezwungen.

»Ich bin Wren.«

»Wren?«

»Ja. Wie Zaunkönig. Ein kleines singendes Vögelchen.«

»Reizender Name«, sagte ich. »Er passt zu Ihnen.«

Wren war in der Tat hinreißend. Ende zwanzig. Hoch aufgeschossen, schlank, aber mit großen Brüsten. Langes kastanienbraunes Haar, zu einem Pferdeschwanz gebunden, und grüne Augen. Mühelos elegant, so wie es nur junge Frauen sein können, Jeans und ein weißes T-Shirt mit V-Ausschnitt, eine Reihe verschiedener Ringe und Steine in jedem ihrer perfekten Ohrläppchen. Ihre Haut strahlte und glänzte ohne jede Spur von Make-up, bis auf einen Hauch Mascara und ganz fein aufgetragenen Lipgloss.

»Ihr Mann ist wirklich toll«, sagte sie.

»Nun, ich weiß, dass es ihm sehr viel Freude macht, diesen Kurs zu unterrichten«, erwiderte ich freundlich.

»Er hat eine echte Gabe. Nicht nur fürs Schreiben. Ich meine *Der Weg des Träumers* war einfach fantastisch. Das weiß jeder. Aber man kann ein großer Schriftsteller sein, ohne ein großer Lehrer zu sein. Harrison allerdings, er ist einfach so gut.«

Ich versuchte, bei dem lockeren Gebrauch des Vornamens meines Mannes nicht zusammenzuzucken. Hatte ich ernsthaft erwartet, dass sie ihn »Mr Bishop« nannte?

»Sind Sie auch Schriftstellerin?«, fragte sie.

»Ich? Nein. Ich bin Immobilienmaklerin.«

»Echt«, sagte sie lachend. »Genau wie meine Mom.«

Bitte, erschieß mich gleich hier und jetzt, dachte ich. »Wirklich? Bei welcher Agentur?«

»ReMax.« Ihr Blick wanderte über die kleine Gruppe in unserem winzigen Garten, ihr Interesse erlahmte. »Wo sind Ihre Kinder? Ich hatte gehofft, sie kennenzulernen. Harrison hat gesagt, Sie haben zwei.«

»Da hat Harrison recht«, sagte ich mit einem weiteren gezwungenen Lächeln und fragte mich, seit wann mein Mann so mitteilsam über sein Privatleben war. *Sei nicht albern*, tadelte ich mich sofort. *Warum sollte er derart harmlose Informationen nicht preisgeben?*

Ich wusste, dass Harrison seine Studentinnen und Studenten zu Beginn seines Kurses immer aufforderte, ein wenig über sich und darüber zu erzählen, warum sie den Kurs belegt hatten. Da war es nur natürlich, dass er seinerseits ein wenig von sich mitteilte. *Oder nicht?*

»Sie feiern eine Übernachtungsparty bei Freunden.«

»Das waren noch Zeiten«, sagte Wren und lachte.

Ich lachte auch, obwohl ich sie eigentlich anschreien wollte: »Was weißt du schon von Zeiten? Du hast ja kaum lange genug gelebt, um deine Tage zu zählen.«

Eine der älteren Studentinnen kam näher. Ich versuchte vergeblich, mich an ihren Namen zu erinnern. »Ist Ihr Mann ein so guter Koch wie Schriftsteller?«, fragte sie.

»Wenn Sie mich entschuldigen«, sagte Wren, bevor ich antworten konnte.

Ich sah sie in dem Gedränge um den Grill verschwinden. Harrison wendete Hamburger und suhlte sich in der Bewunderung seiner treuen Fans. Lächelnd erinnerte ich mich daran, wie ich eine von ihnen gewesen war. Ich winkte. Aber er sah mich nicht.

KAPITEL ZEHN

»Das ist Wahnsinn«, hörte ich Tracy sagen, während sie den Hals reckte, um zu sehen, wie viele Leute vor uns in der Schlange standen. Zehn Jahre mochten vergangen sein, doch der Abend, an dem ich Harrison kennengelernt hatte, stand mir noch frisch vor Augen, eine jener Erinnerungen, die aufs Neue zu durchleben, eine jener Geschichten, die zu erzählen man nie müde wird. »Das sind bestimmt hundert Leute, und er braucht ewig. Ich meine, was macht er da? Wie lange dauert es, um seinen eigenen Namen zu schreiben?«

Ich zuckte die Schultern, ohne mir die Mühe zu machen, sie darauf hinzuweisen, dass wir ihretwegen ganz hinten in der Schlange standen. Wenn sie nicht so lange gebraucht hätte, sich aufzubrezeln und ihre Sachen zusammenzusuchen, würden wir vielleicht weiter vorn stehen. Aber in Wahrheit war ich entschlossen, so lange zu warten, wie es nötig war. Selbst wenn ich die ganze Nacht hier anstehen musste. Ich trug meine pinke Lieblingsbluse und hatte mir sogar einen Friseurtermin und professionelles Make-up bei Holt's gegönnt.

»Wofür hast du dich denn so rausgeputzt?«, hatte Tracy gefragt, als wir uns getroffen hatten. »Glaubst du wirklich, er wird dich bemerken?« Sie hatte ihr langes blondes Haar über die Schulter geworfen, als wollte sie mich still herausfordern.

»O mein Gott! Ich glaub es nicht!«, rief sie jetzt. »Er lässt die Leute auch noch fotografieren! Wir werden ewig hier stehen.«

»Du musst ja nicht bleiben«, sagte ich.

»Ja, klar. Ich hab mir das Buch doch nicht gekauft, um wieder abzuziehen, ohne es signieren zu lassen.«

»Dann hör auf zu jammern.«

»So toll fand ich es nicht mal. Ich meine, er braucht zehn Seiten, um zu beschreiben, wie man eine Waschmaschine benutzt. Ich kann selbst eine Bedienungsanleitung lesen, Herrgott noch mal.«

»Es ist eine Metapher.«

»Oh, ich bitte dich. Was ist mit der Handlung passiert?«

»Es gibt eine Handlung.«

»Die Ewigkeiten braucht, um in die Gänge zu kommen.« Sie verlagerte ihr Gewicht von einem Fuß auf den anderen. »So ähnlich wie diese Schlange.«

»Du musst nicht bleiben«, wiederholte ich und wünschte, dass Tracy gehen würde. Ich hatte mich seit Wochen auf diesen Abend gefreut, seit dem Tag, an dem ich die Anzeige in der Zeitung gesehen hatte, die ankündigte, dass die neue literarische Sensation Harrison Bishop aus Toronto in seiner Heimatstadt bei *Indigo* sein Buch vorstellen und signieren würde, und ich wollte ihn mir nicht ruinieren lassen. Ich hatte *Der Weg des Träumers* drei Mal gelesen und mir eine lange Liste von, wie ich hoffte, klugen Fragen zurechtgelegt, die ich dem Autor stellen wollte. Aber die meisten dieser Fragen waren schon gestellt und beantwortet worden, als der Moderator meine Hand sah, und da die Veranstaltung bereits weit länger gedauert hatte als geplant, murmelte ich nur, wie dankbar ich sei, dass wir an seinem Talent teilhaben durften.

»Gott, das war echt lahm«, sagte meine Schwester, als ich wieder Platz nahm.

Als wir uns zum Signieren anstellten, wurden wir angewiesen, unseren Namen auf einem kleinen Zettel zu notieren, damit Mr Bishop keine Zeit damit verschwenden müsse zu fragen, wie man ihn schreibt. Außerdem versprach man uns, dass er nicht gehen würde, ehe auch das letzte Buch signiert war.

»Ich will keine persönliche Widmung«, sagte Tracy, während ich noch überlegte, ob ich statt dem Punkt auf dem i in Jodi ein Herzchen malen sollte. »Ich hab irgendwo gelesen, dass Bücher nur mit Datum und Signatur wertvoller sind. Sobald sie eine persönliche Widmung enthalten, bringen sie beim Wiederkauf weniger ein.«

»Ich werde mein Exemplar nie verkaufen«, sagte ich, fügte das Herzchen und spontan auch meine Telefonnummer hinzu. *Was soll's*, dachte ich. Was hatte ich zu verlieren?

Fast eine Stunde später hatten wir endlich die Spitze der Schlange erreicht.

Harrison saß an einem langen Holztisch und sah so attraktiv und kunstvoll verstrubbelt aus, wie es das Foto auf dem Rückumschlag seines Buches versprochen hatte. Strähnen seines dunklen Haars fielen in seine blauen Augen. Neben ihm saß eine naive und offensichtlich hingerissene Vertreterin des Verlags, die Leiterin der Buchhandlung stand in diskretem Abstand hinter ihnen.

»Nur signieren«, verkündete meine Schwester und schob Harrison ihr Exemplar hin. »Und ein Foto«, fügte sie plötzlich hinzu, drückte mir ihr Handy in die Hand und lief um den Tisch, um sich neben ihn zu hocken. Sie schlang einen Arm um seine Schulter und setzte ihr strahlendstes Lächeln auf. »Noch eins«, wies sie mich an. »Nur zur Sicherheit.«

Gehorsam machte ich drei weitere Fotos und unterdrückte den Impuls, ihr das Handy an den Kopf zu werfen.

»Ich liebe Ihre Art zu schreiben einfach«, erklärte sie Harrison, als er ihr das Buch zurückgab.

»Vielen Dank«, sagte er und lächelte in meine Richtung.

»Das nehm ich wieder«, sagte sie und riss mir ihr Handy aus der Hand, während ich ihm meinen Namen und meine Telefonnummer über den Tisch schob. Ich hatte gehofft, dass Tracy ein Foto von mir und Harrison machen würde, wurde jedoch rasch eines Besseren belehrt. Sie verdrückte sich auf die Seite, um die Fotos zu checken, die ich gemacht hatte.

»Eine Freundin von Ihnen?«, fragte Harrison.

»Meine Schwester.«

Er nickte. »Ah«, sagte er, als würde er mich verstehen.

»Haben Sie eine Schwester?«, wagte ich zu fragen.

»Nein. Ich bin ein Einzelkind.«

»Oh.«

»Aber ich habe eine Mutter.«

»Oh«, sagte ich noch einmal, eingedenk der nicht gerade schmeichelhaften Beschreibung der Mutter in *Der Weg des Träumers*.

»Zum Glück ist sie vor ein paar Jahren nach Vancouver gezogen, und ich muss sie nicht mehr ertragen.«

»Bei meiner Mutter wurde vor Kurzem Parkinson diagnostiziert«, sagte ich zu meiner eigenen Überraschung.

Ich hörte ein wenig diskretes Räuspern und blickte zu Tracy. Sie hob demonstrativ den Arm, um auf ihre Uhr zu blicken.

»Sehr subtil«, bemerkte Harrison.

»Immer.«

»Ich bewundere Ihre Geduld«, sagte er. »Und nicht nur die, so lange in der Schlange gewartet zu haben. Für Jodi«, sagte er und schrieb meinen Namen auf die Titelseite, »mit einem Herzen.«

Ich lächelte.

Mit einer Hand gab er mir das Buch zurück, mit der anderen schob er den Zettel mit meiner Telefonnummer in seine Jackentasche. »Den behalte ich, wenn Sie nichts dagegen haben«, sagte er.

Mein Atem gefror in meinen Lungen.

»Worüber habt ihr denn so verdammt lange geredet?«, fragte Tracy, als wir die Buchhandlung verließen.

Ich zuckte die Schultern.

Diesen Mann werde ich heiraten, dachte ich.

KAPITEL ELF

»Was für eine charmante Geschichte«, sagte Elyse und schnitt mir noch ein Stück von dem Schokoladenkuchen ab, den sie am Vormittag gebacken hatte. Wir saßen am Küchentisch meiner Eltern und starrten in den Garten, wo mein Vater und meine Mutter am Pool saßen. Meine Mutter in Decken gewickelt im Rollstuhl, der zu einem Fortsatz ihres verkrüppelten Körpers geworden war, mein Vater in Golfshorts und einem Hemd mit offenem Kragen auf einem Stuhl daneben. Er las ihr laut aus der Sonntagsausgabe der *New York Times* vor.

Ich war für meinen kurzen Besuch zwischen zwei Besichtigungsterminen vorbeigekommen und schon auf dem Sprung gewesen, wieder zu gehen, als Elyse mir ein zweites Stück ihres köstlichen Kuchens anbot. Ich wusste, dass ich nach Hause fahren sollte, dass Harrison vermutlich knurrig war, weil er die Kinder fast den ganzen Tag übernehmen musste, doch ich hatte einen geschäftigen Nachmittag vor mir und genoss diese wenigen Minuten Zeit nur für mich.

Die Wochenenden waren immer ein wenig hektisch, weil die meisten potenziellen Käufer dann Zeit hatten, auf Häusersuche zu gehen. Häufig waren es Zweitbesuche, nachdem die Ehefrau das Haus im Laufe der Woche bereits besichtigt und in die engere Wahl gezogen hatte. Nun bedurfte es nur noch der Bestätigung durch ihren Mann.

Hören wir je auf, das zu wollen, fragte ich mich. *Hören Frauen jemals auf, sich selbst nach dem männlichen Blick zu beurteilen?*

»Und Sie wussten damals wirklich gleich, dass Sie ihn heiraten würden?«, fragte Elyse nach.

»Ja.« Ich zuckte die Schultern und fragte mich, wann ich diese Selbstsicherheit verloren hatte.

»Muss in der Familie liegen«, meinte sie. »Ihr Vater hat beinahe das Gleiche über Ihre Mutter gesagt.«

»Wirklich?«

»Er hat gesagt, in der Minute, in der er sie hat auftreten sehen, habe er gewusst, dass sie seine Frau werden würde.«

»Was hat er noch erzählt?«

»Dass sie Angebote von mehreren bekannten Ballettkompanien abgelehnt hat, um sich auf modernen Tanz zu spezialisieren, obwohl es miserabel bezahlt wurde. Dass sie eine magische Tänzerin war, jedoch entschieden hat, nach Ihrer Geburt nicht mehr öffentlich aufzutreten.«

»Es war nicht wirklich eine freie Entscheidung«, korrigierte ich sie.

»Wie meinen Sie das?«

»Ich war kein leichtes Baby«, erklärte ich und spürte ein vertrautes Schuldgefühl. Im Gegensatz zu Tracy, deren Geburt dem Vernehmen nach kinderleicht gewesen war, blieb ich in der Steißlage stecken, sodass ich mit einem Kaiserschnitt zur Welt gebracht werden musste, was den Plänen meiner Mutter, ihre Karriere schnell wieder aufzunehmen, einen entscheidenden Dämpfer verpasste. Dann litt ich als Baby unter Koliken und schlief monatelang nie mehr als ein paar Stunden am Stück, im Gegensatz zu Tracy, die laut Familienlegende nach drei Monaten durchgeschlafen und sich vor ihrem ersten Geburtstag selbst beigebracht hatte, aufs Töpfchen zu gehen.

Plötzlich drängten zahlreiche Bilder aus meiner Kindheit in mein Bewusstsein, Bilder meiner Mutter an der Übungsstange im Gymnastikraum, die Arme elegant über ihrem Kopf schwebend, während sie ihren Körper zu einer Vielzahl scheinbar unmöglicher Positionen verbog, die Tracy, die nur ein paar Schritte hinter ihr stand, mühelos imitieren konnte, während ich es nie richtigmachte.

»Schau auf Tracy«, wies meine Mutter mich an.

»Schau auf mich«, wiederholte Tracy, drei Worte, die ihr ins Erwachsenenleben gefolgt waren.

Schau auf mich. Schau auf mich. Schau auf mich.

Ich schaute, doch ich konnte es Tracy in ihrer Beherrschung der Kunst nie gleichtun. Es war eine der kleinen Ironien des Lebens, dass ich den Wunsch, jedoch nicht das Talent hatte, wohingegen Tracy über das Talent verfügte, während es ihr an Ehrgeiz mangelte.

So war es mit den meisten Dingen. Es schien, als gäbe es nichts, was Tracy nicht konnte. Sie war mit großem natürlichem Talent gesegnet. Alles fiel ihr mit so staunenswerter Leichtigkeit zu, dass sie, wenn es zu dem Punkt kam, sich auf etwas einzulassen und harte Arbeit zu investieren, die man braucht, um wirklich erfolgreich zu sein, einfach aufgab und sich etwas anderem zuwandte. Und dann wieder etwas anderem. Und wieder.

Mit Männern war sie genauso. Ein Problem tauchte auf; der Mann verschwand.

Freundinnen kamen und gingen. Tracy sehnte sich nach Bewunderung, nicht nach Treue. Sobald sie nicht mehr das Gefühl hatte, etwas Besonderes zu sein, zog sie weiter und fand neue Freundinnen, die sie blenden konnte.

»Noch einen Kaffee?«, fragte Elyse, ahnungslos in Bezug auf die Gedanken, die durch meinen Kopf kreisten.

Ich blickte auf die Uhr. In einer halben Stunde hatte ich eine »offene Besichtigung«, aber das Grundstück lag nur ein paar Minuten entfernt. »Klar. Warum nicht?«

Elyse goss mir eine zweite Tasse ein und ließ sich auf dem Stuhl neben mir nieder. »Und wie ist die Geschichte ausgegangen? Wann hat er Sie angerufen?«

Ich brauchte einen Moment, um zu begreifen, dass sie von Harrison und der Geschichte unseres Kennenlernens sprach. Rückblickend weiß ich nicht mehr, was mich veranlasst hat, mich ihr anzuvertrauen. Ich habe den Verdacht, dass es schlicht daran lag, dass sie gefragt hatte und es so lange her war, dass irgendjemand ein Interesse an etwas bekundet hatte, was ich zu sagen hatte, weshalb ich meine Geschichten bereitwillig preisgab, vor allem einer so mitfühlenden und aufmerksamen Zuhörerin.

»Er hat gegen Mitternacht angerufen«, erzählte ich ihr und genoss die Erinnerung.

»Am selben Abend?«

Ich spürte, wie sich von meinem Hals zu den Wangen eine Röte ausbreitete. »Er sagte, er wisse, dass es schon spät sei, aber er sei von dem Abend noch aufgekratzt und könne nicht schlafen, und er habe sich gefragt, ob ich Lust auf einen

Spaziergang hätte, und ich sagte, klar. Dann kreuzte er bei mir auf und ist im Grunde nie wieder gegangen.«

»Sie haben in jener ersten Nacht miteinander geschlafen?«

Ich zuckte die Schultern und suhlte mich in ihrem offensichtlichen Entzücken.

»Was für eine wunderbare Liebesgeschichte«, sagte sie.

»Ja, das war es.«

»*War?*«

»Nun, ist es noch immer. Es ist bloß …« Ich zögerte. »… anders, wissen Sie.«

»Anders?«

»Na ja, wir sind seit fast zehn Jahren verheiratet.« Ich stieß ein gezwungenes Lachen aus. »Die Dinge verändern sich … wir haben zwei Kinder … Harrison hat Probleme, sein zweites Buch an den Start zu bekommen …«

»Aber er ist ein so guter Schriftsteller.«

»Ja, das ist er.«

»Es muss so frustrierend für ihn sein, ein so genialer Mann wie er. Allerdings sagt man nicht auch: ›Ein Genie zu Hause ist eine Nervensäge‹?«

Ich lächelte. »Er ist keine Nervensäge. Na ja, jedenfalls nicht immer.«

Sie lachte, und ich war beinahe peinlich dankbar.

»Ich meine, es ist nicht so, als würde er sich nicht anstrengen. Es ist bloß, wie Sie gesagt haben, sehr frustrierend für ihn.«

»Für Sie auch, stelle ich mir vor.«

Nicht zum ersten Mal hätte ich sie am liebsten umarmt.

»Er hat großes Glück«, sagte sie, »dass Sie so gut verdienen.«

»Ich weiß nicht, ob er das auch so sieht.«

»Oh?«

»Ich weiß, dass er dankbar für das Geld ist und alles, aber …«

»… Sie glauben, er nimmt es Ihnen übel, dass Sie so erfolgreich sind?«

»Nein. Also, nicht wirklich«, schränkte ich ein. »Vielleicht.«

»Er ist sicher sehr stolz auf Ihren Erfolg.«

»Das bin ich auch«, stimmte ich ihr zu.

»Es wäre bloß nett, wenn er es auch hin und wieder laut sagen würde«, fuhr Elyse fort.

Mir schossen Tränen in die Augen.

»Oh je. Bitte nicht weinen.« In ihrer Hand tauchte magischerweise ein Papiertaschentuch auf, mit dem sie behutsam die Wangen unter meinen Augen abtupfte. »Sie wollen sich doch nicht Ihre Mascara ruinieren.«

»Tut mir leid. Ich weiß nicht, was mit mir los ist, dass ich so ins Reden gekommen bin. Ich wollte Ihnen bestimmt keine falsche Vorstellung vermitteln.« Ich schluckte meine restlichen Tränen herunter. »Normalerweise unterstützt er mich sehr. Und uns geht es gut. Wirklich. Jede Ehe hat ihre Höhen und Tiefen. Na ja … das wissen Sie bestimmt selbst.«

»Und ob. Es gab in beiden meiner Ehen Zeiten, in denen ich mich gefreut hätte, wenn meine Männer von einem Bus überfahren worden wären.«

Ich verzog meine zitternden Lippen zu einem Lächeln. »Im Sommer, wenn er anfängt zu unterrichten, ist es immer ein wenig schwierig. Er wird von all seinen Studenten und

Studentinnen angesehen wie eine Art Gott.« *So wie ich ihn früher angesehen habe. So wie Wren ihn heute ansieht.* »Und dann muss er in die Realität nach Hause kommen.«

»Die Realität ist schon ein Miststück«, sagte Elyse.

»Wer ist ein Miststück?«, fragte mein Vater in der Tür.

Ich zuckte zusammen. Ich war so in unsere Unterhaltung vertieft gewesen, dass ich ihn nicht hatte hereinkommen hören. Ich warf einen raschen Blick in den Garten und sah meine Mutter nach wie vor zusammengesunken in ihrem Rollstuhl sitzen.

»Ein zweites Stück?«, fragte mein Vater, als er die Krümel auf meinem Teller bemerkte. »Hältst du das für eine gute Idee?«

»Vic, Herrgott noch mal«, intervenierte Elyse zu meinen Gunsten. »Wovon redest du? Jodi ist gertenschlank.«

»Ist es gut, Mom da draußen alleinzulassen?«, fragte ich, um meine Verärgerung zu überspielen.

»Mit ihr ist alles in Ordnung«, sagte mein Vater und blickte zur Kaffeemaschine. »Ist noch einer für mich übrig?«

»Ich brüh dir eine frische Tasse auf«, bot Elyse an und war sofort auf den Beinen.

»Was ist, wenn sie fällt?«, beharrte ich.

»Sie fällt nicht«, sagte mein Vater und zog sich einen Stuhl vor.

»Deine Tochter hat recht«, erklärte Elyse ihm. »Warum willst du ein Risiko eingehen? Geh wieder nach draußen, ich bringe dir den Kaffee, wenn er fertig ist.«

Ich wartete darauf, dass er sie anfauchte und ihr erklärte, dass sie ihre Arbeit machen und ihre Meinung für sich behalten sollte.

»Gut«, sagte mein Vater stattdessen und schob den Stuhl wieder an den Tisch.

»Wie haben Sie das gemacht?«, fragte ich, als er weg war.

»Oh, so schwierig ist Ihr Vater nicht.«

»Wirklich? Da habe ich ganz andere Erfahrungen gemacht.«

Sie sah mich halb zwinkernd, halb lächelnd an. »Man muss ihn nur zu handhaben wissen.«

KAPITEL ZWÖLF

Man muss kein Genie sein, um die psychologischen Motive hinter den Ereignissen zu verstehen, die zugrunde liegende Familiendynamik, die mich zu Elyse hinzog, die unbewussten Gründe, warum ich die roten Warnflaggen übersehen wollte, die erst von Weitem und dann direkt vor meinen Augen geschwenkt wurden.

Anders als Tracy hatte ich nie viele Freundinnen. Tracy war extrovertiert und selbstsicher, ich dagegen schüchtern und voller Selbstzweifel. Sie war unbestreitbar hübsch; ich sah, um es mit dem Wort unseres Vaters zu sagen, »interessant« aus. Sie hatte die schlanke Ballettfigur meiner Mutter geerbt; ich war, um es noch einmal mit meinem Vater zu sagen, »stämmiger«.

Tracys Licht strahlte hell, während meines nur flackerte.

Dass Tracy der Liebling meiner Eltern war, war etwas, das ich nie infrage gestellt oder auch nur übelgenommen habe, weil beides zwecklos gewesen wäre. Dass sie dafür gelobt wurde, in der Highschool mittelmäßige Noten nach Hause zu bringen, während meine Einsen kaum zur Kenntnis genommen wurden, hat mich wahrscheinlich angetrieben, umso erfolgreicher zu sein. Ich war das »Arbeitspferd« – ein weiteres Lieblingswort meines Vaters –, Tracy die »Künstlerin«.

Sie wurde verwöhnt; ich wurde geduldet.

Eine Zeit lang hatte ich den Verdacht, adoptiert worden zu sein. Nicht nur ähnelte ich meinen Eltern und meiner Schwester in keinem markanten Aspekt – ich hatte die braunen Augen meines Vaters, aber das war so ziemlich alles –, ich war auch vom Naturell her ihr Gegenteil. Während es sie in die Bühnenmitte drängte, war ich zufrieden damit, im Hintergrund zu bleiben. Während sie die Hauptrollen anstrebten, begnügte ich mich damit, Teil des Chors zu sein.

Natürlich musste meine Mutter mir nur ihre Kaiserschnittnarbe zeigen, um mich ein für alle Mal von der Idee zu kurieren, ich wäre adoptiert worden. Es gab keine andere Familie irgendwo da draußen, keine *richtige* Familie, die darauf wartete, meine Unvollkommenheit anzunehmen und mich trotz meiner Fehler wertzuschätzen.

»Siehst du das?«, hatte meine Mutter mich eines Tages gefragt, als ich etwa so alt war wie mein Sohn jetzt, ihre Bluse angehoben und ihre Hose bis über die Hüfte heruntergezogen, um mir den Beweis zu zeigen. »Das warst du.«

Ich war prompt in Tränen ausgebrochen und hatte mich den Rest des Tages lang entschuldigt.

Seitdem hatte ich nicht mehr aufgehört, mich zu entschuldigen.

Ich war immer eine pflichtbewusste Tochter gewesen, hatte meine Mutter täglich angerufen, um Hallo zu sagen und zu fragen, wie ihr Tag gewesen war, auch wenn sie sich selten für meinen interessierte. Dieses Muster verstärkte sich nach der Parkinson-Diagnose noch. Ich war diejenige, die ihre Rezepte einlöste, einmal die Woche Lebensmitteleinkäufe erledigte, sie regelmäßig besuchte und jeden Morgen und jeden Abend anrief, um mich nach ihrem Zustand zu erkundigen.

Verweigere einem Kind die elterliche Anerkennung, und es wird sein Leben lang danach streben, sie zu bekommen. Und die traurige, unbestreitbare Tatsache ist, dass ich mich den Großteil meiner prägenden Jahre allein darum bemühte, die *Aufmerksamkeit* meiner Eltern zu gewinnen, von Anerkennung ganz zu schweigen. Je mehr sie sie mir vorenthielten, desto heftiger buhlte ich darum. Ich würde offensichtlich nie eine Tänzerin sein, also wurde ich Maklerin wie mein Vater. Ich entschied mich, in seiner Agentur zu arbeiten, und strengte mich an, eine seiner Top-Vertreterinnen zu werden, bloß um seinen Respekt zu gewinnen. Um ihm zu beweisen, dass ich mehr war als ein »interessant aussehendes Arbeitspferd«.

Dass ich ein geschmeidiges schönes Rennpferd war.

Aber was ich auch tat, es war natürlich nie genug.

War es also wirklich überraschend, dass ich Elyses Bann so schnell und so leicht verfiel?

Sie reagierte freundlich, aufmerksam, mitfühlend, ja sogar fürsorglich auf meine Empfindungen. Sie stellte Fragen, interessierte sich für meine Meinung, schlug sich auf meine Seite und überschüttete mich mit Lob.

Kurzum, sie war die liebevolle Elternfigur, die ich mein Leben lang gesucht hatte.

Die Reaktion meines Vaters auf Elyse ist nicht ganz so leicht zu erklären.

Er hatte es so vehement abgelehnt, jemanden auf seinem Territorium zu dulden, dass ich angenommen hatte, es würde Monate dauern, bis er sich an ihre Anwesenheit gewöhnt hatte, dass sein tief verwurzelter Impuls, alles und jeden um sich herum zu kontrollieren, es ihm nicht erlauben würde, Kompromisse zu schließen, dass ich mich glücklich schätzen könnte, wenn Elyse nicht vor Ende der ersten Woche schreiend das Weite suchen würde. Deshalb war es ein Schock, dass der anfängliche Widerstand meines Vaters gegen sie nicht nur erstaunlich schnell abflaute, sondern komplett verschwand.

Zwar versuchte er hin und wieder, einen Streit zu provozieren – dieselbe Technik, die er so erfolgreich bei meiner Mutter angewandt hatte –, aber Elyse weigerte sich einfach, auf den Köder anzubeißen. Sie ignorierte seine Bemühungen, sie in einen verbalen Schlagabtausch zu verwickeln, entweder ganz oder tat sie lachend ab. »Oh, Vic«, sagte sie. »Du bist so komisch.« Das in Verbindung mit ihrem natürlichen guten Aussehen und ihrer außerordentlichen Kompetenz war offensichtlich mehr als ausreichend, um ihn für sich zu gewinnen.

Und anfangs hätte ich nicht dankbarer sein können. Um meiner Eltern willen.

Um meiner selbst willen.

»Es ist erstaunlich«, sagte ich eines Abends zu Harrison, als ich ins Bett kam. »Nichts kann sie aus der Ruhe bringen. Sie ist erst seit drei Monaten da, und der Haushalt funktioniert schon wie eine gut geölte Maschine.«

Harrison sagte nichts. Er saß in unserem Doppelbett, um ihn herum waren auf der bauschigen weißen Bettdecke die Hausarbeiten verteilt, die seine Studentinnen und Studenten zu seiner jüngsten Aufgabenstellung abgegeben hatten.

»Meine Mutter sieht so gut aus wie seit Urzeiten nicht

mehr«, fuhr ich fort und versuchte, unter die Decke zu schlüpfen, ohne die Blätter heruntersegeln zu lassen.

»Vorsichtig«, warnte er mich, ohne aufzublicken.

»Und mein Vater«, fuhr ich fort, »es ist, als hätte sich ein wilder Löwe in ein harmloses Kätzchen verwandelt. Ich sag dir, die Frau ist eine Zauberin. Harrison?«, fragte ich, als er weiterhin nicht reagierte.

»Hmmm?«

»Hast du irgendwas von dem gehört, was ich gesagt habe?«

»Dein Vater ist ein Kätzchen; Elyse ist eine Zauberin«, wiederholte er ohne jede Begeisterung.

»Na, das ist ziemlich erstaunlich, findest du nicht?«

»Erstaunlich«, stimmte er mir zu und blickte endlich von seinen Papieren auf. »Hör mal. Ich weiß, ich hab das schon öfter gesagt, aber ich dachte, der ganze Zweck, eine Haushälterin für deine Eltern zu engagieren, wäre es gewesen, dass du dir weniger Sorgen um sie machen musst und mehr Zeit hast, dich um deine eigene Familie zu kümmern.«

»Der Zweck, eine Haushälterin zu engagieren, war es, meinen Vater bei der Pflege meiner Mutter zu entlasten«, korrigierte ich ihn. »Und wann habe ich dieser Familie nicht genug Aufmerksamkeit gewidmet?«

»Wirklich, Jodi? Willst du das jetzt diskutieren? Ich muss bis morgen früh diese Texte korrigieren.«

Ich hörte ein fernes Echo der lautstarken Auseinandersetzungen meiner Eltern, die die Treppe hinauf in die Zimmer meiner Kinder drangen. Ich stellte mir vor, wie sie sich bei dem Geräusch der lauter werdenden Stimmen unter ihrer Bettdecke verkrochen und sich die Ohren zuhielten, um die wütenden Worte auszublenden. »Entschuldigung«, sagte ich, schluckte meine Frustration herunter und ließ den Kopf heftiger als beabsichtigt auf das Kissen fallen.

»Okay«, sagte Harrison und sammelte seine Papiere ein. »Die Botschaft ist angekommen. Ich geh nach unten.«

»Ich wollte keine Botschaft senden«, begann ich, aber er war schon aus dem Bett und durch die Tür. Seine Schritte auf der Treppe hallten im Haus wider.

Ich lag wach und musste an die Theorie denken, dass Männer unbewusst ihre Mütter heiraten und Frauen ihre Väter. Wir neigen dazu, wiederholen die Muster unserer Kindheit, halten uns an das, was vertraut ist, wie unangenehm es auch sein mag, und hoffen, die Geschichte umzuschreiben, weil wir unbedingt jenes so schwer zu fassende Happy End wollen.

Hatte ich das Gleiche getan?

Wie mein Vater konnte Harrison schwierig und ichbezogen sein, aber das galt wahrscheinlich für die meisten erfolgreichen Männer. Ich hatte mir eingeredet, dass ihm diese Eigenschaften irgendwie zustanden. Kreative Menschen waren nun mal launenhaft und egozentrisch.

Wie mein Vater konnte Harrison abschätzig und arrogant sein und seine Wortgewandtheit häufig als Waffe einsetzen. Aber das gehörte eben zu seinem Genie dazu. Und ja, wie mein Vater genoss Harrison es, verhätschelt und bewundert zu werden und das letzte Wort zu haben.

Aber wer genoss das nicht?

Ich hatte keine Ahnung, ob ich Harrisons Mutter in irgendeiner Weise ähnelte, weil er immer ungern über sie gesprochen hatte. Ich wusste, dass sie die Familie nach ihrer Scheidung von Harrisons Vater verlassen und auf die andere

Seite des Landes gezogen war, um berufliche Chancen wahrzunehmen, und dass Harrison alle folgenden Versuche einer Wiederannäherung und Versöhnung abgewiesen hatte.

»*Achte darauf, wie ein Mann seine Mutter behandelt*«, flüsterte eine kleine Stimme in meinem Ohr, als ich das Deckenlicht ausschaltete und die Augen schloss. »*Denn so wird er auch seine Frau behandeln.*«

Nur eine weitere der Stimmen, die ich geflissentlich ignorierte.

KAPITEL DREIZEHN

Auftritt Roger McAdams.

Der attraktive, erfolgreiche, charmante Roger McAdams. Anfang vierzig. Frisch geschieden, neu in der Stadt und auf der Suche nach einem Domizil. Er wehte in mein Leben wie ein weicher, warmer Wind.

Aber Moment.

So weit sind wir noch nicht.

Erst kommt Wren.

»Wo ist Harrison?«, fragte Tracy, als wir ein paar Wochen später zum Abendessen Platz nahmen – Lachs natürlich. Die Kinder hatten schon gegessen und spielten in ihren Zimmern oben vor dem Schlafengehen Videospiele. Es war Mitte August. Harrisons Kurs würde noch zwei Wochen dauern.

Ich goss meiner Schwester ein Glas Wein ein. »Er hat eine Fakultätssitzung.«

Tracy blickte auf ihre Uhr. »So spät?«

Ich sah auf meine eigene Uhr. Sie hatte recht. Es war schon nach acht. Ich goss mir ein Glas von dem leckeren Chardonnay ein, trank einen Schluck und spürte, wie die gekühlte Flüssigkeit schmeichelnd durch meine Kehle rann. »Er hat gesagt, die Sitzung könnte länger dauern.«

Sie zuckte die Schultern. »Ich hab ihn heute gesehen.«

Ich hatte mit Harrison gesprochen, als er angerufen hatte, um mir von der ungeplanten Sitzung zu berichten. »Wirklich? Davon hat er gar nichts erwähnt.«

»Wahrscheinlich weil er mich nicht gesehen hat.«

»Oh?«, fragte ich, beinahe ängstlich, mehr zu sagen, obwohl ich nicht wusste, warum. Tracys Kurs war in demselben Gebäude in der St. George Street wie Harrisons. Kaum überraschend, dass sie sich gelegentlich über den Weg liefen.

»In der Bar Mercurio«, fuhr Tracy fort und nannte den Namen eines beliebten Mittagslokals in der Bloor Street in der Nähe der Universität. »Wir waren mit einer Gruppe zum Essen dort, und er saß draußen im Innenhof. Es war gerammelt voll, deshalb mussten wir einen Tisch drinnen nehmen. Wahrscheinlich hat er mich deshalb nicht gesehen.«

»Du hättest rübergehen und Hallo sagen sollen.«

»Nein. Ich wollte ihn nicht stören.«

»Er hätte bestimmt nichts dagegen gehabt.«

»Ich weiß nicht. Er wirkte ziemlich beschäftigt.«

»Ich nehme an, er war nicht allein«, sagte ich und bedauerte die Worte, sobald sie über meine Lippen waren.

»Nein«, bestätigte Tracy. »Er war mit einer Frau dort. Sie wirkten sehr ins Gespräch vertieft.«

»Wahrscheinlich eine seiner Studentinnen.«

»Wahrscheinlich.«

»Wahrscheinlich haben sie über eine Hausarbeit gesprochen.«

»Wahrscheinlich«, sagte Tracy noch einmal, ein Wort, das mich allmählich nervte. »Sie war jung«, fuhr sie unaufgefordert fort. »Hübsch. Lange braune Haare. Große Brüste.«

Ich versuchte das Bild von Wren zu verdrängen, das mir

sofort vor Augen trat. »Worauf willst du hinaus?«, fragte ich und trank noch einen Schluck von meinem Wein. Das war Tracys bevorzugte Herangehensweise. Sie gab sich stets unschuldig und erging sich mit Vorliebe in Andeutungen, sodass man ihr nie vorwerfen konnte, vorsätzlich irgendwas geschürt zu haben.

»Ich? Gar nichts.«

»Bei dir hört es sich an, als wäre irgendwas zwischen ihnen gewesen.«

»Wirklich? Das wollte ich nicht.«

»Es war bestimmt vollkommen unschuldig«, erklärte ich ihr.

»Habe ich etwas anderes behauptet?«

»Du hast es angedeutet.«

»Habe ich gar nicht.«

»Er trifft sich regelmäßig mit seinen Studenten«, erklärte ich ihr. »Um ihre Hausarbeiten zu besprechen, seine Anmerkungen zu erläutern und ihnen zu sagen, wo sie sich verbessern können. Das gehört zu seinem Job.«

»Das weiß ich«, protestierte Tracy. »Ich habe mich auch schon mehrmals mit meinem Dozenten getroffen, um genau diese Dinge zu besprechen.«

»Siehst du«, sagte ich und fühlte mich ein wenig bestätigt.

»Nur nicht zum Mittagessen«, fügte sie hinzu.

»Scheiße«, fluchte ich, leerte mein Glas und goss es noch einmal voll.

»Mein Dozent sagt, ich habe wirklich Talent«, berichtete Tracy, offensichtlich bemüht, das Thema zu wechseln.

»Schön für dich.«

»Jetzt bist du aufgebracht«, sagte Tracy, die erkannte, dass sie womöglich zu weit gegangen war. »Tut mir leid. Das wollte ich nicht. Harrison wäre ein Vollidiot, wenn er auch nur daran denken würde, dich zu betrügen. Ehrlich. Ich bin sicher, das Mittagessen war vollkommen unschuldig«, wiederholte sie meine Worte, was nur betonte, wie hohl sie klangen. »Ich bin sicher, Harrison erzählt dir alles, wenn er nach Hause kommt.«

Aber das tat er nicht.

»Das muss ja eine Sitzung gewesen sein«, sagte ich, als er um kurz vor zehn schließlich die Haustür aufschloss. Tracy war eine Stunde zuvor gefahren, ich war am Esstisch sitzen geblieben, wo ich den Rest der Weinflasche geleert hatte. Ein angenehmes Kribbeln hatte sich auf meine Schultern gelegt und strich über meine Haut wie ein Seidenschal.

»Ein paar von uns sind hinterher noch einen Happen essen gegangen«, sagte er. »Entschuldige. Ich hätte anrufen sollen.«

»In der Bar Mercurio?«, fragte ich, vom Alkohol ermutigt.

»Was?«

»Wart ihr in der Bar Mercurio?«, wiederholte ich.

»Nein, genau genommen waren wir in der Bar des Four Seasons. Alles in Ordnung mit dir?«

»Bestens.«

»Du wirkst ein wenig … neben dir. Wie viel hast du getrunken?«

Ich zuckte die Achseln und blickte zu der leeren Flasche. »Tracy war zum Abendessen hier.«

Er nickte, als würde das alles erklären.

»Sie hat gesagt, sie hätte dich heute gesehen.«

Harrison legte den Kopf zur Seite wie ein neugieriges Hündchen.

»Beim Mittagessen«, sagte ich, bevor er fragen konnte. »In der Bar Mercurio.«

»Okay«, sagte er. »Ich gestehe. Ich habe in der Bar Mercurio zu Mittag gegessen.«

»Mit einer deiner Studentinnen?«

»Mit Wren Peterson, ja. Um ihre letzte Hausarbeit zu besprechen. Gestern war ich mit Candace Fitzpatrick Mittag essen«, fuhr er fort. »Hat Tracy mich da auch gesehen?«

Ich spürte, wie der Seidenschal von meinen Schultern glitt und mich entblößt und schutzlos zurückließ.

»Was genau glaubt Tracy gesehen zu haben?«

Sie hat gesehen, wie du mit einer hübschen jungen Frau mit langen braunen Haaren und großen Brüsten zu Mittag gegessen hast, dachte ich, sagte jedoch nur: »Sie hat dich beim Mittagessen in …«

» … der Bar Mercurio gesehen. Ja, ich denke, das haben wir mittlerweile geklärt. Was noch?«

»Sie fand bloß, dass die Unterhaltung ziemlich intensiv gewirkt hat«, sagte ich.

»Das war sie auch«, bestätigte er. »Wren träumt davon, Schriftstellerin zu werden, aber das wird offen gesagt nie passieren. Ich glaube, das wird ihr allmählich bewusst, und es hat sie ziemlich hart getroffen. Ich habe bloß versucht, sie zu trösten. Ich nehme an, Tracy hat gesehen, wie ich ihre Hand getätschelt habe, und voreilig falsche Schlüsse gezogen, wie es nur Tracy kann.«

Ich unterdrückte ein leises Keuchen. Davon, dass Harrison Wrens Hand ergriffen hatte, hatte Tracy gar nichts gesagt.

»Und sie konnte gar nicht schnell genug hierhereilen und dir davon erzählen.« Harrison fuhr sich verzweifelt durchs Haar. »Und du konntest nicht minder überstürzt voreilige Schlüsse ziehen. Hör zu, es war ein langer Abend, und ich bin todmüde. Ich gehe ins Bett.«

Ich blieb fast eine Stunde im Esszimmer sitzen, den unsichtbaren Schal zerknüllt neben meinen Füßen, bis ich mich schließlich aufraffte und nach oben ging. Ich wusch mein Gesicht, putze mir die Zähne und schlüpfte neben meinem Mann ins Bett. »Tut mir leid«, flüsterte ich, schlang die Arme um ihn und vergrub mein Gesicht an seinem warmen Rücken.

Aber wenn er noch wach war, gab er kein Zeichen. Am nächsten Morgen brach er zur Universität auf, ohne auch nur guten Morgen zu sagen.

Auftritt Roger McAdams.

KAPITEL VIERZEHN

»Verzeihung«, sagte jemand. »Jodi Bishop?«

Ich blickte von einem Vertrag auf und sah einen attraktiven Kopf – haselnussbraune Augen, hellbraunes Haar, adlige Nase, volle Lippen – in der Tür meines Büros auftauchen.

»Roger McAdams?«

»Leibhaftig«, sagte er und kam mit ausgestreckter Hand zu meinem Schreibtisch. Er war groß und schlank, modisch gekleidet, graue Hose, dunkelblaues Leinenjackett, sein Händedruck war genauso fest wie sein Blick.

»Bitte«, sagte ich und wies auf die beiden Eichenstühle vor meinem Schreibtisch. »Nehmen Sie Platz.«

»Ich bin Ihnen wirklich dankbar, dass Sie mich so kurzfristig treffen konnten.«

Ich lächelte. »Was kann ich für Sie tun, Mr McAdams?«

»Roger, bitte.« Er erklärte, dass er wegen eines neuen Jobs von Detroit nach Toronto umgezogen sei und es nun allmählich Zeit würde, das winzige Apartment, das er gemietet hatte, gegen etwas Eigenes einzutauschen.

»Wovon sprechen wir? Ein Haus? Eine Wohnung?«

»Auf jeden Fall eine Wohnung. Ich bin geschieden, keine Kinder. Ich erwarte nicht viel Besuch. Aber vielleicht trotzdem mit zwei Schlafzimmern, damit ich eins als Büro nutzen kann.«

»Hatten Sie an eine bestimmte Gegend gedacht?«

»Na ja, ich arbeite in der Bay Street. Also vorzugsweise etwas in der Innenstadt. Vielleicht mit Blick aufs Wasser.«

»Die Preise, die für Eigentumswohnungen am Wasser aufgerufen werden, sind äußerst gesalzen. Wie hoch ist Ihr Budget?«

»Flexibel«, sagte er. »Vielleicht könnten Sie mir ein paar Objekte zeigen, dann sehe ich, was zu welchem Preis verfügbar ist, und bekomme eine Ahnung von meinen Optionen.«

»Klingt vernünftig«, sagte ich. *Und vage*, fügte ich stumm hinzu, wohlwissend, dass die Suche nach einer entsprechenden Wohnung einige Zeit in Anspruch nehmen könnte, wenn wir nicht großes Glück hatten. »Schauen Sie doch mal, ob Ihnen irgendwas von unseren Online-Angeboten ins Auge sticht. Ich stelle derweil einen Querschnitt von Objekten zusammen, die auf dem Markt sind, und melde mich im Laufe des Tages bei Ihnen.«

»Klingt perfekt.«

»Gibt es bestimmte Zeiten, die Ihnen für Besichtigungen besonders gut passen?«

»Na ja, eher abends oder an Wochenenden. Falls Sie das einrichten können.«

Er gab mir eine Karte mit seinem Namen und einer Handynummer. »Ich freue mich darauf, von Ihnen zu hören«, sagte er zum Abschied.

Ich freue mich darauf, gehört zu werden, dachte ich, als ich ihm nachsah.

»Du erklärst mir also, dass du das ganze Wochenende arbeitest«, sagte Harrison, als wir uns fürs Bett fertig machten.

»Nicht das ganze Wochenende.«

»Nein. Bloß die Vor- und die Nachmittage.«

»Nicht den ganzen Vormittag«, erwiderte ich ruhig. »Nicht den ganzen Nachmittag.«

»Wirklich?«, fragte er skeptisch. »Wie genau soll das funktionieren? Erklär es mir.«

»Ich habe am Samstag Besichtigungstermine zwischen zehn und zwölf und zwischen zwei und vier.«

»Und Sonntag?«

»Sonntag wird vielleicht gar nicht nötig werden.«

»Aber es könnte sein«, sagte er.

»Es könnte sein«, bestätigte ich.

»Eigentlich meinst du also, dass ich darauf vorbereitet sein soll, die Kinder das ganze Wochenende allein zu übernehmen.«

»Ich werde zum Frühstück, zum Mittagessen und zum Abendessen zu Hause sein«, wandte ich ein.

»Und ich darf sie in den Stunden dazwischen bespaßen.«

»Ist das wirklich eine solche Bürde? Es sind tolle Kinder.«

»Woher willst du das wissen?«

»Das ist nicht fair. Ich verbringe genauso viel Zeit mit ihnen wie du.«

»Wirklich?«, fragte er höhnisch. »In welchem Universum? Mach dir nichts vor, Jodi. Dein Mann und deine Kinder kommen an dritter Stelle nach deinen Eltern und nach deiner Karriere.«

Normalerweise ließ ich derlei Vorwürfe über mich hinwegrauschen. Meinen Eltern beim Streiten zuzuhören hatte mich gelehrt, dass jeder Versuch, sich zu verteidigen, nur zu einer Eskalation der Anschuldigungen führte. Aber ich war es leid, mir die immer gleiche Litanei anzuhören. »Das ist nicht nur nicht fair«, protestierte ich. »Es ist auch nicht wahr.«

»Ich sag dir, was wahr ist«, entgegnete Harrison. »Wahr ist, dass deine Arbeit stets Vorrang vor meiner hat. Ich muss meinen Tagesplan immer nach deinem ausrichten. Du respektierst weder meine Zeit noch, wie hart ich arbeite.«

Ich schüttelte stumm den Kopf, eingedenk unserer lauter werdenden Stimmen und der Kinder, die in ihren Zimmern am Ende des Flures schliefen.

»Du gehst unbekümmert deinen Geschäften nach und machst Termine, ohne mich auch nur zu fragen. Abende, Wochenenden …«

»Es ist schließlich nicht so, als hätte ich eine Wahl.«

»Man hat immer eine Wahl.«

»Ich muss zu den Zeiten verfügbar sein, die in den Terminplan meiner Kunden passen.«

»Was ist mit meinem Terminplan?«

»Dein Tagesplan ist flexibler als meiner.«

»Nur weil ich bewusst Prioritäten setze.«

»Irgendjemand hier muss ja auch Geld verdienen«, fauchte ich und bereute meine Worte sofort.

»Okay«, sagte er. »Jetzt kommen wir zum Kern der Sache.«

»Ich möchte bloß darauf hinweisen …«

»*Irgendjemand hier muss ja auch Geld verdienen*. Waren das deine genauen Worte?«

»Ja, aber ich wollte nur anmerken …«

»Dass du das Geld verdienst und deshalb die Entscheidungen triffst.«

»Wann habe ich dich jemals bei irgendeiner wichtigen Entscheidung nicht einbezogen?«, rief ich.

»Könntest du etwas leiser sprechen?«, sagte er mit unvermittelt gesenkter Stimme. »Du weckst die Kinder.«

Ich musste all meine Beherrschung zusammennehmen, um ihn nicht anzuschreien. »Wegen meines Einkommens können wir uns dieses Haus und die Kosten für die Tagesbetreuung der Kinder leisten, damit du den ganzen Tag Zeit zum Schreiben hast«, sagte ich bemüht beherrscht und mit tiefer, kratziger Stimme.

»Was dir offensichtlich missfällt«, sagte er.

»Es missfällt mir überhaupt nicht. *Was* mir missfällt, ist deine Weigerung anzuerkennen, wie viel ich beitrage.«

»Du machst das alles also nur für uns? Willst du das sagen? Dir macht dein Beruf keinen Spaß? Du beziehst keine persönliche Zufriedenheit daraus?«

»Natürlich macht er mir Spaß. Du verdrehst mir jedes Wort im Mund.«

»Deinetwegen können wir uns unseren bequemen Lebensstil leisten. Hast du das nicht gesagt?«

»Ja, aber …«

»Und ich trage nichts bei.«

»Das habe ich *bestimmt* nicht gesagt.«

»Das brauchtest du auch gar nicht zu sagen.«

»Du hast angefangen«, erinnerte ich ihn. »Ich war nicht diejenige, die sich beschwert hat.«

»Nein«, sagte er. »Es liegt nie an dir, oder? Du bist völlig schuldlos.«

»Ich habe nie behauptet, schuldlos zu sein. Was zum Teufel ist los?«, rief ich frustriert. »Ich verstehe nicht, was hier gerade passiert.«

»Mommy!«, rief eine leise Stimme von der Tür.

Ich drehte mich um und sah Daphne, die ihren Stoffhasen an einem seiner langen Schlappohren gepackt hielt und hektisch zwischen mir und Harrison hin und her blickte.

»O mein Schatz. Entschuldige. Haben wir dich geweckt?«

Ihr Blick blieb an Harrison hängen. »Du hast Mommy zum Weinen gebracht!«

»Alles gut, mein Schatz«, erklärte ich ihr. »Alles ist gut.«

»Saubere Arbeit«, hörte ich Harrison sagen, als ich Daphne aus dem Zimmer führte.

KAPITEL FÜNFZEHN

»Ich dachte, ich komme mit den Kindern am Samstag zum Schwimmen vorbei, wenn du einverstanden bist«, erklärte ich meinem Vater. Es war der Tag nach meinem Streit mit Harrison, und ich war nach der Arbeit bei meinen Eltern vorbeigefahren, vorgeblich, um nach meiner Mutter zu sehen, aber vor allem, weil ich nicht nach Hause wollte, wo ich meinem Mann gegenübertreten müsste. Ich hatte keine Lust auf eine Wiederholung des Fiaskos vom Vorabend.

Hatte ich mich nicht mein Leben lang bemüht, eine derartige Szene zu vermeiden?

»Keine Besichtigungen?«, fragte mein Vater. Wir saßen am Küchentisch, mein Vater nippte an einem hohen Glas eiskalter Limonade.

»Dieses Wochenende nicht.« Gleich am Morgen hatte ich Roger McAdams angerufen, um ihm zu erklären, dass ich unseren Termin wegen eines kleineren familiären Notfalls verlegen müsse, ihm jedoch auch eine andere Maklerin empfehlen könne. Er sagte, er hoffe, dass sich alles klärte, und würde gern noch eine Woche warten.

Er mochte den Aufschub locker nehmen, ich jedoch nicht. Meine Termine absagen zu müssen, um das verwundete Ego meines Mannes zu besänftigen, machte mich traurig und wütend. Aber ich hatte das Gefühl, keine andere Wahl zu haben. Entweder das oder Tage, womöglich sogar Wochen von Verbitterung und wachsender Entfremdung. Wenn ich Harrison beweisen konnte, dass die Bedürfnisse meiner Familie für mich an erster Stelle standen, indem ich meine Wochenendtermine absagte, würde ich das tun. Dann würde er seinen Fehler bestimmt einsehen und sich für seine ungerechtfertigten Vorwürfe entschuldigen.

Natürlich lag ich falsch.

»Ich hätte gedacht, du hast alle Hände voll zu tun, jetzt wo der Markt so heiß ist«, sagte mein Vater, der spürte, dass ich etwas zurückhielt, und noch nie der Typ gewesen war, etwas auf sich beruhen zu lassen.

»Ich habe kürzlich den Verkauf eines Hauses in Forest Hill für acht Millionen Dollar abgeschlossen.« Ich zupfte an einem der silbernen Perlohrringe, die ich mir zur Belohnung gekauft hatte.

Falls ich eine Gratulation erwartet hatte, wurde ich rasch eines Besseren belehrt. Mein Vater zuckte bloß die Schultern. »Kinderspiel bei der Marktlage«, sagte er. »Wahrscheinlich hättest du noch ein bisschen mehr rausholen können.«

»Was habe ich da gerade gehört?«, fragte Elyse, die in diesem Moment in die Küche kam. Sie trug einen geblümten Rock und eine schulterfreie Bluse und sah frisch und reizend aus. »Sie haben ein Haus für acht Millionen Dollar verkauft?«, fragte sie mich. »Herzlichen Glückwunsch. Das ist fantastisch.«

»Nichts Besonderes «, sagte mein Vater.

»Was redest du denn, Vic? Natürlich ist es etwas Besonderes. Gut gemacht, Jodi! Sie sollten sehr stolz auf sich sein.«

»Danke«, sagte ich und wappnete mich auf eine wütende Entgegnung meines Vaters, die jedoch verblüffenderweise ausblieb.

»Und was sehe ich? Du hast deiner Tochter kein Glas Limonade angeboten?«

»Schon okay«, wiegelte ich ab. »Ich habe keinen Durst.«

»Unsinn. Ich habe sie heute Nachmittag frisch zubereitet, nicht zu sauer, nicht zu süß. Sie müssen sie probieren.« Sie nahm den Krug aus dem Kühlschrank und goss mir ein Glas ein. »Und?«, fragte sie, als ich einen Schluck getrunken hatte.

»Perfekt«, sagte ich. »Sie hat genau den richtigen Schuss Schärfe.«

»Genau wie die Frau, die sie gemacht hat«, sagte mein Vater, und Elyse lachte.

Ich verdrängte ein vages Unbehagen. Ich fragte mich, ob mein Vater flirtete, und tat die Idee sofort als absurd ab. Der Mann war fast achtzig, Herrgott noch mal. Obwohl er früher ein ziemlicher Frauenheld gewesen war, erinnerte ich mich. Schon als Kind hatte ich begriffen, dass seine Affären Ursache einiger der heftigsten Streitereien meiner Eltern gewesen waren. »Das ist eine reizende Bluse«, sagte ich zu Elyse, bemüht, das Echo der wütenden Stimmen in meinem Kopf zum Verstummen zu bringen.

»Nicht wahr?«, stimmte sie mir zu. »Ihr Vater hat sie in einem Schaufenster gesehen und darauf bestanden, dass ich sie mir anschaue.«

»Ich wusste, dass sie die perfekten Schultern dafür hat«, sagte mein Vater.

»Und er hatte recht«, gestand Elyse sein.

»Ich habe immer recht«, sagte mein Vater.

»Oh Vic«, sagte Elyse lachend und wandte sich wieder mir zu. »Kann ich Ihnen etwas zu essen anbieten? Ein Stück Apfelkuchen vielleicht?«

»Sie braucht keinen Kuchen«, beschied mein Vater sie, ehe ich antworten konnte.

»Da hat er wieder recht«, sagte ich und trank noch einen Schluck Limonade, bevor ich ihm das Glas an den Kopf werfen konnte.

»Jodi möchte mit den Kindern am Samstag zum Schwimmen kommen«, verkündete mein Vater.

»Wie schön«, sagte Elyse. »Möchten Sie, dass ich bleibe und auf sie aufpasse?«

»Oh nein«, sagte ich rasch. »An Wochenenden haben Sie frei.«

»Es macht keine Umstände. Und ich habe nichts vor.«

»Jodi hat offenbar auch nichts vor«, bemerkte mein Vater spitz.

»Das wird wirklich nicht nötig sein«, sagte ich. »Aber vielen Dank für das Angebot.« *Was war es bloß mit den Männern in meinem Leben, dass ich keinen von beiden je zufriedenstellen konnte*, fragte ich mich und sah auf die Uhr. »Ich sollte mich lieber auf den Weg machen. Ich geh nur kurz hoch und sag Mom Hallo.«

»Richten Sie ihr aus, dass ich in ein paar Minuten nach ihr sehen werde«, sagte Elyse, als ich den Raum verließ.

»Mach ich.« Ich drehte mich um und sah, wie Elyse mit der Hand über den Arm meines Vaters strich, als sie nach dem Limonadenkrug auf dem Tisch griff. Mein vorheriges Unbehagen kehrte zurück, während ich beobachtete, wie der Blick meines Vaters ihr zum Kühlschrank folgte und seine Lippen sich zu einem verschlagenen Lächeln verzogen. Ich wandte mich ab, bevor ich noch mehr sehen konnte.

»Hallo, Mom«, sagte ich, als ich das Schlafzimmer betrat und vor ihrem Bett stehen blieb. »Wie geht es dir heute?«

Sie antwortete nicht, und eine Minute lang dachte ich, sie würde schlafen. Dann bemerkte ich, dass ihre Beine unter der Decke zuckten und sie die Arme zu mir ausstreckte.

Ich eilte an ihre Seite, weil ich die unerwartete Umarmung nicht verpassen wollte. »Gut siehst du aus«, log ich, als sie die Arme sinken ließ, bevor ich bei ihr war.

Sie drehte den Kopf in meine Richtung, verzerrte die Lippen und stieß ein Wort hervor, das ich nicht verstand.

»Wie bitte? Tut mir leid. Ich habe dich nicht verstanden.«

Sie wiederholte das Geräusch. Ich konnte es nach wie vor nicht deuten.

»Noch mal.« Ich hielt mein Ohr direkt an ihren Mund.

»Ohrringe«, zischte sie ungeduldig.

Ich tastete über mein Ohrläppchen. »Ja, ich habe sie vor ein paar Tagen gekauft. Ich habe für ziemlich viel Geld ein Haus in Forest Hill verkauft und mir eine kleine Belohnung gegönnt. Du bist die Erste, der sie auffallen«, fügte ich glücklich hinzu. Ich hatte sie schon die ganze Woche getragen, ohne dass Harrison ein Wort darüber verloren hatte. »Gefallen sie dir?«

»Nein«, sagte sie deutlich.

Beinahe wäre mir ein Lächeln entschlüpft. In Geschmacksfragen hatten meine Mutter und ich nie auf einer Linie gelegen, und sie hatte auch nie ein Blatt vor den Mund genommen. Es war auf seltsame Weise tröstlich, dass sich manche Dinge nicht änderten.

»Ohrringe«, sagte sie noch einmal.

Ich hockte mich auf die Bettkante und bemühte mich, das Thema zu wechseln. »Und wie läuft es mit Elyse? Kümmert sie sich gut um dich? Magst du sie?«

»Ohrringe«, beharrte meine Mutter störrisch.

Ich nickte, weil ich wusste, dass Menschen, die unter Demenz leiden, sich häufig auf belanglose Dinge fixieren. Hatte sie dieses Stadium erreicht? Ich griff nach ihrer Hand, doch sie zog sie weg. Eine Zuckung, sagte ich mir, entschlossen, es nicht persönlich zu nehmen.

»Alles in Ordnung hier drinnen?«, fragte Elyse von der Tür.

»Sieht so aus, als würde niemand meine Ohrringe mögen«, antwortete ich.

»Wirklich? Ich finde sie reizend.«

Ich beugte mich vor, um meine Mutter auf die Stirn zu küssen, doch sie wurde von erneuten Zuckungen erfasst, sodass ich den Mund voller Haare hatte. »Wiedersehen, Mom«, flüsterte ich über ihrem Kopf. »Bis bald.« Eilig ging ich zu Elyse an der Tür. »Ich bin mir nicht sicher, ob sie überhaupt noch weiß, wer ich bin«, flüsterte ich.

»Sie weiß es«, sagte Elyse und legte tröstend eine Hand auf meinen Arm. »Und das sind wirklich wunderschöne Ohrringe.«

»Danke.«

»Ohrringe! Ohrringe!«, hörte ich meine Mutter rufen, als ich das Zimmer verließ.

KAPITEL SECHZEHN

Elyse erwartete uns mit einem Teller Chocolate-Chip-Keksen an der Tür, als ich am Samstag mit den Kindern eintraf. »Nur einen für jeden«, mahnte sie, als die beiden danach griffen. »Ich habe ein ganz besonderes Mittagessen für euch gekocht, und ich will nicht, dass ihr euch den Appetit verderbt.«

»Elyse, nein«, protestierte ich. »Sie sollten nicht mal hier sein. Heute ist Ihr freier Tag.«

»Was ist ein freier Tag?«, fragte Daphne.

»Es bedeutet, dass sie heute nicht arbeiten muss«, sagte ich mit Nachdruck und sah Elyse an.

»Sie arbeitet auch nicht«, erklärte Sam. »Sie geht mit uns schwimmen oder, Elyse?«

»Du kannst ja mal versuchen, mich aufzuhalten.«

»Kann ich noch einen Keks haben?«, fragte Daphne.

»Versprichst du mir, dein Mittagessen aufzuessen?«

»Versprochen.«

»Okay. Noch einen. Was ist mit dir, Sam?«

»Was gibt es zum Mittagessen?«, fragte er, stets das vorsichtigere meiner beiden Kinder.

»Was haltet ihr von Fischköpfen mit Pustekuchen?«, fragte Elyse.

»Igitt! Nein!«

Daphne ließ den Keks, den sie in der Hand hielt, prompt zurück auf den Teller fallen.

»Na gut«, sagte Elyse lächelnd. »Wie wär's dann mit Erdnussbutter-Marmelade-Sandwiches und selbst gemachten Blaubeer-Eislutschern? Hört sich das besser an?«

»Viel besser«, sagte Sam und stopfte sich noch einen Keks in den Mund, bevor Elyse ihr Angebot zurückziehen konnte. »Dürfen wir mit dem Aufzug fahren?«, fragte er, als wir das Haus betraten.

»Wollen wir uns das nicht bis später aufsparen?«

»Okay«, sagte Sam ohne jeden Widerspruch.

»Sie können so gut mit ihnen umgehen«, staunte ich, als wir die Treppe zum Untergeschoss hinabstiegen.

Wenige Minuten später hatten die Kinder ihre Kleider abgelegt und Schwimmzeug angezogen und standen wartend am Beckenrand. »Komm, Elyse«, rief Sam. »Beeil dich.«

»Mommy, zieh mir meine Schwimmflügel an«, drängte Daphne.

»Das kann ich machen. Setzen Sie sich einfach hin und entspannen Sie sich«, sagte Elyse zu mir und wies auf die Liegestühle. »Sie sehen ein wenig müde aus. Geht es Ihnen gut?«

»Alles in Ordnung«, sagte ich und hörte die Erschöpfung in meiner Stimme.

»Sie klingen nicht sehr überzeugt.«

»Es war eine anstrengende Woche.«

»Aber Sie hatten doch den großen Abschluss.«

»Es ist nicht die Arbeit. Bei der Arbeit läuft es super.« Unerwartet schossen mir Tränen in die Augen.

»Oh je«, sagte Elyse, die vor Mitgefühl selbst feuchte Augen bekam. »Zu Hause … nicht so?«

»Nicht so.«

»Na, ich will nicht neugierig sein«, sagte sie. »Aber ich bin für Sie da, wenn Sie je über … irgendwas reden möchten, das wissen Sie ja.«

»Elyse«, rief Sam. »Komm. Beeil dich.«

»Ich komme!«

»Sie müssen das wirklich nicht machen«, sagte ich, als sie ihr formloses malvenfarbenes Hemdkleid über den Kopf zog und ihren wohlgeformten Körper in einem schwarzen Badeanzug präsentierte. *Wenn ich in ihrem Alter nur halb so gut aussehe, bin ich froh*, dachte ich und fragte mich, ob das überhaupt jemandem auffallen würde. Harrison und ich hatten seit Wochen nicht miteinander geschlafen. Seit unserem Streit hatte er mich kaum angesehen.

»Soll das ein Witz sein?«, fragte Elyse. »Darauf habe ich mich den ganzen Vormittag gefreut.« Sie ging zum Pool, blieb dann stehen und blickte zum Haus zurück. »Oh, seht mal, Kinder«, sagte sie und winkte zum Schlafzimmerfenster meiner Mutter hoch. »Da ist euer Opa.«

»Wo?«

»Da oben. Am Fenster. Seht ihr?«

Ich reckte den Hals und sah meinen Vater hinter der Scheibe stehen und zu uns runterblicken.

Zu Elyse.

Ich war mir nicht sicher, ob ich das breite Grinsen in seinem Gesicht wirklich gesehen oder ob ich es mir nur eingebildet hatte.

»Hi, Grandpa«, rief Sam und winkte.

»Hi, Grandpa«, meldete sich Daphne als sein verlässliches Echo und hüpfte auf und ab.

Er nahm den Gruß mit einem Nicken entgegen und wandte sich ab.

»Ihre Mutter ist heute Morgen ziemlich aufgewühlt gewesen«, vertraute Elyse mir an. »Ihr Vater ist nicht von ihrer Seite gewichen.«

»Darf ich Sie etwas fragen?«, begann ich, ohne genau zu wissen, was ich eigentlich fragen wollte.

»Selbstverständlich.« Elyse blickte zum Pool, wo meine Kinder warteten. »Gebt mir noch zwei Minuten, Kinder. Dann dürft ihr über mich bestimmen.« Sie legte den Kopf zur Seite und wartete auf meine Frage.

»Es geht um meinen Vater.«

»Ja?«

»Wie behandelt er Sie?«

»Wie er mich behandelt?«, wiederholte sie. »Er ist reizend zu mir. Wieso? Gibt es ein Problem?«

»Wie reizend?«, bohrte ich nach.

Sie sah mich verwirrt an. »Ich weiß nicht genau, ob ich verstehe, was Sie meinen.«

»Mein Vater«, setzte ich an, hielt inne und begann noch einmal. »Mein Vater kann … kompliziert sein.«

»Das macht ihn interessanter«, erwiderte sie. »Die meisten Männer sind recht simple Kreaturen, finden Sie nicht?«

»Es ist bloß, als er jünger war …«, probierte ich einen neuen Ansatz.

»Elyse!«, rief Sam.

»Gleich, Schätzchen!«, rief sie zurück. »Fahren Sie fort«, sagte sie zu mir. »Als er jünger war …?«

»Nun … er war nicht der treuste Ehemann.«

Sie wirkte ehrlich schockiert. »Wirklich? Er ist so hingebungsvoll zu Ihrer Mutter.« Sie blickte zu ihrem Schlafzimmer hoch.

»Ja, das ist er, aber …«

»Aber …?«

»Ich mache mir Sorgen, dass er … also, er ist nach wie vor ein relativ attraktiver Mann, und er hatte immer ein gesundes Ego. Er genießt es … wie soll ich das sagen …?«

»Zu flirten?«, sprach Elyse es für mich aus.

»Ja«, bestätigte ich und wählte meine nächsten Worte mit großem Bedacht: »Er stammt aus einer anderen Generation. Er versteht nicht, dass das, was früher als akzeptables Verhalten betrachtet wurde, heute einfach nicht mehr hinnehmbar ist, und ich möchte nicht, dass Sie Anstoß nehmen.« *Oder kündigen*, dachte ich. »Wenn er also eine anzügliche Bemerkung macht oder Sie in irgendeiner Weise berührt, die Sie für unangemessen halten, müssen Sie sich das nicht gefallen lassen. Sie müssen ihm sagen, dass er damit aufhören soll …«

Sie lachte, und ihre Augen blitzten. »O Jodi. Sie können aufhören, sich Sorgen zu machen. Es braucht sehr viel mehr, um mich zu beleidigen. Das ist das Problem mit *Ihrer* Generation, wenn ich das sagen darf. Sie sind alle so schnell beleidigt. So eine Energieverschwendung.«

»Es ist also alles … in Ordnung?«

»Es könnte nicht besser sein. Und ehrlich gesagt flirte ich selbst gern ein wenig. Es macht Spaß.« Sie zwinkerte. »Vielleicht sollten Sie es auch mal probieren.«

Ja, klar, dachte ich und beobachtete, wie sie meiner Tochter mit derselben Leichtigkeit Schwimmflügel über die Arme streifte, mit der sie alles erledigte.

Ich bezweifelte, dass Harrison offen für einen Flirtversuch meinerseits sein würde. Und ehrlich gesagt war Flirten auch nicht gerade meine Stärke. Ich war immer zu direkt und zu offen, und bei einem erfolgreichen Flirt ist in der Regel eine natürliche Raffinesse im Spiel, die mir abgeht.

Ich nippte an meinem Kaffee, machte es mir auf dem Liegestuhl bequem und sah Elyse dabei zu, wie sie mit meinen Kindern im Wasser herumtollte.

Und ehrlich gesagt, hörte ich sie zugeben, *flirte ich selbst gern ein wenig*.

Ich muss gestehen, dass ich das damals charmant fand. Heute ist mir klar, dass es eins der wenigen ehrlichen Dinge ist, die sie je gesagt hat.

KAPITEL SIEBZEHN

Wenn ich nicht einschlafen kann, erstelle ich im Kopf Listen mit Namen.

Ich beginne mit dem Buchstaben A und arbeite mich durch das Alphabet. A wie Anne, B wie Barbara, C wie Courtney. Bis zu Z wie Zelda. Dann fange ich von vorn an, nur mit anderen Namen: A wie Amy, B wie Blythe, C wie Caroline. Bis zu Z wie Ziva.

Manchmal verwende ich nur Mädchennamen, manchmal nur Jungennamen. Manchmal kombiniere ich beides. E wie Ellie, F wie Frank, G wie Gwyneth, H wie Haydon. Das ist heute, wo es so viele Namen gibt, die sowohl als auch sein können, ein wenig leichter geworden als früher.

Hin und wieder erhöhe ich den Schwierigkeitsgrad und versuche, pro Buchstaben fünf Namen zu finden: R wie Renee, Rose, Ruth, Rhonda und Rachael, S wie Shannon, Skylar, Susan, Sheila und Samantha, T wie Tommy, Timothy, Travis, Tony und Teddy.

Nun, ich denke, das Prinzip ist klar geworden.

Anfangs war ich binnen Minuten eingeschlafen, aber je mehr ich mich an das Spiel gewöhnte, desto länger dauerte es, bis es wirkte. Bestimmte Buchstaben stellten mich vor große Schwierigkeiten. Es gibt nur begrenzt viele Namen, die mit U, V, W und Y beginnen, und ich behaupte, dass niemand mehr als ein oder zwei Namen mit Q, X und Z nennen kann. Manchmal hält mich das Suchen nach neuen Namen sogar gerade wach.

Trotzdem mache ich damit weiter. Wie mit den meisten Gewohnheiten ist auch mit dieser schwer zu brechen.

Und ich mache es seit meiner Kindheit.

Anfangs tat ich das, um die Stimmen meiner streitenden Eltern auszublenden. »A wie Alison«, flüsterte ich und hielt mir fest die Ohren zu, um ihre wütenden Worte nicht zu hören. »B wie Bonnie. C wie Cathy.«

»Was murmelst du da?«, fragte Tracy einmal an einem besonders schlimmen Abend. »Was immer es ist«, fuhr sie fort, ohne meine Antwort abzuwarten, »hör auf damit. Ich versuche einzuschlafen.«

Es gab einen dumpfen Aufprall. »Was war das?«, fragte ich sie.

»Was?«

»Das Geräusch. Hast du es nicht gehört?«

»Es ist nichts. Schlaf.«

»Ich habe Angst«, sagte ich, erhielt als Antwort jedoch nur einen genervten Seufzer.

Die wütenden Stimmen drangen die Treppen hinauf und machten sich oben breit. Ich stieg aus dem Bett, öffnete die Zimmertür einen Spalt und spähte in den Flur, wo meine Eltern standen.

»Du bist nichts weiter als ein brutaler Rüpel«, hörte ich meine Mutter schreien. »Ein Rüpel und ein Lügner.«

»Und du bist eine verrückte Hexe«, gab mein Vater zurück und hob den rechten Arm.

»Los«, forderte meine Mutter ihn heraus. »Schlag mich noch mal, du elender Mistkerl.«

Und genau das tat er auch.

Mir stockte der Atem, als sie zu Boden fiel.

»Herrgott noch mal, Jodi. Was machst du?«, wollte Tracy wissen. »Mach die Tür zu und geh wieder ins Bett.«

»Was soll das?«, fragte plötzlich eine andere Stimme.

Harrison.

Was war hier los? Was tat er in meinem Kinderschlafzimmer?

Ich öffnete die Augen, blickte zu dem irritierenden Wecker auf dem Nachttisch und sah, dass es nach Mitternacht war. Was war hier los? Wo war ich? »Was?«

»Wer sind Alison und Bonnie?«

»Was?«, fragte ich noch einmal.

»Du hast im Schlaf geredet.«

»Wirklich?«

»Irgendwas über ein paar Frauen. Alison … Bonnie … und noch jemand.«

»Oh«, sagte ich, während ich so weit zu mir kam, dass mir meine Umgebung klarer vor Augen trat. »O nein. Tut mir leid. Das ist bloß etwas, das ich mache, wenn ich nicht einschlafen kann«, begann ich zu erklären.

»Du hast definitiv fest geschlafen«, unterbrach er mich und drehte sich auf seine Seite, weg von mir. Seine Haltung verriet mir, dass er nicht mehr zuhörte.

»Harrison?«

»Was?«

»Wie lange willst du noch wütend auf mich bleiben?« Ich hatte all meine Termine abgesagt, um das Wochenende mit ihm und den Kindern zu verbringen, doch er hatte sich die ganze Zeit hinter seinem Computer verschanzt. Und nicht nur das, er redete auch weiterhin nicht mit mir. Ich fing an zu überlegen, ob ein saftiger Streit, in dem alles auf den Tisch kam, nicht vorzuziehen wäre.

Was war der Grund für diesen verstörenden Traum?

Und hatte ich geträumt … oder mich erinnert?

Hatte mein Vater meine Mutter wirklich geschlagen?

»Ich bin nicht wütend«, sagte Harrison und drehte sich wieder auf den Rücken.

Mein Herz spürte eine Welle der Hoffnung. »Nicht?«

»Nur enttäuscht«, sagte er.

Die Welle verebbte augenblicklich wieder.

»Wahrscheinlich sollte es mich nicht mehr überraschen«, fügte er hinzu. »Es ist jeden Sommer das Gleiche.«

»Was?«

»Du.«

»Ich?« Ich stützte mich auf die Ellbogen und starrte in der Dunkelheit auf sein Gesicht, als würde das, was er sagte, klarer werden, wenn ich seine Lippen betrachtete.

»Ich weiß nicht, was es ist. Ob du dich ausgeschlossen oder bedroht fühlst …«

»Bedroht? Wovon? Wovon redest du?«

»Ich rede davon, dass du jeden Sommer, wenn die Zeit kommt, dass ich meinen Kurs gebe, irgendwie …«

»Irgendwie was?«

»Du veränderst dich.«

»Ich verändere mich … inwiefern? Das verstehe ich nicht.«

»Das weiß ich«, sagte er. »Das ist ja Teil des Problems.«

»Was mache ich deiner Meinung nach denn so anders?«, bohrte ich ehrlich neugierig nach.

»Es ist nicht so sehr das, was du machst …«

»Sondern?«

»Du bist einfach … anders. Ich weiß nicht. Es ist schwer zu erklären. Es ist, als würden wir plötzlich miteinander konkurrieren. Du bist besonders eingespannt bei der Arbeit, du bist nie da. Und wenn du da bist, bist du abgelenkt …«

»Der Sommer ist die geschäftigste Zeit für mich. Das weißt du.«

»Du saust los, sobald ein Kunde ruft. Du gehst davon aus, dass ich das, was ich gerade mache, stehen und liegen lasse, um mich um die Kinder zu kümmern«, fuhr er fort, als hätte ich nichts gesagt. »Zusätzlich zu meinem Unterricht wird also von mir erwartet, dass ich auf Abruf für sie zur Verfügung stehe, wenn ich zu Hause bin, was, wie du weißt, die Zeit ist, die ich zum Schreiben brauche. Es ist beinahe so, als wolltest du mich bestrafen.«

»Das ist lächerlich. Ich versuche nicht, dich zu bestrafen.«

»Es fühlt sich auf jeden Fall so an. Was ist es, Jodi? Bist du eifersüchtig?«

»Eifersüchtig? Worauf?«

»Sag du es mir.«

»Ich weiß nicht, wovon du redest«, sagte ich.

Er seufzte. »Hör mal. Wir lassen das jetzt einfach. Okay? Es ist spät. Wir sind müde. Und wir werden gar nichts lösen, wenn wir weiter im Kreis diskutieren. Nur noch eine Woche, dann ist mein Kurs vorbei. Glaubst du, du hältst noch eine Woche durch?«

»Ich habe ehrlich kein Problem damit …«, begann ich und

hielt dann inne. Er hatte recht. Wir würden gar nichts lösen, indem wir weiter im Kreis diskutierten. »Okay«, sagte ich. »Ich schätze, ich kann versuchen, meine Termine so zu legen, dass ich öfter zu Hause bin.«

»Das wäre toll«, sagte er. »Oh, und das wollte ich dir schon eine Weile sagen. Ich bin eingeladen worden, am Wochenende an einem Autoren-Workshop in Prince Edward County teilzunehmen.«

»Dieses Wochenende? In Prince Edward County?«, wiederholte ich, obwohl ich ihn genau verstanden hatte. Prince Edward County war eine bevorzugte Gegend für Ferienhäuser und etwa vier Stunden Fahrt von Toronto entfernt. »Wann hast du davon erfahren?«

»Vor etwa einem Monat. Ich wollte es schon lange ansprechen, aber du warst immer schlecht gelaunt, sodass ich jedes Mal dachte, es wäre der falsche Zeitpunkt, es zu erwähnen.

»Was für ein Autoren-Workshop?«, fragte ich, vor allem, um nicht zu fragen: *»Was soll das heißen, ich war immer schlecht gelaunt?«*

»Mehr oder weniger eine Fortsetzung dessen, was ich den ganzen Sommer gemacht habe. Ein wenig unterrichten, ein paar Lesungen und Podiumsdiskussionen. Ich breche am Freitagnachmittag gleich nach dem Abschlussmittagessen meines Kurses auf und bin am späten Sonntagabend zurück.«

»Das heißt, du hast zugesagt?«

»Ist das ein Problem?«

»Ich denke nicht.« Ich beschloss, mir die Mühe zu sparen zu fragen, ob die Kinder und ich mitkommen konnten, weil es offensichtlich war, wie die Antwort ausfallen würde. »Es wäre bloß nett gewesen, ein bisschen früher darüber informiert zu werden.«

»Jetzt weißt du, wie es sich anfühlt«, sagte er und gab mir einen flüchtigen Kuss auf die Stirn. »Es ist spät«, bemerkte er noch einmal und drehte sich zur Wand. »Ich habe eine sehr anstrengende Woche vor mir.«

Mein Körper vibrierte vor Frustration, als ich mit offenen Augen dalag, an die Decke starrte und um Schlaf betete, der nicht kommen wollte. *A wie Adam*, begann ich stumm. *B wie Bill … C wie Chandler … D wie Daniel … E wie Eric …*

KAPITEL ACHTZEHN

»Hier ist Roger McAdams«, verkündete die Stimme am Telefon.

»Mr McAdams«, sagte ich. »Ich wollte Sie gerade anrufen.«

»Perfektes Timing. Und bitte nennen Sie mich Roger.«

»Ich habe eine Liste von Objekten zusammengestellt, die meiner Meinung nach geeignet sein könnten …«

»Genau deswegen rufe ich an. Ich glaube, ich habe vielleicht etwas gefunden.«

»Oh?«

»Ich habe einen Tipp von einer Kollegin bekommen wegen einer Eigentumswohnung in Harbourfront. Sie ist noch nicht auf dem Markt, aber die Besitzerin hat eingewilligt, dass ich sie mir ansehen darf. Haben Sie heute Nachmittag um fünf Zeit, dort vorbeizukommen?«

Scheiße, dachte ich. Am Abend zuvor hatte Harrison mich erneut beschuldigt, meinen Job über meine Familie zu stellen und nicht oft genug für Sam und Daphne da zu sein. Und dann hatte er einen neuen Vorwurf ausgepackt und mich gefragt, ob ich eifersüchtig sei oder mich bedroht fühlen würde. Und so vage und ungerecht diese Aussagen auch sein mochten – hatte ich nicht versprochen, mich zu bemühen, meine Termine so zu legen, dass ich häufiger für ihn und die Kinder da sein konnte?

Das war natürlich, bevor er mit der Ankündigung seines kleinen Wochenendausflugs nach Prince Edward County herausgerückt war.

»*Jetzt weißt du, wie es sich anfühlt*«, hatte er für meinen Geschmack ein wenig zu selbstgefällig gesagt.

»Klar«, erklärte ich Roger McAdams. »Wo muss ich hinkommen? Wir treffen uns dort.«

Er nannte mir die Adresse. Ich hinterließ Harrison eine Nachricht auf dem Handy, dass mir etwas dazwischengekommen sei und ich nicht um sieben zu Hause sein würde, weshalb er und die Kinder ohne mich mit dem Essen anfangen sollten.

Eine halbe Stunde später schickte Harrison mir eine Antwort. »Warum überrascht mich das nicht?«

Auch keine Überraschung.

Roger McAdams wartete in dem in weißem Marmor gehaltenen Eingangsbereich eines Apartmentgebäudes in Harbourfront. Er war größer und attraktiver, als ich ihn in Erinnerung hatte, und wirkte so ehrlich erfreut, mich zu sehen, dass ich beinahe in Tränen ausgebrochen wäre.

»Was für eine Augenweide«, begrüßte er mich. »Sie sehen wunderschön aus. Blau ist definitiv Ihre Farbe.«

Ich strich mir eine unsichtbare Strähne aus dem Gesicht, um die Röte zu kaschieren, die sich auf meinen Wangen ausbreitete. Flirtete er mit mir? »Warten Sie schon lange?«, erwiderte ich. Flirten ist wie gesagt nicht meine Stärke.

»*Es macht Spaß*«, hörte ich Elyse sagen. »*Vielleicht sollten Sie es auch mal probieren.*«

»Ich bin gerade angekommen«, antwortete er. »Ich bin Ihnen wirklich dankbar, dass Sie so kurzfristig Zeit hatten.«

»Kein Problem«, log ich, obwohl ich ahnte, dass mich zu Hause wieder die kalte Schulter erwarten würde.

»Hier entlang.« Er führte mich durch eine luxuriös möblierte Eingangshalle zu einer Reihe von Fahrstühlen auf der rechten Seite. »Die Wohnung ist im achtzehnten Stock mit Blick aufs Wasser. Ich habe den Schlüssel.«

»Sie haben über eine Kollegin davon erfahren?«, fragte ich auf der Fahrt nach oben, obwohl ich die Antwort bereits wusste. Aber es war besser, als dem unvermutet heftigen Pochen meines Herzens zu lauschen.

Was ist los mit dir, fragte ich mich. *Ein Mann macht dir ein einfaches Kompliment, und du kriegst weiche Knie*?

»Ja. Die Wohnung gehört ihrem Freund. Er hat ihr am Wochenende einen Heiratsantrag gemacht, deshalb glaubt sie, dass sie demnächst nach etwas Größerem suchen werden. Das Apartment hat offiziell zwei Schlafzimmer, aber genau genommen sind es bloß ein Schlafzimmer und eine Kammer. Ich weiß nicht genau, was der Unterschied ist.«

»Es bedeutet, dass der Raum kein Fenster hat«, erklärte ich. »Um als Schlafzimmer zu gelten, müsste er ein Fenster haben.«

Er lächelte. »Sehen Sie. Deswegen habe ich Sie angerufen. Das wusste ich nicht.«

Die Fahrstuhltüren öffneten sich im achtzehnten Stock.

»Hier entlang«, sagte er, legte seine Hand auf meinen nackten Ellbogen und führte mich den mit Teppich ausgelegten Flur hinunter.

Als er meinen Arm berührte, spürte ich ein elektrisierendes Kribbeln, sodass ich ehrlich gesagt enttäuscht war, als er seine Hand wieder sinken ließ.

»Da wären wir«, sagte er, blieb vor einer großen Doppeltür stehen und schob einen Schlüssel ins Schloss. »Sollen wir?« Er schloss die Tür auf, und wir betraten eine wunderschöne Wohnung, deren bodentiefe Fenster einen Panoramablick auf den Ontariosee boten, den man nur als atemberaubend bezeichnen konnte.

Die Wohnung selbst war ebenfalls beeindruckend: ein großer offener Wohn-Ess-Bereich mit einer topmodern ausgestatteten Küche und spezialangefertigten Einbauschränken. Das Schlafzimmer am Ende des Flures hatte eine angenehme Größe und verfügte über ein angrenzendes Badezimmer. Selbst der kleinere, fensterlose Raum zur Rechten fühlte sich luftig und hell an. Die Wohnung war komplett mit Parkett ausgelegt, hatte ein weiteres WC und einen angemessenen Südbalkon.

»Sie ist wunderschön«, sagte ich nach unserer Besichtigungsrunde. »Haben Sie eine Ahnung, was die jetzigen Eigentümer dafür verlangen wollen?«

»Überhaupt keine«, sagte er. »Sie?«

Die hatte ich tatsächlich. Ich hatte den größten Teil des Nachmittags damit zugebracht, vergleichbare Immobilienangebote in dem Viertel und vor allem in diesem Gebäude zu recherchieren. »Ich würde sagen, um die zweieinhalb Millionen.« Ich wartete auf einen erschrockenen Seufzer, der ausblieb.

»Klingt realistisch.«

Ich versuchte, mir meine Überraschung nicht anmerken zu lassen. Auch wenn das mein Job war, hatte ich Mühe, die stetig steigenden, ja, explodierenden Preise auf dem Immobilienmarkt von Toronto nachzuvollziehen. Analysten sagten zwar regelmäßig ein Ende des Booms voraus, trotzdem stiegen die Preise jedes Jahr nicht bloß weiter, sondern schossen förmlich in die Höhe.

Außerdem strengte ich mich an, mich nicht von der Lockerheit beeindrucken zu lassen, mit der er meine Schätzung hingenommen hatte, als hätte er eine solche Größenordnung erwartet. Als wären zweieinhalb Millionen Dollar keine große Sache. Als würde sich das innerhalb der Preisspanne bewegen, die er in Betracht gezogen hatte.

Attraktiv, charmant und vermögend, dachte ich unwillkürlich.

»Und was machen wir jetzt?«, fragte er, als wir die Besichtigung beendet hatten.

»Ich würde sagen, wir warten, bis die Besitzer sich entschieden haben zu verkaufen. In der Zwischenzeit kann ich Ihnen ein paar andere Eigentumswohnungen in einem vergleichbaren Preissegment zeigen. Es ist immer von Vorteil, Alternativen zu haben.«

»Klingt gut. Dieses Wochenende?«

»Dieses Wochenende?«, wiederholte ich.

»Um Wohnungen zu besichtigen?«, stellte er klar.

Ich zögerte, weil ich schon wusste, wie Harrison reagieren würde, und bereits seine allzu vertraute Liste von Beschwerden im Ohr hatte. Andererseits würde Harrison am Wochenende gar nicht da sein, erinnerte ich mich. »Dieses Wochenende passt gut«, sagte ich und fragte mich, ob ich Elyse ein letztes Mal zur Last fallen konnte.

»Wie wär's mit Abendessen?«, fragte er.

»Was?«

»Nun, es ist fast sechs Uhr. Ich kenne ein nettes kleines Lokal in der Nähe …«

»O nein. Vielen Dank, aber ich sollte wirklich nach Hause fahren.«

»Natürlich.«

Nach Hause zu einem kalten Essen und einem noch kälteren Empfang, dachte ich und zog mein Handy aus meiner Handtasche. »Könnten Sie einen Moment warten?«

»Natürlich«, sagte er wieder und trat an die breite Fensterfront, um mir ein wenig Privatsphäre zu lassen.

Ich rief Harrison an, um ihm zu sagen, dass ich früher als erwartet fertig geworden sei, weshalb er mit dem Essen doch auf mich warten sollte.

»Wir haben schon gegessen«, sagte er.

»Schon? Es ist noch nicht einmal sechs.«

»Die Kinder hatten Hunger. Ich auch.«

Ich blickte zu Roger McAdams, der auf den See starrte. »Nun, dann esse ich vielleicht auf dem Nachhauseweg irgendwo eine Kleinigkeit.«

»Wie du willst.«

»Harrison …«

Aber die Verbindung war bereits unterbrochen.

»Danke. Ich glaube, das mache ich.« Ich steckte das Telefon wieder in die Handtasche, starrte auf das Parkett und überlegte, was ich machen sollte. Die kluge Wahl wäre es, direkt nach Hause zu fahren. Die andere Option stand am Fenster und blickte auf den See.

»Probleme?«, fragte Roger McAdams, als er meinen Blick bemerkte, und ging auf mich zu.

Tu es nicht, warnte eine leise Stimme, als er näher kam.

Aber es war schon zu spät.

Ich lächelte. »Sieht so aus, als wäre ich zum Abendessen doch frei.«

KAPITEL NEUNZEHN

»Worauf sollen wir trinken?«, fragte Roger und stieß mit mir an. Wir saßen in einem kleinen, hell erleuchteten italienischen Restaurant in der King Street, hatten bestellt – Pasta für mich, gegrillte Garnelen für ihn – und waren im Begriff, eine Flasche Chianti anzubrechen.

»Darauf, Ihre Traumwohnung zu finden«, schlug ich vor.

»Darauf trinke ich auf jeden Fall.« Er nahm einen Schluck von seinem Wein und beobachtete, wie ich das Gleiche tat. »Und, was denken Sie?«

»Worüber?«

Er lachte. »Den Wein. Schmeckt er Ihnen?«

»Er ist wunderbar«, antwortete ich und kam mir albern vor. Harrison fragte mich nie nach meiner Meinung zu dem Wein, den er ausgewählt hatte. »Sehr geschmeidig.«

»In der Tat sehr geschmeidig.« Er lehnte sich auf seinem Stuhl zurück. »Also, erzählen Sie mir von Jodi Bishop.«

»Da gibt es nicht viel zu erzählen«, erwiderte ich. »Was man sieht, ist so ziemlich das, was man auch bekommt.«

»Das bezweifle ich irgendwie. Sie kommen mir vor wie eine Frau mit sehr tiefen Gedanken.«

Ich lachte geschmeichelt und trank noch einen Schluck von meinem Wein.

»Was ist daran komisch?«

»Nur dass mir noch nie jemand vorgeworfen hat, tiefe Gedanken zu haben.«

Nun war es an ihm zu lachen. »Klingt so, als hätte noch niemand genau genug hingesehen.«

Ich trank einen weiteren, größeren Schluck Wein. Flirtete er mit mir?, fragte ich mich wieder und dachte sofort: *Und wenn? Ein kleiner Flirt hat noch niemandem geschadet.*

»Wollten Sie schon immer Immobilien verkaufen?«, fragte er.

»Ich glaube nicht, dass irgendein kleines Mädchen mit dem Traum aufwächst, Immobilienmaklerin zu werden«, sagte ich ehrlich.

»Wovon *haben* Sie als Mädchen denn geträumt?«

»Ursprünglich wollte ich Tänzerin werden. Wie meine Mutter.«

»Und was hat Sie umgestimmt?«

»Mein Vater«, erwiderte ich achselzuckend. »Er hat gesagt, ich hätte absolut kein Talent, und es wäre für alle nur Zeitverschwendung.«

»Klingt wie ein reizender Mensch.«

»Leider hatte er recht.« Ich zuckte noch einmal die Schultern, heftiger als beim ersten Mal. »Auf dem College habe ich dann überlegt, Innenarchitektur zu studieren.«

»Was hat Sie abgehalten?«

»Mein Vater«, antwortete ich wieder. »Er hat gesagt, ich solle meine Energien auf etwas konzentrieren, in dem ich größere Erfolgsaussichten hätte, und die künstlerischen und modischen Ambitionen meiner künstlerischen, modischen Schwester überlassen.«

Er lächelte. *Sie sind unbeschreiblich charmant*, sagte das Lächeln.

Oder vielleicht flüsterte mir das auch nur der Wein ein.

Was immer es war, ich genoss es.

Elyse hatte recht: Flirten *machte* Spaß.

»Was ist mit Ihnen? Wollten Sie schon immer … das machen, was Sie machen?«, fragte ich, als mir bewusst wurde, dass ich keine Ahnung hatte, was das war, außer dass er in der Bay Street arbeitete, sodass es wahrscheinlich etwas mit Finanzen zu tun hatte.

»Das wäre Vermögensverwaltung«, sagte er.

»Etwas, wovon jeder kleiner Junge träumt.«

Ein listiges Lächeln breitete sich über sein Gesicht. »Als Kind wollte ich eigentlich Astronaut werden.«

»Und was hat *Sie* umgestimmt?«

»Die ganze Sache mit der Schwerelosigkeit«, sagte er. »Ich kann es partout nicht ab, mich zu übergeben. Außerdem leide ich ein wenig unter Klaustrophobie, sodass die Vorstellung, monatelang in einer Kapsel festzusitzen, die die Erde umkreist, mich nicht rasend begeistert hat.«

»Und das Geld anderer Leute verwalten schon?«

»Ja«, sagte er. »Mehr Wein?«

Ich blickte auf mein Glas und stellte überrascht fest, dass es leer war. »Aber nur einen Schluck.«

»Okay. Und wie sind Sie von Innenarchitektur beim Makeln von Immobilien gelandet?«

»Wollen Sie das wirklich wissen?«

»Ja, will ich.«

Ich erzählte ihm von der Firma meines Vaters, wie ich in einem Sommer angefangen hatte, als Assistentin dort zu jobben, wie ich nach meinem mehr oder weniger nutzlosen geisteswissenschaftlichen Universitätsabschluss beschlossen hatte, meine Zulassung als Maklerin zu erwerben, und in die Agentur meines Vaters eingetreten war.

»In der Hoffnung, endlich Daddys Anerkennung zu gewinnen«, sagte Roger, was eher eine Feststellung als eine Frage war.

Ich machte den Mund auf, um etwas zu erwidern, doch kein Laut drang heraus. War ich wirklich so durchschaubar? So viel zum Thema tiefe Gedanken.

»Und macht es Ihnen Spaß, Immobilien zu verkaufen?«

»Ich bin gut darin«, antwortete ich.

»Nicht ganz das, was ich gefragt hatte.«

Ich sagte nichts.

»Was gefällt Ihnen am besten daran?«, bohrte er nach.

Ich trank einen weiteren großen Schluck Wein und fühlte mich beinahe ausgelassen. Ich war es nicht gewöhnt, dass irgendjemand so viel Interesse an dem zeigte, was ich machte. Harrison hatte mich nie so eindringlich befragt. Sicher hatte er sich gelegentlich bemüht, Neugier über meine Tätigkeit vorzutäuschen, doch an dem Schleier, der sich über seine Augen legte, wenn ich ein paar Minuten aus der Praxis erzählt hatte, erkannte ich, dass er nicht mit dem Herzen bei der Sache war. Tatsache war, dass mein Mann sich nie besonders für meine Arbeit interessiert hatte. Als wir zusammengekommen waren, drehten unsere Gespräche sich meistens um *seine* Arbeit, *seine* Gedanken, *seine* Ansichten.

Und das war für mich sehr lange okay so gewesen.

»Was gefällt mir am besten an dem, was ich tue?«, wiederholte ich und überlegte, wann sich das geändert hatte. »Ich glaube wie gesagt, dass ich bloß etwas entdeckt habe, in dem ich tatsächlich gut war«, sagte ich schlicht.

»Tun Sie das nicht«, sagte Roger.

»Was?«

»Sich selbst unterschätzen.«

»Das tue ich nicht …«

»Doch«, unterbrach er mich. »Wollen Sie wissen, was ich glaube?«

»Ich bin mir nicht sicher«, sagte ich aufrichtig, mehr als ein wenig verblüfft.

»Ich glaube, Sie würden gut in allem sein, was Sie sich vornehmen.«

»Sie haben mich noch nicht tanzen sehen«, erwiderte ich und hoffte auf einen Lacher. Ich fand es zunehmend beunruhigend, dass ein Mann, dem ich erst zweimal begegnet war, mich so gut zu kennen schien.

»Wie lange sind Sie schon verheiratet?«, fragte er mit einem Blick auf meinen Ehering.

An diesem Punkt hätte ich ihm wahrscheinlich erklären sollen, dass wir uns auf zunehmend unbehagliches Terrain begaben, vielleicht ein wenig zu persönlich wurden und uns lieber darauf beschränken sollten, über Immobilien zu sprechen. Oder über das Wetter.

Irgendwas Sicheres.

Stattdessen trank ich noch einen Schluck und sagte: »Fast zehn Jahre. Wie lange sind Sie geschieden?«

»Vier Monate.«

»Kinder?«

»Nein. Sie?«

»Zwei. Sam ist acht, und Daphne ist drei.«

»Tolle Namen.«

»Tolle Kinder.«

»Daran habe ich keinen Moment gezweifelt.«

Der Kellner kam mit unserem Essen, und ich spachtelte dankbar los, weil es mit vollem Mund schwieriger war zu reden. Meine Gedanken rasten, und sie waren weniger tief als vor allem beunruhigend. Ich beobachtete Roger McAdams beim Essen und fragte mich, wie sich seine Lippen auf meinen anfühlen würden. Ich beobachtete, wie seine Finger geschickt und behutsam die Schale einer Garnele lösten, und stellte mir vor, wie dieselben Finger meine Bluse aufknöpften und von meinen Schultern gleiten ließen. Ich beobachtete, wie er die Sauce von seiner Gabel leckte, und glaubte zu spüren, wie diese Zunge an der Innenseite meines Oberschenkels hinaufglitt.

Ich hörte mich seufzen.

»Irgendwas nicht in Ordnung?«, fragte er und blickte von seinem Teller auf, ohne etwas von meinen Träumereien zu ahnen.

»Nein«, antwortete ich.

Bloß alles, dachte ich.

KAPITEL ZWANZIG

Ich fuhr nicht direkt nach Hause.

Vorher legte ich einen Stopp bei meinen Eltern ein, vorgeblich, um nach meiner Mutter zu sehen, in Wahrheit jedoch, um eine Entschuldigung dafür zu haben, dass ich so spät heimkommen würde. Es war schon nach acht, und Harrison würde sich bestimmt fragen, warum ich so lange gebraucht hatte. Auf diese Weise müsste ich nicht lügen. Ich hatte ohnehin schon ein schlechtes Gewissen, obwohl ich streng genommen nichts Falsches getan hatte.

Ich hatte schließlich kein Date gehabt oder so, sagte ich mir.

Ich parkte in der Auffahrt und ging zur Haustür. Draußen war es noch hell. Vor neun würde es nicht richtig dunkel werden. Das Haus war völlig unbeleuchtet, was allerdings nicht ungewöhnlich war. Wahrscheinlich brannte auf der Rückseite Licht. Ich blickte erneut auf die Uhr. Um diese Zeit konnten unmöglich schon alle schlafen. Also drückte ich auf die Klingel.

Und wartete.

»Das ist seltsam«, sagte ich zu der leeren Straße. »Wo sind alle?«

Die Straße hatte keine Antwort für mich.

Ich klingelte erneut, während mir zunehmend ausgefallenere Erklärungen einfielen: Mein Vater und Elyse machten einen Spaziergang mit meiner Mutter. Oder eine Spazierfahrt. Oder der Zustand meiner Mutter hatte sich verschlechtert, und sie waren ins Krankenhaus gefahren. Vielleicht hatte es in der vergangenen Nacht ein Gasleck gegeben, und alle waren im Schlaf gestorben. Oder ein Irrer war ins Haus eingedrungen und hatte alle niedergemetzelt.

Ich schüttelte den Kopf. Meine Gedanken waren weniger tief als vielmehr hysterisch, entschied ich und klingelte ein drittes Mal, bevor mir einfiel, dass ich einen Schlüssel hatte.

Ich kramte in meiner Handtasche, bis ich ihn gefunden hatte. »Hallo?«, rief ich, als ich die Eingangshalle betrat. »Jemand zu Hause?«

Keine Antwort.

»Hallo?«, sagte ich noch einmal lauter. »Dad? Elyse? Irgendjemand?«

Nach wie vor keine Antwort.

Ich ging zur Treppe und lauschte auf mögliche Aktivitäten, vernahm jedoch nichts. »Dad?«, rief ich, als ich die Treppe hinaufstieg. »Elyse?«

Vor der geschlossenen Tür des Schlafzimmers meiner Mutter blieb ich stehen, unschlüssig, was ich tun sollte. Sollte ich klopfen oder einfach hineingehen? Was, wenn sie nicht da war? Was, wenn sie tot war?

Das war jetzt genug mit: was, wenn. »Mach einfach die beschissene Tür auf«, sagte ich mir.

Ich atmete tief ein, drehte den Knauf und stieß die Tür auf.

Die Rollläden waren heruntergelassen, und das Zimmer

lag im Dunkeln. Ich überlegte, das Deckenlicht anzumachen, beschloss jedoch, meinen Augen einen Moment zu geben, sich an die Dunkelheit zu gewöhnen. Langsam näherte ich mich dem Bett.

Ich roch sie, bevor ich sie sah.

Sie lag auf der Seite, und ihr gleichmäßiger Atem sagte mir, dass sie schlief. Der unangenehme Geruch, der durch die Bettwäsche drang, machte deutlich, dass sie sich eingekotet hatte. »Arme Mom«, flüsterte ich und tätschelte sanft ihre seltsam verrenkte Hüfte.

Wo war mein Vater? Wo war Elyse?

Ich schlich auf Zehenspitzen aus dem Zimmer und lief über den Flur zum Zimmer meines Vaters. Die Tür stand offen, und ich schaltete das Licht ein. Der Raum war leer. Waren er und Elyse ausgegangen und hatten meine Mutter allein gelassen?

Ich rannte die Treppe hinunter ins Erdgeschoss und warf einen Blick in jedes Zimmer. Niemand da.

»Dad?«, rief ich, als ich ins Untergeschoss hinabstieg. »Elyse?«

Unvertraute Stimmen drangen an mein Ohr.

»Du hast seinen Hund getötet?«

Was zum Teufel war hier los?

»Wer ist der Typ überhaupt? Der Schwarze Mann?«

Ich schlich den Flur entlang.

»Er ist der Typ, den du losgeschickt hast, damit er den Schwarzen Mann tötet!«

Vor der Tür zum Heimkino blieb ich stehen und starrte auf den großen Flachbildfernseher an der Wand. *John Wick*, erkannte ich. Ein alter Film mit Keanu Reeves. »O mein

Gott«, sagte ich, als ich meinen Vater und Elyse nebeneinander in den überdimensionierten Ledersesseln sitzen sah, auf der Armlehne zwischen ihnen eine große Schale Popcorn.

Als sie meine Stimme hörte, kreischte Elyse und sprang so hektisch auf, dass sie die Schale mit Popcorn umstieß und die Körner in alle Richtungen flogen.

»Was zum Teufel?«, brüllte mein Vater, während auf dem Bildschirm Schüsse ertönten. Er schaltete den Fernseher stumm und hielt den Film an. »Jodi?! Was machst du hier? Wie bist du reingekommen?«

»Mit meinem Schlüssel«, antwortete ich, während Elyse das Deckenlicht anmachte. »Ich habe geklingelt, aber niemand hat mich gehört.«

»Und da bist du hier einfach reinspaziert?«

»Sie hat sich offensichtlich Sorgen gemacht«, verteidigte Elyse mich. »Ist alles in Ordnung mit Ihnen, Liebes?«

»Das verstehe ich nicht«, sagte mein Vater, der sich nicht so leicht besänftigen ließ. »Was machst du hier?«

»Ich hatte einen späten Besichtigungstermin in der Gegend«, log ich, »und dachte, ich schau mal vorbei, um zu sehen, wie es Mom geht.«

»Du hättest vorher anrufen sollen.«

»Sie hat sich eingekotet«, sagte ich, als ob der eine Gedanke logisch aus dem anderen folgen würde.

»Oh, du liebe Güte«, sagte Elyse rasch. »Vor einer Stunde war noch alles in bester Ordnung. Ich gehe gleich hoch und kümmere mich um sie.«

»Du wirst nichts dergleichen tun«, sagte mein Vater und ergriff Elyses Arm, um sie aufzuhalten. »Das passiert weiß

Gott nicht zum ersten Mal. Und wenn wir deine Mutter jetzt wecken«, sagte er zu mir, »wird sie das nur aufregen. Schlafende Hunde soll man nicht wecken.«

Ich weiß nicht, was mich mehr erschreckte, das Bild meiner hilflosen, einst eleganten Mutter, die bis zum Morgen in ihrem eigenen Kot lag, oder die Tatsache, dass mein Vater sie mit einem schlafenden Hund verglich.

Man muss mir mein Entsetzen angesehen haben, denn Elyse reagierte prompt. »Ihr Vater hat es nicht so gemeint, wie es sich angehört hat«, versicherte sie mir. »Ich gehe gleich hoch und wechsle ihre Kleidung und Bettwäsche. Sie hat ihre Schlaftablette genommen, deshalb bin ich mir ziemlich sicher, dass ich es hinkriege, ohne sie zu wecken.«

»Danke«, flüsterte ich, als sie das Zimmer verließ.

Mein Vater und ich starrten uns schweigend an.

»Ich nehme an, ich sollte dann mal wieder«, sagte ich schließlich.

»Ruf beim nächsten Mal vorher an«, sagte er zur Verabschiedung.

KAPITEL EINUNDZWANZIG

Die nächste Stunde fuhr ich ziellos herum und versuchte zu begreifen, wie mein Vater so scheinbar gleichgültig gegenüber der Notlage meiner Mutter sein konnte. Nachdem er jahrelang das Kindermädchen gespielt hatte, war es nachvollziehbar, dass er abgehärtet oder vielleicht sogar ein wenig verbittert war, redete ich mir ein. Er musste sich emotional distanzieren, um sie effektiv pflegen zu können.

Er war ohnehin nie der warmherzigste und mitfühlendste Mann gewesen, und ihre Ehe hatte sich mit dem Zustand meiner Mutter verschlechtert, was möglicherweise verständlich war. Die beiden führten offensichtlich seit Jahren keine sexuelle Beziehung mehr, deshalb war es nur natürlich, dass er die Gesellschaft einer attraktiven Frau genoss, die dafür angestellt war, dass er sich wohlfühlte. Für meinen Geschmack fühlte er sich nur ein wenig zu wohl.

Ich sagte mir, dass ich kleinlich und voreingenommen war. Was war verkehrt daran, dass mein Vater und Elyse sich gemeinsam einen Film anschauten?

Es war bestimmt genauso unschuldig wie mein Abendessen mit Roger McAdams.

»O Gott«, sagte ich, bog in unsere Einfahrt und legte den Kopf auf das Lenkrad.

Ich weiß nicht genau, was ich bei meiner Heimkehr erwartet habe, wahrscheinlich eine Fortsetzung des eisigen Schweigens, mit dem mein Mann mich seit Tagen bedachte, oder vielleicht auch Vorwürfe, weil ich so spät nach Hause kam. Aber als ich um kurz nach neun durch die Haustür trat, gab es keine Beschwerden von Harrison, dass er den Kindern das Abendessen machen und sie ins Bett hatte bringen müssen. Im Gegenteil, er schien sich wirklich zu freuen, mich zu sehen. »Wie ist es gelaufen?«, fragte er.

Ich erzählte ihm, dass ich eine Eigentumswohnung in Harbourfront besichtigt hatte und danach bei meiner Mutter vorbeigefahren war. Dass ich dazwischen mit Roger McAdams zu Abend gegessen hatte, ließ ich weg.

»*Schlafende Hunde soll man nicht wecken*«, hörte ich meinen Vater sagen.

Eine neue Welle von Schuldgefühlen erfasste mich.

»Tut mir leid, dass ich in den letzten Wochen so ein Idiot war«, sagte Harrison zu meiner Überraschung, und ich bekam ein noch schlechteres Gewissen.

»Tut mir leid, dass ich so spät nach Hause gekommen bin«, flüsterte ich.

Und in diesem Moment packte er mich, seine Hände waren scheinbar überall gleichzeitig, in meiner Bluse, unter meinem Rock, bis sie schließlich erst meinen Slip und dann den Reißverschluss seiner Jeans heruntergezogen hatten.

»Die Kinder …«

»Schlafen«, sagte er und drang in mich ein.

Wir liebten uns mit einer Dringlichkeit, die mir den Atem raubte; an der Wand stehend empfing ich seine Stöße, mein Rock um meine Hüfte geballt, seine Jeans an seinen Knien.

Hatte er mich in diesen letzten Wochen genauso vermisst wie ich ihn, fragte ich mich unwillkürlich, oder war etwas anderes im Spiel? Hatte Harrison gespürt, dass heute Abend mehr passiert war, als ich ihm erzählt hatte?

Er zog sich aus mir zurück und gab mir einen verspielten Klaps auf den Hintern. »Ich geh duschen.«

Ich sah ihn die Treppe hinaufhüpfen und wankte auf unsicheren Beinen ins Wohnzimmer, wo ich mich in einen Sessel sinken ließ, während mein Glück unter dem Ballast meiner Schuldgefühle versank. Ich hätte niemals mit Roger McAdams essen gehen sollen. Ich hatte einen Mann, der mich liebte, sagte ich mir. Nie wieder würde ich irgendetwas tun, was dieses Glück gefährden könnte.

Im selben Augenblick hörte ich den Piepton für eine eingehende Nachricht und sah Harrisons Handy auf dem Couchtisch liegen.

Ich weiß nicht genau, warum ich danach griff, die Schutzhülle aufklappte und auf die Nachricht auf dem Display blickte. Ohne das Passwort meines Mannes konnte ich auf dem Sperrbildschirm natürlich nur die erste Zeile lesen, aber das war völlig ausreichend: *Kann das Wochenende kaum erwarten …* begann die Nachricht.

Absender war *@songbird*. Man musste kein Hellseher sein, um darauf zu kommen, dass *@songbird* Wren war.

Ich weiß nicht, wie lange ich so dagesessen habe, mit zitterndem Körper, meine Beine wie gelähmt. Es war also Wren, die Harrisons unerwartete und plötzliche Leidenschaft erregt hatte. Mein Mann konnte das Wochenende offensichtlich auch kaum erwarten.

»Hey«, rief er und kam in dem dunkelblau-goldenen

Frotteebademantel, den ich ihm letztes Jahr zu Weihnachten geschenkt hatte, halb die Treppe herunter. »Willst du nicht hochkommen?« Er blieb stehen. »Jodi? Ist alles in Ordnung?«

Ich hielt ihm sein Handy hin. »Du hast eine Nachricht.«

Er tappte barfuß ins Wohnzimmer und nahm das Handy entgegen, würdigte das Display jedoch kaum eines Blickes. »Du hast es aufgeklappt«, stellte er eher sachlich als vorwurfsvoll fest.

»Ohne nachzudenken«, sagte ich, in der Hoffnung, einen Streit zu vermeiden, während ich meine Gedanken sortierte.

Er nickte. »Du hast den Anfang der Nachricht gelesen.«

»Das wollte ich nicht.«

»Und was genau denkst du jetzt?«

»Ich weiß nicht, was ich denken soll. Vielleicht sagst du es mir.«

»Was soll ich dir sagen?«

»Was los ist«, antwortete ich und betete, dass es eine logische Erklärung gab, eine Erklärung, die ich akzeptieren konnte, ohne mir meinen gesunden Menschenverstand zu sehr zu verknoten.

»Gar nichts ist los.«

»*Kann das Wochenende kaum erwarten?*«, hielt ich ihm entgegen. »Für mich hört sich das an, als wäre jede Menge los.«

»Möchtest du, dass ich es erkläre?«

»Kannst du das?«

»Ja. Aber es wird dir nicht gefallen.«

»Da bin ich mir ziemlich sicher«, stimmte ich ihm zu.

»Nicht aus den Gründen, die du vermutest«, sagte Harrison. »Sondern weil du dir vorkommen wirst wie eine Idiotin.«

Ich wartete, ohne etwas zu sagen. *Wäre nicht das erste Mal*, dachte ich.

Er schüttelte den Kopf. »Okay. Die Geschichte ist folgende.« Tiefes Durchatmen, ein weiteres Kopfschütteln. »Am Anfang des Sommers hat Wren mich angesprochen. Sie hat gesagt, ihre Eltern haben ein Ferienhaus in Prince Edward County, wo jedes Jahr ein kleines Literaturfestival stattfindet, zu dem ein Autor eingeladen wird, der Vorträge, Seminare et cetera hält. Offenbar hatte man einen lokalen Autor angekündigt, der jedoch absagen musste. Normalerweise würde man gar nicht daran denken, einen Autor von meinem Format anzufragen, erst recht nicht so kurzfristig, blablabla, aber könnte ich mir vorstellen, es zu machen? Das Honorar betrüge tausend Dollar. Ich habe um ein wenig Bedenkzeit gebeten, und je länger ich darüber nachgedacht habe, desto besser gefiel mir die Idee, also habe ich zugesagt.«

»Warum hast du mir nicht erzählt, dass Wren das Ganze arrangiert hat?«

»Ich habe es für unwichtig gehalten.«

»Unwichtig«, wiederholte ich.

»Okay, ich wusste, wie du reagieren würdest.«

»Nämlich?«

»Genau so, wie du gerade reagierst.«

Ich nickte. »Ich nehme an, Wren wird auch dort sein?«

»Natürlich. Ihre Eltern haben dort ein Ferienhaus. Was willst du andeuten, Jodi? Glaubst du, ich habe eine Affäre?«

»Hast du?«

»Natürlich nicht. Zum einen wäre das ein Verstoß gegen den ethischen Kodex, für den ich gefeuert werden könnte. Sie ist meine Studentin, Herrgott noch mal! Und außerdem bin ich ein verheirateter Mann, der seine Frau zufällig liebt. Und ich dachte, dass sie mich auch liebt!«

»Ich liebe dich auch.«

»Du vertraust mir bloß nicht.«

»Ich vertraue dir wohl.«

»Wirklich? Fühlt sich allerdings nicht so an.«

»Was soll ich denn denken, wenn ich so eine Nachricht sehe?«, fragte ich ihn und kam mir genauso idiotisch vor, wie er es mir prophezeit hatte.

»Ich weiß nicht. Das ist vermutlich das Problem mit dem Schnüffeln.«

»Ich habe nicht geschnüffelt.«

»Nicht?« Er fuhr sich ungeduldig durch sein feuchtes Haar. »Hör zu. Denk, was zum Teufel du denken willst. Glaub mir; glaub mir nicht. Es liegt an dir. Ich weiß nur, wenn die Situation umgekehrt wäre, würde ich keine voreiligen Schlüsse ziehen, bevor ich sämtliche Fakten kenne. Ich würde dir vertrauen.« Ein letztes Kopfschütteln. »So kann man einen schönen Abend auch ruinieren«, sagte er, machte auf dem Absatz kehrt und verschwand die Treppe hinauf.

KAPITEL ZWEIUNDZWANZIG

Für das, was als Nächstes geschah, habe ich keine Entschuldigung.

Nachdem ich das gesagt habe, werde ich es trotzdem versuchen.

Es begann mit Tracy.

»Würdest du wollen, nur rein theoretisch, dass es dir jemand erzählt, wenn dein Mann eine Affäre hat?«, fragte sie, wobei sie offensichtlich schon den ganzen Abend über diese vermeintlich rein theoretische Frage gegrübelt hatte.

Es war Freitagabend, wir saßen uns am Esstisch meiner Eltern gegenüber, Tracy nippte an ihrer zweiten Tasse Espresso, ich aß die Reste meines zweiten Stücks von dem Pfirsichkuchen, den Elyse zum Dessert gebacken hatte. Unsere Mutter war oben in ihrem Bett. Mein Vater hatte sich kurz zuvor entschuldigt, um nach Sam und Daphne zu sehen, die im Untergeschoss Zeichentrickfilme guckten. Elyse war in der Küche, räumte auf und sang leise vor sich hin.

Ich hatte sie am Morgen angerufen und gefragt, ob ich ein letztes Mal ihre Großzügigkeit in Anspruch nehmen und die Kinder am nächsten Nachmittag für ein paar Stunden vorbeibringen dürfe, weil Harrison übers Wochenende nicht in der Stadt wäre und ich einen Kunden treffen müsse. Sie hatte sofort eingewilligt und dann die Kinder und mich zum Abendessen eingeladen. »Ich frag auch Tracy«, hatte sie gesagt. »Ich glaube, es ist gut für Ihren Vater, seine Töchter und Enkelkinder möglichst viel um sich zu haben. Und ich weiß, dass Ihre Mutter sich freuen wird, Sie alle wiederzusehen.«

Ich weiß nicht, warum es mir nicht seltsam vorkam, dass es Elyse war, die die Einladung aussprach, und nicht mein Vater. Und dass sie es tat, ohne sich vorher mit ihm abzusprechen. Vermutlich geschah es so nahtlos, dass ich gar nicht darauf kam, es zu hinterfragen. Schließlich war es Elyse, die das Essen kochte, und sie hatte offensichtlich nur das Beste für meine Eltern im Sinn und im Herzen.

Direkt nach unserer Ankunft saßen wir eine Weile am Bett unserer Mutter, aber sie reagierte entweder gar nicht oder übermäßig erregt, und alle taten einen Seufzer der Erleichterung, als Elyse uns nach unten zum Essen rief.

»Und?«, fragte Tracy und stellte ihre Espressotasse auf den kleinen Unterteller. »Würdest du?«

»Würde ich was?«

»Würdest du wollen, dass es dir jemand erzählt, wenn er wüsste, dass dein Mann eine Affäre hat?«

»Worauf willst du hinaus?«, fragte ich unverblümt, weil ich nicht in der Stimmung für Tracys »theoretische« Erwägungen war. »Willst du andeuten, dass Harrison eine Affäre hat?«

»Hör mal, ich will dich nicht aufregen …«

»Was willst du *denn*, Tracy?«

»Es ist nur, also, wenn ich es wäre, würde ich wollen, dass es mir jemand erzählt. Ich würde es wissen wollen …«

»Was *glaubst* du denn zu wissen, Tracy?«

Sie blickte zur Küche und senkte die Stimme. »Ich habe ihn heute Nachmittag nach dem Abschlussmittagessen für seinen Kurs gesehen. Mit dieser Frau. Mit der ich ihn schon mal gesehen habe.«

»Sie ist seine Studentin, Herrgott noch mal.«

»Das weiß ich.«

»Und ... was?«, fragte ich und sah vor meinem inneren Auge, wie Harrison mich gegen unsere Wohnzimmerwand drückte. »Hast du sie in einer kompromittierenden Lage erwischt?«

»Nicht direkt.«

»Wie nicht direkt?« Ich blickte mich auf dem Esstisch nach irgendetwas um, das ich ihr an den Kopf werfen konnte.

»Er hat ihre Reisetasche in den Kofferraum seines Wagens gepackt.«

Ich grub die Fingernägel in meine Handballen und versuchte, mir meinen Schock nicht anmerken zu lassen.

»Dann ist sie vorne neben ihm eingestiegen, und sie sind zusammen losgefahren. Sie haben gelacht und mich gar nicht gesehen«, fügte sie noch leiser hinzu.

Ich brauchte einen Moment, um eine Antwort zu formulieren. »Ihre Eltern haben ein Ferienhaus in Prince Edward County«, wiederholte ich, was Harrison mir erzählt hatte. »Sie hat es arrangiert, dass Harrison als Gastredner bei einem Literaturfestival am Wochenende eingeladen ist. Es ist bloß logisch, dass sie zusammen hinfahren«, fügte ich hinzu, wütend, dass Harrison dieses kleine Detail ausgelassen hatte.

Dann fiel mir ein, dass ich es auch versäumt hatte, mein Abendessen mit Roger McAdams zu erwähnen.

»Worüber tuschelt ihr Mädchen denn hier drinnen?«, fragte Elyse, als sie ins Esszimmer kam, um das restliche Geschirr abzuräumen. »Nein, bleiben Sie sitzen«, wies sie mich an, als ich aufstehen wollte, um ihr zu helfen. »Besprechen Sie in Ruhe zu Ende, was Sie so ernst aussehen lässt.«

»Ich habe Jodi gerade gefragt, was sie von einer Idee hält, die ich für eine Geschichte habe«, improvisierte Tracy.

»Sie meinen es also ernst mit dem Schreiben?«, fragte Elyse.

»Könnte sein. Mein Dozent sagt, ich bin ein Naturtalent.«

»Also, wenn Sie jemals jemanden suchen, der liest, was Sie geschrieben haben«, bot Elyse an. »Ich wäre begeistert, meine Meinung beizusteuern.« Sie griff über den Tisch nach Tracys leerer Espressotasse.

Im selben Moment wich alle Farbe aus Tracys Gesicht.

»Hast du das gesehen?«, fragte sie mich, sobald Elyse das Zimmer verlassen hatte.

»Was?«

»Sie trägt Moms Uhr.«

»Worüber redest du?«

»Ich rede darüber, dass sie Moms Armbanduhr trägt. Die Cartier mit dem roten Kroko-Armband.«

Ich blickte zur Küche. »Bist du sicher?«, fragte ich, nicht in der Stimmung für weitere von Tracys Fehlwahrnehmungen.

»Natürlich bin ich sicher. Ich habe diese Uhr immer geliebt. Als Mom aufgehört hat, sie zu tragen, habe ich sie gefragt, ob ich sie haben könnte, und sie hat gescherzt, sie würde sie mir testamentarisch vermachen.«

»Es muss Dutzende von diesen Uhren geben.«

»Und wie viele Haushälterinnen kennst du, die Cartier-Uhren besitzen?«

»Wahrscheinlich ist es eine Kopie.«

»Glaubst du?«

»Frag sie.«

»Was wollen Sie mich fragen?«, sagte Elyse, die in diesem Moment ins Zimmer zurückkehrte.

»Ihre Uhr …«, begann Tracy.

Elyse blickte auf ihr Handgelenk. »Sie gehört Ihrer Mutter«, sagte sie ohne Zögern. »Meine Uhr ist stehen geblieben, und ich musste sie zur Reparatur bringen. Ihr Vater hat darauf bestanden, dass ich in der Zwischenzeit diese trage. Ich hoffe, Sie haben nichts dagegen.«

»Natürlich nicht«, antwortete ich für uns beide.

»Ich lege sie ab«, sagte Elyse, als sie Tracys Gesichtsausdruck sah, und begann, eilig das Armband zu lösen.

»Nein«, sagte Tracy. »Alles gut. Ehrlich. Behalten Sie sie an.« Sie stand auf. »Ich sollte wirklich los. Vielen Dank für das Abendessen. Es war köstlich.« Sie ging zur Haustür. »Tschüss zusammen«, rief sie die Treppe hinunter. »Wir reden bald weiter«, fügte sie in meine Richtung hinzu.

»Es tut mir schrecklich leid«, sagte Elyse, als sie weg war. »Ich glaube, sie war aufgebrachter, als sie es sich hat anmerken lassen.«

»Sie beruhigt sich schon wieder«, versicherte ich ihr und schob meinen Stuhl vom Tisch zurück. »Kinder!«, rief ich. »Zeit, nach Hause zu fahren.«

»Nö. Müssen wir?«, jammerte Sam, als er und seine Schwester, dicht gefolgt von meinem Vater, in die Eingangshalle kamen.

»Ihr kommt morgen Nachmittag zum Schwimmen wieder her«, erinnerte ich sie.

»Ich habe eine Idee«, sagte Elyse. »Ihr übernachtet hier. Wir gehen schwimmen, machen Popcorn und gucken Filme. Sie können in Ihrem alten Zimmer schlafen. Wie klingt das?«

»Yeah!«, rief Sam, gefolgt vom Echo seiner Schwester.

»Was?«, sagte ich. »Nein. Das ist wirklich zu viel verlangt.«

»Sie haben es ja auch nicht verlangt«, erwiderte Elyse. »Es war meine Idee.«

Ich blickte zu meinem Vater und erwartete, dass er protestierte. »Dad?«, fragte ich. »Ist das in Ordnung? Es wird dir nicht zu viel?«

»Ich denke, das kriegen wir schon hin«, fauchte er. »Ich bin ja kein Invalide.«

Ich verzog das Gesicht beim Gedanken an meine Mutter, die oben im Bett lag, Gefangene ihres eigenen Körpers. Das Wort »invalid« kreiste in meinem Kopf. *Invalid. In-valid. Un-gültig.*

Elyse beugte sich zu mir, als würden mir meine Gedanken auf der Stirn geschrieben stehen. »Machen Sie sich um uns keine Sorgen«, flüsterte sie. »Kümmern Sie sich zur Abwechslung mal um sich selbst. Sie sehen aus, als könnten Sie eine kleine Pause brauchen.«

»Dürfen wir hier übernachten, Mom?«, fragte Sam.

»Dürfen wir?«, wiederholte Daphne. »Dürfen wir, Mommy? Dürfen wir?«

»Ich denke ja«, antwortete ich. »Wenn Sie sicher sind …«

»Wir sind sicher«, sagte Elyse und lächelte meinen Vater an.

Ich staunte über ihre Gewissheit, über die mühelose Art, mit der sie bestimmte. Hätte meine Mutter die Dinge – meinen Vater – nur so gut gehandhabt, dachte ich. »Also gut. Wenn ihr wirklich wollt …«

»Yeah!«

»Yeah!«

Ich bedankte mich bei Elyse für das Abendessen und umarmte sie zum Abschied. »Sie sind die Beste«, erklärte ich ihr.

Gott, wie dumm konnte man sein!

KAPITEL DREIUNDZWANZIG

Sobald die Kinder im Bett waren, rief ich Harrison an. Ich erreichte nur seine Mailbox und hinterließ eine Nachricht. »Ich wollte bloß mal hören«, sagte ich, so freundlich ich konnte. »Ruf mich an, wenn du kannst.«

Er rief erst am nächsten Morgen zurück. »Es war schon ziemlich spät, als ich eingecheckt habe. Dann musste ich mich noch mit den Organisatoren treffen und einen Happen essen. Als ich ins Motel zurückgekommen bin, war es schon nach elf. Ich dachte, du würdest wahrscheinlich schon schlafen.«

»Wie war die Fahrt?«, fragte ich, ohne ihm zu erzählen, dass ich nur ein paar Stunden geschlafen hatte, weil ich mich bis zum Morgen mit Bildern von Wren und ihm im Kopf hin und her gewälzt hatte.

»Lang«, sagte er. »Ereignislos.«

Das war alles.

Ich wartete, aber er erwähnte Wren mit keinem Wort.

»Was ist mit Wren?«, fragte ich schließlich.

Ich spürte, wie er sich anspannte, noch bevor seine gepresste Stimme es bestätigte. »Was soll mit ihr sein?«

»Hast du sie gesehen?«

»Natürlich habe ich sie gesehen. Fangen wir jetzt wirklich wieder damit an?«, fragte er.

Er hatte recht. Jetzt war definitiv nicht der Zeitpunkt, um diese Diskussion zu führen, zumal es genau solche Konfrontationen waren, denen ich in meiner Kindheit ständig gelauscht und die ich den größten Teil meines weiteren Lebens verzweifelt zu vermeiden versucht hatte. Weil sie nie gut endeten. Das wusste ich. »Tracy hat euch beide zusammen losfahren sehen«, sagte ich trotzdem.

Einen Moment lang herrschte Schweigen. »Und?«

»Und?«

»Ich verstehe das Problem nicht, Jodi«, sagte Harrison. »Ich habe dir erzählt, dass Wrens Eltern hier ein Ferienhaus haben und dass ich sie dorthin mitnehmen würde.«

»Du hast gesagt, dass ihre Eltern dort ein Ferienhaus haben«, korrigierte ich ihn. »Davon, dass du sie mitnimmst, hast du nichts gesagt.«

»Das habe ich ganz bestimmt. Ich kann auch nichts dafür, wenn du nur hörst, was du hören willst.«

»Das ist nicht wahr. Und was soll das überhaupt heißen?«

»Es soll heißen, dass du nicht zuhörst. Du *glaubst*, du würdest zuhören, aber du tust es nicht. Und wenn du aufgebracht bist, bist du nicht gerade der rationalste Mensch der Welt.«

War das möglich, überlegte ich und ging unseren vorherigen Streit im Kopf noch einmal durch. Hatte er mir wirklich erzählt, dass er und Wren gemeinsam nach Prince Edward County fahren würden?

»Hör zu. Ich hab jetzt wirklich keine Zeit für diesen Unsinn. Ich muss los.«

»Harrison«, begann ich, aber noch bevor ich das Klicken am anderen Ende der Leitung hörte, wusste ich, dass er nicht mehr da war.

Nicht einmal eine Stunde später rief Roger McAdams an. »Steht unsere Verabredung für heute Nachmittag noch?«, fragte er.

»Absolut«, antwortete ich.

Was soll ich sagen?

Roger war attraktiv, lustig, kultiviert und interessant. Außerdem war er *interessiert*. An mir. An dem, was ich dachte. Was ich zu sagen hatte. Er hörte zu; er lachte über meine Witze. Er gab mir das *Gefühl*, schön zu sein.

Wir besichtigten ein halbes Dutzend Eigentumswohnungen am Seeufer, und als er mich anschließend zum Essen einlud, zögerte ich nicht. Diesmal war das Restaurant nur spärlich beleuchtet und romantisch. Wir teilten uns eine teure Flasche Shiraz. Wir redeten bis Mitternacht.

Dann checkten wir im King Edward Hotel ein.

Wie bereits gesagt habe ich keine Entschuldigung für das, was geschah. Ja, ich war mehr als ein wenig betrunken. Ja, ich war wütend auf Harrison. Ja, ich fühlte mich unsicher und verletzlich. Und ja, die Kinder waren bei meinen Eltern, und ich hatte die Nacht ganz für mich. Ich redete mir ein, dass alle Sterne sich ausgerichtet hatten und das Universum mir seine Erlaubnis gab, dass das Schicksal selbst mich dazu drängte.

Roger war ein so wunderbarer und rücksichtsvoller Liebhaber, wie ich es mir vorgestellt hatte. Im Laufe der Nacht schliefen wir mehrmals miteinander, und es wurde jedes Mal besser. Ich fühlte mich unbekümmert, ich fühlte mich begehrt, geschätzt; ich fühlte mich *gesehen*.

Erst als ich langsam eindöste, stellten sich die Schuldgefühle ein.

Sie trafen mich wie ein Schlag in die Magengrube, und wahrscheinlich war es nur der Alkohol in meinem Kreislauf, der mich überhaupt einschlafen ließ.

Als ich am nächsten Morgen aufwachte, vibrierte mein Körper beinahe vor schlechtem Gewissen darüber, was ich getan hatte, mein Kopf war schwer von einer Reue, die schlimmer war als jeder Kater. Ich blickte zu Roger, der neben mir noch fest schlief. *Was hatte ich getan?* Selbst wenn Harrison ein totaler Arsch war, selbst wenn er eine Affäre hatte – und dafür hatte ich keinen konkreten Beweis –, war das eine Rechtfertigung dafür, mit einem Mann ins Bett zu hüpfen, den ich kaum kannte? Wie oft hatte ich meinen Kindern erklärt, dass ein Unrecht ein anderes nicht aufhebt?

Ich stieg aus dem Bett und ging in die Dusche. Ich wusste, dass noch so viel Seife den Gestank meines Betrugs nicht abwaschen konnte. *Ich hatte meinen Mann betrogen. Ich war eine untreue Ehefrau. Wenn es eine Hölle gab, würde ich dort schmoren.* Ich zitterte am ganzen Körper. *Was in Gottes Namen hatte ich getan*?

Roger schlug gerade die Augen auf, als ich in ein Handtuch gewickelt mit pitschnassem Haar aus dem Bad kam. »Hallo, meine Schöne«, sagte er.

Ich lächelte und brach prompt in Tränen aus.

»O nein. Nein«, sagte er, sprang aus dem Bett und schlang seine Arme um mich. »Nicht. Bitte nicht weinen. Nicht traurig sein.«

Ich schüttelte bloß den Kopf, unfähig zu sprechen.

Er führte mich zurück zum Bett, ließ sich neben mir auf die Matratze sinken. »Was ist passiert, Jodi? Was ist los?«

»Ich fühle mich einfach so mies«, brachte ich zwischen Schluchzern heraus. »Wahrscheinlich glaubst du mir nicht, aber ich habe so etwas noch nie gemacht.«

»Warum sollte ich dir nicht glauben?«, fragte er aufrichtig.

»O Gott«, jammerte ich. »Du bist ein so netter Mann. Und ich bin schrecklich.«

»Du bist nicht schrecklich. Wer sagt, dass du schrecklich bist?«

»Ich! Ich bin eine verheiratete Frau. Ich sollte treu sein. Ich sollte nicht in Hotelzimmern neben Männern aufwachen, mit denen ich nicht verheiratet bin.«

»Nach allem, was du mir erzählt hast, ist dein Mann auch kein Ausbund an Tugend«, sagte er. »Ganz zu schweigen davon, dass er ein verdammter Idiot ist.«

»Er ist kein …«, setzte ich an, hielt inne und versuchte, mich zu erinnern, was ich Roger über meine Situation erzählt hatte. Wahrscheinlich mehr, als ich hätte sagen sollen. »Das ist trotzdem keine Rechtfertigung dafür, dass ich mit dir hier bin.« Ich atmete tief ein und spürte beim Ausatmen, wie die Luft zwischen uns zitterte.

Einen Moment lang saßen wir schweigend da.

»Du weißt, dass das nie wieder passieren darf.«

»Ich weiß«, sagte er. Dann fasste er sanft meine Hand. »Hast du Hunger? Möchtest du etwas frühstücken?«

»Ja«, sagte ich und versuchte erfolglos, einen neuen Tränenausbruch zu unterdrücken.

Er lächelte. »Was möchtest du denn? Ich bestelle beim Zimmerservice.«

»Kaffee, Orangensaft. Arme Ritter?«, fragte ich, während

Tränen über meine Wangen strömten. *Kannte ich gar keine Scham?*

»Klingt perfekt«, sagte er, gab die Bestellung auf, kehrte an meine Seite zurück und küsste mich sanft auf die Stirn.

»Wir sollten uns anziehen«, sagte ich.

Er nickte.

Wir rührten uns nicht.

»Ich finde jemand anderen in der Agentur, der dir bei der Suche nach einer Eigentumswohnung hilft«, sagte ich nach einer Weile.

»Ist das wirklich nötig?«

»Ich glaube schon, ja.«

»Okay«, sagte er. »Aber wenn du es dir anders überlegst … irgendwas …«

»Das werde ich nicht.«

»Aber wenn …«, sagte er. Den Rest des Satzes ließ er unvollendet.

KAPITEL VIERUNDZWANZIG

»Was ist los?«, fragte Elyse, sobald sie die Tür geöffnet und mein Gesicht gesehen hatte.

»Nichts.« Ich lächelte gezwungen.

»Sie sind eine ganz schlechte Lügnerin«, sagte sie und bat mich ins Haus.

»Mommy!«, rief Daphne und rannte die Treppe hinunter in meine Arme.

»Es war ganz toll«, sagte Sam, der seiner Schwester folgte. »Wir sind geschwommen und haben Filme geguckt …«

»… und Popcorn gegessen«, warf Daphne ein.

»Und Kartoffelchips.«

»Und Elyse hat uns Schokopfannkuchen gemacht.«

»Wow. Das klingt wunderbar.«

»Was kann ich Ihnen anbieten?«, fragte Elyse.

»Oh, nein, nichts. Vielen Dank. Ich habe schon gefrühstückt.« Vor meinem inneren Auge sah ich Roger und mich nebeneinander auf dem Bett sitzen und stumm unsere Armen Ritter essen. Offenbar konnte nichts, nicht einmal eine ehebrecherische Affäre, meinen Appetit dämpfen. »Wir sollten Ihnen wirklich eine Pause gönnen.«

»Oh«, jammerte Sam. »Elyse hat gesagt, wir dürften heute Morgen schwimmen gehen.«

»Es tut mir leid«, entschuldigte Elyse sich. »Ich wusste nicht, dass Sie sie so früh abholen kommen würden.«

»Bitte, Mommy. Dürfen wir schwimmen gehen?«

»Hast du Termine?«, fragte Sam argwöhnisch und klang beunruhigend wie sein Vater.

»Nein, keine Termine.«

»Und dürfen wir dann schwimmen gehen?«

»Klar«, willigte ich ein. »Warum nicht?«

Elyse wandte sich meinen Kindern zu. »Na, dann lauft nach unten, ihr zwei, und zieht eure Schwimmsachen an. Sie sollten mittlerweile getrocknet sein. Und Sie«, sagte sie zu mir, während die beiden losrannten, »können sich zu Ihrem Vater an den Pool setzen, während ich uns einen frischen Kaffee mache.«

»Meine Mutter?«

»Sie hatte eine recht unruhige Nacht«, sagte Elyse. »Ich habe sie gerade fertig gemacht, bevor Sie gekommen sind. Sie schläft jetzt. Aber Sie können gern bei ihr reinschauen, wenn Sie möchten.«

Ich nickte, ging nach oben und wischte die unbehagliche Erkenntnis beiseite, dass Elyse mir gerade die Erlaubnis erteilt hatte, meine eigene Mutter zu sehen.

Meine Mutter schlief tatsächlich, und ich seufzte erleichtert, als das Einzige, was ich roch, Lavendel war. »Schlaf gut«, flüsterte ich und legte sanft eine Hand auf ihre Hüfte, unsicher, wer mir in diesem Moment mehr leidtat – sie oder ich. Ich hatte ernsthafte Zweifel, ob ich je wieder eine Nacht durchschlafen würde.

Als ich in den Garten kam und auf meinen Vater zuging, legte er die *Sunday New York Times* beiseite, kniff die Augen zusammen und musterte mich von oben bis unten, als würde er nach widerspenstigen Pfunden suchen, die ich seit dem vergangenen Freitag zugelegt haben könnte. Vielleicht tat er auch nichts dergleichen, und es war bloß mein schlechtes Gewissen, das ihm schändliche Absichten zuschrieb, die er gar nicht hatte.

»Hi, Daddy«, begrüßte ich ihn.

»Keine Kunden heute?«, fragte er.

»Nein. Harrison ist übers Wochenende weg, und ich kann Elyse nicht ständig weiter meine Kinder aufbürden.«

»Wahrscheinlich eine gute Idee«, sagte er barsch. »Du hast sie schließlich engagiert, damit sie sich um deine Mutter kümmert, nicht um deine Kinder.«

Bevor ich auch nur ansetzen konnte, eine Antwort zu formulieren, wandte er sich wieder seiner Zeitung zu.

»Mommy!«, rief Daphne, frisch umgekleidet in ihrem rosa geblümten Badeanzug, rannte auf mich zu und schlang die Arme um meine Knie. »Kommst du mit uns schwimmen?«

»Oh, mein Schatz. Ich habe keinen Badeanzug mitgebracht.«

»Ich habe einen alten, den ich seit Jahren nicht getragen habe«, bot Elyse an, die mit einem Tablett mit frischem Kaffee, mehreren Bechern und einer Auswahl selbst gebackener Muffins heraustrat. »Er würde Ihnen bestimmt passen.«

Ich wollte gerade ablehnen, als mein Vater leise, aber vernehmlich murmelte: »Das bezweifle ich.«

Ich erinnerte mich daran, dass in der vergangenen Nacht ein Mann auf meinen nackten Körper geblickt und mir erklärt hatte, dass ich wunderschön sei. »Na gut«, sagte ich. »Ich kann ihn ja mal anprobieren …«

»Bitte, Mommy, bitte.«

»Ich lege ihn auf meinem Bett bereit«, sagte Elyse.

»Nimm die Muffins wieder mit«, wies mein Vater sie an. Den Folgesatz, »Jodi braucht keine«, hörte ich auch, ohne dass er ihn aussprach.

Elyse beachtete ihn gar nicht und ging wieder ins Haus.

Könnte ich ihn doch auch so leicht ignorieren, dachte ich, ließ mich in einen Liegestuhl sinken und kämpfte schon wieder mit den Tränen. Sofort hüpfte Daphne auf meinen Schoß. »Was hast du gestern Abend gemacht, Mommy?«, fragte sie.

Ich hatte einen Kloß im Hals und musste mich mehrmals räuspern, um ihn zu lösen.

»Du hast doch hoffentlich keine Erkältung«, sagte mein Vater, bevor ich sprechen konnte.

»Nein, Daddy. Ich habe keine Erkältung.«

»Eine Erkältung ist das Letzte, was irgendeiner von uns braucht«, sagte er.

»Ich habe keine Erkältung.«

»Hast du uns vermisst?«

Vor meinem inneren Auge sah ich Roger und mich eng umschlungen. »Natürlich«, sagte ich, während mein Sohn am tiefen Ende des Beckens ins Wasser sprang. Die spritzenden Tropfen legten sich über das provozierende Bild, das sich in Hunderte kleiner Pixel auflöste.

»Herrgott, Samuel!«, brüllte mein Vater und starrte wütend in meine Richtung. »So benehmen sie sich nicht, wenn du nicht da bist.«

Kann mich bitte irgendjemand erschießen, dachte ich und wandte mich um, als ich hörte, dass die Terrassentür geöffnet wurde. Dankbar sah ich Elyse herauskommen.

»Der Badeanzug liegt auf dem Bett«, sagte sie.

»Danke.«

Daphne lief los, um ihre Schwimmflügel zu holen.

»Nicht rennen«, hörte ich die strenge Anweisung meines Vaters, als ich ins Haus ging, wo mir die Tränen, die ich zurückgehalten hatte, in die Augen schossen.

»Was hast du erwartet?«, fragte ich mich laut. Wann war mein Vater je etwas anderes gewesen als ein engherziger, kontrollfixierter Mistkerl? Vielleicht konnte Elyse ihn »handhaben«, einige seiner härteren Kanten glätten, aber selbst ihr Einfluss stieß an Grenzen. »Inzwischen solltest du dich daran gewöhnt haben«, sagte ich und hob Elyses alten weiß-dunkelblauen Badeanzug hoch. *Bitte mach, dass er passt*, betete ich.

Er passte wundersamerweise wirklich, obwohl ich einen Ganzkörperspiegel brauchte, um sicherzugehen. Auf keinen Fall wollte ich mich dem potenziellen Spott meines Vaters aussetzen. Ich ging zum Kleiderschrank, öffnete die Tür und betrachtete mich in dem langen Spiegel in der Innentür, überrascht, wie schmeichelhaft der Badeanzug sich an meinen Körper schmiegte. Es gab keine unansehnlichen Knubbel, keine Fettfalten. »Du siehst gar nicht mal schlecht aus«, sagte ich mir.

Und in diesem Moment entdeckte ich sie.

Eine smaragdgrüne Seidenbluse, die meiner Mutter gehörte.

Es war natürlich möglich, dass Elyse genauso eine besaß,

redete ich mir ein, und musterte die Bluse genauer. Aber nachdem ich sie von allen Seiten betrachtet hatte, war ich mir sicher, dass es tatsächlich die Bluse meiner Mutter war. Was machte sie in Elyses Kleiderschrank?

Klar, meine Mutter hatte sie seit Jahren nicht getragen und offensichtlich keine Verwendung mehr dafür. Trotzdem bezweifelte ich, dass sie sie freiwillig abgegeben hätte. Hatte meine Vater sie Elyse leihweise überlassen, genau wie die Cartier-Uhr meiner Mutter? Oder hatte er sie ihr gleich geschenkt? Und wenn, war es nicht ein wenig früh, die Habseligkeiten meiner Mutter zu verteilen?

Die andere Möglichkeit war noch beunruhigender: Elyse hatte die Bluse gesehen, Gefallen daran gefunden, sich einfach selbst bedient und angenommen, dass es niemand bemerken würde.

Und würde ich, wie dem auch sein mochte, weitere Sachen meiner Mutter in Elyses Zimmer finden, wenn ich mich umsah?

Ich ging die übrigen Bügel durch, entdeckte jedoch keine weiteren bekannten Kleidungsstücke. Mit einem erleichterten Seufzer redete ich mir ein, dass es bestimmt eine logische Erklärung für die Bluse gab und es wahrscheinlich das Beste war, das Thema weder gegenüber Elyse noch gegenüber meinem Vater anzusprechen. Ich wollte mir weder einen wütenden Vortrag von ihm anhören, noch wollte ich sie wegen etwas vor den Kopf stoßen, was sich wahrscheinlich als belanglos erweisen würde. Kümmerte sie sich nicht wunderbar um meine Mutter? Sah mein Vater nicht so gut aus wie seit Jahren nicht mehr? War Elyse nicht die Haushälterin meiner Träume? Hatte sie sich nicht überschlagen, mir auszuhelfen, und sich wiederholt geweigert, eine Bezahlung dafür anzunehmen? War es wirklich wichtig, ob sie sich eine der alten Blusen meiner Mutter genommen hatte?

Und natürlich hoffte ich auch, einer Konfrontation aus dem Weg zu gehen.

Davon hatte ich in letzter Zeit weiß Gott reichlich gehabt.

Mein Leben war auch so kompliziert genug.

Deshalb weiß ich nicht genau, was mich bewog, zu der Kommode gegenüber dem Bett zu gehen, jede Schublade zu öffnen und das kleine korallenrote Schmuckkästchen herauszunehmen, das ich unter einem Haufen Schals versteckt in einer von ihnen entdeckte.

Als Erstes sah ich die schlichte Timex und erkannte sie als die Uhr, die Elyse bei unserer ersten Begegnung getragen hatte. Ich verglich die angezeigte Zeit mit der auf meiner Uhr und folgte zwei Minuten lang dem kleinen Sekundenzeiger.

Die Uhr funktionierte tadellos.

Was bedeutete, dass Elyse gelogen hatte, als sie erklärt hatte, ihre eigene Uhr sei in der Reparatur. Außer natürlich, sie hatte sie am Tag zuvor abgeholt.

Aber wie sollte ich mir die prachtvollen Saphir-Diamant-Ohrringe erklären, die ich als Nächstes entdeckte?

»Gütiger Gott«, sagte ich laut, weil ich sofort erkannte, dass es die Ohrringe waren, die mein Vater meiner Mutter zum dreißigsten Hochzeitstag geschenkt hatte. Ich wusste, dass meine Mutter sie niemals freiwillig hergegeben hätte.

»Ohrringe!«, hörte ich sie rufen, und das Wort hallte in meinem Kopf wider wie ein unangenehmes Echo. »Ohrringe! Ohrringe!«

Ich hatte angenommen, dass sie die neu gekauften Ohrringe meinte, die ich getragen hatte, aber hatte sie in Wahrheit versucht, mir etwas ganz anderes zu sagen? Wollte sie mir mitteilen, dass Elyse ihre gestohlen hatte?

Ich ließ mich aufs Bett sinken; die Ohrringe in meiner Hand fühlten sich an wie heiße Kohlen.

Ich hörte Schritte und ein leises Klopfen. »Jodi«, rief Elyse. »Alles in Ordnung da drinnen?«

Ich versteckte die Ohrringe hastig in den Falten meines Kleides. Ich brauchte Zeit, um herauszufinden, was meine Entdeckung zu bedeuten hatte, Zeit zu entscheiden, was ich deswegen machen sollte. »Alles bestens«, antwortete ich. »Ich komme sofort.«

KAPITEL FÜNFUNDZWANZIG

Vielleicht hätte ich sie damals sofort entlassen sollen.

Aber hinterher ist man immer klüger, heißt es, und heute ist es leicht, all die Fehler zu erkennen, die ich damals gemacht habe. Aber ich war zu der Zeit einfach so unglücklich und zutiefst verwirrt und wollte verzweifelt glauben, dass es eine plausible Erklärung dafür gab, warum die Ohrringe meiner Mutter in Elyses Schmuckkästchen lagen.

Aber anstatt es meinem Vater zu erzählen oder Elyse direkt darauf anzusprechen, versteckte ich die Ohrringe in meiner Handtasche und traf die bewusste – und feige – Entscheidung, stillzuhalten. Zumindest bis auf Weiteres. Bis ich Zeit gehabt hatte, mir über alles klar zu werden und zu entscheiden, was ich als Nächstes tun wollte.

Den Rest des Vormittags tollte ich mit meinen Kindern im Pool herum. Wir blieben sogar zum Mittagessen.

Vor unserem Aufbruch ging ich nach oben, um meine Mutter zu sehen, in der Hoffnung, dass sie meinen Verdacht zerstreuen und mir ein paar dringend benötigte Antworten liefern könnte, aber sie schlief immer noch. »Schläft sie normalerweise auch so viel?«, fragte ich, als wir uns verabschiedeten.

»In letzter Zeit immer mehr«, sagte Elyse. »Es ist schwer,

ich weiß. Aber versuchen Sie, es als Segen zu betrachten. Auf diese Weise leidet sie keine Schmerzen.«

»Nimmt sie mehr Beruhigungsmittel als üblich?«, fragte ich.

»Nur das, was der Arzt verschrieben hat«, sagte mein Vater. Die Gereiztheit in seiner Stimme war nicht zu überhören. Er hatte sich noch nie gern befragen lassen.

»Wann hat sie ihn denn zum letzten Mal gesehen?«

»Wir haben in dieser Woche noch telefoniert«, sagte mein Vater, ohne meine Frage konkret zu beantworten.

»Und?«

»Jodi«, sagte er vorwurfsvoll. »Deine Mutter leidet unter einer letalen Krankheit. Sie hat bestenfalls noch sechs Monate zu leben. In diesem Stadium kann man nicht viel mehr tun, als es ihr so angenehm wie möglich zu machen.«

Ich nickte mit Tränen in den Augen.

»Oh, Sie Ärmste.« Elyse nahm mich in die Arme und drückte mich fest.

Ich fragte mich, ob sie mir noch so freundlich gesinnt sein würde, wenn sie entdeckte, dass die Ohrringe verschwunden waren, und wann das geschehen würde. Würde sie stundenlang panisch danach suchen oder sofort wissen, dass ich sie entdeckt und an mich genommen hatte?

Wie würde sie reagieren?

»Nicht weinen, Mom«, unterbrach Sam meine Gedanken.

»Was heißt letal?«, fragte Daphne.

»Es heißt, dass Grandma nicht mehr gesund wird«, erklärte ich sanft.

Sam war weniger zartfühlend. »Es heißt, sie stirbt«, sagte er.

»Wirst du auch sterben, Mommy?«, fragte Daphne auf der Fahrt nach Hause.

»Nein, mein Schatz«, antwortete ich. »Noch ganz lange nicht.«

»Ich will nicht, dass du stirbst.«

»Das werde ich auch nicht. Mach dir keine Sorgen.«

Ich mache mir schon genug Sorgen für uns alle, dachte ich.

Harrison kam an dem Abend erst nach Mitternacht nach Hause.

Ich hatte versucht, auf ihn zu warten, war jedoch schließlich gegen zehn vor dem Fernseher im Wohnzimmer eingeschlafen. Ich wachte auf und schaltete ihn ab, als ich hörte, wie sein Wagen in die Garage fuhr. Kurz darauf wurde die Haustür geöffnet, und er betrat das Haus. »Wie war es?«, fragte ich ihn, als er zur Treppe ging.

Er zuckte zusammen. »Scheiße! Du hast mich erschreckt.«

»Tut mir leid.«

»Was sitzt du hier im Dunkeln?«

»Ich habe auf dich gewartet«, setzte ich zu erklären an, doch er war schon halb die Treppe hinauf.

»Jede Menge Verkehr«, sagte er, die Worte über die Schulter werfend wie eine Handvoll Salzkörner. »Die ganze Strecke Stop-and-go.« Auf dem oberen Treppenabsatz blieb er abrupt stehen. »Und nur damit du es weißt, ich war allein. Wren ist bei ihren Eltern geblieben. Die übrigens reizende Menschen sind.«

»Da bin ich sicher.«

»Sie haben ein verdammt beeindruckendes Festival auf die Beine gestellt.«

»Das freut mich. Hör mal. Das mit unserem Missverständnis tut mir leid«, begann ich und folgte ihm ins Schlafzimmer.

»Missverständnis«, wiederholte er, als hätte er das Wort noch nie gehört.

»Ich kann mich ehrlich nicht daran erinnern, dass du mir erzählt hast, dass du Wren in deinem Wagen mitnehmen wolltest. Es ist nicht wichtig«, fügte ich eilig hinzu, bevor er mich unterbrechen konnte. »Entscheidend ist, dass ich dir keine Vorwürfe machen wollte, und es tut mir leid.«

»Mir auch«, sagte er, obwohl sein Tonfall deutlich machte, dass wir uns für unterschiedliche Dinge entschuldigten. Er war offensichtlich überzeugt, nichts falsch gemacht zu haben. *Mir* tat mein Benehmen leid, und *ihm* tat mein Benehmen auch leid. Also entschuldigten wir uns vielleicht doch für das Gleiche.

»Und wie war es?«, fragte ich noch einmal.

Er begann, sich auszuziehen. »Super. Dem Vernehmen nach ein Riesenerfolg.«

»Das überrascht mich nicht.« Ich wandte mich ab, als ich mich daran erinnerte, dass ich am vergangenen Abend einem anderen Mann beim Ausziehen zugesehen hatte.

Ich hatte ihm sogar dabei geholfen.

»Wie viele Zuschauer?«, fragte ich und verdrängte das unerwünschte Bild mit einem Kopfschütteln.

»Nun, unterschiedlich natürlich, je nach Veranstaltungsort«, sagte Harrison, der sich langsam für sein Thema erwärmte. »Bei der Lesung am Samstag waren mindestens zweihundert Leute.«

»Das ist toll.«

»Und noch besser, sie haben alle Bücher gekauft. Ich war die halbe Nacht wach, um sie zu signieren.«

Und die andere Hälfte? »Das ist wirklich großartig«, sagte ich.

Er verschwand im Bad. Ich zog mich aus und legte mich ins Bett. Halb hoffte ich, dass wir miteinander schlafen würden, halb hoffte ich, dass wir es nicht tun würden. Würde Harrison merken, dass ich mit einem anderen Mann zusammen gewesen war?

Würde es ihn kümmern?

»Und was hast du gemacht, während ich weg war?«, fragte er, als er ins Zimmer zurückkam, das Deckenlicht ausmachte und neben mir unter die Decke schlüpfte.

Ich hatte den ganzen Abend mit mir gerungen, ob ich ihm meine Untreue gestehen und um Vergebung bitten sollte. Für mein mangelndes Vertrauen, den Aussetzer meines Urteilsvermögens, meine Schwäche, meine Dummheit. Ja, es gab Gründe, weshalb ich untreu gewesen war, aber keiner dieser Gründe zählte.

Was zählte, waren allein die Tatsachen.

Und Tatsache war, dass nicht mein Mann untreu gewesen war, sondern ich.

Aber Harrison war es nie leichtgefallen, etwas zu verzeihen. Und ich wusste, wenn ich meine Affäre gestand, wäre meine Ehe vorbei.

Das Risiko konnte ich nicht eingehen.

»Nicht viel«, sagte ich. »Ich war mit den Kindern schwimmen, wir haben einen Film geguckt und Pizza gegessen.« Keine komplette Lüge. Trotzdem weit von der Wahrheit entfernt.

»Das haben sie bestimmt genossen.« Er gab mir ein flüchtiges Wangenküsschen und ließ seinen Kopf auf das Kissen neben meinem sinken.

»Ich mache mir Sorgen, dass Elyse meine Mutter vielleicht bestiehlt«, sagte ich zu seinen geschlossenen Augen und berichtete, wie ich in Elyses Zimmer die Bluse und die Ohrringe meiner Mutter gefunden hatte.

»Hast du deinem Vater von deinem Verdacht erzählt?«, fragte Harrison und öffnete ein Auge.

»Nein.«

»Meinst du nicht, dass du das machen solltest?«

Ich nickte. Plötzlich schien es so klar. »Danke.«

»Jederzeit. Und jetzt schlaf.« Er drehte sich auf seine Seite. »Gute Nacht, Schatz. Bis morgen früh.«

»Ich liebe dich«, flüsterte ich und wartete, dass er mir das Gleiche erklärte.

Als ich einschlief, wartete ich immer noch.

KAPITEL SECHSUNDZWANZIG

Gleich am nächsten Morgen fuhr ich zu meinen Eltern.

Ich parkte in der Einfahrt und blickte beim Aussteigen auf die Uhr. Es war kurz nach acht, aber mein Vater war immer ein Frühaufsteher gewesen, und ich war mir ziemlich sicher, dass er schon auf sein würde. Ich würde ihm erklären, dass ich ein paar vertrauliche, geschäftliche Fragen mit ihm zu klären hatte, bevor ich ins Büro fuhr, und ihn so hoffentlich für ein paar Minuten allein erwischen, um ihm meine Befürchtungen wegen Elyse mitzuteilen.

Ich klingelte und wartete. Mein Blick schweifte über die Straße, und mir fiel auf, dass einige Blätter sich bereits verfärbten. Schon? Ich wunderte mich. Es war erst Ende August, und doch lag der Herbst in der Luft und ließ seine Anwesenheit spüren. Bald würden Halloween und dann Weihnachten kommen, dachte ich, stellte mir die Straße mit ihren aufwendigen, sich permanent verändernden Feiertagsdekorationen vor und sah das Jahr dahingehen, bevor es überhaupt begonnen hatte. In der nächsten Woche würde Sam die dritte Klasse beginnen, Daphne würde in den Vorschulkindergarten kommen.

Bald würden sie das Haus verlassen, um auf dem College zu studieren, dachte ich und lachte still darüber, wie schnell mein Bewusstsein aus der realen Gegenwart ins Reich des Absurden springen konnte. War mir das auch bei Elyse passiert? Hatte ich voreilig einen Haufen unüberlegter Schlüsse gezogen? Gab es eine vollkommen logische Erklärung für alles?

»Das werde ich wohl jetzt rausfinden«, sagte ich und wollte noch einmal klingeln, als mir einfiel, dass ich einen Schlüssel hatte. »Hallo?«, rief ich, als ich die Eingangshalle betrat. War es möglich, dass mein Vater noch schlief? »Dad? Hallo?« Ich erinnerte mich an das letzte Mal, als ich das Haus unangekündigt betreten hatte, das Missfallen im Gesicht meines Vaters, als ich ihn und Elyse dabei überrascht hatte, wie sie gemeinsam einen Film anschauten, während meine Mutter oben schlafend in ihrem eigenen Kot lag. »Ruf beim nächsten Mal vorher an«, hatte er mich wütend angewiesen.

»Ich hätte anrufen sollen«, erklärte ich der leeren Halle. Aber ein Anruf hätte sie warnen können, dass etwas im Busch war, und ich wollte sie überraschen. »Dad?«, rief ich noch einmal. »Elyse?«

In diesem Moment hörte ich es, ein leises Stöhnen, das aus den Wänden zu dringen schien. Es sank zu Boden, rutschte über das Parkett, legte sich um meine Knöchel und schlängelte sich um meine Schenkel und meinen Unterleib, erreichte meine Brust und presste die Luft aus meinen Lungen, während es schon meinen Kopf erfüllte.

Mein Blick schoss zur Treppe. Dort bemerkte ich etwas, das aussah wie ein Bündel Kleider, das vor der Schlafzimmertür meiner Mutter auf dem Boden lag. Zunächst nahm ich an, es müsse ein Haufen dreckiger Wäsche sein, den

Elyse dort hatte liegen lassen. Elyse und mein Vater waren bestimmt gerade bei meiner Mutter. Elyse wechselte ihre Bettwäsche, während mein Vater sie mit dem Frühstück fütterte.

Aber dann bewegte sich der Haufen.

Und stöhnte.

Und ich wusste es.

»Mom?«, rief ich und rannte die Treppe hoch. »O mein Gott, Mom!«

Sie lag auf dem Boden, auf halber Strecke zwischen dem Fahrstuhl und der Treppe, das Gesicht verzerrt von einer Mischung aus Schmerz und Wut. »Tracy«, rief sie, packte die Hand, die ich zu ihr ausstreckte, und grub ihre Nägel in meine Handfläche.

»Ich bin's, Jodi«, korrigierte ich sie sanft und begriff, dass dies nicht der Zeitpunkt für verletzte Gefühle war. »Was ist passiert?« Mein Blick zuckte zu dem Schlafzimmer am Ende des Flures, während ich erfolglos versuchte, meine Mutter hochzuheben. Es war unmöglich. Sie war wie ein totes Gewicht in meinen Armen. »Wie bist du hierhergekommen? Wo ist Dad?«

»Ich rufe ihn schon seit Stunden«, sagte meine Mutter, jedes Wort ein mühsamer Kampf. »Er antwortete nicht. Ich bin aufgestanden. Ich bin gefallen.«

»Das verstehe ich nicht. Wo ist er?« Ich legte sie wieder auf den Boden und rappelte mich auf die Füße.

»Lass mich nicht allein.«

»Ich bin gleich wieder da«, sagte ich und warf mich gegen die geschlossene Schlafzimmertür meines Vaters. »Dad!«, rief ich und schaltete das Deckenlicht an.

Das Zimmer war leer.

Sein Bett war unbenutzt.

Was hat das zu bedeuten, fragte ich mich, obwohl ich bereits ahnte, dass es nur eins bedeuten konnte. »O Gott«, sagte ich und kehrte an die Seite meiner Mutter zurück.

»Er ist bei ihr«, sagte meine Mutter. Diesmal waren ihre Worte unmissverständlich; kein Bemühen um Klarheit war notwendig, weder von ihrer noch von meiner Seite.

»O Gott«, sagte ich noch einmal.

In diesem Moment hörte ich Schritte auf der Treppe. Jemand rannte aus dem Untergeschoss nach oben.

»Was zum Teufel ist hier los?«, fragte mein Vater und kämpfte mit seinem Bademantel, den er über sein T-Shirt und die Boxershorts streifen wollte. Seine Füße waren nackt, seine Haare zerzaust. Er kam in die Eingangshalle, blieb stehen und starrte zu meiner Mutter und mir im ersten Stock hoch.

»Was ist los, Vic?«, fragte Elyse, die hinter ihm auftauchte. Sie trug ein langes blaues Negligee, ihre nackten Füße ragten unter den Seidenfalten hervor. Als sie mich sah, machte sie den Mund auf, doch kein Laut kam heraus.

»Was machst du hier?«, wollte mein Vater wissen.

»Was ich hier mache?«, wiederholte ich. »Ich denke, die drängendere Frage ist: ›Was zum Teufel machst du da unten?‹«

»Ich bin nicht derjenige, der hier reingeplatzt ist«, sagte er, meine Frage ignorierend. Wie immer in der Offensive.

»Ich bin nicht reingeplatzt«, sagte ich, während er, zwei Stufen auf einmal nehmend, die Treppe hochsprintete, dicht gefolgt von Elyse.

»Um Himmels willen, Audrey«, sagte mein Vater zu meiner Mutter und streckte die Arme aus. »Was machst du denn hier, meine Liebe?«

Meine Liebe? Meine Liebe?!

Du bist gerade in flagranti mit einer anderen Frau erwischt worden. Willst du wirklich so tun, als wäre nichts passiert?

»Du Armes«, sagte Elyse wie sein Echo und drängte mich praktisch beiseite, um den anderen Arm meiner Mutter zu fassen.

Ich sah zu, wie die beiden meine Mutter auf die Füße zogen und sie in ihr Zimmer zurückführten und -trugen. Sie schafften es, sie wieder ins Bett zu bringen und ihre Kissen so zu arrangieren, dass sie es bequem hatte, keiner von beiden im Geringsten verlegen über ihren spärlich bekleideten Zustand.

»Hast du Hunger, meine Liebe?«, fragte Elyse. »Soll ich dir einen Smoothie machen?«

»Hat der Arzt nicht gesagt, sie soll keine Milchprodukte zu sich nehmen?«, fragte ich, als Elyse die Treppe hinunterging.

»Es ist eine der wenigen Freuden, die ihr noch geblieben sind«, stellte mein Vater fest, fasste meinen Ellbogen und führte mich aus dem Zimmer. »Willst du so grausam sein, ihr das zu verweigern?«

»Ich?«, fragte ich. Ich traute meinen Ohren kaum. »Ich bin grausam?! Du schläfst mit der Haushälterin und willst mir Vorwürfe machen?«

»Was ich tue, geht dich nichts an.«

»Mag sein. Aber das Wohlbefinden meiner Mutter geht mich sehr wohl etwas an.«

»Deine Mutter wird sehr gut versorgt.«

»Tatsächlich? Ich habe sie auf dem Boden liegend gefunden, Herrgott noch mal!«

»Du bist nicht fair.«

»Im Ernst? Du schläfst direkt vor der Nase meiner Mutter mit deiner *Hausangestellten*, und ich bin diejenige, die nicht fair ist?«, fragte ich, bewusst das Wort verwendend, das er vor ein paar Monaten so abschätzig benutzt hatte.

»Ich bin ein Mann«, sagte er ruhig. »Ich habe gewisse Bedürfnisse.«

»O bitte«, sagte ich verächtlich. »Du bist fast achtzig, Himmel noch mal.«

»Okay. Dann bin ich eben ein *alter* Mann«, erwiderte er und sah plötzlich wirklich sehr alt aus. »Deswegen habe ich nicht aufgehört, ein Mensch zu sein, das Gefühl zu genießen, eine Frau in den Armen zu halten, gestreichelt zu werden.«

Ich wand mich innerlich bei der ungebetenen Vorstellung von Elyse, die meinen Vater streichelte.

»Es ist Jahre her, seit deine Mutter und ich irgendeine Beziehung hatten, körperlich oder anderweitig«, fuhr er unaufgefordert fort. »Ich hatte beinahe vergessen, wie es sich anfühlt, ein normales Gespräch zu führen …«

»Das hast du getan, während meine Mutter auf dem Boden lag?«, fragte ich, nicht bereit, Mitleid mit ihm zu empfinden oder ihn so leicht vom Haken zu lassen. »Dich unterhalten?«

»Es ist leicht, so ablehnend und voreingenommen zu sein«, sagte er. »Findest du in deinem Herzen nicht ein wenig Nachsicht? Ein wenig Verständnis? Bist du so rein? So ohne jeden Makel?«

O Gott, dachte ich. Konnte ich nach dem, was *ich* getan

hatte, wirklich so verächtlich gegenüber meinem Vater sein? *Wer ohne Sünde ist …*

»Du musst sie entlassen«, sagte ich. »Gib ihr, was immer sie an Entschädigung verlangt, aber …«

»Ich werde sie nicht entlassen«, unterbrach er mich, und der Ärger kehrte in seine Stimme zurück.

Ich zog die Ohrringe meiner Mutter aus meiner Handtasche. »Die habe ich in Elyses Zimmer gefunden, in ihrem Schmuckkästchen«, erklärte ich ihm. »Sie hat dich bestohlen.«

Er nahm mir die Ohrringe ab. Das nachfolgende Schweigen war geradezu ohrenbetäubend. »Wie kommst du dazu, in ihren Sachen zu wühlen?«

»Darum geht es nicht, Dad.«

Eine weitere endlose Pause. »Elyse stiehlt nicht.«

Ich wartete, zu ängstlich zu fragen, was er meinte.

»Ich habe ihr diese Ohrringe geschenkt«, sagte er schließlich.

»Du hast ihr Moms Ohrringe geschenkt?«

»Sie hat die Schubladen aufgeräumt, sie entdeckt und bemerkt, wie hübsch sie seien, und ich dachte, warum soll sie sie nicht haben? Deine Mutter hat offensichtlich keine Verwendung mehr dafür.«

»Du hattest kein Recht«, sagte ich, bemüht, meine Wut in Schach zu halten.

»Ich habe *jedes* Recht.«

»Diese Ohrringe sind sehr wertvoll, Dad. Glaubst du nicht, dass Tracy oder ich sie vielleicht gern gehabt hätten?«

»Darum geht es also eigentlich«, sagte er und schüttelte den Kopf.

»Nein, darum geht es nicht«, widersprach ich und bewunderte still die Gabe meines Vaters, alles umzukehren und mich in die Defensive zu drängen. »Ich sage bloß …«

»Es interessiert mich nicht mehr, was du sagst«, unterbrach er mich. »Gerade du solltest Elyse sehr dankbar sein, nach allem, was sie für dich getan hat. Sie ist keine Diebin. Und ich entlasse sie nicht. Ende der Diskussion.«

Ich hörte, wie der Fahrstuhl seinen langsamen Aufstieg begann.

»Noch eins«, sagte mein Vater, als die Tür aufging und Elyse mit einem Tablett mit dem Smoothie und zwei Scheiben Toast für meine Mutter heraustrat. »Ich hätte gern meinen Hausschlüssel zurück.«

»Dad …«

Er streckte die Hand aus. »Ich wünsche keine weiteren Überraschungsbesuche.«

Widerwillig ließ ich den Schlüssel in seine offene Hand fallen. »Ich verabschiede mich nur von Mom.«

»Mach es kurz«, sagte er. »Deine Besuche regen sie auf.«

Ich betrat das Zimmer meiner Mutter und stand mit Tränen in den Augen eine Weile neben ihrem Bett.

»Tracy?«, fragte sie.

»Nein, Mom. Ich bin's, Jodi.« Die Tränen in meinen Augen lösten sich und strömten über meine Wangen. »Auf Wiedersehen, Mom«, sagte ich schließlich und tätschelte ihre Hand. »Bis bald.« Ich ging aus dem Zimmer, die Treppe hinunter und aus dem Haus.

Als ich meine Mutter das nächste Mal sah, war sie tot.

KAPITEL SIEBENUNDZWANZIG

Nicht, dass ich nicht versucht hätte, sie zu sehen.

Aber in der Zeit zwischen meinem letzten Besuch und ihrem Tod, etwas mehr als zwei Monate später, wurde ich jedes Mal abgewiesen.

Anfangs entschied ich, dass es vermutlich das Beste war, meinem Vater ein wenig Raum zu lassen, bis der Staub sich gesetzt hatte und alle wieder mit kühlerem Kopf über die Sache nachdenken konnten. Er würde gewiss verstehen, warum ich so aufgebracht gewesen war und dass ich nur das Beste für meine Mutter – und ihn – im Sinn gehabt hatte.

»Was hast du erwartet?«, fragte Tracy nach meinem Bericht, als hätte sie so etwas schon lange vermutet. »Der Mann hatte seit Jahren keinen Sex mehr, und Elyse sieht für eine Frau ihres Alters ziemlich gut aus. Kannst du es ihm verdenken?«

Erst als ich ihr berichtete, dass er Elyse Moms Saphir-Diamant-Ohrringe geschenkt hatte, empörte sie sich.

»Ich wusste von Anfang an, dass sie Ärger bedeutet«, sagte sie. »Und was machen wir jetzt?«

»Ich habe keine Ahnung, ob wir etwas machen können.«

»Du hättest sie niemals anstellen dürfen.«

»Danke. Das ist sehr hilfreich.«

»Wenn du das nächste Mal vorbeifährst«, sagte Tracy,

ohne meinen Sarkasmus zu beachten, »könntest du einfach mit dem Rest von Moms Schmuck abhauen.«

»Du schlägst vor, dass ich ihn stehle?«

»Nun, es sieht nicht so aus, als würde Dad ihn dir einfach geben. Und es wäre auch nicht direkt Stehlen. Ich meine, irgendwann sollte er uns sowieso gehören.«

Ich muss zugeben, dass mir der gleiche Gedanke auch schon gekommen war. Nicht dass irgendwas von dem Schmuck besonders wertvoll war, mit Ausnahme einiger ausgewählter Stücke, vor allem der Saphir-Diamant-Ohrringe. Es war mehr der Gedanke, dass diese Schmuckstücke ungeachtet ihres Werts an uns, die Töchter, gehen sollten und nicht an eine Fremde, die mit meinem Vater ins Bett ging.

Aber jedes Mal, wenn ich bei meinen Eltern anrief, um meinen Besuch anzukündigen, wurde ich abgewimmelt.

»Jetzt passt es nicht gut«, erklärte mein Vater mir. »Deine Mutter schläft gerade.«

»Sie hatte eine unruhige Nacht«, sagte Elyse. »Es ist besser, sie jetzt nicht zu stören.«

Also versuchte ich einen anderen Ansatz. »Die Kinder würden am Wochenende gern zum Schwimmen vorbeikommen«, schlug ich vor.

»Wir haben den Pool geschlossen«, informierte mein Vater mich.

»So früh?«

»Nicht früher als sonst«, antwortete er, obwohl es erst Mitte September war und er den Pool sonst noch mindestens einen Monat länger offen gehalten hatte.

»Gib ihnen Zeit«, riet Harrison mir. »Du hast sie offensichtlich vergrätzt. Du hast so eine Art, das zu schaffen«, fügte er lächelnd hinzu. Aber das Lächeln konnte die implizite Kritik nicht überdecken. Ich glaube, man nennt es »durch die Blume sagen«, eine Bemerkung, bei der man gemein sein kann, ohne es zuzugeben. »Aber sie kriegen sich schon wieder ein«, sagte er, bevor ich reagieren konnte.

Das geschah nicht.

Je mehr Zeit verstrich, desto schlechter wurde alles. Harrison nahm seinen Schreibrhythmus wieder auf und damit auch sein gewohntes Lamentieren über meine Arbeit und die Kinder; ich versuchte, nicht an Roger McAdams zu denken, der, wie mir eine Kollegin aus der Agentur erzählte, seine Suche nach einer Eigentumswohnung bis auf Weiteres aufgegeben hatte. Ich sann darüber nach, ob das irgendwas mit mir zu tun hatte, und kämpfte täglich gegen den Impuls an, mich bei ihm zu melden. Der September ging, der Oktober kam.

Und dann rief mich eines Tages aus heiterem Himmel Elyse an. »Ihr Vater ist heute Vormittag eine Weile außer Haus«, sagte sie, »und ich dachte, Sie möchten vielleicht vorbeikommen, während er weg ist.«

»Wenn Sie mögen«, sagte ich, bevor sie ihr Angebot überdenken konnte.

»Kommen Sie in einer Stunde.«

Genau eine Stunde später bog ich in die Einfahrt meiner Eltern. Elyse erwartete mich an der Haustür. Sie war frisch frisiert und hatte sich offensichtlich kürzlich das Haar machen lassen. Sie trug eine eng anliegende Lederhose und eine teuer aussehende weiße Bluse. Nicht gerade die Kluft einer Frau, die zum Kochen und Putzen angestellt ist. Mehr der Look einer gut betuchten Dame des Hauses, dachte ich, und fragte mich, ob das Absicht war, ob sie mir eine Botschaft übermitteln wollte. Doch ich behielt diese Gedanken tunlichst für mich. Es hatte keinen Sinn, irgendjemanden noch mehr zu vergrätzen.

»*Du hast so eine Art, das zu schaffen*«, hörte ich Harrison sagen.

»Danke, dass Sie angerufen haben«, begrüßte ich sie.

Elyse bat mich in die Eingangshalle. »Ich hatte gehofft, dass wir die Missverständnisse zwischen uns klären können.«

»Klingt gut.« Mir wurde bewusst, dass ich sie trotz allem vermisst hatte. »Ich geh nur kurz hoch, um meiner Mutter Hallo zu sagen.«

»Sie ist nicht da«, sagte Elyse, als ich schon auf dem Weg zur Treppe war.

»Was?«

»Ihr Vater macht eine Spazierfahrt mit ihr, damit sie das bunte Laub an den Bäumen betrachten kann.«

Was? »Oh. Ich hatte bloß angenommen …«

»Lassen Sie uns in die Küche gehen. Ich habe frischen Kaffee gemacht, und es ist noch ein Stück Apfelkuchen übrig.«

Ich folgte ihr in die Küche, nahm am Tisch Platz und versuchte zu begreifen, was hier geschah. Ich hatte angenommen, dass sie mich eingeladen hatte, damit ich meine Mutter sehen konnte, doch diese Vermutung war offensichtlich unzutreffend.

»Mich schmerzt die Entfremdung zwischen Ihnen und Ihrem Vater«, begann sie. »Und ich fühle mich zumindest teilweise dafür verantwortlich. Es war nie meine Absicht, irgendwelche Probleme zu schaffen, und es tut mir wirklich sehr leid.«

Ich nickte, unsicher, wie ich reagieren sollte. »Mir tut es auch leid«, sagte ich schließlich und erkannte, dass das stimmte.

»Es gibt absolut nichts, was Ihnen leidtun müsste«, beharrte sie. »Es muss wirklich ein Schock gewesen sein, als Sie erkannt haben, dass Ihr Vater und ich … nun ja, Sie wissen schon. Bitte glauben Sie mir, dass das in keiner Weise geplant war. Es hat sich einfach ergeben. Ihr Vater ist so einsam gewesen, und ich war es offen gestanden auch …«

»Das verstehe ich«, unterbrach ich sie, schon weil ich keine Details hören wollte und um Großherzigkeit bemüht war. »Es ist bloß …«

»Sie müssen es nicht erklären.« Sie goss mir eine Tasse Kaffee ein, gab die richtige Menge Sahne und Zucker hinzu, schob die Tasse über den Tisch und nahm neben mir Platz. »Und dann die Ohrringe Ihrer Mutter zu finden …«

»Ich wollte nicht schnüffeln. Ich habe nur die Bluse meiner Mutter in Ihrem Kleiderschrank hängen sehen, und ich …«

»Ach, herrje«, unterbrach Elyse mich. »Nun, kein Wunder, dass Sie angenommen haben, ich würde stehlen. Nein, ich habe die Bluse völlig zerknüllt auf dem Boden im Kleiderschrank Ihrer Mutter gefunden und sie mit nach unten genommen, um sie zu bügeln. Ich hatte bloß noch keine Gelegenheit gehabt, sie wieder nach oben zu bringen. Oh, Sie Arme. Das erklärt alles.«

Ich nippte an meinem Kaffee, unsicher, wie es weitergehen sollte. Zu verstehen, warum etwas geschieht, ist eine Sache, zuzulassen, dass es weitergeht, eine ganz andere. Und es war ausgeschlossen, dass Elyse sich weiter um meine

Mutter kümmern konnte, während sie gleichzeitig mit meinem Vater schlief.

»Mir ist bewusst, dass ich nicht länger hier arbeiten kann«, sagte sie, als könnte sie meine tiefsten Gedanken lesen. »Ich habe bereits angefangen, meine Sachen zu packen.«

Ich nickte. »Weiß mein Vater es?«

»Noch nicht.«

»Ich weiß nicht, was ich sagen soll, außer dass es mir leidtut. Ich wünschte, es hätte nicht so kommen müssen.«

»Ich weiß, und ich verstehe es. Wirklich.« Elyse erhob sich langsam. Sie ging zum Spülbecken, öffnete den Unterschrank, nahm einen großen durchsichtigen Plastikbeutel heraus und legte ihn vor mir auf den Tisch. Er enthielt den Schmuck meiner Mutter. »Das sollten Sie haben«, sagte sie. »Zur sicheren Aufbewahrung. Für den Fall, dass die nächste Haushälterin nicht so ehrlich ist. Darin befindet sich alles einschließlich der Cartier-Uhr und der Saphir-Diamant-Ohrringe. Ich kann sie unmöglich behalten. Sie gehören Ihnen.«

»Danke«, flüsterte ich, ließ den Beutel in meine Handtasche gleiten und stand auf. »Sie wissen, dass mein Vater außer sich sein wird.«

»Zunächst. Aber er wird darüber hinwegkommen. Ihr Vater ist ein zäher Mann.«

»Ja, das ist er.«

Wir standen eine Weile schweigend da. Ich merkte, dass ich meine Tränen zurückhielt. »Was werden Sie ihm sagen?«

»Machen Sie sich darüber keine Gedanken«, sagte sie, nahm mich in die Arme und drückte mich ein letztes Mal. »Überlassen Sie das einfach mir. Mir fällt schon was ein.«

KAPITEL ACHTUNDZWANZIG

Die Polizei kam zur Abendessenzeit.

Wir hatten gerade am Tisch Platz genommen, um das aufgewärmte Fertiggericht zu uns zu nehmen, Käsemakkaroni von Kraft – »Wirklich, Jodi?«, hatte Harrison bemerkt. »Du hättest dir nicht so viel Mühe geben sollen.« –, als wir hörten, wie der Streifenwagen in unsere Einfahrt bog. »Wer zum Teufel ist das?«, fragte mein Mann, als wäre die unerwartete Störung irgendwie meine Schuld. »Bestimmt deine Schwester«, beantwortete er seine eigene Frage.

»Es ist die Polizei«, erklärte ich ihm nach einem Blick aus dem Fenster und ging zur Haustür.

»Die Polizei?«, wiederholte er, sprang auf und kam, dicht gefolgt von Sam und Daphne, in den Flur. »Was machen die hier? Kinder, setzt euch wieder an den Tisch«, befahl er.

»Werden sie dich verhaften, Daddy?«, fragte Sam.

»Natürlich nicht. Sie haben offensichtlich eine falsche Adresse.«

Sie hatten die richtige Adresse.

»Jodi Bishop?«, fragte der ältere der beiden Beamten, die vor unserer Tür standen.

»Ja?«

»Ich bin Officer Stankowski, und das ist Officer Lewis«,

stellte er sich und seinen jüngeren Partner vor, der so dunkelhäutig war wie Stankowski blass. »Dürfen wir reinkommen?«

Mein erster Gedanke war, dass es bei der Spazierfahrt einen Unfall gegeben hatte, dass mein Vater und meine Mutter schwer verletzt waren – oder Schlimmeres. Mein Vater war nie der weltbeste Autofahrer gewesen. Auf der Straße benahm er sich genauso rüpelhaft wie sonst und ließ nur selten jemandem die Vorfahrt. In Kombination mit seiner Liebe für Geschwindigkeit war das ein Rezept für Katastrophen, obwohl er häufig damit prahlte, in sechzig Jahren am Steuer nie auch nur einen Strafzettel für überhöhte Geschwindigkeit bekommen zu haben. War ihm das Glück ausgegangen? »Hat es einen Unfall gegeben?«

»Nein«, antwortete Officer Lewis. »Kein Unfall. Dürfen wir reinkommen?«

»Was ist denn das vermeintliche Problem?«, fragte Harrison, während wir einen Schritt zurück machten, um die Männer hereinzulassen.

Officer Stankowski blickte zum Esszimmer, von wo Sam und Daphne uns mit aufgerissenen Augen beobachteten. »Hallo, ihr zwei«, sagte er und winkte ihnen zu.

»Verhaften Sie uns?«, fragte Sam.

»Habt ihr denn etwas Verkehrtes getan?«

»Nein«, antwortete Sam, obwohl sein Tonfall erkennen ließ, dass er sich nicht vollkommen sicher war.

»Was ist mit dir, junge Dame?«, fragte Officer Lewis. »Du siehst mir nach Ärger aus.«

»Ich bin kein Ärger«, protestierte Daphne. »Ich bin eine süße Zuckerschnecke.«

Beide Polizisten lachten. »Das bist du auf jeden Fall.«

»Sie isst ihr Gemüse nicht«, brachte Sam vor.

»Okay, Kinder. Das reicht. Esst auf und geht nach oben«, wies Harrison sie an und führte die Beamten ins Wohnzimmer. »Worum geht es denn?«

Die Polizisten lehnten die Einladung, Platz zu nehmen, höflich ab. »Entschuldigen Sie, dass wir beim Essen stören, aber wir haben eine Beschwerde erhalten«, sagte Officer Stankowski.

»Eine Beschwerde?« Ich blickte von den Polizisten zu meinem Mann und zurück. »Was für eine Beschwerde?« Hatte ich einen unserer Nachbarn »vergrätzt«? »Weshalb? Von wem?«

»Kennen Sie einen gewissen Mr Victor Dundas?«, fragte Officer Lewis mit einem Blick auf seinen Notizblock.

»Ja. Er ist mein Vater. Sie haben gesagt, dass es keinen Unfall gegeben hat. Geht es ihm gut?«

»Ja, sehr gut.«

»Das verstehe ich nicht.«

»Er sagte, Sie seien heute Morgen bei ihm gewesen. Stimmt das?«

»Ja.«

»Würden Sie uns bitte erzählen, was passiert ist?«

»Wie meinen Sie das? Was soll passiert sein? Nichts ist passiert. Ich bin hingefahren, um meine Mutter zu besuchen – sie hat Parkinson –, aber wie sich herausstellte, hat mein Vater eine Spazierfahrt mit ihr gemacht, also habe ich eine Weile mit der Haushälterin gesprochen. Wir haben einen Kaffee getrunken, und ich bin wieder gefahren.«

»Sie haben beim Verlassen des Hauses nichts mitgenommen?«

»Verzeihung?«

»Laut Aussage Ihres Vaters sind Sie mit dem gesamten Schmuck Ihrer Mutter abgehauen.«

»Ich bin abgehauen …? *Was?!*«, stammelte ich, unfähig, einen zusammenhängenden Satz herauszubringen. *Mein Vater hatte tatsächlich die Polizei angerufen und mich des Diebstahls bezichtigt?!*

»Ihr Vater hat kein Interesse daran, eine Anzeige zu erstatten«, stellte Officer Lewis rasch klar. »Er möchte nur den Schmuck zurück. Er hat uns aus Gefälligkeit gebeten, Sie aufzusuchen und mit Ihnen zu sprechen.«

»Ich habe den Schmuck nicht gestohlen!«

»Befindet er sich in Ihrem Besitz?«

Ich stand dermaßen unter Schock, dass ich nicht mehr auseinanderhalten konnte, wer gerade sprach. Mir war schwindelig und schwummrig, die Käsemakkaroni in meinem Magen drohten wieder hochzukommen. »Er ist oben«, murmelte ich. »Aber ich habe ihn nicht gestohlen. Elyse hat ihn mir gegeben.«

»Sie meinen die Haushälterin, Elyse Woodley?«

»Ja. Mein Vater hatte ihr ein Paar Ohrringe meiner Mutter geschenkt, doch sie hatte kein gutes Gefühl dabei, das Geschenk anzunehmen. Sie hat gesagt, ich solle den Schmuck meiner Mutter an mich nehmen. Zur sicheren Aufbewahrung. Sie hatte alles transportbereit in einen Plastikbeutel gepackt. Sprechen Sie mit ihr«, drängte ich die Polizisten. »Sie wird es Ihnen erzählen.«

»Wir haben mit ihr gesprochen.«

»Na, dann wissen Sie …«

»Sie bestätigt die Geschichte Ihres Vaters.«

»*Was?* Nein! Was soll das heißen, sie bestätigt …«

»Sie hat ausgesagt, Sie seien unerwartet vorbeigekommen und hätten verlangt, Ihre Mutter zu sehen …«

»Nein, das ist nicht wahr. Sie hat *mich* angerufen und mich eingeladen.«

»Warum sollte sie das tun, wenn Ihre Eltern nicht da waren?«

»Sie hat gesagt, Sie wollte die Missverständnisse zwischen uns klären …«

»Missverständnisse?«

»Es gab ein paar Probleme«, sagte ich, unwillig, ins Detail zu gehen.

»Sie waren verärgert, weil Ihr Vater ihr ein Paar Ohrringe Ihrer Mutter geschenkt hatte«, stellte Officer Lewis fest.

»Unter anderem, ja.«

»Sie haben ihr vorgeworfen, mit Ihrem Vater zu schlafen.«

»Sie *schläft* auch mit meinem Vater!«, haspelte ich los. »Aber heute Morgen habe ich ihr gar nichts vorgeworfen. Genau genommen war sie es, die das Thema zur Sprache gebracht hat. Sie hat sich entschuldigt und gesagt, es sei ihr klar, dass sie nicht länger im Haus arbeiten könne, sie habe bereits angefangen zu packen, und ich solle den Schmuck an mich nehmen.«

»Zur sicheren Aufbewahrung.«

»Ja.«

»Laut Elyse Woodley«, las Officer Stankowski aus seinen Notizen ab, »sind Sie unerwartet vorbeigekommen und haben sie beschuldigt, mit Ihrem Vater zu schlafen. Sie hat versucht, Sie zu beruhigen, und Ihnen einen Kaffee und ein Stück Kuchen angeboten. Sie haben eingewilligt, sich dann jedoch entschuldigt, um auf die Toilette zu gehen. Sie ging in die Küche, um den Kaffee aufzusetzen, und hörte ein paar Minuten später, wie die Haustür zufiel. Sie nahm an, dass Sie es sich anders überlegt hätten und gegangen seien. Erst als Ihr Vater nach Hause kam und sie ihm von dem Besuch erzählte, entdeckten die beiden, dass der Schmuck Ihrer Mutter verschwunden war.«

Ich schüttelte den Kopf. »Sie lügt!«

»Ihr Vater glaubt ihr.«

»Mein Vater hat zum ersten Mal seit Jahren Sex«, sagte ich, hörte die Stimme meiner Schwester und sah den entsetzten Gesichtsausdruck der beiden Polizisten.

»Bitte, meine Herren«, sagte Harrison. »Meine Frau ist über diese lächerlichen Beschuldigungen verständlicherweise aufgebracht.«

»Sie versucht, mir etwas anzuhängen«, staunte ich.

»Wozu?«, fragte Officer Lewis.

»Warum sollte sie das tun?«, fragte Officer Stankowski.

Ich musste zugeben, dass ich darauf keine Antwort hatte. »Ich weiß bloß, dass sie lügt.«

»Hören Sie, Mrs Bishop«, sagte Officer Lewis. »Ihr Vater hat wie gesagt kein Interesse daran, eine Anzeige zu erstatten. Er möchte bloß seinen Schmuck zurück.«

Ich schüttelte den Kopf, als könnte ich so mit Gewalt ein Sinn in das Gehörte bringen. Zu behaupten, ich wäre benommen gewesen, wäre falsch. Benommenheit impliziert einen Mangel an Gefühl, eine Minderung von Schmerz. Stattdessen fühlte es sich an, als würde mir jemand sämtliche inneren Organe nacheinander herausreißen. Ich hatte das Gefühl, buchstäblich ausgenommen zu werden. »Gut«, sagte ich. »Ich bringe den Schmuck gleich morgen früh zurück.«

»Ihr Vater möchte, dass er noch heute Abend zurückgebracht wird.«

»Heute Abend«, wiederholte ich. »Von mir aus. Warum nicht? Ich mache es, sobald die Kinder im Bett sind.«

»Er hat gesagt, Sie sollen nur klingeln und den Beutel auf der Schwelle ablegen.«

»Ist das Ihr Ernst?«

»Hören Sie«, sagte Officer Stankowski. »Das Ganze ist bestimmt ein großes Missverständnis, und in ein oder zwei Tagen können Sie alle in Ruhe darüber sprechen und die Sache klären.«

Ich nickte, weil ich begriff, dass alles andere zwecklos war. Ich bedankte mich bei den Polizisten für ihre Rücksicht und lobte sie sogar für ihr Einfühlungsvermögen. Ich beobachtete, wie sie rückwärts aus unserer Einfahrt fuhren und die Straße hinunter verschwanden.

»Kannst du das glauben?«, fragte ich Harrison.

»Du hast sie eingestellt«, sagte er.

KAPITEL NEUNUNDZWANZIG

Am Ende war es Tracy, die mich vom Tod unserer Mutter unterrichtete.

Es war ein kalter Montagmorgen im November. Die Kinder waren in der Schule und im Kindergarten. Harrison arbeitete oben an einem Vortrag, den er Ende der Woche beim Whistler Writer's Festival in British Columbia halten sollte. Ich wollte gerade ins Büro aufbrechen, als das Festnetztelefon klingelte und meine Schwester verkündete: »Dad hat gerade angerufen. Mom ist gestorben.«

»Was?«, erinnere ich mich ins Telefon geschrien zu haben. »Nein! Nein! Sag das nicht!«

»Das ist nicht alles«, fuhr sie fort. »Rühr dich nicht vom Fleck. Ich bin in fünf Minuten da.«

»Was hat das Geschrei zu bedeuten?«, fragte Harrison, der die Treppe herunterkam, als ich gerade den Hörer auflegte und mich auf das Sofa im Familienzimmer sinken ließ.

»Meine Mutter ist gestorben.«

Er brauchte einen Moment, um die Information zu verarbeiten. »Das tut mir leid, Schatz.« Er nahm mich in die Arme. »Aber du musst doch gewusst haben, dass das kommen würde«, sagte er, als ich an seiner Schulter weinte.

Ich nickte in seinen grauen Pullover, die weiche Kaschmirwolle kitzelte meine Nase. Wie konnte ich erklären, dass es, auch wenn meine Mutter seit fast zehn Jahren eine zunehmend kranke Frau gewesen war, trotzdem ein Schock war zu begreifen, dass sie nicht mehr war? Sie hatte sehr viel länger durchgehalten, als irgendjemand vorausgesagt hatte, sie hatte die Erwartung aller überlebt. Vermutlich hatte ich einfach angenommen, dass wir immer noch viel Zeit hatten.

Außerdem war ich von Schuldgefühlen überwältigt. Ich hatte sie seit mehr als zwei Monaten nicht mehr gesprochen oder gesehen.

Meinen Vater hatte ich auch nicht gesehen oder gesprochen – seit er mir die Polizei ins Haus geschickt und sich entschieden hatte, nicht mir, sondern Elyse zu glauben. Das erklärte vermutlich auch, warum er mit der Neuigkeit nicht mich, sondern meine Schwester angerufen hatte. Egal was sie machte oder (vor allem) nicht machte, schaffte Tracy es irgendwie, die Stolperfallen zu meiden, in die ich ständig tappte.

»Es ist besser so«, hörte ich Harrison sagen. »Zumindest muss sie jetzt nicht mehr leiden.«

»Ich weiß.«

»Dafür solltest du dankbar sein.«

Ich nickte und biss mir auf die Zunge, um nicht zu sagen: »Dankbar, dass meine Mutter tot ist?«

Ich wusste, dass Harrison es gut meinte und nur sagte, was Menschen in solchen Situationen eben so sagten, dass seine Worte mich trösten und nicht aufbringen sollten. Vielleicht war es unfair, von einem Schriftsteller mit seiner angeblichen Einsicht und seinem Einfühlungsvermögen mehr als Klischees zu erwarten.

Immerhin erklärte er mir nicht, dass sie jetzt an einem besseren Ort war.

Vielleicht war ich auch nur egoistisch. Aber die Tatsache, dass meine Mutter nicht mehr leiden musste, war nur ein schwacher Trost für mich. Sie war tot. Ich würde sie nie wieder sagen hören, dass sie stolz auf mich war, dass ich eine gute Mutter und eine gute Tochter war. Ich würde sie nie mehr sagen hören: »Ich liebe dich.«

Es klingelte.

Harrison ging zur Haustür und trat zur Seite, als meine Schwester hereinplatzte.

»Gut«, sagte sie, als sie mich sah. »Du sitzt.«

Ich kämpfte gegen eine Vorahnung wachsenden Grauens an. Tracy hatte schon immer zur Theatralik geneigt, und wenn sie eins war, dann melodramatisch. Aber dieser Auftritt war selbst für ihre Verhältnisse ein bisschen überzogen. »Was ist los? Ist alles in Ordnung mit Dad?«

»Mit ihm ist alles bestens. Es geht um Mom.«

»Das verstehe ich nicht. Du hast gesagt, sie ist tot.«

»Ist sie auch. Aber sie ist nicht … sie ist nicht einfach … gestorben.«

»Wovon redest du?«

Tracy atmete tief ein, ihr Blick zuckte zwischen mir und Harrison hin und her.

»Tracy, Herrgott noch mal …«

»Es war nicht Parkinson.«

»Was soll das heißen, es war nicht Parkinson?«

»Nun, vermutlich war es auch Parkinson …«

»Tracy!«

»Sie ist die Treppe runtergefallen.«

»*Was?*«

»Sie ist die beschissene Treppe runtergefallen.«

»Das verstehe ich nicht«, stammelte ich, bemüht zu begreifen, was Tracy gesagt hatte. Ich musste sie missverstanden haben. »Wie konnte sie die Treppe runterfallen? Wie war das überhaupt möglich?«

Tracy hockte sich auf die Sofakante und nahm meine Hände in ihre. »Ich weiß nur, was Dad mir erzählt hat, und er war gelinde gesagt ziemlich aufgewühlt. Offenbar war er mit Elyse in der Küche und hat gefrühstückt, als er den Aufprall gehört hat. Sie sind in die Halle gelaufen und haben Mom am Fuß der Treppe gefunden. Dad glaubt, dass sie aufgestanden ist und es irgendwie bis zum Treppenabsatz geschafft hat, wo sie gestolpert ist oder so. Jedenfalls ist sie die Treppe runtergefallen und hat sich den Hals gebrochen.«

»Heilige Scheiße«, rief Harrison.

»Sie haben einen Krankenwagen gerufen. Dad sagt, er sei binnen Minuten da gewesen, aber die Notärzte haben ihm erklärt, dass sie tot war, auf der Stelle gestorben.«

»Wo ist sie jetzt?«

»Man hat ihre Leiche ins Leichenschauhaus gebracht.«

Meine Gedanken kehrten zu dem letzten Mal zurück, als ich meine Mutter gesehen hatte, ein zusammengesunkener Haufen auf dem Flur im ersten Stock. War sie es leid gewesen, nach Aufmerksamkeit zu rufen, hatte versucht, allein zum Fahrstuhl zu gelangen, und war dabei über ihre nutzlosen Füße gestolpert? Ich schüttelte den Kopf und bemühte mich, das Bild von meiner Mutter zu verdrängen, wie sie die Treppe hinunterpurzelte.

»Dad ist fix und fertig«, sagte Tracy.

»Wir sollten zu ihm fahren.«

»Nein« sagte sie. »Das will er nicht. Er hat gesagt, er hätte zu viel damit zu tun, den Friedhof anzurufen, Vorbereitungen für die Beerdigung zu treffen, eine Todesanzeige für die Zeitung aufzusetzen, den ganzen Mist.«

»Wir können ihm helfen.«

»Er will keine Hilfe.«

»Du meinst, er will *meine* Hilfe nicht.«

Tracy zuckte die Schultern. »Er steht unter Schock, Jodi. Er kriegt sich schon wieder ein.«

»Können wir zum Leichenschauhaus fahren? Können wir sie sehen?«

»Ist das dein Ernst? Du willst sie sehen?« Tracy sah aus, als müsste sie sich übergeben.

»Ich glaube nicht, dass das eine gute Idee ist«, sagte Harrison.

Tracy seufzte erleichtert.

»Und was können wir machen?«, fragte ich. Ich fühlte mich so hilflos wie noch nie in meinem Leben. Meine Mutter war tot. Mein Vater wollte nichts mit mir zu tun haben. Ich war im Grunde eine Waise.

»Ich glaube, es gibt nichts, was wir tun *können*«, sagte Tracy. »Wir müssen einfach abwarten, was Dad will. Zumindest ist Elyse da, um sich um ihn zu kümmern.«

»Jede Wette.«

»Würdest du es lieber *selbst* machen?«, fragte Tracy.

Da hatte auch sie wieder recht.

»Hat er irgendeine Andeutung gemacht, wann die Beerdigung stattfinden soll?«, fragte Harrison.

Der arme Harrison. Ich wusste, was ihm durch den Kopf

ging. Für ihn hätte das Ganze zu keinem unpassenderen Zeitpunkt geschehen können. Er war so aufgeregt gewesen, als er eine Einladung zu dem Literaturfestival in Whistler erhalten hatte. Er sollte am Mittwoch nach Vancouver fliegen und am Sonntag nach Toronto zurückkehren. Zusätzlich zu seinem eigenen Vortrag war er gebeten worden, einen seiner Lieblingsautoren zu interviewen; seit Wochen hatte er die Bücher des Mannes noch einmal gelesen und sich umfangreiche Notizen gemacht. Wenn die Beerdigung nicht erst nächste Woche stattfinden würde – wofür es keinen Grund gab –, müsste er seine Auftritte absagen, die Organisatoren des Festivals und seinen Verleger enttäuschen, von seinen Fans ganz zu schweigen …

Tracy schüttelte den Kopf. »Keine Ahnung. Eher früher als später, würde ich vermuten.«

»Was für ein Chaos«, sagte ich.

»Wohl wahr«, stimmte Harrison mir zu.

Tracy rückte näher an mich, umarmte mich und drückte mich fest. Ich legte den Kopf auf ihre Schulter und spürte ihr Schlüsselbein an meiner Wange. Dann schwiegen wir, alle in unseren eigenen Gedanken verloren.

KAPITEL DREISSIG

Die Beerdigung war am Freitag.

Sie fand im kleinen Kreis statt, etwa fünfzehn Personen waren gekommen. Die meisten Freunde meiner Eltern waren entweder schon gestorben oder im Laufe der letzten zehn Jahre auf der Strecke geblieben. Einige meiner Freundinnen und einige ältere Geschäftskollegen meines Vaters waren erschienen, um ihren Respekt zu erweisen, dazu eine Handvoll Leute, die mir vage bekannt vorkamen, ohne dass ich sie unterbringen konnte.

»Wer ist das?«, fragte Tracy und wies mit dem Kinn auf mehrere gut gekleidete Frauen weiter hinten in der Kapelle.

»Sie arbeiten in der Agentur«, erklärte ich ihr und nickte dankbar in ihre Richtung. Ich hatte die Empfangssekretärin angerufen, um mitzuteilen, dass ich diese Woche nicht ins Büro kommen würde, und sie hatte die Nachricht offenbar verbreitet.

Ich hatte entschieden, die Kinder nicht aus der Schule und dem Kindergarten zu nehmen, weil sie noch zu jung waren und es zu kalt war, um sie zu zwingen, neben einem offenen Grab zu stehen und zuzusehen, wie der Sarg meiner Mutter in den Boden gelassen und mit Erde bedeckt wurde. Sie hatten sie eigentlich gar nicht so gut gekannt. Den größten Teil von Sams Leben war meine Mutter ans Bett gefesselt gewesen, und Daphne hatte sie nie anders erlebt. Tatsächlich war meine Mutter lebend eine durchaus beängstigende Erscheinung für die Kinder gewesen, und ich hielt es nicht für erforderlich, sie weiterem Unbehagen auszusetzen.

»Ist Grandma im Himmel?«, hatte Sam gefragt, als er von ihrem Tod erfuhr.

Ich überlegte, ihm zu erklären, dass ich eigentlich nicht an den Himmel glaubte, beschloss dann aber, dass ich nicht unbedingt alles glauben musste, was ich ihm erzählte, und antwortete: »Ja.«

Daphne war entsprechend perplex. »Steht sie oder sitzt sie?«, hatte sie gefragt.

Diesmal antwortete ich ehrlich. »Ich hoffe, sie steht gerade und aufrecht.«

»Ich auch«, sagte Daphne.

Mein Mann hatte sich nach etlichen Diskussionen und endlosem Hin und Her schließlich doch entschieden, an dem Literaturfestival in Whistler teilzunehmen. »Was soll ich hier nützen?«, hatte er gefragt. »Ich würde bloß eine Menge Menschen enttäuschen, die sehr hart gearbeitet haben, um dieses Festival auf die Beine zu stellen, und ich wäre dir nur im Weg. Die Zeit, seinen Respekt zu erweisen, ist zu Lebzeiten eines Menschen«, hatte er noch ein neues Argument vorgebracht. »Aber ich bleibe, wenn du es willst.«

»Ich könnte deine Unterstützung wirklich gut gebrauchen«, hatte ich ihm erklärt.

»Dann bleibe ich natürlich.«

Er flog doch.

»Ist es wirklich für dich in Ordnung?«, hatte er gefragt, als er auf das Taxi zum Flughafen wartete.

»Ist es«, hatte ich gelogen, weil ich es leid war, so lange im Kreis zu diskutieren, bis er bekam, was er wollte.

Es war zwecklos, darauf zu bestehen, dass er blieb, oder ihm ein so schlechtes Gewissen zu machen, dass er nicht fuhr. Harrison hatte nie eine gute Beziehung zu seiner Mutter gehabt. Er hatte sie ohne Bedenken aus seinem Leben gestrichen. Wie könnte er verstehen, was ich durchmachte.

Wie könnte er, wenn ich es nicht einmal selbst verstehe.

»Wünsch mir Glück«, hatte Harrison lächelnd gesagt und mir auf dem Weg zur Tür auf die Nasenspitze geküsst. »Und versuche, niemanden zu vergrätzen.«

»Viel Glück«, hatte ich artig erwidert.

Keiner war überrascht, dass mein Vater mit niemandem über die Trauerfeier gesprochen hatte. Er hatte meine Schwester über Ort und Uhrzeit informiert – Mount-Pleasant-Friedhof am Freitag um elf –, und sie hatte diese kargen Details an mich weitergeleitet. Dem Wunsch meiner Mutter entsprechend sollte es keine Traueransprache, keine Blumen und keine Wortbeiträge irgendwelcher Art geben. Eine Aufbahrung, ein paar Gebete, die Beerdigung.

Natürlich war Elyse da; sie stand in einem schicken königsblauen Wintermantel in diskretem Abstand zu meinem Vater am Portal der Kapelle. Es war das erste Mal, dass ich die beiden sah, seit sie mich beschuldigt hatten, den Schmuck meiner Mutter gestohlen zu haben. »Jodi … Tracy«, sagte Elyse, als wir die Kapelle betraten, und lächelte mich mit einer Freundlichkeit an, die mir beinahe den Atem nahm. »Wie haltet ihr Mädchen durch?«

»Okay«, antwortete Tracy.

»Sie sehen wunderschön aus«, sagte sie. »Alle beide.«

»Danke.« Tracy strich mit ihren manikürten Fingern lächelnd über das Revers ihrer schwarzen Daunenjacke mit Spitzeneinsatz. »Valentino.«

»Nordstrom Rack«, nannte ich demonstrativ den Namen einer Billigkaufhauskette und strich über meinen braunen Wollmantel. Ich blickte zu meinem Vater, doch er sprach mit einem ehemaligen Kollegen und tat so, als hätte er uns nicht hereinkommen sehen.

»Wo ist Harrison?«, fragte Elyse, als sie feststellte, dass ich allein gekommen war.

Wollen wir das wirklich tun, fragte ich mich. *Wollen wir wirklich einfach weitermachen, als wäre nichts geschehen?* »Er musste übers Wochenende weg«, antwortete ich und entschied, dass eine Beerdigung nicht der Ort war, unseren Kränkungen Luft zu machen, und wenn Elyse den Schein wahren konnte, dann konnte ich es auch. Zumindest für den Moment.

»Na ja, er *musste* nicht«, verbesserte Tracy mich.

»Er ist einer der Hauptredner bei einem Literaturfestival in Whistler«, erklärte ich, Harrisons Rolle ausschmückend, um seine Abwesenheit erträglicher zu machen. »Es wurde schon vor Monaten festgelegt. Er konnte nicht einfach in letzter Minute absagen.«

»Und ob er das konnte«, beharrte Tracy. »Ich denke, du bist ein bisschen wichtiger als irgendein Literaturfestival.«

»Was hätte es genützt …?«, setzte ich an und hielt dann inne. Warum verteidigte ich ihn? Tracy hatte recht.

»Ihre Mutter ist dort drüben«, sagte Elyse, als ob meine

Mutter noch gesund und lebendig wäre. Sie wies zum Altarraum der Kapelle, wo der Sarg stand. »Ihre Mutter hat den Sarg schon vor Jahren persönlich ausgesucht. Walnuss. Nicht zu aufwendig. Sehr geschmackvoll, finden Sie nicht? Genau wie sie selbst gewesen ist.«

Ich sagte nichts.

»Sie sieht wunderschön aus«, fuhr Elyse fort. »Ich denke, Sie werden sehr zufrieden damit sein, was die Kosmetikerin geleistet hat. Schauen Sie es sich an.«

»Was? O Gott, nein«, rief Tracy. »Das kann ich nicht.«

»Ich gehe«, sagte ich und ging zu dem Sarg, ebenso sehr, um Elyse zu entkommen, wie um das kosmetische Handwerk zu bewundern.

Meine Mutter lag auf einem weißen Samtkissen, die Augen geschlossen, die Hände ordentlich auf der Brust gefaltet. Überrascht stellte ich fest, dass Elyse recht hatte – meine Mutter *sah* wunderschön aus. Man konnte keine Blutergüsse oder andere Spuren ihres verhängnisvollen Treppensturzes ausmachen. Ihr Gesicht war einen Tick zu stark geschminkt, doch es ließ nichts von dem Schmerz erkennen, der sie seit Jahren gequält hatte. Ihr Körper, befreit von den Zuckungen und Deformierungen, in voller Länge ausgestreckt und in ein hochgeschlossenes weißes Kleid gewandet, verriet nichts von dem Grauen, das sie in den letzten Jahren durchlitten hatte.

»Sie sieht so friedlich aus, nicht wahr?«, sagte Elyse, die hinter mich getreten war.

»Bitte sagen Sie mir nicht, dass sie jetzt an einem besseren Ort ist«, erwiderte ich, ballte unwillkürlich die Fäuste und überlegte, was zum Teufel Elyse im Schilde führte.

»Gott, nein«, erwiderte sie. »Ich hasse es, wenn Menschen das sagen. Ich würde dann immer am liebten Kopfnüsse verteilen.«

Ich hätte beinahe gelächelt. »Was wollen Sie, Elyse?«

»Ich möchte gern alles erklären.«

Ich starrte weiter auf meine Mutter, konzentrierte mich auf die gerade Linie ihrer Lippen und erwartete beinahe, dass sie angesichts der Dreistigkeit dieser Frau einen entsetzten Seufzer ausstieß. »Können Sie das?«

»Ich würde es gern versuchen.«

Ich fuhr zu ihr herum. »Dann unbedingt. Legen Sie los.«

Sie blickte über die Schulter zu meinem Vater, der mit Tracy in ein offenbar ernstes Gespräch vertieft war. »Ich habe Ihren Vater angelogen«, gab sie zu. »Und die Polizei.«

Ich zuckte die Schultern und wusste nicht, was ich sagen sollte. Ich hatte alles Mögliche erwartet, nur das nicht.

»Als Ihre Eltern von der Spazierfahrt heimgekehrt sind, war Ihre Mutter sehr aufgewühlt. Es hat eine Weile gedauert, sie ins Bett zu bringen und zu beruhigen. Sie redete ununterbrochen von ihren Ohrringen. Ihr Vater wurde allmählich frustriert. Sie wissen ja, wie er dann werden kann.«

Ich nickte, weil ich nur zu gut wusste, wie er dann werden konnte.

»Also ist er zu der Schublade gegangen, wo sie ihren Schmuck aufbewahrte, hat festgestellt, dass er verschwunden war, und ist einfach … explodiert. So hatte ich ihn noch nie gesehen. Es war wirklich sehr einschüchternd. Er verlangte eine Erklärung, und ich hatte Angst, ihm zu erzählen, was ich getan hatte, dass ich Ihnen von mir aus sämtlichen Schmuck übergeben hatte …«

»Also haben Sie ihm stattdessen erzählt, dass *ich* ihn genommen hätte?«

»Es tut mir wirklich schrecklich leid«, sagte sie. »Ich hatte ehrlich vor, ihm die Wahrheit zu sagen, sobald er sich beruhigt hatte, aber ehe ich mich versah, hatte er die Polizei angerufen, und dann, nun ja, dann ist alles nur noch schlimmer geworden.«

»Das ist Wochen her«, erinnerte ich sie. »Sie hatten doch sicher reichlich Gelegenheit …«

»Ja, und ich habe auch schon so oft versucht, ihm die Wahrheit zu sagen. Es ist nur …«

»Nur was?«

»Er ist immer noch schrecklich wütend. Ich habe ihm erklärt, ich sei sicher, dass Sie den Schmuck nur zur Aufbewahrung an sich genommen haben und dass diese Ohrringe ohnehin Ihnen gehören sollten, aber er wollte nichts davon hören. Er hat mir sogar ausdrücklich verboten, das Thema noch einmal anzusprechen. Und je mehr Zeit vergangen war, desto schwieriger wurde es, ihm die Wahrheit zu sagen. Und ich hatte das Gefühl, dass ich unter den Umständen nicht einfach aufhören und kündigen konnte. Dann hatte Ihre Mutter diesen furchtbaren Sturz, und nun ja … da sind wir nun.«

»Da sind wir nun«, wiederholte ich tonlos, benommen und taub.

Stephanie Pickering, Maklerin und Top-Verkäuferin unserer Agentur, kam auf mich zu, und Elyse entschuldigte sich, um an die Seite meines Vaters zurückzukehren. »Herzliches Beileid zu Ihrem Verlust«, sagte Stephanie und tätschelte ihre steife Hochfrisur.

»Vielen Dank.«

Sie löste die Hand von ihrem Haar, legte sie auf meinen Arm und verzog ihre roten Lippen zu einem übertriebenen Schmollmund. »Ihre Mutter ist jetzt an einem besseren Ort.«

KAPITEL EINUNDDREISSIG

»Komm noch mit zu uns nach Hause«, wies mein Vater mich an, als wir das Grab verließen, die ersten Worte, die er seit der »Schmuckaffäre«, wie Tracy sie getauft hatte, zu mir gesagt hatte. »Wir haben einiges zu besprechen.«

Wenn mein Vater ankündigte, dass es einiges zu besprechen gebe, meinte er eigentlich, dass er einiges zu sagen hatte, wie ich aus Erfahrung wusste. Seine Vorstellung einer Diskussion sah so aus, dass er redete und alle anderen zuhörten.

Und gehorchten.

»Klingt ominös«, flüsterte ich Tracy zu, als wir den gewundenen Weg hinunter zum Parkplatz gingen.

»Sieh es positiv«, meinte sie. »Immerhin redet er wieder mit dir.«

Ich hatte vorgeschlagen, gemeinsam zum Friedhof zu fahren, doch Tracy hatte darauf bestanden, in ihrem eigenen Wagen zu kommen, für den Fall, dass sie eilig die Flucht ergreifen müsse. »Beerdigungen sind nicht so mein Ding«, hatte sie gesagt.

»Ich glaube, Beerdigungen sind niemandes Ding«, entgegnete ich.

»Du wärst überrascht«, erklärte sie mir mit großer Ernsthaftigkeit. »Manche Menschen *lieben* Beerdigungen. Serienmörder zum Beispiel tauchen ständig dort auf.«

Ich musste unwillkürlich lachen. Bemerkungen wie diese waren der Grund, warum ich meine Schwester trotz ihrer Selbstbezogenheit von Herzen liebte. »Ich werde auf jeden Fall die Augen aufhalten.«

Der Mount-Pleasant-Friedhof ist einer der größten Friedhöfe Kanadas und erstreckt sich über Quadratmeilen in erstklassiger Innenstadtlage. Ein einschüchternder grüner Irrgarten, statt mit Blumen mit Grabsteinen und Mausoleen gesprenkelt, die sich wie Mini-Wolkenkratzer erheben. Das ausgedehnte Gelände ist bei Fußgängern und Radfahrern beliebt, auch im Winter.

»Schwer was los«, sagte ich zu Tracy, als wir einer Gruppe von Joggern auswichen, die am Wegesrand auf uns zu liefen.

»Ist halt zum Sterben schön hier«, erwiderte sie.

Zehn Minuten später folgte ich ihrem Wagen in die Scarth Road, parkte hinter ihr am Ende der Straße und ging neben ihr zum Haus unserer Eltern. »Was glaubst du, was Dad uns erzählen will?«

Tracy zuckte die Schultern, aber irgendetwas an diesem Schulterzucken verriet mir, dass sie es bereits wusste.

»Tracy?«, bohrte ich nach. »Weißt du irgendwas, was ich nicht weiß?«

»Was hat Elyse in der Kapelle zu dir gesagt?«, fragte sie zurück.

Ich wusste nicht genau, ob die beiden Fragen etwas miteinander zu tun hatten oder ob Tracy nur das Thema wechseln wollte. Ich berichtete ihr von Elyses Entschuldigung und ihrem Versuch einer Erklärung.

»Glaubst du ihr?«

»Ich weiß nicht. Ich würde gern.« Tatsächlich wollte ich Elyse *unbedingt* glauben. Ich sagte mir, dass ihre Erklärung plausibel war. Und es war irgendwie leichter, schlecht von meinem Vater zu denken als von ihr. Elyse war immer nur freundlich zu mir gewesen, während mein Vater … nun, sagen wir einfach, Freundlichkeit stand nie besonders weit oben auf seiner Prioritätenliste.

Unser Vater war wenige Minuten vor uns im Haus eingetroffen und erwartete uns an der Haustür. Elyse war in der Küche, wie er uns erklärte, wo sie Kaffee und Sandwiches zum Mittagessen zubereitete.

»Für mich nur Kaffee«, sagte Tracy.

»Ich habe versucht, ihr zu erklären, dass du tagsüber nur ›äst‹«, sagte mein Vater und klang beinahe stolz. »Keine Sorge«, fuhr er fort. »Ich bin sicher, dass Jodi schon aufessen wird, was du stehen lässt.«

Und auf geht's, dachte ich, zog meinen Mantel aus, trug ihn ins Wohnzimmer und breitete ihn, als ich auf einem der drei olivgrünen Sofas um den Kamin Platz nahm, über meinen Schoß, um mögliche unansehnliche Speckfalten zu verbergen. Zu unseren Füßen lag ein großer bunter Perserteppich.

Tracy hockte sich auf die Kante des Sofas mir gegenüber, als wäre sie darauf vorbereitet, beim ersten Anzeichen von Ärger die Flucht zu ergreifen. Unser Vater blieb stehen.

»Ich möchte mit euch über das Testament eurer Mutter sprechen«, begann er ohne Vorrede.

Ich blickte zu Tracy; sie blickte auf den Teppich.

»Im Grunde hat eure Mutter alles mir hinterlassen«, begann er. »Aber Elyse hat mich darauf hingewiesen, dass es einige Gegenstände gibt, von denen eure Mutter wahrscheinlich gewollt hätte, dass ihr Mädchen sie bekommt, und nach gründlicher Überlegung denke ich: Elyse hat recht.« Er atmete tief ein, streckte den Arm aus und nahm ein kleine samtene Schmuckschatulle vom Kaminsims. »Ursprünglich hatte ich diese Ohrringe Elyse geschenkt, als Ausdruck meiner Dankbarkeit dafür, dass sie sich so gut um eure Mutter gekümmert hat, aber sie hat mich davon überzeugt, dass das ein Fehler war und ihr sie haben solltet«, sagte er und sah mich an.

Ich spürte eine Welle von Dankbarkeit und begriff, dass dies einer Entschuldigung so nahekam, wie ich es von meinem Vater erwarten konnte, weil »es tut mir leid« nicht zu seinem aktiven Wortschatz gehörte. Ich beugte mich auf meinem Platz nach vorn, als sein Blick von mir zu meiner Schwester schwenkte.

»Tracy«, sagte er, »die sind für dich.« Er hielt ihr die Schachtel hin.

»Danke«, sagte Tracy, nahm die Schatulle entgegen und warf nur einen flüchtigen Blick auf die Saphir-Diamant-Ohrringe darin, während sie es gleichzeitig sorgfältig vermied, mir in die Augen zu sehen.

Ich ließ mich mit vor Verlegenheit und Wut brennenden Wangen in das dicke Polster des Sofas zurücksinken.

»Und Jodi«, fuhr unser Vater fort und gab mir eine längliche Schachtel, »die ist für dich.«

Die Schachtel enthielt einen einzigen Strang großer Perlen, von denen ich wusste, dass sie nicht echt waren. »Warum echte kaufen«, hatte meine Mutter einmal gefragt, »wenn keiner den Unterschied erkennt?«

Ich war mir ziemlich sicher, dass mein Vater den Unterschied sehr wohl kannte.

»Was glaubst du, was er mit Moms restlichem Schmuck vorhat?«, fragte Tracy mich, ließ die Ohrringe in ihre Handtasche gleiten und kam auf mein Sofa herüber, sobald unser Vater das Zimmer verlassen hatte, um zu sehen, weshalb Elyse so lange brauchte.

»Frag *ihn*«, erwiderte ich knapp.

»Du bist sauer«, sagte sie.

»Warum sollte ich sauer sein?«

»Weil er *mir* die Ohrringe geschenkt hat.«

»Die Ohrringe sind mir scheißegal«, sagte ich aufrichtig.

»Und warum bist du dann sauer?«

»Ich bin sauer, weil du wusstest, was passieren würde, und mich nicht gewarnt hast.«

»Er hat es mir mehr oder weniger verboten.«

»Was hat er dir sonst noch gesagt, verdammt noch mal?«

Tracy blickte wieder auf den Teppich. »Nichts.«

»Tracy …«

»Es wird dir nicht gefallen.«

»Tracy!«

»Okay. Er hat gesagt, Elyse habe gemeint, dass ich sie bekommen sollte, weil ich … na ja … du weißt schon … Moms Liebling war.«

»Das hat Elyse gesagt?« *Und mir hatte sie erklärt, dass diese Ohrringe eigentlich schon immer an mich hätten gehen sollen. So viel zu ihrer Entschuldigung.* »Was für ein Spiel spielt sie zum Teufel?«

»Wie meinst du das?«

»Sie versucht, uns gegeneinander aufzuwiegeln«, beantwortete ich meine eigene Frage, und die Erkenntnis traf mich wie ein Schlag ins Gesicht.

»Wovon redest du? Warum sollte sie das tun?«

»Weil sie glaubt, dass es vorteilhafter für sie ist, wenn wir keine geeinte Front bilden.«

»Eine Front gegen was?«

»Gegen sie und Dad.«

Tracy wirkte verwirrt. »Ich weiß nicht genau, ob ich das verstehe.«

»Teile und herrsche«, erklärte ich ihr.

»Teile und herrsche«, wiederholte sie, als ob ich in einer fremden Sprache reden würde.

»Tracy«, rief Elyse aus der Küche. »Könntest du mir mit dem Kaffee helfen, Liebes?«

Tracy sprang sofort auf. »Wirklich, Jodi. Meinst du nicht, du bist ein bisschen paranoid?«

Teile, wiederholte ich stumm, als sie aus dem Zimmer ging.

Und herrsche.

KAPITEL ZWEIUNDDREISSIG

Sobald ich nach Hause kam, rief ich Harrison in Whistler an, weil ich unbedingt mit ihm darüber reden musste, was vorgefallen war. Reagierte ich übertrieben?

»*Wirklich, Jodi*«, hörte ich meine Schwester sagen. »*Meinst du nicht, du bist ein bisschen paranoid?*«

»Hey, Babe«, sagte Harrison, der sich anhörte, als wäre er in Eile. »Kann ich dich später zurückrufen? Ich bin mit einigen anderen Autoren zum Frühstück verabredet und schon spät dran.«

Ich blickte auf meine Uhr. Es war halb eins, was bedeutete, dass es an der Westküste halb zehn war. »Ja, schon. Es ist nur, dass …«

»Ist alles okay gelaufen?«, unterbrach er mich.

»Die Beerdigung war gut. Aber hinterher … bei meinem Vater. Tracy sagt, ich sei paranoid, aber … Hallo, Harrison? Bist du noch da?«

»Hör zu, Schatz. Ich will alles darüber hören, aber ich muss jetzt wirklich los. Können wir später reden? Ist das okay?«

»Klar«, sagte ich, obwohl das nicht stimmte. »Ich liebe dich«, fügte ich noch hinzu, doch er war schon weg.

Ich legte den Hörer auf, lief im Erdgeschoss herum und

ordnete Dinge, die nicht geordnet werden mussten, räumte die Spülmaschine aus, schaltete den Fernseher an, zappte mich durch mehrere Dutzend Sender und schaltete das Gerät wieder aus, fahndete unter dem Sofa nach verirrten Miniatur-Superhelden und Legosteinen und versuchte mich irgendwie zu beschäftigen, bis ich die Kinder abholen musste.

Mein Handy klingelte. »Harrison«, meldete ich mich, ohne auf das Display zu blicken, weil ich annahm, dass mein Mann seine flapsige Verabschiedung von vorhin bereute und beschlossen hatte, dass die anderen Autoren noch ein paar Minuten warten konnten, während er seiner Frau zuhörte.

»Nicht Harrison«, sagte eine vertraute Stimme in mein Ohr.

Unvermittelt wurde ich am ganzen Körper von einem mädchenhaften Kribbeln gepackt. »Roger?«

»Erwische ich dich in einem schlechten Moment? Du erwartest offensichtlich einen Anruf von deinem Mann.«

»Nein, genau genommen habe ich gerade mit ihm gesprochen. Er ist in Whistler. Bei einem Literaturfestival. Ist alles in Ordnung? Die Maklerin, mit der ich gesprochen habe, hat mir erzählt, dass du die Suche nach einer Eigentumswohnung aufgegeben hast ...«

»Deswegen rufe ich nicht an.«

»Okay«, sagte ich, weil ich nicht wusste, was ich sonst sagen sollte.

»Ich wollte dich eigentlich schon seit Wochen anrufen. Seit wir uns zum letzten Mal gesehen haben, um ehrlich zu sein.« Er kicherte leise. »Aber ich habe beschlossen, dass ich das wahrscheinlich besser lasse.«

»Und warum hast du es dir jetzt anders überlegt?«

»Ich habe die Todesanzeige deiner Mutter in der Zeitung gesehen«, sagte er. »Und ich habe auch gesehen, dass heute die Beerdigung war. Ich dachte, ich rufe mal an und frage, wie du so durchhältst.«

»Das ist sehr nett von dir. Vielen Dank.«

»Und … wie geht es dir?«

»Okay, glaube ich.«

»Glaubst du?«

»Also ehrlich gesagt nicht so toll.«

»Möchtest du darüber reden?«, fragte er.

Ja, rief ich stumm. »Eigentlich nicht«, sagte ich laut.

»Okay.« Dann: »Es gibt noch einen Grund, warum ich anrufe.«

Ich wartete, zu ängstlich zu fragen, worum es sich handelte.

»Ich verlasse Toronto.«

»Was?«

»Ich werde zurück nach Detroit versetzt.«

»Oh.« Ich spürte, wie mir Tränen in die Augen schossen.

»Ja. Deshalb ist es vermutlich gut, dass wir keine Eigentumswohnung für mich gefunden haben.«

»Wann brichst du auf?«

»Ende nächster Woche.«

»So bald«, sagte ich.

»Besteht irgendeine Chance, dich vorher noch mal zu sehen?«

Ich atmete tief ein und blickte auf meine Uhr. Ich hatte noch fast drei Stunden Zeit, bevor ich die Kinder abholen musste. »Was machst du jetzt gerade?«

Zehn Minuten später stand er vor meiner Tür.

»Hallo«, sagte er, als ich ihn hereinbat und die Haustür schloss. »Du siehst wunderschön aus. Wie immer.«

»Sehe ich nicht. Aber trotzdem vielen Dank.«

»Siehst du doch. Und gern geschehen.«

»Möchtest du etwas trinken?«

»Nein, nichts, danke.«

Was nun, fragte ich mich und dachte, dass ich ihn nie hätte einladen dürfen. Er sah so verdammt gut aus. Und er war hier. *Hier*. Wo Harrison hätte sein sollen.

Ich konnte mich nur mühsam zurückhalten, mich ihm in die Arme zu werfen. Stattdessen führte ich ihn ins Familienzimmer auf der Rückseite des Hauses und machte ihm ein Zeichen, Platz zu nehmen. Er setzte sich auf das eine Ende des Sofas, ich auf das andere, ängstlich, ihm zu nahe zu kommen. Mein Herz schlug so laut, dass ich überzeugt war, er könne es hören.

»Und? Erzähl mir, was passiert ist«, sagte er.

Mehr brauchte es nicht.

Im nächsten Moment schüttete ich ihm mein Herz aus, schilderte die grausigen Details des Todes meiner Mutter, das Fiasko mit ihrem Schmuck, meine nachfolgende Entfremdung von meinem Vater, seine Entscheidung, die Ohrringe meiner Mutter Tracy zu schenken, und meine Besorgnis bezüglich Elyse.

Es fühlte sich so gut an, alles herauszulassen. Es fühlte sich sogar noch besser an zu wissen, dass jemand zuhörte.

»Glaubst du wirklich, dass sie bewusst versucht, einen Keil zwischen dich und deine Schwester zu treiben?«, fragte Roger.

»Du denkst, ich bin paranoid«, stellte ich fest.

»Im Gegenteil«, erwiderte er zu meiner Überraschung. »Ich finde, du solltest deinem Instinkt vertrauen. Wenn dein Instinkt dir sagt, dass die Frau versucht, einen Keil zwischen dich und deine Schwester zu treiben, dann hast du wahrscheinlich recht. Irgendeine Ahnung, warum sie das machen sollte?«

Ich erzählte ihm, dass mein Vater und Elyse seit Monaten miteinander schliefen und dass ich den Verdacht hatte, sie sei daran interessiert, mehr zu sein als eine Haushälterin.

»Du glaubst, sie will deinen Vater heiraten?«

»Du glaubst, ich bin verrückt?«, fragte ich zurück.

»Nein, für mich klingt es völlig logisch.«

Wieder unterdrückte ich den Impuls, mich quer über das Sofa in seine Arme zu stürzen. »Und was mache ich jetzt?«, fragte ich stattdessen.

»Es gibt nicht viel, was du machen *kannst*, außer die Kommunikationskanäle offen zu halten.«

»Es ist nicht gerade leicht, mit meinem Vater zu kommunizieren.«

»Ja, das habe ich verstanden. Es klingt, wenn ich das sagen darf, als wäre er ein elender Mistkerl.«

»Er kann auf jeden Fall einer sein.«

»Dann haben sie sich vielleicht gegenseitig verdient.«

Ich lächelte trotz der Tränen, die plötzlich in meinen Augen standen.

»Nachdem wir das festgestellt haben«, fuhr Roger fort, streckte die Hand aus und wischte sanft die Tränen ab, die mittlerweile über meine Wangen strömten, »denke ich, dass *du* auf jeden Fall etwas Besseres verdient hast.«

Ich nickte. »Leider können wir uns unsere Eltern nicht aussuchen.«

»Ich rede nicht von deinem Vater.«

»Wovon redest du *denn*?«, fragte ich, obwohl ich schon wusste, was er sagen würde.

»Warum ist dein Mann nicht hier? Was macht er auf irgendeinem Literaturfestival auf der anderen Seite des Landes? Deine Mutter ist gerade gestorben, Herrgott noch mal. Du leidest offensichtlich. Er sollte für dich da sein.«

»Du bist hier«, sagte ich und griff nach seiner Hand.

Diesmal versuchte ich nicht, mich zurückzuhalten.

KAPITEL DREIUNDDREISSIG

Wie soll ich die folgenden Monate beschreiben?

Frustrierend? Beglückend? Alltäglich? Beängstigend?

In Wahrheit waren sie all das, manchmal einzeln, manchmal in Kombination, manchmal alles auf einmal.

In den ersten Wochen nach Harrisons Rückkehr aus Whistler lebte ich in ständiger Angst vor Entdeckung, davor, dass ich etwas sagen oder machen würde, das mich verriet, so wie ich mein Ehegelübde verraten hatte, oder davor, dass Harrison instinktiv wissen würde, dass ich untreu gewesen war.

Er war voller Energie und Ideen zurück von der Westküste nach Hause gekommen. »Ehrlich, Babe«, erklärte er mir in den Tagen nach seiner Rückkehr mehrfach, »es war das Beste, was ich machen konnte. Die Begegnung mit anderen Schriftstellern, dies und das zu besprechen, ihren Vorträgen zu lauschen, ihre Einsichten zu hören, von ihren Fehlern zu lernen, einfach Zeit mit ihnen zu verbringen … es war atemberaubend.«

»Klingt toll«, sagte ich, gefangen in Schuldgefühlen wegen meines eigenen ziemlich atemberaubenden Erlebnisses. *Was war mit mir los,* tadelte ich mich permanent. *Kannte ich keine Selbstbeherrschung? Rechtfertigte der Egoismus mei-*

nes Mannes, dass ich mit dem ersten anderen Mann ins Bett hüpfte, der mir ein mitfühlendes Ohr schenkte?

Wie nach meinem ersten Zusammensein mit Roger hatte ich es beinahe sofort bereut und einen tiefen Seufzer der Erleichterung getan, dass er nach Detroit zurückkehren und ich ihn wahrscheinlich nie wiedersehen würde.

»Du weißt, dass du mich jederzeit anrufen kannst«, hatte er zum Abschied gesagt.

»Das werde ich nicht tun«, hatte ich erwidert. »Ich kann nicht.«

»Ich weiß«, hatte er gesagt und mich ein letztes Mal zärtlich geküsst. »Pass gut auf dich auf.«

Noch während ich ihn zu dem wartenden Uber gehen sah, hatte ich beschlossen, mich wieder für meine Ehe zu engagieren. Ich redete mir ein, dass sich alle Probleme, die Harrison und ich hatten, klären lassen würden. Es bedurfte lediglich eines bisschen Gedulds und viel neuer Entschlossenheit. Wir mussten »die Kommunikationskanäle offenhalten«, wie Roger in Bezug auf meinen Vater gesagt hatte.

Rein rational war mir bewusst, dass man einen anderen Menschen nie veränderte und dass jeder Versuch konstante Enttäuschung bedeutete, weil ein Mensch sich nur selbst ändern konnte. Also war ich fest entschlossen, genau das zu tun. Ich würde die beste Ehefrau, die beste Mutter, die beste Zuhörerin, die beste Liebhaberin sein. Was immer mein Mann sich wünschte, ich würde alles tun, um es ihm zu geben. Ich würde ihn nicht kritisieren, sondern unterstützen. Ich würde nachdenken, bevor ich etwas sagte. Ich würde meine Antworten sorgfältig abwägen, mich nicht empören, nicht widersprechen und nicht überzogen reagieren.

Ich würde mir größte Mühe geben, niemanden mehr »zu vergrätzen«.

Zu diesem Zweck reduzierte ich meine Wochenendtermine, sorgte dafür, dass ich jeden Tag zum Abendessen zu Hause war, massierte Harrison häufig den Rücken, der vom stundenlangen Hocken vor dem Computer schmerzte, wo er endlich die letzten Änderungen an seinem neuen Roman vornahm.

Zum Glück schien Harrison während seiner kurzen Abwesenheit zu denselben Schlüssen gekommen zu sein wie ich. Vielleicht wollte er wiedergutmachen, dass er mich mit der Bewältigung des Todes meiner Mutter und seinem unerfreulichen Nachspiel alleingelassen hatte, jedenfalls war er aufmerksam, fürsorglich und rücksichtsvoll. Er beschwerte sich nicht über meine Arbeitszeiten, half mir im Haus, spielte mit den Kindern und zeigte mir offen seine Zuneigung.

Unsere Ehe schien wieder in der Spur, und ich war fest entschlossen, nie wieder etwas zu tun, was sie zum Entgleisen bringen könnte.

Im Umgang mit meinem Vater befolgte ich Rogers Rat und rief einmal die Woche an, um die Kommunikationskanäle offenzuhalten. Diese Gespräche waren kurz und oft frustrierend – wir sprachen selten über etwas anderes als den Immobilienmarkt oder das Wetter –, aber ich hielt durch.

Meistens ging Elyse ans Telefon, immer freundlich und zum Plaudern aufgelegt. Im Einklang mit meinen neuen guten Vorsätzen gegenüber Harrison war auch ich betont höflich, nahm keinen Anstoß, zog keine voreiligen Schlüsse und hielt meine sogenannte »Paranoia« in Schach.

Anstatt Elyse zu bekämpfen – ein Kampf, den ich mit

Sicherheit verlieren würde –, war ich entschlossen, sie »an die Wand zu lieben«. Jede Frau, die es mit meinem Vater aushielt, hatte einen gewissen Vertrauensvorschuss verdient, also zeigte ich mich nachsichtig. Denn welche Hintergedanken sie auch hegen mochte, die Wahrheit war, dass sie mein Leben leichter machte.

Und dass mein Leben leichter wurde, brauchte ich damals unbedingt.

Von Tracy wusste ich, dass Elyse nach oben gezogen war und das Bett meines Vaters jetzt offen mit ihm teilte. Wie lange würde es dauern, ehe die beiden in das große Elternschlafzimmer auf der anderen Seite des Flures umzogen?

Einerseits war ich entsetzt. Meine Mutter war gerade erst gestorben. War es nicht ein bisschen früh für meinen Vater, mit einer anderen Frau Vater-Mutter-Kind zu spielen? Gleichzeitig erkannte ich auch an, dass mein Vater nicht jünger wurde und gewiss das Recht auf alles Glück hatte, das er finden konnte.

»Sie ist eigentlich ziemlich cool«, sagte Tracy eines Abends zu mir, als wir im Familienzimmer meines Hauses saßen, eine Flasche Rotwein leerten und den frisch dekorierten Weihnachtsbaum bewunderten. Es war fast elf. Die Kinder schliefen. Harrison hatte sich eine halbe Stunde zuvor entschuldigt, um im Schlafzimmer fernzusehen. Draußen schneite es leicht.

Vielleicht lag es an der späten Stunde. Oder an der Weihnachtsstimmung. Oder am Wein. Warum auch immer, ich begann endlich runterzukommen, mich zu entspannen und allgemein zuversichtlicher zu fühlen.

Ein Fehler.

Wie lautet noch das berühmte Zitat? Wenn du Gott zum Lachen bringen willst, erzähl ihm von deinen Plänen?

Nicht wortwörtlich, aber sinngemäß.

»Wusstest du, dass Elyse früher Schauspielerin war?«, fragte Tracy.

»Schauspielerin? Wirklich?«

»Das ist lange her. Als sie in L.A. gewohnt hat. Sie hat in ein paar Folgen von *The Young and the Restless* mitgespielt und hätte beinahe die Hauptrolle in einem Blockbuster-Film bekommen, aber sie wollte nicht mit dem Regisseur schlafen, deshalb ...«

»Ihr beiden scheint ja neuerdings ziemlich dicke zu sein«, bemerkte ich.

Tracy zuckte die Schultern. »Neidisch?«

»Warum um alles auf der Welt sollte ich neidisch sein?«

»Ich weiß nicht.« Ein weiteres Schulterzucken. »Elyse hat gesagt, dass du vielleicht neidisch wärst.«

Ich spürte, wie sich mein Kiefer verkrampfte. »Elyse sagt, ich sei neidisch? Worauf?«

Tracy blickte zu dem Baum, den sie mit geschmückt hatte, und dann zu Boden. »Auf mich.«

»Warum sollte ich neidisch auf dich sein?«

»Keine Ahnung. Ganz allgemein, nehme ich an. Du weißt schon.«

»Nein, weiß ich *nicht*. Du musst schon konkreter werden.«

»Na, weil ich schlanker und eleganter bin und so«, sagte Tracy. Immerhin hatte sie den Anstand, nicht verlegen zu wirken.

»Ist das dein Ernst? Das ist lächerlich.«

»Wirklich?«

»Was hat Elyse sonst noch gesagt?«

»Sie sagt, ich sollte darüber nachdenken, Schauspielerin zu werden und nach L.A. zu gehen. Sie glaubt, ich würde viele Jobs bekommen.«

»Bitte sag mir, dass du das nicht ernsthaft in Erwägung ziehst.«

»Vielleicht mache ich es. Wieso auch nicht?«

Und da ging er hin, mein neuer Vorsatz, erst zu denken und dann zu sprechen. Außerdem war ich ehrlich gesagt zu beschwipst, um mich um eine moderate Antwort zu bemühen. Es war nicht das erste Mal, dass man mir fälschlicherweise Neid vorwarf, und es wurmte mich. »Bist du nicht ein bisschen spät dran, um Hollywood zu erobern?«, fragte ich, und die Frage an sich war Antwort genug.

»Was soll das denn heißen?«

»Nur dass du die vierzig überschritten hast und Hollywood notorisch ungnädig mit Frauen ist, die älter werden ...«

»Das verändert sich gerade«, beharrte Tracy und lief vor Wut dunkelrosa an. »Außerdem sehe ich jünger aus. Elyse sagt, ich könnte locker für Ende zwanzig durchgehen. Warum machst du mich immer runter?«

»Ich mache dich nicht runter.«

»Doch, machst du. Ständig. Das ist anderen Leuten auch schon aufgefallen.«

»Mit ›anderen Leuten‹ meinst du Elyse, nehme ich an? Sie sagt also, ich mache dich runter?« Ich merkte, dass ich mein Weinglas so fest gepackt hielt, dass ich drohte, den Stiel abzubrechen. Rasch stellte ich es neben meinen Füßen auf den Boden.

»Nicht genau mit diesen Worten«, sagte Tracy.

»Mit welchen Worten denn genau?«

»Ich weiß es nicht, *genau.*«

»Dann ungefähr.«

»Sie hat nur gesagt, ihr sei aufgefallen, dass du mich häufig kritisierst und mich nicht ernst nimmst.«

»Verstehe.«

»Das glaube ich nicht.«

»Was genau soll ich denn ernst nehmen?«, wollte ich wissen. »Du machst doch ständig etwas anderes, Tracy. Letzten Monat wolltest du Schriftstellerin werden. Den Monat davor Model und den Monat davor Tanzlehrerin. Jetzt redest du davon, nach Hollywood zu gehen …«

»Ja, und du bist neidisch, weil du hier mit zwei Kindern festsitzt und einem Mann, der …« Sie hielt inne.

»Der was?«

Tracy stemmte sich von dem Sofa hoch. »Nichts. Ich sollte gehen.«

»Ja, solltest du.«

Sie stellte ihr leeres Weinglas im Spülbecken ab und marschierte zur Haustür. »Bleib ruhig sitzen«, rief sie, ohne sich noch einmal umzudrehen. »Ich finde selbst hinaus.«

»Verdammt!«, rief ich und sprang auf, als die Tür hinter ihr ins Schloss fiel.

»Was ist denn da unten los?«, rief Harrison vom oberen Treppenabsatz.

Ich blickte zu Boden und sah, dass ich in der Aufregung mein Glas umgestoßen hatte. »Ich hab meinen Wein verschüttet«, erklärte ich ihm und beobachtete, wie sich die dunkelrote Flüssigkeit auf dem Sisalteppich ausbreitete wie Blut.

KAPITEL VIERUNDDREISSIG

Ich muss zugeben, bis ich eigene Kinder hatte, habe ich Weihnachten eigentlich nie genossen.

Vielleicht liegt es daran, dass ich nie eine Chance hatte, an den Weihnachtsmann zu glauben, weil Tracy mich dieser Illusion beraubt hatte, als ich vier Jahre alt war. Sie hatte ein paar der älteren Schüler darüber reden hören und konnte es kaum erwarten, mir diese Neuigkeit mitzuteilen. »Den Weihnachtsmann gibt es gar nicht«, erklärte sie unverblümt. »Es sind Mommy und Daddy, die etwas in unsere Socken stecken und Geschenke unter den Baum legen.«

Ich rannte sofort weinend zu meiner Mutter und flehte sie an, mir zu versichern, dass das nicht stimmte. »Gott sei Dank«, sagte sie stattdessen. »Jetzt können wir uns wenigstens das alberne Theater sparen.«

Danach erschien mir das ganze Fest wie eine Pflicht und nicht wie eine Feier. Heiligabend hängten wir brav unsere Strümpfe an den Kaminsims im Wohnzimmer, um sie am nächsten Morgen mit übrig gebliebenen Süßigkeiten und Orangen aus dem Kühlschrank vollgestopft vorzufinden. Wir täuschten Überraschung über unsere Geschenke vor, nachdem Tracy bereits Wochen zuvor das Versteck entdeckt und alle Päckchen geöffnet hatte. Schon als Kind war mir bewusst, dass ihre Geschenke hübscher und auf jeden Fall teurer aussahen als meine. Unser Vater hielt Spielzeug ohnehin für belanglos, sodass wir nur selten welches bekamen und nie die Barbiepuppen, die ich mir trotzdem jedes Mal bei dem falschen Weihnachtsmann in der Shopping-Mall wünschte.

Nur für den Fall, dass alle einem Irrtum aufgesessen waren.

Als ich älter wurde, versuchte ich das zu kompensieren, indem ich Tracy und unseren Eltern die schönsten Geschenke kaufte, die ich mir leisten konnte. Ein erbärmliches Buhlen um ihre Anerkennung, das wusste ich schon damals. Und es funktionierte nie. Die Sachen, die ich aussuchte – in einem denkwürdigen Jahr einen Pullover für Tracy, einen Seidenschal für meine Mutter und eine Weste für meinen Vater – kamen durchweg schlecht an.

»Das ist nicht so mein Stil.«

»Diese Farben habe ich noch nie gemocht.«

»Seit wann trage ich Westen?«

Es war jedes Jahr mehr oder weniger das Gleiche.

Weniger Freude.

Mehr Beklommenheit.

Je näher Weihnachten rückte, desto weniger vorfreudig und umso beklommener wurde ich. Erst als Tracy und ich ausgezogen waren und unsere Eltern das frühmorgendliche Ritual aufgegeben hatten, begann ich, freier zu atmen. Zwar wurde nach wie vor von uns erwartet, dass wir zum abendlichen Weihnachtsessen nach Hause kamen – trockener, zu lange gegarter Truthahn mit sämtlichen notwendigen Garnituren –, aber wir wurden nicht mehr ermuntert, Geschenke mitzubringen, auch wenn meine Mutter jedes Mal ein wenig verärgert wirkte, keine zu bekommen.

Das änderte sich mit Harrison und unseren eigenen Kindern. Weihnachten wurde endlich ein freudiges Ereignis mit Geschenken und Lachen. Jede Menge Videospiele unter dem Weihnachtsbaum. Dutzende von Superhelden-Figuren und Super-Mario-Plüschtieren, hin und wieder sogar eine Barbiepuppe.

Anfangs blieb das Abendessen bei meinen Eltern am ersten Weihnachtstag ein Pflichttermin, doch als der Zustand meiner Mutter sich weiter verschlechterte, wurde auch diese Tradition gestrichen. Stattdessen versuchte ich, meine Eltern zu uns einzuladen, doch sie lehnten jedes Mal ab. Tracy entschied meist in letzter Minute, mit uns zu feiern oder auch nicht, je nachdem, was für andere Einladungen sie erhielt. Das störte mich nicht. Tracy war Tracy, und im Gegensatz zu dem, was sie offenbar dachte, hatte ich kein Problem damit, sie so zu nehmen, wie sie war. Ja, sie konnte ärgerlich egozentrisch sein, seicht und unsensibel, aber sie konnte auch nett und lustig sein. Und sie war, was sie auch sein mochte, immer und ohne jede Entschuldigung sie selbst.

Das war einer der Gründe, weshalb ich sie liebte.

Und weshalb ich sie vermisste, als Funkstille zwischen uns herrschte, die fast die gesamte erste Festtagssaison nach dem Tod unserer Mutter andauerte.

In jenem Jahr kam und ging Weihnachten ohne große Fanfare. Ich lud meinen Vater zum Essen ein, doch er lehnte wie erwartet ab. Genau wie Tracy. »Danke, aber ich habe andere Pläne«, sagte sie. Später fand ich heraus, dass sie zum Abendessen bei meinem Vater und Elyse war.

Es schmerzte, aber ich hielt mich an meine Vorsätze und weigerte mich, Anstoß zu nehmen. Ich würde nicht zulassen, dass Elyse einen Keil zwischen uns trieb.

Außerdem geschahen andere Dinge.

Harrison beendete den Roman, an dem er seit fast fünf Jahren arbeitete. »Fertig«, verkündete er, als er die Treppe hinunterkam, in den Händen einen Riesenpacken Papier.

»Das ist wundervoll«, sagte ich. »Herzlichen Glückwunsch.«

»Ich glaube, es ist vielleicht das Beste, was ich je geschrieben habe.«

»Wie aufregend. Das freut mich für dich. Darf ich es lesen?«

Er zögerte. »Unter einer Bedingung.«

»Und die wäre?«

»Du musst vollkommen ehrlich zu mir sein. Wenn du denkst, es ist gut, sag es mir. Wenn du denkst, es ist beschissen, musst du mir das auch sagen.«

»Ich werde es garantiert toll finden.«

»Du musst mir versprechen, die Wahrheit zu sagen. Sonst nützt du mir nichts.«

»Okay. Ich verspreche es.«

Er überreichte mir sämtliche sechshundert Seiten seines frisch ausgedruckten Manuskripts.

»Es ist noch warm«, sagte ich und lachte vor Aufregung.

»Frisch aus der Druckerpresse«, sagte er. »Kannst du es heute lesen?«

»Heute? Das Ganze? Ich dachte, wir wollten mit den Kindern im High Park rodeln …«

»*Ich* geh mit ihnen in den Park und hinterher zu Mc-

Donald’s. Du liest. Ich möchte meiner Lektorin den Text gleich nach den Weihnachtsferien mailen, und wenn du noch Anmerkungen hast, bleibt mir Zeit für Korrekturen.«

»Was könnte ich denn für Anmerkungen haben?«

»Na ja, hoffentlich gar keine. Aber falls ich Tipp- oder Grammatikfehler gemacht habe ...«

»Dann weise ich dich bestimmt darauf hin.« Ich küsste ihn, so geschmeichelt von seinem Vertrauen, dass mir beinahe die Tränen kamen. »Ich werde bestimmt begeistert sein.«

Ich fand es abscheulich.

Während Harrisons erstes Buch kurz, gehaltvoll und wunderbar konstruiert gewesen war, war dieser Roman lang, ausschweifend und ohne Prägnanz, gleichzeitig schwülstig und unausgegoren. Nie begnügte er sich mit nur einem Wort, wenn er auch zehn benutzen konnte. Nach dreihundert Seiten gab ich auf und brach in Tränen aus.

Was sollte ich Harrison sagen?

Es war schon dunkel, als er mit den Kindern nach Hause kam. Sie hatten rosige Wangen und waren völlig erschöpft, sodass es kein Problem war, sie zum Schlafengehen zu überreden. »Und?«, fragte Harrison, als sie in ihren Betten lagen. »Wie weit bist du gekommen? Wie findest du es?«

Seine Gesichtszüge verfielen, sobald ich auch nur zögerte.

»Es liegt wahrscheinlich bloß an mir«, begann ich.

»Was liegt bloß an dir?« Seine Stimme bekam einen leicht gereizten Unterton.

»Es kommt mir ein bisschen lang vor ...«

»Du findest es zu lang«, sagte er.

»Es gibt eine Menge Wiederholungen ...«

»Eine Menge Wiederholungen.« Er nickte. »Sag mir, was genau du streichen würdest?«

»Ich behaupte nicht …«

»… zu wissen, wovon du redest«, unterbrach er mich.

»Es kommt mir bloß ein bisschen weitschweifig vor …«

»Weitschweifig«, wiederholte er, wobei das Wort aus seinem Mund vage obszön klang.

»Hör zu. Ich will dich nicht verletzen. Ich bin genauso enttäuscht wie du. Ich hatte gehofft, es toll zu finden. Ich habe *erwartet*, es toll zu finden. Aber du hast mich gebeten, ehrlich zu sein. Du hast gesagt, sonst würde ich dir nichts nützen.«

»Das habe ich gesagt, weil ich angenommen hatte, du wüsstest, wie man ein Manuskript liest.«

Boah, dachte ich und begriff, dass nichts Gutes dabei herauskommen würde, wenn ich auf meinem Punkt beharrte. »Hey, es ist bloß eine Meinung. Ich könnte auch komplett falschliegen.«

»Wirklich? Liegst du *je* falsch?«

Ich ignorierte seinen Sarkasmus. *Was war mit mir los*, fragte ich mich. *Ich hätte wissen müssen, dass Schriftsteller im Allgemeinen und Harrison im Besonderen notorisch dünnhäutig waren; dass sie, egal wie sehr sie beteuerten, eine ehrliche Kritik ihrer Arbeit zu wünschen, vor allem auf Lob aus waren. Sie wollten bloß geliebt werden. Wollten wir das nicht alle?* »Vielleicht solltest du jemand anderen bitten, es zu lesen.«

»Vielleicht mache ich das.« Er sammelte die Manuskriptseiten auf dem Sofa im Familienzimmer zusammen und marschierte ohne ein weiteres Wort die Treppe hinauf.

»Scheiße«, flüsterte ich, als unsere Schlafzimmertür zugeknallt wurde. Würde ich es nie lernen?

Das neue Jahr kam und mit ihm meine übliche Liste von guten Vorsätzen. Ein weiteres Mal gelobte ich, verständnisvoller, hilfsbereiter und geduldiger zu sein. Ich würde zwei Mal nachdenken, bevor ich etwas sagte, die beste Ehefrau, beste Mutter, beste Schwester und beste Tochter sein. Aber im Gegensatz zu den vorherigen Jahren, in denen ich immer hinter meinen Erwartungen zurückgeblieben war, würde in diesem Jahr alles anders werden. Dies würde das Jahr sein, in dem alles zusammenkam. Dieses Jahr würde ich Erfolg haben.

Hört ihr das Geräusch?

Das ist Gott, der lacht.

KAPITEL FÜNFUNDDREISSIG

Jener Februar war einer der kältesten Monate seit Beginn der Aufzeichnungen. Sowohl draußen als auch in meinem Haus. Kaum Schnee, reichlich Eis.

Harrison hatte mir immer noch nicht wirklich verziehen, dass mir sein Manuskript nicht gefallen hatte, selbst nachdem seine Lektorin sich ebenfalls über Längen beschwert hatte. Nicht dass er mir irgendwas davon erzählt hatte, bis ich ihn nach der Reaktion des Verlages fragte. »Die Lektorin meint, es müsse noch ein wenig überarbeitet werden«, gab er widerwillig zu.

»In welcher Hinsicht?«

Er zögerte. »Sie hat den Eindruck, es sei ein wenig lang. Sie möchte, dass ich ein paar Kürzungen vornehme.«

»Oh.«

»Nur zu«, forderte Harrison mich auf. »Sag es.«

»Was?«

»›Das hab ich dir doch gesagt.‹ Ich weiß, dass es dir auf der Zunge brennt.«

»Das ist nicht wahr.«

Er zuckte die Schultern. Das Schulterzucken sagte, dass er mir nicht glaubte.

»Hat sie gesagt, wann die Veröffentlichung geplant ist?«

»Nein. Das möchten sie erst entscheiden, wenn das fertige Manuskript vorliegt.«

Ich nickte, wohlwissend, dass das Veröffentlichungsdatum schon mehrfach verschoben worden war, weil das Buch nicht fertig geworden war. Ich wusste auch, dass Harrison die nächste Rate seines Vorschusses erst bekommen würde, wenn das Manuskript angenommen worden war. Das bedeutete, dass unser Einkommen in absehbarer Zukunft allein von meinem Verdienst abhängen würde, weshalb es nicht die beste Zeit war, um meine beruflichen Verpflichtungen zu reduzieren.

Nach ein paar relativ ruhigen Monaten – Dezember und Januar waren eine traditionell maue Zeit für Hausverkäufe – lief der Markt langsam wieder heiß. Ich konnte es mir nicht leisten, es locker angehen zu lassen. Wir konnten es uns nicht leisten.

Harrison war nicht besonders glücklich darüber, doch Harrison war dieser Tage über kaum etwas glücklich, vor allem, was mich betraf. Obwohl unser Sexleben interessanterweise nie besser gewesen war. Was an Zärtlichkeit fehlen mochte, wurde durch die Häufigkeit mehr als wettgemacht.

Ich war zufrieden mit dem, was ich kriegte.

Ich sagte mir, wenn er endlich das verdammte Buch beendet hatte, würde die Zärtlichkeit zurückkehren. Der kommerzielle Erfolg seines ersten Buches und die positiven Kritiken waren anfangs eine Bestätigung und Belohnung gewesen, doch inzwischen war es ein Ballast, der ihn hemmte. Wenn Harrison einfach dieses zweite Buch hinter sich bringen könnte, würde diese Last von ihm abfallen. Er könnte beanspruchen, ein anerkannter Autor zu sein und nicht bloß eine Eintagsfliege, das literarische Äquivalent eines One-Hit-Wonders.

Ich versuchte mir vorzustellen, wie es für ihn war, die Angst und die Frustration, mit denen er täglich lebte, so wie ich versucht hatte, mir auszumalen, wie es für meine Mutter gewesen war. Der Unterschied bestand natürlich darin, dass Harrison seinen Weg selbst gewählt hatte, meine Mutter ihren hingegen nicht.

Und trotzdem hatte ich es irgendwie geschafft, beide zu enttäuschen.

Tracy und ich redeten weiterhin kaum miteinander. Ich hatte sie angerufen, um ihr ein frohes neues Jahr zu wünschen, und sie hatte die Wünsche erwidert, aber wenn ich nicht die Initiative ergriff, hatten wir praktisch keinen Kontakt. Ich lud sie zum Essen ein, doch sie lehnte höflich ab. Ich fragte sie, was sie machte, und sie erklärte, dass sie sehr beschäftigt sei. Sie würde jetzt mit einem neuen Personal Trainer arbeiten, das Potenzial eines eigenen Blogs sondieren, Schauspielunterricht nehmen und sich nach einem Agenten umsehen.

Der Valentinstag kam und ging. Die beiden einzigen Karten, die ich erhielt, waren handgemalt und stammten von meinen Kindern. *Für die beste Mommy der Welt!*, stand auf Sams Karte, auf Daphnes: *Ich Liebe Meine Mommy!* Die beiden Gemälde sahen sich verblüffend ähnlich und zeigten eine Frau mit rundem Gesicht, lockigem Haar, Streichholzarmen und -beinen, weit aufgerissenen Augen und einer Miene, die man entweder als freudig oder irre deuten konnte. Die beiden Karten standen auf meinem Büroschreibtisch als Erinnerung daran, dass es zumindest zwei Menschen in meinem Leben gab, die mich bedingungslos liebten.

»Klopf, klopf«, sagte jemand, gefolgt von einem leisen Klopfen an der Tür.

Ich stellte die Karten wieder auf ihren Platz, als Stephanie Pickering ihre blonde Helmfrisur in mein Büro steckte.

»Kann ich Sie einen Moment sprechen?«

Ich machte ihr ein Zeichen, Platz zu nehmen. »Alles in Ordnung?«

Stephanie hockte sich auf die Kante des Stuhls vor meinem Schreibtisch und beugte sich vor, ihr üppiger Busen quoll aus dem Ausschnitt ihrer weißen Seidenbluse. Sie schlug ein schlankes Bein über das andere und präsentierte lächelnd eine Reihe strahlend weißer Veneers. Es war ein Lächeln, das Bänke in der ganzen Stadt zierte. Mit Schaudern dachte ich daran, wie oft ich einen Betrunkenen hatte prahlen hören, er hätte auf ihrem Gesicht gesessen. »Wie geht es Ihrem Vater?«, fragte sie.

»Gut«, sagte ich, obwohl ich seit Tagen nicht mit ihm gesprochen und ihn seit Wochen nicht gesehen hatte.

»Lebt er immer noch in der Scarth Road?«

»Ja.«

»Kommt er zurecht, seit Ihre Mutter von uns gegangen ist?«

Ich nickte, obwohl ich den Ausdruck »von uns gegangen« immer gehasst habe. Als wäre sie aus freien Stücken weggelaufen. »Allem Anschein nach.«

»Das ist großartig«, sagte sie. »Wie alt ist er jetzt?«

»Fast achtzig.«

»Wow. Das ist aber viel Haus für eine Person, vor allem für jemandem in dem Alter.«

»Ganz meine Meinung.«

»Finden Sie nicht, er wäre in einer Eigentumswohnung besser aufgehoben?«

»Unbedingt.«

»Oder in einer Seniorenwohnanlage. Luxus natürlich.«

»Natürlich.«

»Und …?«

»Und?«, wiederholte ich, obwohl ich genau wusste, worauf sie hinauswollte. Makler zählen zu den unsubtilsten Menschen auf der Welt.

»Und«, sagte sie, »ich habe einen Käufer, der bereit ist, einen Haufen Geld zu bezahlen.«

»Von wie viel reden wir denn?«

Die Summe, die sie mir nannte, raubte mir den Atem. »Wow.«

»Glauben Sie, Ihr Vater würde es in Erwägung ziehen?«

»Das weiß ich wirklich nicht. Sie müssten ihn fragen.«

»Ich hatte gehofft, dass Sie das machen würden.«

»Ich weiß nicht recht, ob das ein gute Idee ist …«

»Nur um vorzufühlen, ob er überhaupt interessiert ist. Den Rest mache ich.«

Ich warf die Hände in die Luft, um zu signalisieren, dass ich mein Bestes versuchen würde, sie sich jedoch keine allzu großen Hoffnungen machen sollte.

»Super«, sagte sie, stand auf und schwankte nur minimal auf den Zehn-Zentimeter-Absätzen ihrer Louboutins. »Je eher, desto besser natürlich.«

»Natürlich.«

»Sie halten mich auf dem Laufenden?«

»Das mache ich.«

Was soll's, dachte ich, während ich das Klackern von Stephanies Absätzen im Flur hörte. *Was hatte ich zu verlieren?*

Nachdem meine Mutter tot war, gab es keinen Grund mehr für meinen Vater, in diesem Mausoleum zu bleiben. Und es könnte der perfekte Vorwand sein, um Elyse loszuwerden.

Zum Teufel, im schlimmsten Fall sagte er Nein.

Also nahm ich den Hörer ab, rief ihn an und hörte es vier Mal klingeln. Drei Mal, bis die Person am anderen Ende das Festnetztelefon in der Küche erreicht hatte, und ein viertes, um auf die Anruferkennung zu blicken, stellte ich mir vor. Ich fühlte mich beinahe geschmeichelt, als der Anruf angenommen wurde.

»Hallo Jodi«, begrüßte Elyse mich. »Wie schön, von Ihnen zu hören.«

»Wie geht's?«, fragte ich.

»Sehr gut. Und Ihnen?«

»Gut. Ich wollte …«

»Und den entzückenden Kindern?«

»Super. Ich wollte fragen …«

»Harrison?«

»Gut, er ist mit seinem Buch beschäftigt.«

»So ein beeindruckendes Talent.«

»Ja. Ist mein Vater da?«, brachte ich schließlich heraus, bevor sie mich erneut unterbrechen konnte.

»Ja, meine Liebe. Aber er ist im Moment ziemlich beschäftigt.«

»Ich muss mit ihm über etwas sprechen. Meinen Sie, ich könnte in, sagen wir, einer Stunde kurz vorbeischauen?«

»Gibt es ein Problem?«, fragte sie nach kurzem Zögern.

»Nein, kein Problem. Ich muss nur mit ihm sprechen. Es wird nicht lange dauern.«

»Können Sie vielleicht andeuten, worum es geht?«

»Das ist wirklich nicht Ihre Sorge«, wies ich sie zurecht, verärgert darüber, dass ich mich für den Wunsch rechtfertigen musste, meinen eigenen Vater zu besuchen.

»Selbstverständlich«, sagte sie rasch, weil sie vielleicht gemerkt hatte, dass sie ihre Befugnisse überschritten hatte. »Ich wollte es nur für alle leichter machen.«

»Das ist nicht Ihr Job«, sagte ich. »Bis in einer Stunde.«

Ich legte auf, bevor sie Einwände erheben konnte.

KAPITEL SECHSUNDDREISSIG

Exakt sechzig Minuten später traf ich bei dem Haus ein.

»Zu spät, wie üblich«, sagte mein Vater, der die Haustür öffnete, als ich den Weg hinaufkam.

Jeder Muskel meines Körpers spannte sich an. »Ich wusste nicht, dass wir eine Stechuhr stempeln.« *Noch nicht mal durch die Tür und schon in der Defensive*, dachte ich und beugte mich vor, um ihm ein Wangenküsschen zu geben.

Er akzeptierte es, ohne es zu erwidern. »Komm rein. Komm rein. Es wird kalt.«

»Ja, es ist wirklich lausig draußen«, sagte ich und zog meinen Mantel enger um meinen Körper, als ich über die Schwelle trat. »Wahrscheinlich sollten wir dankbar sein, dass es nicht schneit.«

»Hast du darauf bestanden herzukommen und warst so unhöflich zu Elyse, um mir einen Wetterbericht zu liefern?«

»Man nennt es Smalltalk, Dad. Und ich wollte nicht unhöflich zu Elyse sein.«

»Sie hat dich nach dem Grund deines Besuches gefragt, und du hast ihr erklärt, sie solle sich um ihre Angelegenheiten kümmern.«

»Ich habe ihr erklärt, dass das nicht ihre Sorge sei«, verbesserte ich ihn, wohlwissend, dass es haarspalterisch war.

»Du hast sie zum Weinen gebracht.«

Ich habe sie zum Weinen gebracht? »Das war nicht meine Absicht.«

»Sie versucht nur, mich zu schützen.«

»Vor *mir*? Ich bin deine Tochter, Herrgott noch mal. Ich sollte meine Besuche nicht von der Haushälterin absegnen lassen müssen.«

»Warum *bist* du hier?«, fragte mein Vater.

So viel zum Thema Smalltalk, dachte ich. »Meinst du, wir könnten uns setzen, und ich könnte meinen Mantel ausziehen?«

Ohne zu antworten, wandte er sich zum Wohnzimmer. Ich folgte ihm und ließ den Mantel angesichts seines kritischen Blicks doch an, als ich mich auf das Sofa sinken ließ. Mein Vater blieb stehen und wartete mit verschränkten Armen, dass ich sprach.

»Erinnerst du dich an Stephanie Pickering?«, begann ich.

»Natürlich erinnere ich mich an sie. Ich habe sie eingestellt. Eine der besten Entscheidungen, die ich je getroffen habe. Eine Super-Verkäuferin. Holt jedes Mal Spitzenprofite raus. Arbeitet sich den Arsch ab.«

Ich versuchte den unausgesprochenen Nachsatz »und du nicht« zu überhören.

»Wie geht es ihr? Immer noch so hinreißend wie früher?«

»Ja, ist sie«, bestätigte ich.

»Tolle Beine«, fuhr mein Vater fort. »Sie hält sich in prächtiger Form.«

Ich raffte meinen Mantel enger um meinen Körper. »Ja, stimmt.«

»Du musst sie auf jeden Fall von mir grüßen.«

»Das mache ich. Sie ist übrigens …« Ich hörte Schritte, drehte mich um und sah Elyse hereinkommen.

»Hallo, Jodi«, sagte sie. »Sie sehen gut aus. Entschuldigt, dass ich euch beide störe, aber soll ich vielleicht einen Kaffee oder einen heißen Kakao machen? Es ist so bitterkalt da draußen.«

Nicht so bitterkalt wie hier drinnen, dachte ich. »Bitte machen Sie sich meinetwegen keine Umstände.«

»Das macht überhaupt keine Umstände«, sagte sie. »Das ist schließlich mein *Job.*« Sie lächelte. »Kann ich den Mantel aufhängen?«

»Nicht nötig. Ich behalte ihn einfach hier.« Ich klopfte neben mir auf das Polster.

»Wie Sie wollen.« Elyse blickte von mir zu meinem Vater. »Noch mal Verzeihung für die Störung. Ich lass euch zwei allein.«

»Warte einen Moment«, sagte mein Vater, bevor sie das Zimmer verlassen konnte. »Jodi, ich denke, du solltest dich bei Elyse entschuldigen.«

»Wie bitte?«

»O Vic«, protestierte Elyse. »Das ist wirklich nicht nötig.«

»Das ist es ganz gewiss.«

»Deine Tochter hat vollkommen recht. Was immer sie mit dir besprechen möchte, ist nicht meine Sorge. Ich hatte kein Recht zu fragen.«

»Es wird kein Gespräch über irgendwas geben, bevor Jodi sich entschuldigt hat«, beharrte mein Vater.

Wow, dachte ich, hin und her gerissen zwischen Empörung über die Sturheit meines Vaters und Bewunderung für Elyses Manipulationstalent. Einerseits wollte ich aufstehen und gehen, andererseits bleiben, um zu sehen, was als Nächstes geschah.

»Es tut mir leid, wenn Sie dachten, ich wäre unhöflich gewesen«, begann ich, zog meinen Mantel aus und legte ihn auf den Platz neben mir.

»Was für eine Entschuldigung ist das, zum Teufel noch mal?«, knurrte mein Vater. »Entschuldige dich nicht für das, was sie *gedacht* hat. Entschuldige dich für das, was du *getan* hast.«

»Es tut mir leid, wenn ich unhöflich war«, sagte ich sofort und schaffte es, einigermaßen aufrichtig zu klingen. Ich wurde ziemlich gut darin zu erkennen, wann eine Sache aussichtslos war.

»Entschuldigung angenommen«, sagte Elyse. »Und jetzt mach ich Ihnen einen heißen Kakao.«

»Keinen heißen Kakao«, sagte mein Vater. »Sie braucht keine zusätzlichen Kalorien. Sollen wir einfach fortfahren?«

Ich atmete tief durch, um nicht laut loszuheulen, während ich wartete, dass Elyse das Zimmer verließ. Erst als sie gegangen und ich sicher war, nicht in Tränen auszubrechen, sprach ich weiter. »Stephanie ist übrigens«, begann ich, als hätte es keine Unterbrechung gegeben, »heute in mein Büro gekommen und hat gefragt, ob du möglicherweise Interesse hättest, das Haus zu verkaufen. Offenbar hat sie einen potenziellen Käufer …«

Man konnte das höhnische Grinsen meines Vaters beinahe hören. »Und darauf bist du reingefallen?«

»Wie meinst du das?«

»Es gibt keinen Käufer! Das solltest du wissen. Erzähl mir nicht, dass du den Scheiß nicht schon selbst probiert hast. Kein Wunder, dass sie immer mehr Provision kassiert als du.«

»Ich glaube nicht, dass es bloß ein Köder war. Ich denke, sie hat wirklich jemanden, der am Kauf des Hauses interessiert ist.«

»Bitte. Es ist der älteste Trick in der Branche. Man pflanzt ein Samenkorn im Kopf eines Menschen und bringt ihn dazu, über einen Verkauf nachzudenken, obwohl ihm die Idee vorher nie gekommen war. Aber wenn der Same gepflanzt ist, hat der Hausbesitzer mit einem Mal Dollarzeichen in den Augen und ist plötzlich *sehr* interessiert daran zu verkaufen.«

»Und hast du?«

»Interesse an einem Verkauf? Sei nicht albern.«

Ich nannte ihm den Preis, den der Kunde zu zahlen bereit war. »Es ist ein verdammt gutes Angebot«, erklärte ich ihm.

»Regel Nummer eins: Es gibt kein Angebot, solange es nicht schriftlich vorliegt. Das solltest du doch mittlerweile gelernt haben.«

»Das heißt, wenn der Interessent ein schriftliches Angebot vorlegt«, sagte ich und ignorierte die Beleidigung, »wärst du bereit, es dir anzusehen?«

»Auf keinen Fall.«

»Warum nicht um Gottes willen?«

»Ich lebe seit mehr als fünfzig Jahren hier. Es ist mein Zuhause, und ich habe nicht die Absicht, es zu verlassen. Ende der Durchsage.«

»Du hast das Haus gekauft, als du ein junger Mann mit einer wachsenden Familie warst. Die Umstände haben sich geändert. Du bist fast achtzig. Mom ist tot. Und das Haus ist viel zu groß, als dass eine einzelne Person sich darum kümmern kann. Das weißt du.«

»Ich habe Elyse«, sagte er stur.

»Die auch nicht mehr die Allerjüngste ist. Was glaubst du, wie lange sie noch in der Lage sein wird, sich um alles zu kümmern? Was passiert, wenn sie kündigt?«

»Das lass mal meine Sorge sein.«

»Du solltest überhaupt keine Sorge haben. Du könntest das Haus verkaufen, einen gewaltigen Profit machen, dir eine Eigentumswohnung kaufen oder in eine Luxus-Senioren-Anlage ziehen. Du würdest keine Haushälterin mehr brauchen …«

»Aha!«, sagte er. »Es geht also darum, Elyse loszuwerden.«

»Ich meinte bloß …«

»Ich weiß, was du gemeint hast. Danke, dass du vorbeigekommen bist.« Er drehte sich um und ging zur Eingangshalle.

Ich blieb ein paar Sekunden reglos sitzen, bevor ich meinen Mantel nahm und mich aufrappelte. »Und was soll ich Stephanie sagen?«, fragte ich an der Haustür.

»Erzähl ihr, was zum Teufel du willst«, sagte er und machte die Haustür auf, bevor ich den Mantel anziehen konnte. Er wandte sich zur Küche, wo Elyse wartete. »Jetzt nehme ich den heißen Kakao«, erklärte er ihr.

»Kommt sofort«, antwortete sie lächelnd. »War nett, Sie wiederzusehen, Jodi. Wenn Sie bitte die Tür hinter sich zuziehen …«

Ich nickte. Was sollte ich sonst machen? Ich warf mir den Mantel über die Schultern und trat in die Kälte. Ich zog die Tür hinter mir zu.

KAPITEL SIEBENUNDDREISSIG

»Hattest du wirklich nichts Besseres anzuziehen?«, fragte Tracy und kräuselte buchstäblich die Nase über das zu große weiße T-Shirt und die schwarzen Shorts, die ich trug.

Es war Anfang März, und wir warteten in der Umkleidekabine eines Boutique Gym auf den Beginn unseres gemeinsamen Trainings bei ihrem neuen Personal Trainer Jeremy, laut Tracy »der beste Trainer der Welt«. Als sie mich am Morgen angerufen hatte, um mich einzuladen, sie zu begleiten, und sogar angeboten hatte, mich abzuholen, war ich dermaßen überrascht gewesen, dass ich Ja gesagt hatte, ohne groß darüber nachzudenken. Dabei war die traurige Wahrheit, dass ich seit Jahren nicht mehr trainiert hatte, sodass ich nicht nur außer Form, sondern auch in der Auswahl meiner Sportkleidung stark eingeschränkt war.

»Hier werden Trainingsklamotten verkauft«, sagte sie. »Du solltest etwas Modischeres und … du weißt schon … Vorteilhafteres tragen.«

Ich blickte auf ihren schnittigen, einteiligen, schwarzen Jumpsuit, in dem sie aussah wie auf einem Foto aus einem Hochglanzmagazin. Ihr langes blondes Haar war zu einem Pferdeschwanz gebunden, ihr Gesicht perfekt geschminkt. »Ich dachte, wir wären hier, um zu schwitzen.«

»Sind wir auch«, erwiderte sie. »Aber wir müssen dabei ja nicht scheiße aussehen. Nicht dass du scheiße aussiehst«, fügte sie rasch hinzu.

»Ich sehe scheiße aus«, gestand ich ein.

»Nein. Bloß ein bisschen müde. Ist alles okay?«

»Mir geht es gut. Ich hab bloß … viel zu tun.«

»Du machst zu viel. Du arbeitest zu hart. Ich war ehrlich gesagt überrascht, dass du Zeit für das hier gefunden hast.«

Das war ich ehrlich gesagt auch. Aber die Kinder waren in Schule und Kindergarten, ich hatte keine Termine, und meine Kleider begannen ein wenig zu spannen. Deshalb hatte ich ohne Zögern zugesagt, als Tracy mich überraschend eingeladen hatte, mit ihr zu trainieren.

»Wir haben noch Zeit vor unserer Session, wenn du etwas anprobieren willst«, sagte sie mit einem Blick auf ihre Uhr.

Es war die Cartier-Uhr unserer Mutter, die mit dem roten Krokoarmband.

»Wann ist das passiert?«, fragte ich, bemüht, nicht zu schockiert zu wirken, als ich mit dem Kinn darauf wies.

»Was? Oh, das. Ja. Ich weiß nicht. Letzten Monat vielleicht. Elyse hat Dad überzeugt, dass ich sie haben sollte. Du solltest netter zu ihnen sein, Jodi«, riet sie mir. »Dann kriegst du auch Sachen.«

»Ich bin immer nett«, sagte ich. »Außerdem habe ich meine falschen Perlen. Was mehr könnte ich mir wünschen?«

Sie lachte. »Wenn sie mir das nächste Mal etwas schenken, gebe ich es dir. Versprochen«, sagte sie.

»Das ist wirklich nicht nötig.«

»Wann hast du überhaupt das letzte Mal mit ihnen geredet?«, fragte sie.

Ich war überrascht. Normalerweise war ich diejenige, die diese Frage stellte. »Ist schon ein paar Wochen her«, gab ich zu. Mein anfängliches Bemühen, die Kommunikationskanäle offenzuhalten, hatte definitiv einen Schlag abbekommen, als sie mich in der Eiseskälte so unfeierlich vor die Tür gesetzt hatten. Man konnte schließlich nur begrenzt lange mit dem Kopf gegen die Wand rennen, ohne sich selbst ernsthaften Schaden zuzufügen. Ich hatte entschieden, dass für mein persönliches Wohlbefinden eine Pause vonnöten war. »Und du?«

»Ich habe sie letzte Woche ein paarmal angerufen und Nachrichten hinterlassen, aber sie haben nicht zurückgerufen. Ich habe bei Holt's ein Kleid gesehen, aber es ist megateuer, deshalb dachte ich, ich klär das lieber vorher mit Dad ab, zumal ich mein monatliches Kleiderbudget schon überzogen habe.«

»Du hast ein Kleiderbudget?«, fragte ich.

»Du nicht?«, fragte sie zurück. »Jedenfalls«, fuhr sie fort, bevor ich antworten konnte, »dachte ich, ich könnte nach dem Training mal vorbeifahren, und ich hab wirklich gehofft, dass du mitkommst.«

»Ich glaube, das ist keine so tolle Idee.«

»Bitte. Ich will nicht allein gehen.«

»Wieso nicht? Dem Anschein nach warst du in letzter Zeit doch ziemlich oft allein da.«

»Ja«, gab sie zu. »Aber sie werden mir langsam unheimlich.«

»Wie meinst du das?«

»Die Art, wie sie sich angucken, als wollten sie sich gegenseitig aufessen. Igitt! Du glaubst doch nicht, dass sie das wirklich machen, oder?«

»Was?«

»Du weißt schon. Oralsex.«

»Oh Gott.«

Sie schüttelte sich. »Ich meine, voll eklig. Oder?«

Ich musste lachen. Auch wenn Tracy trotz Elyses Beteuerungen vielleicht nicht mehr wirklich für Ende zwanzig durchgehen würde, hatte sie überhaupt kein Problem, so zu klingen. »Hast du mich deshalb heute eingeladen?«

Tracy wirkte ehrlich gekränkt. »Nein, natürlich nicht.« Sie hielt ganz kurz inne. »Na ja, vielleicht auch. Ich meine, überleg mal, Jodi. Alte-Leute-Sex! Igitt! Und auf diese Weise bekommst du Gelegenheit, dich mal wieder in der Casa Dundas blicken zu lassen und zu zeigen, dass du dich weiterhin kümmerst, wir können Hallo sagen, ich kann beschreiben, wie hinreißend das Kleid ist, und erklären, dass es mir garantiert jemand wegschnappt, wenn ich es nicht jetzt, sondern erst nächsten Monat kaufen will, und dass es die perfekte Garderobe für Castings und so ist. Dad wird ein bisschen rumknurren, aber dann wird er sagen, okay, und danach können wir wieder fahren, weil du im Moment nicht seine, du weißt schon, Lieblingsperson bist …«

»Wann war ich je seine Lieblingsperson?«, fragte ich.

»Bitte, bitte! Ich würde dir einen großen Gefallen schulden.«

»Ich denk drüber nach.«

»Aber denk nicht zu lange«, riet sie mir. »Außerdem sind wir mit meinem Wagen hier. Schon vergessen? Dir bleibt also gar nicht viel anderes übrig.«

Ein großer, gutaussehender junger Mann in scharfen pinken Shorts und passendem ärmellosem T-Shirt, das seinen beeindruckenden Bizeps ins beste Licht rückte, kam auf uns zu. »Die Damen«, sagte er. »Ich wäre dann bereit für Sie.«

»O Gott«, stöhnte ich, als Tracy in die Einfahrt unseres Vaters bog und den Motor abstellte. »Ich glaube, ich kann das nicht.«

»Ich verspreche dir, wir sind in zwei Minuten wieder draußen.«

»Nein, das meine ich nicht«, erklärte ich ihr. »Ich kann mich buchstäblich nicht bewegen. Jeder Muskel meines Körpers schreit. Ich fürchte, ich sterbe gleich.«

Tracy lachte. »Du bist bloß kein Training gewöhnt.«

»Ich kann nicht glauben, dass du das jeden Tag machst.«

»Es wird leichter, je öfter man es macht. Aber ich muss sagen, für jemanden, der nie trainiert, warst du ziemlich gut. Ich habe gesehen, dass Jeremy beeindruckt war. Und ich auch.«

»Echt?«

»Ja, echt. Du musst dir selbst mehr zutrauen. Und jetzt sieh zu, dass du deinen gar nicht so übel aussehenden Arsch von dem Sitz hievst, damit wir das hier hinter uns bringen.« Sie ging um den Wagen, öffnete die Beifahrertür und streckte ihre Hand aus, um mir herauszuhelfen.

»Wir hätten wahrscheinlich vorher anrufen sollen«, sagte ich und dachte dabei an die Ermahnung meines Vaters.

»Das habe ich«, erklärte sie mir. »Drei Mal. Es ist niemand drangegangen. O Gott«, sagte sie, »du glaubst doch nicht, dass sie … du weißt schon … es gerade machen, oder?«

»Das werden wir wohl jetzt herausfinden.«

Ich folgte Tracy zur Haustür und staunte, wie anmutig sie

sich, auch dick eingepackt gegen die Kälte, bewegte. »Wird schon schiefgehen«, sagte sie, klingelte einmal und, als niemand öffnete, noch zweimal.

Ich straffte in meinem Wintermantel die Schultern. »Versuch es mit Klopfen.«

Das tat Tracy. Weiterhin nichts.

»Sie sind offenbar unterwegs.«

»Sieh in der Garage nach«, wies Tracy mich an.

Ich ging zur Garage neben dem Haus und stellte mich auf die Zehenspitzen, um durch eins der beiden kleinen Fenster in dem hölzernen Tor zu blicken. »Der Wagen ist da«, berichtete ich. »Vielleicht machen sie einen Spaziergang.«

»Machst du Witze? Es ist eiskalt.«

»Dann sind sie vielleicht ins Kino gegangen.«

»Dad hasst Filme.«

»Dads Geschmack hat sich verändert«, sagte ich und erinnerte mich daran, wie ich ihn und Elyse überrascht hatte, als sie im Heimkino *John Wick* angeschaut hatten.

Tracy kniete sich hin und spähte durch den Briefschlitz. »Das Haus sieht leer aus«, sagte sie. »Dad? Elyse? Irgendjemand zu Hause?«

»Vielleicht sollten wir lieber gehen«, sagte ich erleichterter, als ich zugeben wollte.

»Und die goldene Gelegenheit verpassen, uns umzusehen?«

»Wovon redest du?«

Sie zog einen vertraut aussehenden Gegenstand aus ihrer Handtasche.

»Du hast einen Schlüssel?«

»Deinen hat Dad vielleicht konfisziert, aber meinen hat er komplett vergessen.«

»Willst du etwa reingehen?«

»Meinst du, wir sollten?«, fragte sie zurück, als wäre das Ganze irgendwie meine Idee. »Nur für den Fall, dass etwas nicht stimmt ...«

»Ich weiß nicht. Was, wenn sie zurückkommen, während wir im Haus sind?«

»Ich werde sagen, dass ich mir Sorgen gemacht habe, als niemand auf meine Anrufe reagiert hat, deshalb seien wir reingegangen, um nachzusehen. Sie können mir schließlich schlecht vorwerfen, dass ich mir Sorgen gemacht habe.«

Nein, dachte ich. *Sie werden mir die Schuld geben.*

»Komm schon«, drängte sie. »Wir sehen uns nur schnell um, vergewissern uns, dass alles an seinem Platz ist, und verschwinden wieder. Niemand wird je erfahren, dass wir hier waren.«

»Berühmte letzte Worte«, murmelte ich und ging langsam zurück zum Wagen.

Aber es war schon zu spät. Tracy drehte den Schlüssel im Schloss. Die Tür öffnete sich.

Und dann ging die Alarmanlage los.

KAPITEL ACHTUNDDREISSIG

»Scheiße!«, rief ich und blickte die Straße hinauf und hinunter.

»Keine Sorge«, sagte Tracy. »Ich kenn den Code.« Sie drückte auf eine Folge von Ziffern, und der Alarm verstummte gnädig. »Es ist seit Ewigkeiten dieselbe Geheimzahl«, erklärte sie, als sie meinen überraschten Gesichtsausdruck sah. »Mein Geburtstag. Jetzt komm rein und mach die Tür zu. Wir haben nicht ewig Zeit.«

»Was genau haben wir denn vor?«

»Uns umsehen, wie gesagt. Komm.« Sie ging eilig zur Treppe. »Wir waren seit Moms Tod nicht mehr oben.«

Ich wollte widersprechen, als mir bewusst wurde, dass ich mindestens so neugierig war wie Tracy. Wir gingen direkt ins Elternschlafzimmer, und ich war zugegebenermaßen erleichtert, es weitgehend so vorzufinden wie zu der Zeit, als unsere Mutter noch gelebt hatte. Der einzige Unterschied bestand darin, dass das Bett abgezogen war und die Daunendecke ordentlich gefaltet am Fußende der nackten Matratze lag.

Tracy ging sofort zur Kommode und durchwühlte jede Schublade. »Nichts. Dad muss ihren restlichen Schmuck woanders verstaut haben.«

Die Kleider meiner Mutter hingen dagegen nach wie vor ordentlich im Kleiderschrank, die Heels, die sie seit Jahren nicht getragen hatte, lagen nebeneinander auf dem Schrankboden.

»Gott, guck dir all die Sachen an«, sagte Tracy. »Da sind ein paar echte Klassiker dazwischen. Versace, Dior. O mein Gott. Ein Chanel-Kostüm! Weißt du noch, wie Mom es getragen hat? Erstaunlich! Es muss mindestens zwanzig Jahre alt sein. Ich kann nicht glauben, dass es immer noch in Mode ist.« Sie hielt den pinken Rock und die passende Jacke an ihren Körper. »Was meinst du?«

Ich zuckte die Schultern und blickte mich nervös um.

»Ich probiere es an.«

»Was? Nein!«

»Es dauert nur zwei Sekunden.« Prompt streifte sie ihre Winterjacke und die warme Hose ab, die sie über ihren Gymnastikanzug gezogen hatte. »Was meinst du?«, fragte sie, als sie den Rock über ihre schlanken Hüften zog. »Passt perfekt, was?«

»Wie für dich gemacht«, bestätigte ich, als sie die Schultern der Jacke zurechtrückte.

»Ja, nicht wahr?« Sie lief in das angrenzende Bad, um sich im Spiegel über dem Waschbecken zu betrachten. »Ich liebe es. Ich nehme es mit.«

Ich erinnerte mich an den Besuch, den die Polizei mir abgestattet hatte, nachdem Dad das Fehlen des Schmucks bemerkt hatte. »Ich weiß nicht, ob das eine so gute Idee ist.«

»Sei nicht albern. Mom hätte gewollt, dass ich es bekomme, und Dad wird es gar nicht merken. Komm. Für dich ist bestimmt auch irgendwas dabei.«

»Nichts, was mir passen würde.«

»Vielleicht eine Bluse«, schlug Tracy vor. »Eine Bluse würde wahrscheinlich gehen.«

»Gibt es eine grüne Seidenbluse?« Ich dachte an die Bluse, die ich in Elyses Kleiderschrank entdeckt und die sie angeblich nur gebügelt und noch nicht wieder zurückgegeben hatte.

»Du bist seltsam spezifisch«, sagte Tracy und ging die übrigen Bügel durch. Plötzlich erstarrte sie. »Was war das?«

»Was?«

»Ich dachte, ich hätte etwas gehört.«

»Was denn?«

»Einen Wagen oder so.«

Mein Blick zuckte zur Vorderseite des Hauses. »Soll das ein Witz sein?«

»Geh und sieh nach.«

Das musste man mir nicht zweimal sagen. Ich rannte den Flur hinunter zu dem Zimmer, das ich mir früher mit Tracy geteilt hatte, hastete geduckt zum Fenster und spähte vorsichtig über das Sims.

Aber die Straße war leer, der einzige Wagen, den ich sah, war Tracys.

»Nichts«, sagte ich, als ich ins Elternschlafzimmer zurückkehrte.

»Gott sei Dank. Ich hätte beinahe einen Herzinfarkt bekommen. Schau dir das an«, sagte sie und hielt eine schwarze Hose hoch. »Saint Laurent. Unglaublich, oder?«

Ich lächelte in Erinnerung daran, wie unsere Mutter sie getragen hatte, als sie noch gesund genug war. »Bitte probier sie nicht an«, sagte ich. Aber es war schon zu spät. Der

Chanel-Rock lag auf dem Boden, die Saint-Laurent-Hose saß bereits halb auf Tracys Hüften.

»Wenn sie nur Victoria Beckham getragen hätte.«

»Tracy, das reicht! Wir müssen hier verschwinden.«

»Na gut. Ich seh sowieso nichts mehr, was mich noch interessiert.« Sie nahm ihre Winterjacke und die Kleider, die sie mitnehmen wollte, doch anstatt die Treppe hinunterzugehen, überquerte sie den Flur und betrat das Zimmer unseres Vaters.

»Tracy, Herrgott noch mal.«

»Ich hab dir ja gesagt, dass Elyse jetzt hier schläft«, sagte sie, ohne meine Warnung zu beachten, warf die Kleider auf Vaters Bett und öffnete den Kleiderschrank. »Nur ein kurzer Blick. Irgendwo muss der Schmuck ja sein. O Gott. Schau mal! Eine grüne Seidenbluse! Bist du Hellseherin oder was?«

»Sie hat Mom gehört«, sagte ich, während mir beim Anblick von Elyses Kleidern, die neben denen meines Vaters hingen, ein wenig übel wurde.

»Sieht so aus, als würde sie jetzt Elyse gehören«, stellte Tracy fest. »*Die* können wir schlecht mitnehmen, ohne dass sie es merkt. Und der Rest ist ein bisschen tantenhaft, selbst für dich, nichts für ungut.«

»Schon gut. Können wir jetzt bitte gehen?«

»Nur eine Minute.« Sie ging zur Kommode und zog die oberste Schublade auf. »O mein Gott.«

»Was ist denn?«

»Ich glaube, ich muss kotzen.«

»Warum? Was ist denn da drin?«

Tracy fuhr zu mir herum, in der Hand ein schwarzes Spitzenkorsett, komplett mit baumelnden Strumpfbändern.

»Wow«, sagte ich und, als mir nichts anderes einfiel, noch einmal: »Wow.«

»Das ist noch nicht alles. Ich bin mir ziemlich sicher, dass ich schwarze Netzstrümpfe gesehen habe.«

»Hör auf.«

»Was glaubst du, wer sie trägt?«, fragte Tracy. »Elyse oder Dad?«

Und im nächsten Moment krümmten wir uns und kreischten vor Lachen, einem Lachen aus tiefstem Bauch, das uns von den Zehen bis zu den Haarspitzen erschütterte.

»O Gott. Ich muss ganz bestimmt kotzen«, kreischte Tracy johlend.

»Ich glaube, ich kann nicht mehr geradestehen«, rief ich, als ich, die Arme in die Hüften gestemmt, versuchte, mich aufzurichten. Ich konnte mich nicht erinnern, wann ich zum letzten Mal so heftig gelacht hatte. Ich schnappte buchstäblich nach Luft.

Zwischen zwei keuchenden Atemzügen hörte ich es.

»Psst!«, sagte ich, und das Lachen gefror mir im Hals.

»Was?«

»Ich habe gehört, wie eine Autotür zugeschlagen wurde.«

»Bist du sicher? Beim letzten Mal hast du dich auch geirrt.«

»Ich bin sicher.« Ich machte mir nicht die Mühe, Tracy daran zu erinnern, dass sie beim letzten Mal geglaubt hatte, etwas gehört zu haben. »Was machen wir jetzt?«

Tracy schnappte sich die Winterjacke vom Bett und stopfte die mitgenommenen Kleider hinein. »Warte«, sagte sie, obwohl ich mich überhaupt nicht gerührt hatte. »Das können sie nicht sein. Ihr Wagen steht in der Garage, schon vergessen?«

»Stimmt.«

»Wenn sie kein Taxi genommen haben«, sagte Tracy.

»Scheiße.«

»Geh und sieh nach.«

Wieder rannte ich zu dem Zimmer auf der Vorderseite des Hauses, diesmal dicht gefolgt Tracy.

»Scheiße«, sagte sie, das Kinn auf meiner Schulter, während wir beide auf die Straße starrten.

Vor dem Haus hatte tatsächlich ein Taxi gehalten, die hintere Tür auf der Beifahrerseite stand offen. Ein Mann beugte sich in den Fond und half einem zweiten Fahrgast aus dem Wagen. Sein Gesicht konnten wir nicht sehen.

Und dann richtete er sich auf, drehte sich um und blickte direkt zu unserem Fenster hoch.

Tracy und ich duckten uns sofort.

»War es Dad? Hat er uns gesehen?«

»Ich weiß nicht«, beantwortete ich beide Fragen auf einmal.

»Scheiße. Er wird so sauer sein. Du und deine dummen Ideen.«

»Soll das ein Witz sein?«

»Okay, okay. *Unsere* dumme Idee. Ist auch egal. Entscheidend ist die Frage, was wir jetzt machen. Meinst du, wir haben Zeit genug, nach hinten raus zu verschwinden?«

Eine weitere Tür wurde zugeschlagen. Kurz darauf hörten wir das Taxi wegfahren.

»Zu spät«, sagte ich, richtete mich auf, bereit, mich in mein Schicksal zu fügen. Mein Vater war ohnehin nicht gut auf mich zu sprechen. Wie viel schlimmer konnte es werden?

Ich hätte es wissen müssen.

Schlimmer geht immer.

KAPITEL NEUNUNDDREISSIG

Es war nicht unser Vater.

Tracy und ich standen am Fenster und starrten benommen vor Erleichterung auf die Straße.

»Wer zum Teufel ist das?«, fragte sie. Vor dem Haus stand ein älteres Paar.

»Ich habe keine Ahnung.«

»Kommen sie hierher?«

»Ich glaube nicht. Nein«, sagte ich, als ich beobachtete, wie der Mann den Ellbogen der Frau fasste und sie zum Nachbarhaus führte.

»Puuh! Das war knapp.«

»Zu knapp. Ein Omen. Zeit, hier zu verschwinden.«

»O komm schon«, sagte Tracy. »Noch zwei Minuten. Wir sind schon so weit gekommen. Ich möchte Moms Ringe finden. Ihr Verlobungsring hat mehr als vier Karat. Und der Memoire-Ring mit Diamanten. Bitte sag mir nicht, dass sie damit begraben wurde.«

Ich sah meine Mutter in dem Sarg vor mir liegen, die Hände ordentlich auf der Brust gefaltet. »Sie trug keine Ringe.«

»Gott sei Dank dafür. Sie müssen ein kleines Vermögen wert sein, und versteckt in irgendeiner Schublade nützen sie keinem was.«

»Warum fragst du Dad nicht einfach, ob du sie haben kannst?«

»Das kann ich nicht machen.«

»Wieso nicht?«, fragte ich und warf einen flüchtigen Blick in den Kleiderschrank im Schlafzimmer, bevor ich zum Büro meines Vaters auf der anderen Seite des Flurs ging.

»Ich will nicht, dass er mich für gierig hält.«

»Wäre es dir lieber, er würde dich für eine Diebin halten?«

»Das wird er nicht.«

Nein, wurde mir klar, als ich das Büro meines Vaters betrat und bereits einen weiteren Besuch der Polizei erwartete. *Er wird einen Weg finden, mir die Schuld zu geben.*

Obwohl mein Vater seit gut zehn Jahren im Ruhestand war, war sein Arbeitszimmer unverändert. Ein überdimensionierter Eichenschreibtisch mit Computer, Festnetztelefon und einer Tischlampe aus Kristall mit einem länglichen schwarzen Schirm. Vor dem Schreibtisch stand ein massiver brauner Ledersessel, der zu dem Ledersofa mit dem rissigen Polster an der Wand gegenüber passte. Auf dem Parkettboden lag ein Perserteppich wie der im Wohnzimmer. Eine Wand wurde von eingebauten Bücherregalen und Aktenschränken eingenommen. Das Zimmer wirkte maskulin und ein wenig abweisend, genau wie der Mann selbst.

Tracy ging sofort zu den Schubladen der Aktenschränke und öffnete sie nacheinander. »Nichts«, sagte sie, als sie fertig war.

»Können wir jetzt hier abhauen?«

»Wir teilen uns auf. Ich übernehme das Erdgeschoss. Du durchsuchst den Rest.«

»Nein«, erwiderte ich. »Ab jetzt bist du auf dich allein gestellt. Ich gehe, mit dir oder ohne dich.« Ich marschierte entschlossen aus dem Zimmer.

»Oh, okay. Du bist ein Spaßverderber«, jammerte sie, folgte mir jedoch die Treppe hinunter und stellte die Alarmanlage wieder an, bevor wir das Haus verließen. »Ist die Luft rein?«

Ich blickte die Straße hinauf und hinunter. »Keine Menschenseele in Sicht.«

»Was glaubst du, wo sie sind?«

Ich schüttelte den Kopf. »Keine Ahnung.«

Wir sollten es vier Tage später erfahren.

Es war ein Sonntagnachmittag, und ich hatte eine offene Besichtigung in Leaside. Es war ein sonniger Tag, die Luft war frisch und sauber, und in Anbetracht der Tatsache, dass der Kaufpreis des Hauses mit mehr als drei Millionen angegeben war, obwohl das Dach neu gedeckt werden musste, hatte sich eine erstaunlich große Schar potenzieller Käufer eingefunden.

Mein Handy klingelte, als ich gerade die Frage eines jungen Paares zu den Betriebskosten beantwortete. Auf dem Display sah ich, dass es Harrison war, der mich wahrscheinlich an mein Versprechen erinnern wollte, spätestens um fünf zu Hause zu sein, weil er mit einem befreundeten Autor von außerhalb zum Abendessen verabredet war. Und fünf Uhr rückte gefährlich nahe. »Wenn Sie mich einen Moment entschuldigen«, erklärte ich den potenziellen Käufern. »Harrison«, sagte ich, als weitere vier Personen durch die Haustür kamen. »Ich schwöre, ich tue mein Bestes, um hier wegzukommen, aber es treffen ständig neue Leute ein …«

»Dein Vater hat angerufen«, unterbrach er mich.

»Wirklich? Wann? Wo ist er?«

»Er hat gerade eben angerufen. Zu Hause, nehme ich an.«

»Geht es ihm gut?«

»Er klang jedenfalls so. Er möchte, dass du ihn anrufst.«

Das hörte sich gar nicht gut an. Mein Vater rief mich nur selten an, und wenn, dann meistens, um mir etwas mitzuteilen, das ich nicht hören wollte. »Hat er gesagt, warum?«

»Nein. Nur dass es wichtig ist.«

»Was hast du ihm erzählt?«

»Dass du arbeitest und ich die Nachricht weiterleite.«

»Okay, danke.«

»Jodi …«

»Ja?«

»Du vergisst nicht, dass du mir versprochen hast, um fünf zu Hause zu sein.«

»Ich gebe mir Mühe.«

»Ich zähle auf dich.«

»Scheiße«, murmelte ich und wollte das Handy gerade in die Tasche schieben, als es erneut klingelte. »Tracy«, begrüßte ich meine Schwester. »Was ist los?«

»Dad hat sich gerade gemeldet.«

»Ich weiß. Bei mir zu Hause hat er auch angerufen. Was ist los?«, fragte ich noch einmal.

»Er möchte uns sehen.«

»Wann?«

»Sofort.«

»Sofort? Ich kann nicht sofort! Ich arbeite, und dann habe ich Harrison versprochen, nach Hause zu kommen und die Kinder zu übernehmen …«

»Es klingt ziemlich dringend. Meinst du, er weiß es?«

»Was?«

»Dass wir dort waren«, flüsterte Tracy, als ob unser Vater in Hörweite wäre.

»Ich weiß es nicht. Vielleicht haben die Nachbarn uns gesehen. Oder das alte Paar aus dem Taxi …«

»Das kann ich mir nicht vorstellen. Hat Dad irgendeine Andeutung gemacht?«

»Er hat bloß gesagt, dass er uns sofort sehen müsse, es sei wirklich wichtig.«

»Was hat du geantwortet?«

»Dass ich dich anrufen und mich zurückmelden würde.«

»Er verschwindet also einfach eine Woche lang«, stammelte ich frustriert, »erzählt niemandem, wo er ist, und erwartet dann, dass wir alles stehen und liegen lassen …«

»Warte«, sagte Tracy. »Nach wem hört sich das an? Ah, ja. Nach Dad! Also, was soll ich ihm sagen, wann wir da sind?«

»Scheiße«, sagte ich und lächelte das wartende Paar gezwungen an, unsicher, wessen Zorn ich mir lieber zuziehen würde, den meines Vaters oder Harrisons. »Sag ihm, wir sind in einer Stunde da.«

»Bis gleich«, sagte Tracy.

»Das ist nicht der Weg zu McDonald's«, sagte Sam auf der Rückbank, als wir in die Scarth Road bogen. »Du hast gesagt, wir fahren zu McDonald's.«

»Ich will McDonald's«, quengelte Daphne.

»Wir *fahren* auch zu McDonald's«, versicherte ich ihnen. »Wir müssen vorher nur kurz bei Grandpa vorbeischauen. Es dauert nicht lange, versprochen.«

Wie viele Versprechen hatte ich heute schon gegeben? Und wie viele hatte ich gebrochen?

Als ich um kurz vor halb sechs zu Hause angekommen war, war Harrison genauso wütend gewesen, wie ich es befürchtet hatte. Er war bereits im Mantel, sein Wagen parkte wartend auf der Straße, als ich in unsere Einfahrt bog. »Ich will es nicht hören«, sagte er, bevor ich den Mund aufmachen konnte. Ich sah ihn den Weg hinunter zu seinem Wagen hasten und überlegte, was zum Teufel ich jetzt machen sollte.

»Okay, Kinder. Zieht eure Mäntel an. Wir fahren zu McDonald's«, hörte ich mich sagen.

»Yeah«, riefen sie im Chor.

Zumindest bin ich noch in der Lage, irgendjemanden glücklich zu machen, dachte ich und entschied, dass das Ganze vielleicht sogar vorteilhaft war. Wenn Sam und Daphne dabei waren, würde mein Vater wahrscheinlich nicht endlos rumbrüllen und wüten.

Wieso hatte er uns überhaupt zu sich zitiert? Hatte Elyse gekündigt und ihn auf dem Trockenen sitzen lassen? Hatte er es sich mit dem Verkauf des Hauses anders überlegt? Hatte ein neugieriger Nachbar ihm von Tracys und meinem Besuch berichtet?

Was immer es war, wir würden es in Kürze erfahren.

»Okay«, sagte ich, bog in die Einfahrt und stellte den Motor ab. Da hielt auch schon Tracys Wagen hinter meinem. »Alle aussteigen.«

KAPITEL VIERZIG

»Wird schon schiefgehen«, sagte Tracy, als ich klingelte.

»Wir fahren zu McDonald's«, erzählte Daphne ihr.

»Habt ihr ein Glück«, sagte Tracy und schien es sogar ehrlich zu meinen. Normalerweise reichte die bloße Erwähnung von McDonald's, um bei ihr einen Würgereflex auszulösen. »Meinst du, er hat wirklich keine Ahnung, dass wir diese Woche hier waren?«, flüsterte sie.

»Du hast mit ihm gesprochen«, erinnerte ich sie. »Klang er wütend?«

»Er klingt immer wütend.«

»Mehr als sonst?«

»Schwer zu sagen.«

»Nun, wir werden es wohl bald herausfinden«, sagte ich, als die Tür geöffnet wurde.

Auf der anderen Seite der Schwelle stand unser Vater und sah in einer schwarzen Hose und einem schwarzen Rollkragenpullover ziemlich elegant aus. »Na, da schau her«, sagte er und lächelte Sam und Daphne an. »Was für eine nette Überraschung. Wen haben wir denn hier?«

»Ich bin Daphne!«

Er hockte sich auf ein Knie. »Daphne, hm? Kenne ich dich?« Er blickte zu mir hoch und zwinkerte.

»Du bist mein Opa, Dummerchen«, erklärte Daphne ihm.

»Wirklich?«

»*Mein* Opa bist du auch«, sagte Sam.

»Und wer könntest du sein?«

»Ich bin Samuel Bishop.«

»Samuel Bishop ... Samuel Bishop. Der Name kommt mir vage bekannt vor.«

»Ich bin dein Enkel.«

»Nun, in dem Fall«, sagte mein Vater, »solltet ihr wohl reinkommen.« Er bat sie ins Haus.

»Wir fahren zu McDonald's«, informierte Daphne ihn. »Ich esse Chicken McNuggets und Pommes frites.«

»Und ich einen Big Mac und Pommes frites.«

»Es geht nichts über Pommes frites von McDonald's«, bestätigte mein Vater. »Kommt rein. Kommt rein.« Er winkte Tracy und mich herein und schloss die Haustür.

»Glaubst du, er hatte einen Schlaganfall?«, murmelte Tracy.

»Dürfen wir mit dem Fahrstuhl fahren?«, fragte Daphne.

»Wisst ihr noch, wie man ihn bedient?«

»Ich schon!«, sagte Sam. »Man muss auf den Knopf drücken.«

»Genau«, sagte mein Vater. »Aber zieht erst eure Mäntel aus.«

»Wo sollen wir sie hintun?«, rief Sam über die Schulter und ließ seinen Mantel schon über einem Arm baumeln.

»Werft sie einfach auf den Boden.«

»Hat er ihnen gerade gesagt, sie sollen ihre Mäntel auf den Boden werfen?«, vergewisserte Tracy sich. »Wer ist dieser Mann? O mein Gott. Glaubst du, er hat einen Hirntumor?«

Ich muss gestehen, ich war ebenso verwirrt wie meine Schwester. Was immer ich erwartet hatte, jedenfalls nicht das. Ich dachte, mein Vater würde zumindest verärgert über das unangekündigte Erscheinen seiner Enkel sein. Er war nie jemand gewesen, den man als einen liebevollen und in seine Enkel vernarrten Großvater beschrieben hätte; die Vorstellung, Enkel zu haben, gefiel ihm deutlich besser als ihre tatsächliche Anwesenheit. »Dad«, sagte ich, »geht es dir gut?«

»Natürlich. Es ging mir nie besser. Weshalb fragst du?«

»Nun, es ist eine Weile her, dass irgendjemand etwas von dir gehört hat, und dann rufst du plötzlich an und sagst, es sei wichtig, dass wir vorbeikommen …«

»Wir haben angefangen, uns Sorgen zu machen«, unterbrach Tracy mich.

»Nun, es tut mir leid, wenn ich dir Sorgen bereitet habe, Schätzchen«, sagte er. »Das war nicht meine Absicht. Wollen wir alle ins Wohnzimmer gehen, ja?«

Ich blickte zu dem Fahrstuhl, der meine Kinder quälend langsam in den ersten Stock trug, bevor ich meinem Vater ins Wohnzimmer folgte. Dort war bereits ein Feuer im Kamin angezündet worden, das dem Raum eine Wärme verlieh, die er in der Regel vermissen ließ.

»Wo ist Elyse?«, fragte Tracy und sah sich um, während sie ihren Mantel ablegte und ein umwerfendes rotes Pulloverkleid aus Kaschmirwolle präsentierte. »Hat sie einen freien Tag genommen?«

»Nicht direkt.«

»Hat sie gekündigt?«

»Nicht direkt.«

»Hast du sie gefeuert?«, fragte ich, bemüht, nicht zu hoffnungsvoll zu klingen, als ich mich neben Tracy auf das Sofa setzte, unsere Mäntel zwischen uns.

»Nicht direkt«, sagte mein Vater ein weiteres Mal. Das Blitzen in seinen Augen verriet, dass er sich prächtig amüsierte.

»Also was ist los?«, fragte ich, nicht in der Stimmung für Spielchen.

»Ich würde lieber warten, bis Elyse hier ist, bevor ich die Nachricht bekanntgebe.«

Das hört sich gar nicht gut an, dachte ich.

»Ich finde, das hört sich gar nicht gut an«, murmelte Tracy.

»Und wo ist sie?«

»Sie packt noch ihre Sachen aus. Sie wird jeden Moment hier sein.«

»Kannst du uns wenigstens verraten, wo du warst?«, fragte ich.

Er blickte zur Halle. »Ja, ich schätze, das kann ich wohl machen.«

Wir warteten.

»In Niagara Falls«, sagte er.

»In Niagara Falls?«, wiederholte ich. »Im März?«

»Genau.«

»Wer fährt denn mitten im Winter nach Niagara Falls?«, fragte Tracy.

»Ich zum Beispiel«, sagte unser Vater.

»Mit Elyse«, sagte ich.

»Mit Elyse.«

»Wart ihr in den Casinos?«, fragte Tracy und dann hoffnungsvoll: »Habt ihr gewonnen?«

»Das könnte man sagen.«

»Wie viel?«, bohrte sie weiter.

»Oh, vielleicht ein paar Hundert Dollar, aber darum geht es nicht.«

»Sondern …«, sagte ich.

»Ich habe etwas gewonnen, das viel wertvoller ist als Geld.«

Tracy und ich wechselten besorgte Blicke. Unser Vater war immer das absolute Gegenteil von sentimental gewesen. Das Einzige, das für ihn wertvoller war als Geld, war *noch mehr* Geld.

Es gibt nur wenige Gründe, warum Menschen Niagara Falls besuchen. Einer sind natürlich die Niagara-Fälle, eins der echten Weltwunder, und wenn das Wetter es zulässt, eine Bootsfahrt auf der Maid of Mist unter den Fällen; ein anderer Grund ist das Glückspiel in den dortigen Casinos oder der Besuch einer Show; ein dritter sind das Marineland und die Touristenattraktionen in der Umgebung.

Es gibt nur noch einen weiteren Grund, nach Niagara Falls zu fahren. Für die Flitterwochen.

»Du hast geheiratet«, sagte ich.

»Nein, hat er nicht«, rief Tracy. »Daddy, du hast doch nicht geheiratet! Oder?«

Unser Vater grinste prompt breit und streckte die Arme zur Wohnzimmertür aus, wo Elyse förmlich in den Raum tänzelte. Sie trug ein lilafarbenes Kostüm und ein strahlendes Lächeln im Gesicht. Am Ringfinger ihrer rechten Hand glitzerte ein Ring mit Diamanten von mindestens vier Karat; am Ringfinger ihrer linken trug sie einen Memoire-Ring mit Diamanten.

»Tracy, Jodi«, sagte unser Vater, fasste Elyse um die Hüfte und wirbelte sie herum. »Begrüßt meine wunderschöne Braut.«

KAPITEL EINUNDVIERZIG

»Sind das Moms Ringe?«, flüsterte Tracy.

»Sieht so aus«, erwiderte ich, sorgfältig darauf bedacht, meine Lippen nicht zu bewegen.

»Ich glaube, mir wird schlecht.«

»Das muss ein ziemlicher Schock für euch sein«, räumte Elyse ein.

Ich nickte, aber in Wahrheit war ich eigentlich gar nicht so überrascht. Ich hatte zumindest irgendwie geahnt, dass ihre Beziehung darauf zusteuern könnte. Ich hatte bloß nicht erwartet, dass es so schnell geschehen würde. Der Tod unserer Mutter lag kaum vier Monate zurück.

Nicht, dass ich der Typ bin, der auf Rituale besteht und ein obligatorisches Trauerjahr verlangt, obwohl Trauerberater schon dazu raten, ein Jahr zu warten, bevor man größere Entscheidungen trifft. Aber mein Vater hatte schon so viele Jahre festgesteckt, dass ich es ihm nicht verübeln konnte, wenn er nach vorn schauen wollte. Genauso wenig, wie ich ihm das Recht verweigern konnte, glücklich zu sein. Aber hätten er und Elyse nicht einfach weitermachen können wie bisher? Warum heiraten? Weshalb die Heimlichtuerei? Und wozu die große Eile?

»Glaubst du, sie ist schwanger?«, sagte Tracy mit ausdrucksloser Miene, als könnte sie meine innersten Gedanken lesen.

»Ihr habt bestimmt Fragen«, sagte Elyse. »Ich möchte bloß, dass ihr Mädchen wisst, wie sehr ich euren Vater liebe und dass ich alles in meiner Macht Stehende tun werde, um die Frau zu sein, die er verdient.«

»Das ist wirklich sehr nett«, sagte ich um Großherzigkeit bemüht. »Ich weiß nur nicht genau, ob ich das verstehe.«

»Was gibt es da zu verstehen?«, wollte mein Vater wissen. »Ich habe Elyse gefragt, ob sie mich heiraten will; sie hat Ja gesagt; und dann sind wir letzte Woche nach Niagara Falls gefahren und haben geheiratet.«

Elyse lachte. »Ich weiß, es klingt albern, aber seit ich ein kleines Mädchen war, habe ich von Flitterwochen in Niagara Falls geträumt. Und, nun ja, wie es aussieht, ist euer Vater ein Mann, der Träume wahrmacht.«

»Ich muss gleich kotzen«, murmelte Tracy an meiner Schulter.

»Aber weshalb die Heimlichtuerei?«, fragte ich. »Warum habt ihr es uns nicht erzählt?«

»Nun, es war alles ziemlich spontan«, begann Elyse.

»Ihr musstet Vorbereitungen treffen; eine Eheerlaubnis einholen …«

»Willst du die Wahrheit wissen?«, unterbrach mein Vater mich, und sein Lächeln drohte zu verblassen. »Wegen *genau* dem, was jetzt passiert, habe ich es euch nicht erzählt. Wir wussten, wie ihr reagieren würdet, dass ihr nicht einverstanden sein und versuchen würdet, es uns wieder auszureden …«

»Aber Vic«, sagte Elyse und legte sanft eine Hand auf seinen Arm. »Du bist ein wenig harsch. Die Mädchen stehen unter Schock. Und sie sind verständlicherweise verletzt …«

»Verletzt? Warum sollten sie verletzt sein …«

»Sie fühlen sich ausgeschlossen«, antwortete sie, als hätte sie einen Schimmer, wie wir uns fühlten. »Ich weiß nicht. Vielleicht *hätten* wir warten und eine richtige Hochzeit feiern sollen …«

»Wir *hatten* eine richtige Hochzeit.«

»Zu der wir nicht eingeladen waren«, sagte ich.

»Wärst du gekommen, wenn du eingeladen gewesen wärst?«

Wahrscheinlich nicht, dachte ich. »Ich weiß nicht«, sagte ich.

»Aber *ich* weiß es«, sagte mein Vater mit einem höhnischen Grinsen. »Wie dem auch sei, was getan ist, ist getan. Elyse und ich sind jetzt verheiratet, und ich erwarte, dass ihr meine Frau angemessen behandelt.«

»Aber Vic«, sagte Elyse wieder.

Ich fragte mich lächelnd, wie lange es dauern würde, bis mein Vater dieser speziellen Anrede überdrüssig war.

»Du musst deinen Töchtern Zeit lassen, sich darauf einzustellen. Ich bin als deine Haushälterin angestellt worden, nicht als deine Ehefrau. Es wird eine Weile dauern, sich daran zu gewöhnen.« Sie wandte sich wieder Tracy und mir zu. »Habt ihr sonst noch Fragen?«

»Frag ihn, ob sie einen Ehevertrag abgeschlossen haben«, drängte Tracy mich flüsternd.

»Sind das die Ringe meiner Mutter?«, fragte ich stattdessen.

Elyse blickte erst auf ihre Hände und dann zu Boden. »Ich wollte nicht, dass euer Vater Geld für neue Ringe verschwendet, wo diese so schön sind.«

»Wir werden sie anpassen lassen«, fügte mein Vater hinzu. »Und sie mehr nach Elyses Geschmack gestalten.«

»Sie muss eine Granate im Bett sein«, flüsterte Tracy.

»Wie bitte?«, fragte unser Vater. »Hast du etwas zu sagen, Tracy? Im Gegensatz zu deiner Schwester warst du bis jetzt sehr still.«

Tracy atmete tief ein und stand auf. »Ich finde, auf eine solche Ankündigung müssen wir anstoßen. Wo ist der Champagner?«

»Was für eine wundervolle Idee«, sagte Elyse und klatschte in die Hände.

»Ich hol eine Flasche«, sagte mein Vater und eilte aus dem Zimmer.

»Ich hol Gläser«, fügte Elyse hinzu, »und ein paar Cracker und Käse.«

»Willst du mich verarschen?«, sagte ich und fuhr zu Tracy herum, sobald sie das Zimmer verlassen hatten. »Was sollte das denn jetzt?«

»Was?«

»*Auf eine solche Ankündigung müssen wir anstoßen?*«

»Was soll ich denn sonst sagen?«

»Wie wär's damit, was du wirklich empfindest?«

»Was würde das nützen? Wie Dad eben so beredt erklärt hat: Was getan ist, ist getan. Und wie lautet die Redewendung? Mit Honig fängt man mehr Fliegen als mit … was auch immer.«

»Essig.«

»Was?«

»Mit einem Löffel Honig fängt man mehr Fliegen als mit einem Fass Essig«, erklärte ich ihr.

»Sage ich ja.«

»Du hast mich den Wölfen zum Fraß vorgeworfen.«

»Habe ich gar nicht.«

»Du hast den Anschein erzeugt, als wäre ich die Einzige, die Probleme mit dieser Ehe hat.«

»Ich wusste bloß nicht, was es nützen sollte, Dad noch weiter gegen uns aufzubringen, als du es schon getan hattest.«

»Danke. Das ist wirklich entzückend.«

»Was ist entzückend?«, fragte Elyse, die in diesem Moment wieder ins Zimmer kam, in Händen ein Tablett mit vier zierlichen Sektflöten und einem Teller mit Crackern und Käse.

»Du«, sagte Tracy. »Das ist ein wunderschönes Kostüm.«

»Nicht wahr? Dein Vater hat es für mich gekauft. Er hat einen so exquisiten Geschmack.«

»Wer hat einen exquisiten Geschmack?«, fragte unser Vater, der mit einer großen Flasche Dom Perignon entschlossen hereinmarschierte.

»Du natürlich«, sagte Elyse lachend. »Tracy hat gerade das Kostüm bewundert, das du mir gekauft hast.«

»Natürlich fällt Tracy so was auf«, sagte unser Vater. »Was glaubst du, woher sie ihr Stilbewusstsein hat?«

»Vergiss Jodi nicht«, sagte Elyse und schenkte mir ihr mitleidigstes Lächeln. »Das ist ein sehr attraktiver Hosenanzug, den du trägst, meine Liebe.«

Ich blickte an meinem Hosenanzug aus schwarzer Wolle und der weißen Bluse herunter, meine Arbeitskleidung, wenn ich eine offene Besichtigung hatte. »Na ja, ich bin direkt von der Arbeit gekommen. Ich wusste schließlich nicht, dass wir feiern würden …«

Das laute Knallen des Champagnerkorkens unterbrach meine Erklärung, wofür ich mehr als dankbar war. Seit wann musste ich mich dafür rechtfertigen, was ich anhatte? Nur weil Tracy sich kleidete, als würde sie jeden Moment spontan zu einer Met-Gala eingeladen werden, musste ich das nicht auch tun.

Mein Vater schenkte Champagner in die Sektflöten und gab jedem von uns eine. »Auf meine wunderschöne Braut«, sagte er und hob sein Glas.

Wir taten es ihm nach. »Willkommen in der Familie«, sagte Tracy.

»Danke, Liebes«, sagte Elyse. »Ich möchte nur, dass ihr Mädchen wisst, dass ich immer schrecklich neidisch auf Frauen mit Töchtern war. Ich habe mir immer selbst eine gewünscht, und jetzt habe ich zwei, und ich bin unendlich stolz und dankbar! Nicht dass ich den Platz eurer Mutter einnehmen will. Nicht dass ich das je könnte«, stellte sie klar. »Aber ich möchte, dass ihr beiden wisst, dass ihr immer auf mich zählen könnt. Ich bin für euch da, wenn ihr mich brauchen solltet. Für alles. Jederzeit.«

»Darauf trinke ich«, sagte Tracy.

Ich leerte mein Glas und beobachtete Elyse, die ihre Sektflöte mit beiden Händen zum Mund führte, sodass der Widerschein der Diamanten meiner Mutter in dem Glas mir direkt ins Auge fiel.

KAPITEL ZWEIUNDVIERZIG

»Kannst du dir das vorstellen?«, jammerte ich Harrison voll, während ich vor dem Bett auf und ab lief. »Sie hat tatsächlich gesagt, dass sie nicht den Platz unserer Mutter einnehmen wolle! Als ob wir Teenager wären und nicht erwachsene Frauen von über vierzig, Herrgott noch mal. Als ob …«

»Als ob ihr noch zu Hause leben würdet«, setzte er meine Tirade für mich fort. »Ich weiß, Jodi. Das sagst du jetzt seit einer halben Stunde. Du musst doch langsam erschöpft sein. Ich bin es auf jeden Fall.«

»Ich bin bloß so verdammt wütend. Und Tracy … Tracy …«

»Hat bloß dagesessen und gelächelt … dich den Wölfen zum Fraß vorgeworfen … Elyse in der Familie willkommen geheißen … als könnte sie kein Wässerchen trüben. Habe ich irgendwas ausgelassen?«

»Sie war es, verflucht, die das Haus unserer Eltern durchsucht hat, um diese verdammten Ringe zu finden, aber als sie an Elyses Hand wieder auftauchen, sagt sie da ein beschissenes Wort?«

»Das tut sie nicht«, beantwortete Harrison meine Frage.

»Sie gibt keinen verdammten Mucks von sich.«

»Fairnesshalber«, wandte Harrison ein, »was hätte sie sagen sollen?«

»Wie wär's mit: ›Mensch, Dad. Vielleicht hätten Jodi und ich diese Ringe gern gehabt. Vielleicht könntest du Elyse ihre eigenen Ringe kaufen.‹ Nein. Sie überlässt es mir, die Böse zu geben, sodass ich am Ende dastehe wie ein verwöhntes, egoistisches, undankbares Balg, während sie nach Rosen duftet.«

»Ich glaube, du wirfst da ein paar Metaphern durcheinander, Schatz.«

»Im Ernst?«, wütete ich. »Mein Vater heiratet eine beschissene Goldgräberin, und du beschwerst dich darüber, dass ich Metaphern durcheinanderbringe?«

»Tut mir leid, Liebling«, sagte er. »Ich bin eben Schriftsteller.«

»Na, vielleicht kannst du Hemingway mal kurz in die Wüste schicken und einfach mein Ehemann sein?«

»Tut mir leid. Ich wollte bloß deine Laune aufhellen.«

»Vergiss es. Unmöglich.«

»Offensichtlich.« Er klopfte auf das Kissen neben sich. »Hör mal, es ist schon nach Mitternacht. Das führt doch zu gar nichts. Können wir wenigstens versuchen, ein bisschen zu schlafen? Ich verspreche dir, dass wir morgen darüber reden.«

»Klar«, sagte ich, ließ mich wie ein Stein aufs Bett fallen, zog die Decke hoch und starrte an die Decke. Ich war es nicht gewöhnt, dass Harrison so verdammt zugewandt und unterstützend war, und es fing an, mir auf die Nerven zu gehen. »Schläfst du?«, fragte ich nach einigen Minuten.

»Ich versuche es.«

»Ich glaube, ich kann nicht schlafen.«

»Vielleicht, wenn du aufhörst zu reden …«

»Ich habe dich gar nicht nach deinem Abend gefragt«, sagte ich und merkte, dass das stimmte. Harrison war vor gut einer Stunde nach Hause gekommen, und seitdem hatte ich ununterbrochen über meinen Vater, Elyse und Tracy geschimpft.

»Das ist schon in Ordnung.«

»Und wie war es?«

Er lachte. »Nicht annähernd so ereignisreich wie dein Abend.«

»Wie geht es ... wie immer er heißt?«

»John Geller«, sagte Harrison immer noch kichernd. »Es geht ihm gut. Sein neues Buch erscheint im Frühjahr.«

»Wirklich? Wovon handelt es?«

»Jodi ...«

»Tut mir leid. Ich bin zu aufgewühlt, um zu schlafen.«

»Okay. Aber ich habe morgen viel zu tun, also könntest du vielleicht nach unten gehen und fernsehen oder so.«

»Hast du Lust auf Sex?«, schlug ich stattdessen vor.

»Jetzt? Im Ernst? Vielleicht wenn du mich vor einer Stunde gefragt hättest ...«

»Es ist bloß, dass ich diejenige war, die meinen Dad gedrängt hat, sie anzustellen, weißt du.«

»Jodi ...«

»Und sie schien so perfekt. Sie kam mit überschwänglichen Referenzen ...« Ich hielt abrupt inne.

»Was?«, fragte Harrison.

»Ihre Referenzen.«

»Was ist mit ihnen?«

»Was, wenn sie gefälscht waren?«

»Hast du sie nicht überprüft, bevor du Elyse angestellt hast?«

»Doch.«

»Und?«

»Sie waren fantastisch.«

»Okay. Ich schlafe jetzt.«

»Ich werde sie noch mal anrufen.« Ich schlug die Decke zurück und stieg aus dem Bett.

»Was? Jodi, es ist nach Mitternacht.«

»Oh. Stimmt. Okay, dann gleich morgen früh.« Ich ging zur Schlafzimmertür.

»Und wohin willst du jetzt?«

»Ihre Liste mit Referenzen suchen.«

»Jetzt? Kann das nicht warten?«

»Nein. Ich will morgen keine Zeit verschwenden.«

»Okay. Mach, was du willst. Versuch bloß, mich nicht zu wecken, wenn du wieder ins Bett kommst.«

»Gut«, sagte ich und tappte barfuß die Treppe hinunter.

Ich schaltete das Küchenlicht an, ging zu der Schublade, in der ich alles Mögliche aufbewahrte, und kippte ihren Inhalt auf den Tisch. Die nächste Stunde verbrachte ich damit, jeden einzelnen Zettel zu entfalten. Auf vielen stand nur eine Telefonnummer ohne Namen, und die meisten entsorgte ich im Papiermüll. Darüber hinaus gab es alte Speisekarten von Pizza Nova, mehreren japanischen Restaurants und einem New Yorker Deli, Lokale, die besucht zu haben ich mich nicht erinnern konnte. Dazwischen lagen Bedienungsanleitungen für diverse Haushaltsgeräte, darunter eine Espressomaschine, die ich schon vor Jahren weggeworfen hatte. »Entzückend«, sagte ich und wollte die Suche gerade aufgeben, als ich ihn entdeckte – den lavendelfarbenen Bogen Papier, auf dem Elyses Liste von Referenzen stand.

»Jodi«, rief Harrison leise vom oberen Treppenabsatz.

Ich zuckte zusammen. »Scheiße. Du hast mich erschreckt.«

»Du machst mir Angst«, entgegnete er. »Es ist schon nach zwei.«

»Wirklich? Ich hab wohl die Zeit vergessen.«

»Hast du sie gefunden?«

»Ja.«

»Dann komm ins Bett.«

Ich stand vom Küchentisch auf und folgte Harrison wortlos die Treppe hinauf und ins Bett, wo ich mich an ihn kuschelte.

»Ist dir schon mal der Gedanke gekommen«, fragte er, während ich langsam eindöste, »dass Elyse vielleicht genau die Frau ist, die sie zu sein erklärt? Eine großartige Haushälterin, die angefangen hat für deinen Vater zu arbeiten, bevor die beiden sich zufällig ineinander verliebt haben? Und dass es keinen ruchlosen Plan gibt, sich in sein Leben einzuschleichen und dich und deine Schwester auszuschließen?«

Ich dachte an alles, was geschehen war, seit Elyse in unser Leben getreten war – wie meine anfängliche Schwärmerei in Skepsis umgeschlagen und von Lügen untergraben worden war. War es möglich, dass ich mich irrte? Dass ich vorschnell Zusammenhänge gesehen und Motive unterstellt hatte, die gar nicht existierten? War es denkbar, dass Elyse meinen Vater aufrichtig liebte? »Möglich ist es schon«, musste ich einräumen.

»Gut. Und jetzt schlaf«, sagte Harrison.

»Aber ich glaube es nicht.«

Harrison stöhnte und vergrub den Kopf unter seinem Kissen, um jeden weiteren Gesprächsversuch abzuwehren.

Ich drehte mich auf meine Seite und begann meine stumme Rezitation: *A wie Annie; B wie Bernard; C wie Corinne; D wie Derek.*

Mich schauderte. »E wie Elyse«, sagte ich laut.

KAPITEL DREIUNDVIERZIG

Gleich am nächsten Morgen rief Tracy an. »Und was machen wir jetzt?«

Im Ernst? Ich wusste, dass die Frage eigentlich lautete: *Was machst du jetzt?* »Was dich betrifft, weiß ich es nicht«, antwortete ich, müde, unausgeschlafen und nicht in der Stimmung, mich mit ihr auseinanderzusetzen. »Ich bringe jetzt die Kinder in die Schule und den Kindergarten und fahre dann ins Büro.« Dass ich vorhatte, Elyses Referenzen noch einmal zu überprüfen, erzählte ich ihr nicht. »Wir reden später«, sagte ich stattdessen und legte auf, bevor sie widersprechen konnte.

Auf der Arbeit schloss ich die Tür meines Büros, setzte mich an den Schreibtisch und zog sofort den lavendelfarbenen Bogen mit Elyses Referenzen aus meiner Handtasche. Es waren nur zwei Kontakte angegeben: Ken Billings, dessen Vater im vergangenen Jahr an Krebs gestorben war, sowie Susan und Jack Robertson, Tochter und Schwiegersohn von Elyses ehemaliger Nachbarin Alice Kernohan. Ich hatte sowohl mit Ken als auch mit Susan gesprochen und geradezu enthusiastische Empfehlungen gehört. Es gab keinen Grund anzunehmen, dass das diesmal anders sein würde.

Trotzdem …

Ich atmete tief ein und wählte die Nummer von Ken Billings. Der Anruf wurde beinahe direkt angenommen. *Wir bitten um Entschuldigung*, verkündete eine vertraute Ansage. *Die Nummer, die Sie gewählt haben, ist nicht mehr erreichbar. Bitte überprüfen Sie die Nummer und versuchen es erneut.*

Okay, dachte ich. Vielleicht habe ich mich verwählt. Ich legte auf und versuchte es erneut.

Wir bitten um Entschuldigung. Die Nummer, die Sie gewählt haben …

Okay. Die Nummer für Ken Billings war also nicht mehr gültig. Das war möglich.

Ich probierte es mit der Nummer von Jack und Susan Robertson.

Wir bitten um Entschuldigung. Die Nummer, die Sie gewählt haben, ist nicht mehr erreichbar.

Was zum Teufel war hier los?

Es war durchaus denkbar, dass eine von Elyses Referenzen inzwischen eine neue Nummer hatte, aber es war höchst unwahrscheinlich, dass beide ihre Telefonnummern geändert hatten.

Was hatte das zu bedeuten?

Laut Elyses Referenzschreiben hatte sie bis zu seinem Tod zwei Jahre lang als Haushälterin und Pflegerin für Mr. Thomas Billings gearbeitet, der mit seinem Sohn und dessen Familie in der Forest Hills Road 63 gelebt hatte. Davor war sie bei den Robertsons angestellt gewesen, um sich um Susans Mutter Alice Kernohan zu kümmern, Elyses ehemalige Nachbarin in einem Wohnhaus in der St. Clair-Avenue, unweit der Yonge Street.

Ich griff erneut zum Telefon und wählte den Anschluss unserer Empfangssekretärin. »Hey, Vicky. Hören Sie. Ich bin wegen einer unerwarteten Sache für ein paar Stunden außer Haus. Könnten Sie versuchen, meinen Zehn-Uhr-Termin zu verlegen? Danke.«

Dann steckte ich den lavendelfarbenen Bogen in meine Handtasche und verließ das Büro.

Lower Forest Hill Village ist zusammen mit Rosedale und dem Bridle Path eine der schicksten Gegenden von Toronto; entlang der breiten, von Bäumen gesäumten Straßen stehen prachtvolle Millionen-Villen. Das Viertel liegt im Herzen der Stadt und nur eine kurze Fahrt von meinem Büro entfernt. Zehn Minuten später war ich vor Ort.

»Und was jetzt?«, fragte ich mich, als ich vor dem alten Steinhaus in der Old Forest Hill Road 63 stand und beobachtete, wie die Windschutzscheibe von meinem Atem beschlug. *Jetzt steigst du aus, klingelst und findest heraus, was zum Teufel los ist.*

Natürlich könnte die Familie Billings auch umgezogen und mein Detektiv-Spiel komplett für die Katz sein. Aber da ich nun schon mal hier war, gab ich mir einen Ruck und drückte auf die Klingel.

Die Haustür wurde geöffnet, als ich gerade aufgeben und zu meinem Wagen zurückkehren wolle. »Kann ich Ihnen helfen?«, fragte eine Frau.

»Entschuldigen Sie die Störung«, sagte ich zu der Haushälterin in Dienstkleidung, bevor mir klar wurde, dass ich keine Anschlussfrage überlegt hatte. Ich war wirklich eine tolle Detektivin!

»Wer ist es, Mary?«, rief eine Frau aus dem Inneren des Hauses.

»Mein Name ist Jodi Bishop«, rief ich zurück. »Darf ich Ihnen vielleicht ein paar Fragen stellen?«

»Wir wählen prinzipiell konservativ«, antwortete die Frau, als sie selbst an die Tür kam. Sie war Mitte fünfzig mit pechschwarzem Haar und eleganten hohen Wangenknochen.

»Ich bin keine Meinungsforscherin«, sagte ich. »Und ich verkaufe auch nichts«, fügte ich hinzu, bevor die Haushälterin mir die Tür vor der Nase zuschlagen konnte. »Sind Sie Mrs Billings?«

»Ja?«

»Ich habe versucht, Sie anzurufen, aber nur eine Ansage erreicht, dass die Nummer nicht mehr vergeben ist.«

»Das ist merkwürdig. Wir haben seit zwanzig Jahren dieselbe Nummer«, erwiderte Mrs Billings. »Welche Nummer haben Sie denn angerufen?«

Ich zog den lavendelfarbenen Bogen heraus und zeigte ihr die Nummer.

Sie schüttelte den Kopf. »Elyse Woodley, hmm?«, sagte sie höhnisch, als sie den Briefkopf las.

»Sie kennen sie«, sagte ich, eher eine Feststellung als eine Frage.

»Und ob ich sie kenne. Sie hat ein knappes Jahr hier gearbeitet. Sagen Sie mir nicht, dass sie so dreist war, meinen Namen als Referenz anzugeben.«

»Zusammen mit dem Ihres Mannes, ja.«

»Sie überlegen, sie anzustellen?«

»Genau genommen haben wir sie bereits eingestellt. Im letzten Frühjahr.«

»Und trotzdem sind Sie hier und überprüfen ihre Angaben. Läuft es nicht so gut?«

»Es gibt ein paar Warnsignale«, sagte ich.

»Jede Wette. Lassen Sie mich raten. Anfangs lief alles glänzend. Sie dachten, Sie seien gestorben und im Himmel wieder aufgewacht. Dann gab es erste Unregelmäßigkeiten. Kleinigkeiten verschwanden. Dann teurere Dinge. Die Geschichten passten nicht recht zusammen. Sie wurde ein bisschen zu vertraut mit Ihrem Vater, nehme ich an ...?«

Ich nickte, unfähig, etwas zu sagen.

»Bei uns war es mein Schwiegervater. Sie hat ihn tatsächlich dazu überredet, sie ohne unser Wissen in sein Testament zu schreiben. Sie ist mit fünfzigtausend Dollar hier rausspaziert, und wir konnten rein gar nichts dagegen machen. Wenn Sie wissen, was gut für Sie ist, halten Sie sich von der Frau fern.«

Zu spät, dachte ich. »Vielen Dank für Ihre Zeit«, brachte ich noch heraus, bevor ich über den Bürgersteig zurück zu meinem Wagen hastete.

»Scheiße, Scheiße, Scheiße«, fluchte ich und schlug auf das Lenkrad. *Was zum Teufel sollte ich jetzt machen?*

Ich fuhr direkt zu dem Wohnhaus in der St. Clair-Avenue, direkt östlich der Yonge Street, wo Elyse nach eigenen Angaben geholfen hatte, sich um ihre alte Nachbarin Alice Kernohan zu kümmern.

»Oh ja, Mrs Kernohan«, sagte ein Gebäudeverwalter mit schütterem Haar und einem Lächeln, das die beträchtliche Lücke zwischen seinen Schneidezähnen freilegte. »Ich erinnere mich an sie. Reizende Frau.«

»Sie wohnt nicht mehr hier?«

»Nein. Ihre Tochter hat vor ein paar Jahren ihren Umzug in ein Alten- und Pflegeheim veranlasst. Die alte Dame kam allein wirklich nicht mehr zurecht.«

»Meines Wissens hat sich jemand um sie gekümmert. Eine Nachbarin?«

Das Stirnrunzeln auf dem runden Gesicht des Hausverwalters ließ ahnen, dass mir das, was ich zu hören bekommen würde, nicht gefallen würde. »Elyse Woodley. Ja. Eine wirklich üble Person.«

»Wie kommen Sie darauf?«

»Nun, ich plaudere nicht gern aus der Schule …«

»Bitte«, drängte ich ihn. »Sie hat sich um einen Job beworben und den Namen der Tochter als Referenz angegeben.«

Der Hausverwalter lachte. »Ich könnte mir in meinen wildesten Träumen nicht vorstellen, ihr einen Job zu geben.«

»Wieso nicht?«

»Nun, soweit ich mitbekommen habe, hat Mrs Woodley sich bei der armen Mrs Kernohan eingeschmeichelt und sich praktisch unverzichtbar gemacht, um sie dann komplett auszuplündern. Nichts, was die Familie beweisen konnte natürlich. Sie hat Mrs Kernohan sogar überredet, ihr einen beträchtlichen Geldbetrag zu schenken. Die Familie war außer sich. Sie war also wirklich so dreist, Mrs Robertson als Referenz anzugeben?«

Ich nickte. Mir war schlecht. »Vielen Dank für Ihre Zeit.«

»Sie werden ihr doch nicht erzählen, dass ich irgendwas gesagt habe, oder?«, fragte der Hausverwalter ängstlich.

»Nein, natürlich nicht.«

»Vielen Dank. Sie ist wie gesagt eine wirklich üble Person. Ich möchte mir nicht vorstellen, wozu sie fähig ist.«

KAPITEL VIERUNDVIERZIG

Sobald ich wieder in meinem Büro war, rief ich Tracy an und berichtete ihr, was ich über Elyse herausgefunden hatte.

»Das verstehe ich nicht«, sagte sie. »Warum um alles in der Welt gibt sie diese Leute als Referenzen an, wenn sie weiß, was sie von ihr halten?«

»Nun, sie hat offensichtlich nicht damit gerechnet, dass ich ihnen einen persönlichen Besuch abstatte.«

»Hast du sie nicht überprüft, als du Elyse eingestellt hast?«

»Ich habe sie *angerufen*. Elyse hat mir offensichtlich falsche Nummern gegeben. Weiß Gott, mit wem ich gesprochen habe.«

»Sie hat einen Komplizen«, flüsterte Tracy dramatisch.

O Gott, dachte ich. War das möglich? Womit hatten wir es hier zu tun?

»Und sie ist wirklich mit fünfzigtausend Dollar rausgekommen?«

»Und jetzt hat sie das große Los gezogen«, bestätigte ich.

»Und was machen wir nun?«

Ich war beinahe jämmerlich dankbar dafür, dass Tracy sich bei der Suche nach einer Lösung für ein Problem mit einschloss, das ich geschaffen hatte. »Ich weiß nicht. Irgendwelche Vorschläge?«

»Wir rufen Dads Anwalt an«, sagte sie.

»Den alten Mr Miller? Er muss etwa in Dads Alter sein. Ist er überhaupt noch tätig?«

»Ich habe keine Ahnung. Ruf ihn an und finde es heraus.«

»Und was soll ich sagen?«

»Erzähl ihm, was los ist. Frag ihn, welche juristischen Möglichkeiten wir haben.«

»Ich weiß nicht, ob wir überhaupt welche haben.«

»Deswegen musst du ihn ja anrufen. Du willst doch nicht, dass Elyse mit unserem Erbe abzieht!«

»Wir sollten uns in erster Linie Sorgen um Dad machen«, erinnerte ich sie.

»Ich glaube nicht, dass wir uns um Dad Sorgen machen müssen. Er hat die beste Zeit seines Lebens.«

»Vielleicht im Moment. Aber wer weiß, wie lange das andauert, nachdem sie jetzt verheiratet sind.«

»O mein Gott«, sagte Tracy.

»Was?«

»Du glaubst doch nicht, dass sie irgendwas unternehmen würde, um die Dinge zu beschleunigen?«

»Zum Beispiel?«

»Ihm zum Beispiel Gift ins Essen mischen oder ihn die Treppe runterschubsen ... O mein Gott!«, sagte sie erneut.

»Was?«

»Du glaubst doch nicht, dass sie ...?«

»Was?«

Das nachfolgende Schweigen dauerte so lange, dass ich dachte, die Verbindung wäre unterbrochen worden. »Nein. Das ist zu verrückt.«

»Was ist zu verrückt?«

Ein weiteres langes Schweigen. »Du glaubst doch nicht, dass sie irgendwas mit Moms Tod zu tun hatte, oder?«

»Auf keinen Fall«, beharrte ich, ebenso sehr um mich selbst wie um meine Schwester zu beruhigen. In Wahrheit war mir der Gedanke schon öfter gekommen, doch ich hatte immer zu viel Angst gehabt, ihn laut zu äußern. »Dad war zu der Zeit bei ihr, schon vergessen? Sie waren in der Küche und haben gefrühstückt, als sie gehört haben, wie Mom gestürzt ist.«

»Es sei denn, sie waren doch woanders.«

Wieder folgte ein langes Schweigen, diesmal an meinem Ende. »Was willst du damit sagen? Willst du ernsthaft andeuten, dass Elyse Mom ermordet haben könnte? Und dass … was? Dass Dad es vertuscht hat, um sie schützen.«

»Nicht unbedingt. Ich meine, es könnte schon *sein*, dass er versucht, sie zu schützen, aber nicht, weil er glaubt, sie hätte Mom getötet. Vielleicht hat er keine Ahnung, was wirklich passiert ist. Vielleicht waren er und Elyse in verschiedenen Teilen des Hauses, als Mom gestürzt ist, und er hat keine Ahnung, dass Elyse etwas damit zu tun hatte.«

»Hältst du das wirklich für möglich?«

»Ich möchte mir nicht vorstellen, wozu sie fähig ist«, hörte ich den Hausverwalter sagen.

»Du?«, fragte Tracy.

»Ich finde, wir sollten den alten Mr Miller anrufen.«

Die Kanzlei von Miller, Ferguson und Miller hatte ihre Büros im siebenundzwanzigsten Stock des First Canadian Place genannten, weißen Wolkenkratzers im Herzen der Innenstadt von Toronto.

Sobald ich das Gespräch mit Tracy beendet hatte, hatte ich Ronald Miller angerufen und einen Termin für den kommenden Nachmittag um drei vereinbaren können. Ich holte Tracy in ihrem Gym ab und war erleichtert, als sie schon nach wenigen Minuten aufhörte zu maulen, dass sie ihre Session mit Jeremy hatte verkürzen müssen. »Wir hatten Glück, überhaupt so schnell einen Termin zu bekommen«, erklärte ich ihr auf der Fahrt. »Jemand hat abgesagt, sonst hätten wir noch eine Woche warten müssen.«

Tracy wirkte unbeeindruckt. Sie klappte die Sonnenblende mit dem kleinen Spiegel auf der Beifahrerseite herunter, band sich einen Pferdeschwanz und trug dann, mit angesichts der Schlaglöcher in der Straße erstaunlich ruhiger Hand, frische Mascara und Lipgloss auf.

Ich parkte in der Tiefgarage, und wir fuhren mit dem Fahrstuhl in den zwanzigsten Stock.

»Wir möchten Ronald Miller sprechen«, verkündete Tracy, als wir auf den ausladenden schwarzen Marmortresen in dem großen Empfangsbereich zutraten. Zwei elegante und makellos frisierte Frauen – eine um die dreißig, die andere circa zwanzig Jahre älter – saßen an gegenüberliegenden Enden des Tresens und lächelten uns erwartungsvoll an. Die eine war blond, die andere noch blonder. Beide trugen Kleider in identischen Beigetönen, und ich überlegte, ob sie ihre Outfits bewusst aufeinander abstimmten.

»Wir haben einen Termin um drei«, erklärte ich. »Ich bin Jodi Bishop. Das ist meine Schwester Tracy Dundas.«

»Ja, Ms Bishop. Sie stehen in meinem Terminplan«, sagte die ältere und blondere der beiden Frauen. »Sie hatten großes Glück. Die Absage ist zwei Minuten vor Ihrem Anruf eingegangen. Mr Miller ist noch kurz mit einem anderen Mandanten beschäftigt. Wenn Sie Platz nehmen möchten ...« Sie wies auf eine Gruppe von vier roten Ledersesseln unter dem imposanten Ölgemälde einer Prärielandschaft. »... Er wird in Kürze bei Ihnen sein.«

»Vielen Dank.«

»Was habe ich dir gesagt? Wahrscheinlich sitzen wir jetzt noch ewig hier rum. Da hätte ich auch mein Training mit Jeremy zu Ende machen können.« Tracy nahm mehrere Zeitungen von einem Lackbeistelltisch und warf sie gleich wieder zurück. »Gott, die *Financial Post* und der Wirtschaftsteil des *Globe*. Liest die wirklich irgendjemand? Würde es sie umbringen, eine Ausgabe von *People* bereitzuhalten?«

Tatsächlich mussten wir nicht einmal fünf Minuten warten, bevor wir durch das innere Labyrinth kleiner Büros und noch kleinerer abgetrennter Arbeitsplätze für die Büroangestellten weiter zu dem großen Eckbüro geführt wurden, in dem Ronald Miller residierte.

»Die Damen«, sagte ein dünner, jungenhaft aussehender Mann hinter einem imposanten Schreibtisch aus Eichenholz und wies auf die beiden dunkelblauen Stühle, die davorstanden. »Bitte nehmen Sie Platz.«

»Er sieht nicht aus wie fast achtzig«, flüsterte Tracy.

»Gibt es ein Problem?«, fragte der Anwalt hinter dem Schreibtisch.

»Nur dass wir jemand sehr viel Älteren erwartet hatten«, sagte ich.

Er lachte. »Sie meinen wahrscheinlich meinen Vater, der ebenfalls Ronald heißt. Tut mir leid, er ist vor ein paar Jahren in den Ruhestand gegangen.«

»Oh.« Tracy und ich wechselten besorgte Blicke. »Unser Vater war einer seiner Mandanten.«

»Und Ihr Vater war …?«

»*Ist*, genau genommen. Er ist noch überaus lebendig. Victor Dundas, der Gründer von Dundas Real Estate.«

»Victor! Natürlich. Ein reizender Mann. Großartige Agentur. Meine Frau und ich haben unser Haus über ihn gekauft. Die Maklerin hieß Sharon … Stephanie …«

»Stephanie Pickering.«

»Ja. Genau. Fantastische Maklerin. Sie könnte Eulen nach Athen verkaufen oder wie immer die Redewendung lautet. Ist sie immer noch bei der Agentur?«

»Unsere Topverdienerin«, sagte ich.

»Sehr gut.«

Er nickte, als wäre er wirklich beeindruckt. »Es ist schon eine Weile her, seit ich Ihren Vater zuletzt gesehen habe. Ich hoffe, es geht ihm gut.«

»Sehr gut.«

»Er hat wieder geheiratet«, sagte Tracy, der offensichtlich die Geduld für den ausgedehnten Smalltalk ausging. »Wir glauben, die Frau ist eine Goldgräberin, und wir wollen wissen, wie wir unser Erbe schützen können.«

»Nun«, schränkte ich ein, als ich sah, wie das Lächeln in Ronald Millers Gesicht verblasste, »wir wollen lediglich herausfinden, welche juristischen Möglichkeiten uns offenstehen.«

»Meine Damen«, sagte der Anwalt und breitete beide Hände aus. »Ich habe Verständnis für Sie. Wirklich. Aber ich fürchte, ich muss Sie auffordern, sofort aufzuhören.«

»Oh, wir fangen gerade erst an«, sagte Tracy.

»Deshalb muss ich Sie ja bremsen«, sagte er. »Es handelt sich um das, was wir als einen Interessenkonflikt bezeichnen.«

»Was soll das heißen?«, fragte Tracy.

»Das heißt, dass Ihr Vater nach wie vor Mandant dieser Kanzlei ist und ich nicht mit Ihnen über seine Angelegenheiten sprechen darf …«

»Es geht nicht um seine Geschäftsangelegenheiten«, stellte Tracy klar. »Es ist privat.«

»Ich fürchte, ohne eine ausdrückliche Einwilligung oder schriftliche Erlaubnis Ihres Vaters wäre es ein Verstoß gegen den ethischen Kodex, die Angelegenheiten Ihres Vaters, privat oder geschäftlich, mit irgendjemandem zu besprechen.«

»Die wird er wohl kaum erteilen«, erwiderte Tracy höhnisch.

»Genau«, stimmte der Anwalt ihr zu. Er stand auf, um deutlich zu machen, dass das Treffen beendet war.

»Können wir mit jemand anderem aus Ihrer Kanzlei sprechen?«, fragte Tracy.

»Nein, tut mir leid. Es wäre nach wie vor ein …«

»… Interessenkonflikt. Ja, wir haben's kapiert.« Tracy drehte sich um und marschierte aus dem Zimmer, ohne sich noch einmal umzudrehen.

»Hat mich gefreut, Sie kennenzulernen«, sagte Ronald Miller und streckte mir die Hand über die Tischplatte entgegen. »Viel Glück.«

»Vielen Dank«, sagte ich. »Sieht so aus, als würden wir es brauchen.«

KAPITEL FÜNFUNDVIERZIG

»Ist das zu fassen? So eine Unverschämtheit!«, beschwerte Tracy sich lautstark, als wir den Empfangsbereich verließen. »Als ob er uns nicht zwei Sekunden lang hätte anhören können«, nörgelte sie im Fahrstuhl in die Tiefgarage weiter. »Es ist schließlich nicht so, als hätten wir etwas anderes als Dads Interesse im Sinn. Ich würde ihn am liebsten bei der Anwaltskammer anzeigen«, sagte sie, als wir aus der Tiefgarage fuhren.

»Er hatte keine andere Wahl«, erklärte ich ihr zum gefühlt dreihundertsten Mal. »Ihm waren die Hände gebunden.«

»Schwachsinn.« Sie klappte die Sonnenblende herunter und betrachtete sich in dem kleinen Spiegel. »Und was machen wir jetzt?«, fragte sie und klappte die Blende wieder hoch.

»Keine Ahnung«, antwortete ich ehrlich. »Einen anderen Anwalt suchen, nehme ich an.«

»Ich weiß, was wir machen«, sagte sie, als wir in nördlicher Richtung die University Avenue hinunterfuhren.

»Was denn?«

»Wir gehen shoppen. Bieg rechts ab in die Bloor Street.«

»Was?«

»Bieg rechts ab. Wir gehen zu Holt's.«

»Was?«, sagte ich noch einmal. »Das kann nicht dein Ernst sein.«

»Ich kauf mir dieses Kleid, von dem ich dir erzählt habe. Und für dich auch irgendwas, vorausgesetzt, sie haben etwas Nettes in deiner Größe.«

Ich wusste nicht, ob ich dankbar, beleidigt oder beides sein sollte. »Das ist lächerlich. Du kannst nicht einfach …«

»Ich kann nicht? Dann pass mal auf. Mach einen U-Turn und halte direkt vor dem Laden. Der Parkdiener wird den Wagen wegbringen.«

»Tracy …«

»Komm schon. Sei nicht so superbrav. Dad schuldet uns was.«

»Tut er nicht«, begann ich, stoppte meinen Einwand jedoch zusammen mit meinem Wagen. *Was soll's*, dachte ich, gab einem wartenden Angestellten den Schlüssel, damit er das Auto parkte, und folgte Tracy in das Nobel-Warenhaus. *Wann hatte mir zum letzten Mal jemand etwas gekauft?*

Wir gingen vorbei an den Tresen mit Marken-Kosmetika zu der Rolltreppe in der Mitte des dreistöckigen Kaufhauses und fuhren in den ersten Stock, wo die meisten Designer-Label eigene boutiqueartige Verkaufsflächen hatten.

»Hier entlang«, wies Tracy den Weg und zog sich den Mantel aus, während sie mich zu einem Ständer mit den neuesten Sachen von Victoria Beckham führte. »Wir müssen einen Verkäufer holen, der uns die Bügel aufschließt.« Sie hielt sich ein wadenlanges, kupferfarbenes Kleid an den Körper. »Was meinst du?«, fragte sie. »Ohne den Bügel sieht es natürlich besser aus. Wo sind denn alle?« Sie blickte sich um. »Verzeihung«, rief sie einer Frau mittleren Alters mit roten Haaren und einer altmodischen Hochfrisur zu. »Ist Zack da? Das ist der Verkäufer, mit dem ich sonst immer zu tun habe«, erklärte sie mir.

»Er hat heute frei«, sagte die Frau. »Kann ich Ihnen behilflich sein?«

»Ich möchte gern das hier anprobieren«, erklärte Tracy ihr, »aber ich möchte, dass Zack die Kommission für den Verkauf bekommt«, wies sie die Frau an. »Er bedient mich normalerweise, und er wäre echt sauer, wenn ich mir etwas von jemand anderem verkaufen lassen würde.«

»Selbstverständlich«, sagte die Frau, obwohl ihr knappes Lächeln etwas anderes andeutete. Sie benutzte ihren Schlüssel, um das Kleid von dem Bügel zu nehmen. »Kein Problem.«

»Wir schauen uns noch ein wenig um, ob wir etwas für meine Schwester sehen. Ich bin XXS. Und du hast was … M?«, fragte sie mich und kräuselte die Nase, als sei schon das Wort degoutant.

»Ich reserviere eine Umkleidekabine für Sie«, sagte die Verkäuferin und nahm Tracy das Kleid ab.

»Danke«, sagte ich, als Tracy sich nicht dazu aufraffen konnte.

»Und siehst du irgendwas, das dir gefällt?«

»Nichts zu sehen, wäre echt schwer«, gab ich zu und richtete meine Blicke auf einen hinreißenden kamelhaarfarbenen Rock. »Der ist schön, und ich könnte ihn zur Arbeit tragen. O mein Gott!«

»Was ist denn los?«

»Er kostet dreitausend Dollar!«

»Ja? Und? Er ist von Alexander McQueen.«

»Es ist mir egal, von wem er ist. Wer gibt dreitausend Dollar für einen Rock aus?«

»Jede Menge Leute«, sagte Tracy. »Und du jetzt auch.«

»Das kann ich nicht. Unmöglich.«

»Oh, komm schon. Ich bezahle, schon vergessen? Oder Dad. Wer auch immer. Du kannst ihn wenigstens mal anprobieren. Mach dir keine Sorgen. Er sieht ziemlich eng aus. Wahrscheinlich passt er sowieso nicht.« Sie winkte die Verkäuferin heran. »Sie probiert den hier an. Und die auch«, sagte sie, griff eine traumhaft schöne, braune Seidenbluse und hielt sie mir an. »Perfekt. Du wirst die bestgekleidete Maklerin der Stadt sein. Und dann soll diese Hexe Stephanie Pickering doch mal sehen …«

Ich wusste nicht genau, was mich mehr überraschte – dass ich einwilligte, einen absurd überteuerten Rock und eine dazu passende Bluse anzuprobieren, oder dass Tracy bei der Unterhaltung in der Anwaltskanzlei tatsächlich aufgepasst und sich Stephanies Namen gemerkt hatte.

»Siehst du noch irgendwas, das dir gefällt?«, fragte Tracy mich.

»Ich glaube, das reicht völlig.«

»Dann folge mir.«

Tracy führte mich zu den Umkleidekabinen, wo unsere Kleider bereits für uns bereithingen. »Melde dich, wenn du fertig bist«, sagte sie, als wir in unserer jeweiligen Umkleidekabine verschwanden.

Ich stand eine Weile in der spiegellosen zellenartigen Kabine und überlegte, ob ich mir überhaupt die Mühe machen sollten, die Sachen anzuprobieren. Ich würde auf keinen Fall zulassen, dass Tracy sie wirklich kaufte, egal wessen Geld sie ausgab. Aber ich muss zugeben, dass ich neugierig war, wie mir der Rock und die Bluse stehen würden. Und was konnte es schaden, sie anzuprobieren?

»Wie kommst du zurecht da drinnen?«, rief Tracy nach ein paar Minuten.

»Fast fertig.« Ich zog meine Jacke aus und den Reißverschluss meines Kleides auf und ließ beide zu Boden gleiten. Dann schlüpfte ich in die Ärmel der braunen Seidenbluse und knöpfte die falschen Perlenknöpfe zu – die bestimmt toll zu meiner Kette aussehen würden –, bevor ich in den kamelhaarfarbenen Rock stieg und mich geradezu unvernünftig darüber freute, als er sich ohne jede Mühe über meine Hüften ziehen ließ. »Okay, ich bin fertig«, verkündete ich und brannte darauf, mich im Spiegel zu sehen.

»Wow!«, rief Tracy, als ich aus meiner Kabine trat. »Du siehst fantastisch aus.«

Als ich mich zu dem Spiegel am Ende des schmalen Gangs umdrehte, war ich selbst erstaunt über mein Spiegelbild. Tracy hatte recht. Ich *sah* fantastisch aus.

»Was ist mit mir?«, fragte sie und drehte sich um die eigene Achse. »Wie sehe ich aus?«

»Wunderschön wie immer.«

Tracy strahlte. »Ist das nicht das tollste Kleid, das du je gesehen hast?«

»Auf jeden Fall«, stimmte ich ihr zu.

»Wir nehmen alles«, erklärte Tracy der Verkäuferin.

»Nein«, wandte ich ein. »Ich kann nicht.«

»Und ob du das kannst«, beharrte Tracy und gab der Verkäuferin ihre Kreditkarte. »Du gönnst dir nicht annähernd genug, und du hast schöne Dinge verdient.«

Ich war von dem unerwarteten Kompliment geschmeichelt, ja, sogar gerührt.

»Ich ziehe die Karte durch, wir treffen uns dann an der Kasse, wenn Sie so weit sind«, sagte die Frau.

»Also, ich weiß ja nicht, wie es dir geht«, sagte Tracy, »aber ich fühle mich sehr viel besser als vor einer Stunde.«

Ich lachte. Ich fühlte mich ehrlich gesagt auch ziemlich gut.

Wir zogen unsere Straßenkleider wieder an und gingen zur Kasse, wo die Verkäuferin unseren Kauf abwickelte.

»Gibt es ein Problem?«, fragte Tracy, nachdem wir ein Weilchen gewartet hatten.

»Ich fürchte, Ihre Karte ist abgelehnt worden«, sagte die Frau, die ihr Lächeln kaum unterdrücken konnte.

»Das ist unmöglich. Ich kaufe ständig hier ein.«

»Ich habe mehrfach versucht, die Karte durchzuziehen.«

»Versuchen Sie es noch einmal.«

»Natürlich.«

»Ich bin wahrscheinlich über dem Limit«, sagte Tracy, als die Karte erneut abgelehnt wurde. »Was ist mit nur dem Kleid?«

Ich hätte beinahe gelacht.

»Wir können es versuchen«, sagte die Verkäuferin.

»Sorry«, wandte Tracy sich an mich. »Ich wusste nicht, dass du einen so teuren Geschmack hast.«

»Kein Problem.« Einerseits war ich enttäuscht, andererseits erleichtert. Überrascht war ich nicht.

»Es tut mir leid«, sagte die Verkäuferin und gab Tracy ihre Karte zurück. »Sie wird nach wie vor nicht akzeptiert. Haben Sie noch eine andere Karte, die wir benutzen können?«

»Nein, ich habe keine andere Karte. Dies ist die einzige Karte, die ich je gebraucht habe.«

»Vielleicht sollten Sie das mit Ihrer Bank klären.«

»Vielleicht sollten Sie sich ins Knie ficken«, sagte Tracy.

»Tracy«, sagte ich und zog sie vom Tresen weg. »Es ist nicht ihre Schuld.«

»Ach ja? Wessen Schuld ist es denn?«

Die Frage blieb unbeantwortet zwischen uns in der Luft hängen.

KAPITEL SECHSUNDVIERZIG

»Wohin fährst du?«, wollte Tracy wissen, als ich in westlicher Richtung über die Bloor Street zur Avenue Road fuhr. Es war fast fünf und wurde langsam dunkel. Es hatte angefangen zu nieseln.

»Ich bringe dich nach Hause.«

»Kommt nicht infrage. Wir fahren zu Dad. Wir klären das jetzt sofort.«

»Ich bezweifle, dass das eine gute Idee ist.«

»Ich habe dich nicht nach deiner Erlaubnis gefragt.«

»Das ist mein Wagen«, erinnerte ich sie. »Ich fahre.«

»Gut, dann fahr mich zu Dad. Du musst auch nicht mit reinkommen, wenn du zu feige bist.«

»Ich bin nicht zu … Gut. Ich fahr dich zu Dad.«

Zehn Minuten später hielten wir vor dem Haus unseres Vaters. »Da wären wir.«

Tracy fasste den Türgriff, machte jedoch keine Anstalten auszusteigen. »Kommst du wirklich nicht mit rein?«

»Nein, wirklich nicht.«

»Bitte?«

»Nein.«

»Willst du ihm nicht von Elyse erzählen? Dass ihre Referenzen erlogen waren?«

»Nicht, solange ich nicht weiß, was juristisch drin ist. Nicht, solange wir keinen Plan haben.«

»Okay«, gab sie nach. »Wir klären bloß das Problem mit der Kreditkarte.«

»Gut«, willigte ich ein.

Sie rührte sich weiterhin nicht. »Also kommst du jetzt mit oder nicht?«

»Tracy …«

»Du musst auch nichts sagen. Ich übernehme das Reden, versprochen. Komm einfach mit, nur zur Unterstützung.«

Ich seufzte. Wir wussten beide, dass es nur eine Frage der Zeit war, bis ich nachgab. »Was willst du denn sagen?«, fragte ich, um Zeit zu schinden. »Du solltest schon irgendeine Idee haben, was du Dad erzählen willst, bevor wir reingehen.«

»Einen Plan, stimmt's? Wie du schon gesagt hast.« Tracy überlegte ein paar Sekunden. »Okay, ich sag ihm die Wahrheit, ich wollte bei Holt's meine Kreditkarte benutzen wie immer, und sie wurde abgelehnt. Dann bitte ich ihn, sich das mal anzusehen. Wie klingt das?«

Ich seufzte noch einmal. »Okay, nehme ich an.«

»Danke. Du bist die Beste.«

»Du übernimmst das Reden«, erinnerte ich sie, als sie aus dem Wagen stieg.

Sie klingelte schon, als ich zu ihr aufgeschlossen hatte.

Kurz darauf öffnete Elyse die Tür. »Tracy! Jodi! Was für eine Überraschung.« Sie machte keine Anstalten, uns hereinzubitten.

»Können wir reinkommen?«, fragte Tracy.

»Stimmt irgendwas nicht?«

»Wir müssen mit unserem Vater sprechen.«

Elyse blickte über ihre Schulter. »Er macht gerade ein kleines Nickerchen. Kann ich euch irgendwie weiterhelfen?«

»Nein. Wir müssen wirklich mit Dad sprechen.«

»Und ich würde ihn ernsthaft ungern stören.«

»Es ist wichtig.«

»Genau wie sein Schlaf. Meint ihr nicht, dass das warten kann?«

»Lass uns gehen«, flüsterte ich.

»Elyse, was ist da los?«, rief mein Vater aus dem Haus.

»Hi, Daddy!«, rief Tracy. »Wir sind's, Jodi und ich.«

Elyse gab die Tür frei, als unser Vater auftauchte. »Ich habe versucht, ihnen zu erklären, dass du ein kleines Nickerchen machst, aber …«

»Worum geht es denn?«, fragte mein Vater.

»Können wir reinkommen? Es regnet.«

»Wir wollen gleich zu Abend essen …«

Tracy blickte auf die Cartier-Uhr an ihrem Handgelenk. »Jetzt? Es ist noch nicht mal fünf.«

»Früher zu essen ist besser für die Verdauung eures Vaters«, erklärte Elyse.

»Es dauert nicht lange«, sagte Tracy.

»Nun, dann, wo bleiben unsere Manieren?«, fragte Elyse und trat aus dem Weg. »Bitte, kommt rein. Setzt euch doch ins Wohnzimmer, während ich nach dem Essen sehe.«

Wir folgten unserem Vater ins Wohnzimmer.

»Ich dachte, ihr hättet gesagt, es dauert nicht lange«, bemerkte er, als ich meine Jacke ausziehen wollte.

Ich behielt die Jacke an und hockte mich auf die Sofakante.

»Und?«, fragte er.

»Also«, begann Tracy, die es vorzog, stehen zu bleiben. »Gerade ist etwas Komisches passiert.« Sie blickte zur Bestätigung in meine Richtung.

Ich nickte schweigend.

»Wir waren bei Holt's«, fuhr Tracy fort. »Und Jodi hat diesen fantastischen Alexander-McQueen-Rock anprobiert, und sie hatte kein Geld, um ihn zu kaufen, deshalb habe ich ihr angeboten, ihn auf meine Karte zu nehmen.«

Mir klappte der Mund auf, doch kein Mucks kam heraus.

»Jedenfalls, um es kurz zu machen, die Kreditkarte wurde abgelehnt. Ich habe versucht, der Verkäuferin zu erklären, dass es sich um einen Irrtum handeln müsse, weil ich noch nie Probleme hatte, doch sie meinte, ich solle mit der Bank sprechen. Ich dachte, ich rede stattdessen mit dir, weil es offenbar ein Missverständnis gegeben hat …«

»Nein, kein Missverständnis«, sagte mein Vater.

»Wie bitte?«

»Ich habe die Karte gesperrt.«

»Was?«

»Ich habe die Karte gesperrt«, wiederholte er, obwohl wir ihn beide klar und deutlich verstanden hatten.

»Warum hast du das gemacht?«, stammelte Tracy.

»Nun reg dich nicht gleich auf«, sagte unser Vater. »Es ist zu deinem eigenen Besten.«

»Zu meinem eigenen Besten?«, wiederholte Tracy. »Sagt wer? Was zum Teufel ist hier los?«

»Elyse und ich haben schon seit einiger Zeit darüber diskutiert, und sie ist der Ansicht, dass ich dir keinen Gefallen tue, indem ich dich in finanzieller Abhängigkeit halte. Sie meint, dass ich dich – wie war noch das Wort, das sie verwendet hat – *infantilisiere* …«

»Infantil… was verdammt noch mal?«

»Sie meint …«

»Es ist mir scheißegal, was sie meint.«

»Wir sind *beide* der Meinung … dass du eine intelligente, kompetente Frau bist, weshalb es keinen Grund gibt, dass ich immer noch all deine Rechnungen bezahle.«

»Wie soll ich mir denn sonst alles leisten?«

»Indem du dir einen Job suchst wie alle anderen Menschen auch«, sagte mein Vater. »Wie Jodi.«

O Gott, dachte ich. So sehr ich es genoss, ausnahmsweise einmal wohlwollend mit meiner Schwester verglichen zu werden, waren dies definitiv weder der Zeitpunkt noch die Umstände, unter denen es geschehen sollte.

»Was soll ich denn machen? Immobilien verkaufen? Ich würde lieber sterben.«

»Für welche Tätigkeit du dich entscheidest, liegt ganz bei dir«, sagte unser Vater. »Ich bin recht zuversichtlich, dass du erfolgreich sein wirst, egal für welche Karriere du dich entscheidest.«

»Ich bin beschissene siebenundvierzig!«, schrie Tracy. »Es ist ein bisschen spät, um über Karrieren zu reden, findest du nicht?«

»Wie dem auch sein mag«, fuhr unser Vater ruhig fort, »wir sind guter Dinge, dass du es schaffst.«

»Was ist mit der Miete? Mit meinem Telefon? Den Kabelgebühren?«

»Entspann dich«, sagte unser Vater. »Wir streichen deine Unterstützung nicht komplett und ganz bestimmt nicht alles auf einmal. Für das kommende Jahr werde ich weiterhin den Großteil deiner Kosten übernehmen. Ich bin sicher, danach wirst du etwas gefunden haben.«

»Und wenn nicht?«

»Elyse und ich vertrauen ganz darauf, dass du es schaffst.«

»Elyse ist eine beschissene Betrügerin!«, rief Tracy und fuhr zu mir herum. »Um Himmels willen, Jodi. Erzähl ihm, was du herausgefunden hast.«

O Gott, dachte ich, als Elyse ins Zimmer kam. *Ich wusste, dass ich besser direkt nach Hause gefahren wäre.*

»Was hat das Geschrei hier drinnen zu bedeuten?«, fragte sie.

»Los, Jodi«, drängte Tracy mich. »Erzähl Dad alles über seine sittsame Braut.«

Elyse ging zum nächsten Sofa und setzte sich. »Ja, Jodi«, sagte sie, lehnte sich an das Polster und schlug die Beine übereinander. »Bitte lass uns unbedingt hören, was du zu sagen hast.«

KAPITEL SIEBENUNDVIERZIG

»Ich wollte das jetzt wirklich nicht ansprechen«, begann ich und hielt inne. Ich saß in der Falle, und ich wusste es. Wir alle wussten es. Schleierhaft war nur, warum ich das nicht hatte kommen sehen.

»Und?«, sagte mein Vater.

»Sie hat deine Referenzen überprüft«, sagte Tracy zu Elyse.

»Ich hatte angenommen, dass du das schon vor einer Weile getan hast«, sagte Elyse anscheinend unbesorgt.

»Wenn ich mich recht erinnere, waren sie makellos«, sagte mein Vater.

»Das waren sie auch. Mit wem auch immer ich damals gesprochen habe, hat sich überschwänglich lobend geäußert.«

»Habe ich irgendwas verpasst?«, fragte er.

»Als Jodi die Nummern noch mal anrufen wollte, waren sie alle nicht mehr gültig«, sagte Tracy und drängte mich mit Blicken fortzufahren.

Unser Vater runzelte die Stirn. »Warum hast du denn noch mal angerufen?«

»Wir haben uns Sorgen um dich gemacht, Dad. Mom ist gerade erst gestorben; du bist nach Niagara Falls abgehauen und hast geheiratet, ohne uns davon zu erzählen …«

»Hast du überhaupt einen Ehevertrag gemacht?«, fragte Tracy.

»Ah«, sagte unser Vater. »Daher weht also der Wind. Es hat nichts mit meinem Wohlbefinden zu tun.«

»Wir haben uns Sorgen gemacht, dass du ausgenutzt wirst ...«

»Bitte«, sagte unser Vater höhnisch. »Es geht nur ums Geld. *Mein* Geld. Mit dem ich machen kann, was ich verdammt noch mal will.«

»Das bestreitet auch niemand«, erwiderte ich. »Aber versuch das Ganze mal aus unserer Perspektive zu betrachten. Unsere Mutter ist gerade gestorben ...«

»Das sagtest du bereits«, unterbrach unser Vater mich. »Wohl kaum überraschend. Sie lag schon seit Jahren im Sterben.«

Ich packte die Sofalehne, bemüht, mich nicht von seiner Gefühllosigkeit überwältigen zu lassen.

»Habt ihr eine Ahnung, wie schwer das für mich war?«, fuhr er fort. »Seid ihr so kaltherzig, dass ihr mir nach allem, was ich durchgemacht habe, nach all den Jahren, in denen ich mich um sie gekümmert habe, ein wenig Glück missgönnt?«

»Natürlich wollen wir, dass du glücklich bist«, entgegnete ich. »Es ging nur alles so schnell, deshalb haben wir uns verständlicherweise Sorgen gemacht, und ich habe Elyses Referenzen noch einmal überprüft und dabei festgestellt, dass die Nummern, die sie mir gegeben hat, nicht mehr erreichbar waren ...«

»Na und? Menschen ziehen um. Sie ändern ihre Telefonnummern.«

»Deshalb ist sie hingefahren, um persönlich mit den Leuten zu sprechen«, sagte Tracy, offensichtlich bemüht, die Sache zu beschleunigen. »Erzähl ihm, was du herausgefunden hast.«

»Ich habe mit Mrs Billings gesprochen«, begann ich und beobachtete Elyses Reaktion genau. Aber wenn sie in irgendeiner Weise besorgt darüber war, was ich sagen könnte, wusste sie es perfekt zu verbergen.

»Oh, ja«, sagte sie. »Wie geht es Angela? Färbt sie ihr Haar immer noch in diesem grässlichen Schwarz?«

»Ich fürchte, sie hatte wenig Nettes über dich zu sagen.«

»Ich bin ehrlich gesagt überrascht, dass sie überhaupt etwas Nettes zu sagen hatte«, gab Elyse zu. »Sie war nicht gerade mein größter Fan.«

»Und trotzdem hast du sie als Referenz angegeben.«

»Ich habe ihren *Mann* als Referenz angegeben«, verbesserte sie mich. »Ich fürchte, Mrs Billings und ich haben uns nie wirklich verstanden. Der arme Mr Billings hatte Angst vor ihr. Er hat mir die furchtbarsten Geschichten darüber erzählt, wie grausam sie zu ihm war, wenn niemand da war, und dass sein Sohn zu schwach war, um seiner Frau die Stirn zu bieten. Er hat gesagt, er hätte das Gefühl, ich sei der einzige Mensch auf der Welt, dem er wirklich am Herzen liege, und hat mir erklärt, dass er vorhatte, mir in seinem Testament eine Kleinigkeit zu vermachen. Die Familie hat natürlich ein Riesenanfall bekommen, als sie davon erfahren hat. Ich bin sicher, sie hat dir alles darüber erzählt. Ich nehme an, du hast auch die alte Mrs Kernohan besucht«, fuhr sie zu meiner Überraschung fort.

»Ja.«

»Und? Wie geht es der Lieben?«

»Offenbar ist sie auf Betreiben ihrer Tochter vor ein paar Jahren in ein Alten- und Pflegeheim umgezogen.«

»Du hast mit ihr gesprochen?«

»Ich habe mit dem Hausverwalter gesprochen«, sagte ich, obwohl ich versprochen hatte, ihn nicht zu erwähnen.

»Mit Mr Harris? Diesem grässlichen kleinen Mann? Er hat mich einmal im Fahrstuhl in die Ecke gedrängt und versucht, mich zu küssen. Es war schrecklich. Diese entsetzliche Lücke zwischen seinen Schneidezähnen, in denen sich immer Essensreste gesammelt haben. Ich musste ihn buchstäblich mit Tritten abwehren. Ich kann mir nicht vorstellen, was er dir erzählt hat.«

»Er hat gesagt, du hättest dir von Mrs Kernohan einen beträchtlichen Geldbetrag erschwindelt …«

»Wenn man fünftausend Dollar für einen beträchtlichen Geldbetrag hält«, sagte Elyse. »Und ich habe ihn mir kaum erschwindelt. Ich habe die alte Frau um ein Darlehen gebeten, aber sie hat darauf bestanden, dass es ein Geschenk sein sollte. So eine reizende Dame.«

»Sonst noch was?«, fragte mein Vater hörbar ungeduldig.

»Nein«, gab ich zu. »Das war's so ziemlich.« Anscheinend hatte Elyse auf alles eine Antwort.

»Dann habt ihr euer Sprüchlein ja aufgesagt und könnt gehen.«

»Dad …«, begann ich.

»Wir sind hier fertig.« Er drehte sich um und schickte sich an, das Zimmer zu verlassen.

»Vic, warte«, sagte Elyse. »Wir können das doch jetzt nicht einfach so stehen lassen.«

»Von meiner Seite aus ist alles gesagt.«

»Aber ich fühle mich wirklich mies wegen dem, was vorgefallen ist.«

»Du hast keinen Grund, dich mies zu fühlen. Du hast nichts Verkehrtes getan.«

»Das weiß ich. Aber ich hasse es, die Ursache von Spannungen zwischen dir und deinen Töchtern zu sein.«

»Das bist du nicht«, erklärte er ihr. »Das geht auf sie.«

»Sie wollten bestimmt nur auf dich achtgeben.«

»Ich brauche niemanden, der auf mich achtgibt.«

»Jeder braucht jemanden, der auf ihn achtgibt«, sagte Elyse. »Nun, komm, Liebling. Versuche, das Ganze aus ihrer Sicht zu betrachten. Wenn ich ihre Sorge verstehen kann, dann kannst du es wenigstens versuchen. Jodi hat mich als Haushälterin für dich angestellt, nicht als deine Ehefrau. Dann der Tod ihrer Mutter, unsere plötzliche Heirat, nun, das muss man alles erst mal verarbeiten. Und sie sind verständlicherweise verletzt, dass sie nicht in unsere Pläne einbezogen waren. Aber sie werden darüber hinwegkommen und du auch. Du bist ihr Vater, und sie machen sich Sorgen um dich. Können wir bitte alle einfach versuchen, miteinander auszukommen?«

»Oh, sie ist gut«, flüsterte Tracy.

Unser Vater straffte die Schultern und atmete ein paarmal tief durch. »Es wird keine weiteren Nachforschungen über Elyse und keine weiteren Einmischungen in mein Leben geben, kein ›auf mich Achtgeben‹«, sagte er. »Habe ich mich klar ausgedrückt?«

»Sehr klar«, sagte Tracy.

»Glasklar«, fügte ich hinzu.

»Und keine weiteren Besuche bei Anwälten«, sagte er, und ein gerissenes Lächeln zupfte an seinen Mundwinkeln.

Tracy stockte der Atem.

»Du wusstest davon«, stellte ich fest.

»Ihr dachtet, damit wärt ihr durchgekommen, was?«, fragte er, und das Funkeln in seinen Augen unterstrich sein Entzücken darüber, uns ein Schnippchen geschlagen zu haben. »Pech gehabt. Ronald Miller hat mich sofort, nachdem ihr gegangen wart, angerufen, weil er der Meinung war, dass ich von eurem kleinen Besuch erfahren sollte. Er hat sich natürlich geweigert, Details zu nennen, aber ich denke, ich habe eine ziemlich gute Ahnung. Es wird keine weiteren Besuche dieser Art geben. Haben wir uns verstanden?«

»Verstanden«, sagte Tracy.

Ich nickte.

»Verstanden?«, wiederholte mein Vater direkt an mich gerichtet.

»Verstanden«, sagte ich gehorsam.

»Gut. Dann könnt ihr euch wieder auf den Weg machen.«

Wir sahen ihm nach, als er aus dem Zimmer ging.

»Ich bring euch zur Tür«, sagte Elyse.

KAPITEL ACHTUNDVIERZIG

»Na, das ist ja super gelaufen«, sagte Tracy mit ausdruckloser Miene, als wir unsere Sicherheitsgurte anlegten. »Was machen wir jetzt?«

Ich schüttelte den Kopf und setzte rückwärts aus der Einfahrt auf die Scarth Road. »Ich habe keine Ahnung.«

»Du glaubst doch nicht, dass er es ernst meint, oder? Ich meine, mir in einem Jahr jede Unterstützung zu streichen. Das kann er doch nicht machen. Oder?«

»Ich weiß es nicht.«

»Wir verklagen ihn.«

»Weswegen?«

»Weil es eine grausame und unübliche Bestrafung ist.«

»Ich glaube nicht, dass das in diesem Fall zutrifft«, erklärte ich, unsicher, ob sie es ernst meinte.

»Nun, es muss doch irgendwas geben, das wir machen können. Er deckt meine Lebensunterhaltungskosten schon so gut wie immer. Man kann jemandem doch nicht nach all den Jahren einfach so die Unterstützung entziehen. Er hat eine Präzedenz geschaffen, oder?«

»Vermutlich schon.«

»Und ob, verdammt noch mal. Wir müssen einen Anwalt finden. Einen guten. Nicht wie diesen blöden Ronald Miller.«

»Gute Anwälte sind teuer. Und du hast keine Kreditkarte mehr«, erinnerte ich sie.

»Aber du.«

»Ich habe eine Familie zu ernähren. Ich kann es mir nicht leisten, mich mit Dad anzulegen.«

»O komm schon. Du kriegst es zurück, sobald alles geklärt ist.«

»Was Jahre dauern könnte. Und in der Zwischenzeit haben wir es uns endgültig mit ihm verscherzt. Dann kannst du deine Erbschaft wahrscheinlich abschreiben.«

»Vorausgesetzt, es ist noch irgendwas übrig.«

Ich zuckte die Schultern.

»Und was willst du damit sagen?«

»Dass es vielleicht leichter wäre, wenn du dir einfach einen Job suchst.«

»Willst du mich verarschen?«

»Als eine Geste des guten Willens. Es würde Dad zumindest zeigen, dass du dich bemühst. Und vielleicht ist er in einem Jahr ja wieder zur Vernunft gekommen, und Elyse ist verschwunden.«

»Mach dir nichts vor. Die Hexe geht nirgendwohin. *Scheiße*!«, fluchte Tracy laut und unbestimmt. »Wohin fährst du?«, fragte sie dann und starrte auf die dunkle verlassene Straße.

»Ich bringe dich nach Hause.«

»Ich bin zu aufgewühlt, um nach Hause zu gehen. Ich komme mit zu dir. Wir bestellen Sushi.«

»Mir ist nicht nach Sushi.«

»Klar ist dir nach Sushi. Komm schon. Mach es mir nicht so schwer. Du weißt, dass du sowieso irgendwann nachgibst.«

Ich nickte, weil ich begriff, dass jeder Widerspruch zwecklos war. Sie hatte recht. Wozu das Elend unnötig in die Länge ziehen?

»Und was meinst du, was ich machen sollte, Harrison?«, fragte Tracy, während wir die letzten Happen unseres Sushis verspeisten. Sie hatte den größten Teil des Essens damit zugebracht, die Ereignisse des Nachmittags wiederzukäuen und zu beklagen. Sam und Daphne war die Unterhaltung schon vor geraumer Zeit langweilig geworden, und sie hatten sich nach oben verabschiedet, um fernzusehen.

Harrison warf mir einen Blick zu, der sagte, dass auch er meine Schwester jetzt in etwa so lange ertragen hatte, wie ein Mensch es an einem Abend aushalten konnte. »Vielleicht musst du einfach tun, was Jodi gesagt hat, in den sauren Apfel beißen und dir einen Job suchen.«

»Vielen Dank. Du bist mir eine große Hilfe.«

»Du könntest den Bestseller schreiben, von dem du im letzten Sommer gesprochen hast. Ich meine, du *hast* doch den Kurs belegt. Korrigiere mich, wenn ich mich irre, aber ich glaube, deine genauen Worte waren: ›Wie schwer kann es sein?‹«

Harrisons Sarkasmus war verschwendet an meine Schwester. »Ja, vielleicht«, sagte sie, und Harrison verdrehte die Augen zur Decke. »Apropos, wie kommt dein neuestes Werk voran?«

»Alles unter Dach und Fach«, sagte Harrison.

»Was? Wann ist das passiert?«, fragte ich, bemüht, nicht gekränkt darüber zu sein, dass ich erst jetzt davon erfuhr.

»Ich hab in der vergangenen Woche die letzten Änderungen eingegeben.«

»Warum hast du mir das nicht erzählt?«

»Ich wollte warten, bis ich Rückmeldung von meiner Lektorin hatte.«

»Und hat sie sich gemeldet?«

»Heute Nachmittag.« Er machte eine dramatische Pause. »Sie ist begeistert. Es braucht nur ein paar kleinere redaktionelle Änderungen.«

Gott sei Dank, dachte ich. »Das ist wundervoll«, sagte ich. »Ist schon raus, wann es veröffentlicht werden soll?«

»Irgendwann nächstes Jahr.«

»Nicht vorher?«, fragte Tracy.

»Nun, das Ganze braucht seine Zeit«, erklärte Harrison. »Es muss Korrektur gelesen werden, Layout und Cover müssen bestimmt werden …«

»Wann kriegst du dein Geld?«, unterbrach Tracy ihn.

Harrison zögerte; die Wendung des Gesprächs war ihm sichtlich unbehaglich. »Einen Teil jetzt und einen Teil, wenn das Buch veröffentlicht wird.«

»Und wie viel? Wenn ich fragen darf.«

»Darfst du nicht, ehrlich gesagt.«

»O komm schon.«

Harrison schob seinen Stuhl vom Esstisch weg, trug seinen leeren Teller in die Küche und ging zur Treppe. »Ich seh mal nach den Kindern.«

»Und wie viel kriegt er?«, fragte Tracy mich, sobald er verschwunden war.

»Ich weiß nicht genau«, sagte ich. »Es ist so lange her, dass er den Vertrag unterschrieben hat, dass ich den Betrag vergessen habe.« Das stimmte. Harrison hatte den Vertrag für seinen zweiten Roman direkt nach Erscheinen seines ersten Buches unterschrieben. Ein Viertel des Geldes hatte er bei Vertragsabschluss erhalten, die zweite Rate war bei Annahme des Manuskripts fällig, die dritte und die vierte hingen von der Veröffentlichung der Hardcover- und folgender Taschenbuchausgaben ab. Da er zehn Jahre gebraucht hatte, um das Buch zu vollenden, hatte er das letzte Jahrzehnt de facto für weniger als den Mindestlohn gearbeitet. Die Honorarzahlungen, die er irgendwann erhalten würde, würden mehr für sein Selbstwertgefühl als für unseren Kontostand tun.

»Und hast du es gelesen?«, fragte Tracy.

»Eine frühere Fassung.«

»Und?«

»Es war großartig«, log ich.

»Nun, das ist gut«, sagte sie. »Ich meine, das Geld ist bestimmt nützlich, weißt du, wenn wir doch klagen müssen.«

Gütiger Gott, dachte ich. »Ich sollte dich nach Hause fahren«, sagte ich.

Es war fast zehn Uhr, als ich neben Harrison ins Bett schlüpfte. »Tut mir leid wegen heute Abend«, entschuldigte ich mich.

»Nicht deine Schuld.«

»Sie war einfach so aufgewühlt.«

»Sie wird schon auf die Füße fallen«, sagte Harrison, legte einen Arm um mich und zog mich an sich. »Wie immer.«

»Vermutlich.«

»Hör mal, es tut mir leid, wenn ich in letzter Zeit ein bisschen … schwierig war.«

»Schon okay.«

»Ich war einfach so beschäftigt mit diesem verdammten Buch. Und ich war so sauer, dass du recht hattest – es *war* zu weitschweifig.«

Ich lachte und genoss seine warme Umarmung. »Ich bin bloß begeistert, dass jetzt alle zufrieden sind.«

»Ich auch.«

Das Telefon klingelte.

»Wenn es Tracy ist, geh nicht dran.«

»Es ist mein Vater«, sagte ich, nachdem ich mich vorgebeugt und die Anruferkennung auf dem Display gesehen hatte. »O Gott. Du glaubst doch nicht, dass irgendwas passiert ist, oder?«

»Ich denke, du solltest es am besten herausfinden.«

Behutsam nahm ich ab und hielt den Hörer ans Ohr. »Dad?«

»Ich bin's, Elyse.«

»Mein Vater ...?«

»Ihm geht es gut«, sagte Elyse mit einem Lachen. »Tut mir leid, ich wollte dich nicht erschrecken. Mir war nicht klar, dass es schon so spät ist. Wahrscheinlich hätte ich mit dem Anruf bis morgen früh warten sollen.«

»Was ist los?«

»Ich wollte bloß, dass du weißt, was ich heute Nachmittag gesagt habe, meine ich ernst. Ich möchte wirklich, dass wir uns alle verstehen, diese unglückliche Episode hinter uns lassen und eine Familie sind.«

»Hört sich gut an«, stimmte ich zu. Was sollte ich sonst sagen? Und in Wahrheit wollte ich tief im Innern dasselbe.

»Deshalb habe ich mir überlegt, dass wir eine kleine Party ausrichten sollten, um zu feiern. Euer Vater und ich, du und

Harrison und Tracy; dazu könnte ich ein paar Nachbarn und Freunde eures Vaters einladen, vielleicht sogar ein paar ehemalige Geschäftspartner …«

»Das klingt aber nach einer Menge Umstände.«

»Ich hatte an Samstagabend gedacht«, fuhr sie fort, als hätte ich nichts gesagt. »Würde das für euch passen?«

»Klar. Ich finde schon jemanden, der auf die Kinder aufpasst …«

»Wundervoll. Am Samstagabend um sieben. Dann freue ich mich, euch zu sehen.«

»Samstag um sieben«, wiederholte ich.

»Was ist am Samstag um sieben?«, fragte Harrison, als ich den Hörer auflegte.

»Offenbar gehen wir auf eine Party.« Als ich wieder unter die Decke schlüpfte, spürte ich die Hände meines Mannes auf meinen Brüsten, seine Lippen an meinem Hals.

»Nicht hingucken«, sagte er, »aber die Party hat schon angefangen.«

KAPITEL NEUNUNDVIERZIG

Am Samstagabend trafen wir um kurz nach sieben beim Haus unseres Vaters ein.

»Ihr seid zu spät«, begrüßte mein Vater uns.

Ich blickte an ihm vorbei ins Haus. Soweit ich erkennen konnte, war sonst noch niemand da. »Wo sind alle?«

»Ihr seid die Ersten«, sagte er. »Aber deshalb nicht weniger zu spät.«

»Können wir noch umkehren und nach Hause fahren?«, flüsterte Harrison, als Elyse auf uns zukam.

»Jodi! Harrison! Willkommen. Lasst mich eure Mäntel nehmen.«

»Sie wissen, wo die Garderobe ist«, sagte mein Vater.

»Darf ich«, sagte Harrison, half mir aus dem Mantel und ging eilig zu dem Garderobenschrank in der Halle.

»Du siehst reizend aus«, erklärte Elyse mir. »Ist das ein neues Kleid?«

»Nein. Ich habe es schon eine Weile.«

»Also, Türkis ist auf jeden Fall deine Farbe. Und Harrison«, sagte sie, während er unsere Mäntel aufhängte, »sieht so attraktiv aus in Schwarz. Ganz der angesehene Autor.« Sie lächelte meinen Vater an. »Wie gefällt dir Vics neue Jacke?«

»Sehr schick«, kommentierte ich das Jackett aus blauschwarzem Brokat, das mein Vater zu Lebzeiten meiner Mutter niemals getragen hätte. »Und du hast irgendwas mit deinem Haar gemacht«, sagte ich zu ihm.

»Ich habe vorgeschlagen, dass er einen Linksscheitel probiert«, sagte Elyse, »und ich finde, es steht ihm viel besser, oder? So viel jugendlicher, meinst du nicht?«

»Er sieht sehr elegant aus«, sagte ich, verblüfft über das andauernde Schweigen meines Vaters. Wann hatte er je zugelassen, dass jemand für ihn sprach? »Und du siehst entzückend aus«, sagte ich zu Elyse.

Sie kicherte auf eine mädchenhafte Art, die ebenso deplatziert wirkte wie das Schweigen meines Vaters, und bauschte ihren knöchellangen Chiffonrock. »Dein Vater meinte, ich solle mir zur Feier des Anlasses etwas Besonderes kaufen. Er hat gesagt, es wäre unsere ›Coming-out-Party‹.«

Ich zwang mich zu einem Lächeln.

»Alles in Ordnung?«, flüsterte Harrison, der an meine Seite zurückgekehrt war.

Ich entspannte meinen Mund und erinnerte mich an die mit fortschreitendem Parkinson zunehmend erstarrte Miene meiner Mutter. Was hätte sie wohl zu diesem Abend gesagt, fragte ich mich.

»Geht doch ins Wohnzimmer und bedient euch mit Champagner und Hors d'Oeuvres«, schlug Elyse vor. »Wahrscheinlich habe ich genug für eine ganze Armee gemacht.«

»Übertreib es nicht mit den Vorspeisen«, riet mein Vater und musterte mich wenig subtil.

»Unsinn, Vic«, ermahnte Elyse ihn und gab ihm einen verspielten Klaps auf den Arm. »Nimm dir so viel, wie du willst«, sagte sie zu mir.

Es klingelte.

Ich drehte mich um und sah Stephanie Pickering hereinrauschen. Jedes blonde Haar saß akkurat, und ihr üppiges Dekolleté kam in einem kirschroten Samtkleid mit tiefem Ausschnitt zu bester Geltung, als sie ihren schwarzen Nerzmantel von den Schultern in die wartenden Arme ihres glücklosen Ehemannes gleiten ließ, dessen Namen ich mir nie merken konnte.

»Stephanie«, begrüßte mein Vater sie mit fröhlich dröhnender Stimme. »Wie wundervoll, Sie zu sehen. Sie sehen fantastisch aus, wie immer. Ich glaube, Sie haben Elyse schon auf der Beerdigung kennengelernt.«

»Wirklich nett, Sie wiederzusehen«, schwärmte Stephanie.

»Stephanie ist seit mehr als einem Jahrzehnt unsere Top-Verkäuferin«, fuhr er fort, als würde er die Agentur nach wie vor leiten. »Niemand ist auch nur annähernd so gut.«

»Ja, vielen Dank auch«, flüsterte ich und verließ die Eingangshalle, bevor ich noch mehr hören konnte. »Ich könnte jetzt tatsächlich ein Glas Champagner gebrauchen«, erklärte ich Harrison.

»Genau wie ich«, sagte Harrison, als es erneut klingelte.

Um halb acht war das Wohnzimmer voller Leute, die ich größtenteils entweder als Nachbarn oder Immobilienmakler erkannte. Nur meine Schwester hatte sich bisher noch nicht blicken lassen.

»Ziemlich gut besucht«, sagte Harrison, als Ronald Miller und seine Frau den Raum betraten. Ich beobachtete, wie mein Vater sie mit Elyse bekanntmachte, die die beiden wiederum den anderen Gästen vorstellte.

»O Gott«, flüsterte ich, als sie auf uns zukamen.

»Jodi«, sagte Elyse. »Ich glaube, du kennst Ronald Miller.«

»Ja. Nett, Sie wiederzusehen«, erwiderte Ronald Miller steif. »Das ist meine Frau Rachel.«

»Mein Mann Harrison.«

»Harrison ist ein berühmter Schriftsteller«, sagte Elyse.

»Oh?«

»Sie haben bestimmt schon von Harrison Bishop gehört. Er hat *Der Weg des Träumers* geschrieben. Ein ganz wunderbares Buch.«

»Wirklich? Ich muss es lesen. Vielleicht könnten Sie mir ein Exemplar zusenden?«

»Vielleicht könnten Sie sich eins kaufen«, sagte ich spitz.

Ronald und Rachel Miller gingen prompt weiter.

»Was für eine Unverschämtheit!«, rief Elyse. »Passiert dir das oft?«

»Ziemlich häufig«, sagte Harrison. »Du wärst überrascht, was die Leute so alles zu Schriftstellern sagen. Es gibt eine unbelegte Geschichte über den Autor W.O. Mitchell«, fuhr er unaufgefordert fort. »Angeblich wurde er auf einer Party einmal von einem Chirurgen vollgequatscht, der ihm erklärte, wenn er in den Ruhestand gehen würde, wolle er Schriftsteller werden, worauf Mitchell erwiderte: ›Wie interessant! Wenn *ich* in den Ruhestand trete, werde ich Chirurg.‹«

Elyse lachte lang und laut. »Was für eine wunderbare Anekdote! Die musst du allen anderen erzählen.« Sie sah sich um. »Ich glaube, wir sind komplett.«

»Was ist mit *deinen* Freunden?«, fragte ich.

»Dein Vater ist der einzige Freund, den ich brauche. Wobei ich später noch eine Überraschung für euch habe.« Sie blickte demonstrativ auf ihre Uhr – eine neue goldene Cartier. »Wo ist Tracy? Kommt sie nicht?«

Wie auf Stichwort klingelte es, und kurz darauf fegte Tracy in den Raum. Sie trug Jeans, glänzende, kniehohe, schwarze Plastikstiefel und ein rotes Sweatshirt mit dem Aufdruck: *Underestimate Me. That'll Be Fun.*

»O mein Gott«, rief Elyse und streckte die Arme zu meiner Schwester aus. »*Unterschätze mich. Das wird Spaß machen.* – Du bist einfach nur bezaubernd!«

»Nicht unbedingt die Reaktion, auf die ich es abgesehen hatte«, murmelte Tracy, als sie mich erreichte.

»Das ist wirklich ein prachtvolles Haus, Vic«, hörte ich Stephanie Pickering zu meinem Vater sagen. »Sie wissen, dass Sie auf einer Goldmine sitzen, oder?«

»Möchten Sie, dass Jodi Sie herumführt?«, bot mein Vater meine Dienste an, ohne auch nur in meine Richtung zu nicken.

»Das fände ich toll«, sagte Stephanie. »Sie haben doch nichts dagegen, oder, Jodi?«

»Überhaupt nicht«, sagte ich. Ehrlich gesagt war ich mehr als froh, der ganzen guten Laune zu entkommen. Erinnerte sich niemand mehr daran, dass meine Mutter erst vor wenigen Monaten gestorben war? War ich die Einzige, die fand, dass es ein bisschen früh war, die überstürzte Heirat meines Vaters zu feiern?

»Was für eine prachtvolle Treppe«, rief Stephanie, als wir zurück in die Eingangshalle gingen.

Ich stellte mir meine Mutter vor, die an ihrem Fuß lag.

War es möglich, dass jemand dabei ein wenig nachgeholfen

hatte?, zermarterte ich mir den Kopf, während ich Stephanie durch das Haus führte.

»Elyse macht einen wirklich reizenden Eindruck«, äußerte sie irgendwann vorsichtig.

»Ja, macht sie.«

»Und sie scheint Ihren Vater aufrichtig zu verehren.«

»Ja, tut sie.«

»Es ist schön, ihn so glücklich zu sehen.«

»Ja, ist es.«

Zum Glück kapierte Stephanie den Wink und unternahm keine weiteren Bemühungen, eine Konversation anzuknüpfen.

»Und was meinen Sie?«, fragte mein Vater, als wir ins Wohnzimmer zurückkehrten.

»Wie gesagt, Vic. Sie sitzen auf einer Goldmine. Wenn Sie je verkaufen wollen …«

»Weiß ich, wo ich Sie finde«, sagte mein Vater.

Es klingelte.

»Oh, wundervoll«, rief Elyse. »Meine Überraschung ist da!« Sie lief aus dem Zimmer.

»Was hat das zu bedeuten?«, fragte Tracy.

»Keine Ahnung.«

Sekunden später war Elyse zurück. Sie stand im Eingang des Wohnzimmers und strahlte von einem Ohr zum anderen. »Meine Damen und Herren, ich möchte Ihnen meinen Sohn Andrew vorstellen.«

Sie breitete die Arme aus, und ein großer attraktiver Mann betrat die Bildfläche.

Auftritt Roger McAdams.

KAPITEL FÜNFZIG

Wie soll ich meine Reaktion beim Anblick meines vormaligen Liebhabers beschreiben, der neben der neuen Frau meines Vaters stand, die den Mann, den ich als Roger McAdams kannte, als ihren Sohn Andrew vorstellte?

Zu sagen, ich wäre geschockt gewesen, wäre grob untertrieben. Zu sagen, ich wäre perplex gewesen, wäre nur marginal zutreffender. Zu sagen, ich dachte, mein Schädel würde bersten, käme der Wahrheit schon näher, obwohl selbst diese überstrapazierte Wendung das kolossale Ausmaß meiner Gefühle nicht annähernd erfassen würde, ganz zu schweigen von meiner Verwirrung.

Mir war schwindelig und übel, ich fühlte mich benommen, als wäre ich in eine alternative Realität eingetreten, ohne jede Chance auf Rückkehr in die Wirklichkeit, die ich mein Leben lang gekannt hatte. Ich konnte schlicht nicht verarbeiten, was meine Ohren hörten und meine Augen sahen.

Das kann nicht wahr sein, dachte ich. Mein Verstand spielte mir üble Streiche, meine nachhallenden Schuldgefühle ließen mich Dinge fantasieren, die gar nicht existierten. Ich erwog sogar den Gedanken, dass ich vielleicht einen leichten Schlaganfall erlitten hatte. *Ich musste mich irren.*

Aber ich irrte mich nicht. Und ich wusste es auch.

Was hatte das zu bedeuten?

»Wow«, sagte Tracy, und ihre Worte holten mich in meinem Körper zurück. »Ich wusste gar nicht, dass sie einen Sohn hat. Du?«

Ich beobachtete, wie Elyse den Mann, den ich als Roger kannte, meinem Vater vorstellte, und sah, wie die beiden sich die Hand gaben und Höflichkeiten austauschten.

Was passierte hier?

»Wusstest du es?«, fragte Tracy noch einmal.

»Wusste ich was?«

Tracy verdrehte die Augen. »Wusstest du, dass sie einen Sohn hat?«

»Ja«, murmelte ich, als mir einfiel, dass Elyse bei unserer ersten Begegnung einen Sohn namens Andrew erwähnt hatte, der in Los Angeles lebte.

»Wieso hast du mir das nicht erzählt?«

»Was?«

»Ja was wohl? Was ist los mit dir?«, fragte Tracy.

»Was?«, sagte ich noch einmal.

»Ist alles okay mit dir? Du benimmst dich wirklich seltsam.«

»Jodi?«, fragte Harrison. »Alles in Ordnung?«

»Natürlich.« Ich versuchte zu lächeln, ließ es jedoch bleiben, als ich merkte, dass meine Lippen zu zittern begannen. »Tut mir leid. Mir war einen Augenblick lang schwindelig. Wahrscheinlich zu viel Champagner.«

»Du warst schon immer schnell betrunken zu kriegen«, sagte Harrison und kniff mir liebevoll in die Hüfte. »Heißt das, ich kann heute Abend vielleicht bei dir landen?«

O Gott, dachte ich. *Warum musst du plötzlich so verdammt nett sein?* Wieder spürte ich ein stechendes Schuldgefühl. Im letzten Monat war unsere Ehe definitiv besser geworden. Harrison war aufmerksamer, weniger kritisch und so liebevoll gewesen wie seit Langem nicht mehr. Vermutlich hatten wir in der vergangenen vier Wochen öfter miteinander geschlafen als in den gesamten vier Monaten davor. Ich nahm an, dass es daran lag, dass Harrison nicht mehr so gestresst war und selbstbewusster auf seinen Roman, seine Karriere und in seine Zukunft blickte. Aber vielleicht hatte er auch die unsichtbare Gegenwart eines anderen Mannes geahnt und gespürt, dass er im Begriff war, mich zu verlieren.

Ich muss gestehen, dass es Zeiten gegeben hatte, in denen ich mich bei lauter Gedanken an Roger ertappt hatte, doch ich hatte mich angestrengt, sie in Schach zu halten, und mich gehütet, sie zu lange nachklingen zu lassen. In meinem Leben passierten so viel andere, dringendere Dinge, um die ich mich kümmern musste. Die Tatsache, dass Roger nicht einmal versucht hatte, Kontakt mit mir aufzunehmen, hatte es mir ein wenig leichter gemacht. Auch wenn ich mir einredete, dass das bewundernswert war – er hielt das Versprechen, das er mir gegeben hatte, mein Leben nicht zu verkomplizieren –, muss ich gestehen, dass es mich auch ein wenig verletzt hatte. Die ganze Zeit hatte ich insgeheim doch irgendwie erwartet, dass er vielleicht anrufen oder unvermutet seinen Kopf durch meine Bürotür stecken würde.

Und nun war er hier.

Aber er war nicht Roger.

Er war Andrew.

Elyses Sohn.

Und das bedeutete … was?

Meine Gedanken rasten, eine Frage jagte die nächste, und die Antworten waren nicht weniger verwirrend. Konnte das Ganze ein Zufall sein? Nein, unmöglich. Ein Versehen? Das ergab überhaupt keinen Sinn.

Aber nichts ergab einen Sinn.

Ich versuchte, mich an die genauen Umstände meiner Treffen mit dem Mann zu erinnern, den ich als Roger kannte. Er war zu mir ins Büro gekommen, angeblich neu in der Stadt, in einem neuen Job, frisch geschieden und auf der Suche nach einer Eigentumswohnung am Wasser. *Stimmte irgendetwas davon?* Wir hatten mehrere Nachmittage miteinander verbracht, zwei Mal zusammen zu Abend gegessen und bei zwei verschiedenen Anlässen miteinander geschlafen, einmal in einem Hotelzimmer und einmal in meinem eigenen Haus, in meinem eigenen Bett.

Damals war ich extrem verletzlich und Roger sehr zugewandt gewesen, jemand, mit dem man einfach gut reden konnte. Er hatte genau die richtigen Sachen gesagt, und er hatte, noch wichtiger, *zugehört.*

Er hatte Mitgefühl gezeigt. Oder vorgetäuscht.

Genau wie Elyse, erkannte ich erschrocken.

»Was ist los?«, fragte Tracy.

»Nichts. Wieso?«

»Du hast leise gestöhnt.«

»Wirklich?« *Scheiße.*

»Ist irgendwas mit dir?«

»Ich bin bloß überrascht«, erklärte ich ihr.

»Sag bloß.«

War das Ganze von Anfang an eine Falle gewesen? Hatte

Elyse ihr Interesse an mir bloß vorgetäuscht, mir ihr mitfühlendes Ohr geliehen und sich als meine Freundin eingeschmeichelt, um Informationen zu sammeln und dadurch die Oberhand zu gewinnen? Hatte sie diese Informationen an ihren Sohn weitergereicht, um es ihm leichter zu machen, mich zu verführen?

Aber wozu? Mit welchem Ziel?

War Roger wirklich ihr Sohn? Hieß er wirklich Andrew?

Was für ein Spiel spielten die beiden?

Und die vielleicht wichtigste Frage von allen – was würde als Nächstes geschehen?

»Er sieht ziemlich nett aus«, riss Tracy mich ein weiteres Mal aus meinen Gedanken. »Glaubst du, er ist Single?«

»Nein«, antwortete ich rasch, als mir die wenigen Informationen wieder einfielen, die Elyse genannt hatte. »Er hat eine Ehefrau in Los Angeles.«

»Was weißt du sonst noch über ihn?«

»Das ist ungefähr alles«, log ich.

In Wahrheit wusste ich gar nichts.

»Da kommen sie«, sagte Tracy. »Wappne dich.«

Im nächsten Moment standen Elyse und Roger vor uns. »Jodi, Tracy, Harrison«, begann sie und lächelte uns nacheinander an. »Ich möchte euch meinen Sohn Andrew vorstellen.«

»Freut mich, Andrew«, sagte Harrison pflichtschuldig und schüttelte ihm die Hand.

»Ich wusste gar nicht, dass Elyse einen Sohn hat«, sagte Tracy.

»Ich bin sicher, dass ich das irgendwann erwähnt haben muss.« Elyse sah mich zur Bestätigung an.

»Ich glaube schon.« Ich bemühte mich, mit fester Stimme weiterzusprechen, als ich Roger direkt in die Augen blickte. »Aus Los Angeles?«

»Bis vor einem halben Jahr«, antwortete er. »Ich habe mich scheiden lassen und wurde nach Detroit versetzt. Aber Toronto gefällt mir wirklich sehr, deshalb überlege ich ernsthaft hierherzuziehen.«

Gütiger Gott.

»Was machst du denn beruflich?«, fragte Harrison.

»Vermögensverwaltung.«

»Das hört sich gut an«, sagte Tracy lachend.

»Tracy, nicht wahr?«, fragte Roger.

»Richtig.«

»Mit einem I oder einem Ypsilon?«

»Einem Ypsilon.«

»Ich mag dein Sweatshirt, Tracy mit Ypsilon. Ich werde auf jeden Fall darauf achten, dich nicht zu unterschätzen.«

»Kluger Mann«, sagte Tracy.

Er wandte sich mir zu. »Und Jodi, richtig?«

Ich biss mir auf die Unterlippe. »Mit einem I«, sagte ich, bevor er fragen konnte. Es erforderte all meine Selbstbeherrschung, ihm nicht eine schallende Ohrfeige in sein attraktives Gesicht zu verpassen. »Andrew, richtig?«

Er nickte.

»Wieso finde ich, du siehst mehr aus wie ein Roger?«

Er lächelte. »Keine Ahnung. Aber du kannst mich gern Roger nennen, wenn dir das lieber ist. Den Namen mochte ich schon immer.«

»Komm«, drängte Elyse, fasste seinen Ellbogen und führte ihn zu den anderen Gästen.

»Was für eine sonderbare Bemerkung«, sagte Tracy zu mir. »Er sieht aus wie ein Roger? Wer um alles auf der Welt sieht aus wie ein Roger?«

Ich zuckte die Schultern. Was sollte ich sonst machen?

»Was glaubst du, was das zu bedeuten hat?«, fragte Tracy, während sie ihm mit Blicken durch den Raum folgte.

»Ich habe keine Ahnung.«

»Für uns, meine ich«, stellte sie klar.

»Ich weiß, was du meinst. Ich habe trotzdem keine Ahnung.«

»Wir müssen Dads Wohlwollen zurückgewinnen.«

»Wieso? Wovon redest du?«

»Denk doch mal drüber nach«, sagte sie. »Wenn Daddy stirbt, könnte Elyse den Großteil seines Vermögens erben, wenn nicht alles, was bedeutet, wenn sie stirbt, könnte ihr Sohn mit allem davonspazieren. Und wir, meine liebe Schwester, gehen am Ende leer aus.«

»Na, das sind vielleicht doch reichlich vorschnelle Schlussfolgerungen«, meinte Harrison.

»Besser vorschnell als zu langsam«, erklärte Tracy ihm. »Stimmt's, Jodi?«

Ich nickte. Aber in Wahrheit spielen Kategorien wie zu schnell oder zu langsam nur eine Rolle, wenn man weiß, wo man steht und wohin man will. Und wie ich meiner Schwester bereits mehrfach erklärt hatte, hatte ich keine Ahnung.

KAPITEL EINUNDFÜNFZIG

Danach ging es mit dem Abend weiter bergab.

Gegen halb neun verkündete Elyse, dass das Essen fertig sei und sich alle am Buffet bedienen sollten, das sie auf dem Tisch im Esszimmer aufgebaut hatte. Es gab diverse Salate und große Platten mit selbst gemachter Lasagne sowie großzügige Portionen von Krabben und gedünstetem Lachs.

Mir wurde schon bei dem Gedanken, etwas zu essen, schlecht, deshalb blieb ich im Wohnzimmer, während die anderen sich mit ihren Tellern anstellten.

»Du isst nichts?«, fragte jemand hinter mir.

»Keinen Hunger«, sagte ich und blickte entschlossen geradeaus.

»Meine Mutter ist eine wunderbare Köchin. Du solltest wirklich etwas essen.«

»Und du solltest dich ins Knie ficken«, sagte ich.

Er lachte. »Ich würde lieber dich ficken«, flüsterte er und strich auf dem Weg ins Esszimmer an mir vorbei.

»O Gott.« Ich spürte, wie meine Knie weich wurden und meine Beine nachzugeben drohten.

»Alles in Ordnung?«, fragte Tracy, die wenig später mit einem einzelnen großen Stück Lachs auf dem Teller ins Wohnzimmer zurückkam. »Du siehst irgendwie blass aus.«

Sie wich ein paar Zentimeter zurück. »Du hast dir doch nichts eingefangen, oder?«

»Zu viel Champagner«, sagte ich wie zuvor.

»Dann solltest du wahrscheinlich etwas essen«, sagte Harrison, der sich mit einem reichlich vollgeladenen Teller zu uns gesellte. »Man kann über Elyse sagen, was man will, aber in der Küche kennt sie sich aus.«

»Sie kennt sich überhaupt aus«, sagte Tracy. »Und ihr Sohn ist irgendwie süß. Was meint ihr – ich heirate ihn und kassiere in jedem Fall.«

Ich wurde von einer weiteren Welle der Übelkeit erfasst. »Ich würde mich von ihm fernhalten«, warnte ich sie. »Er riecht nach Ärger.«

»Ich mag Ärger«, entgegnete Tracy.

»Entschuldigt mich«, sagte ich. »Ich muss kurz auf die Toilette.«

Ich ging eilig zu dem Badezimmer unter der Treppe rechts von dem Fahrstuhl. Die Tür war geschlossen, deshalb klopfte ich.

»Einen Moment«, antwortete Stephanie Pickering, ihre Stimme so resolut wie ihre blonde Helmfrisur und ihr imposantes Dekolleté. Kurz darauf kam sie heraus. »Ein reizender Abend«, sagte sie, als sie mich sah. »Haben Sie die Lasagne gekostet? Die beste, die ich je gegessen habe.«

»Die muss ich probieren.«

Sie beugte sich vor. »Bearbeiten Sie Ihren Vater ein bisschen, ja?«, drängte sie. »Er wird nicht jünger, und Elyse hat mir anvertraut, dass ihr das Haus ein bisschen viel wird.«

»Elyse hat gesagt, dass ihr das Haus zu viel wird?«

Stephanie legte einen Finger auf ihre Lippen. »Sagen Sie

ihr nichts. Sie hat es mir im Vertrauen erzählt. Und die beiden sitzen hier wirklich auf einer Goldmine.«

Eine Goldmine, die Elyse, eine Goldgräberin, wenn ich je eine gesehen hatte, offenbar gar nicht schnell genug ausschürfen konnte, dachte ich, als ich das Bad betrat und die Tür abschloss. Ich klappte den Klodeckel herunter, setzte mich und versuchte, einen klaren Kopf zu bekommen.

Ich wusste, dass das Haus nach den Gesetzen von Ontario ohne Ehevertrag als eheliches Heim und gemeinsamer Besitz galt, der jetzt zur Hälfte Elyse gehörte. Wenn mein Vater sich zu einem Verkauf überreden ließ, würde Elyse Zugriff auf den gesamten Erlös haben und könnte theoretisch mit dem Geld verschwinden.

Nicht, dass ich ihr missgönnte, was ihr rechtmäßig zustand. Wenn sie für den Rest seines Lebens – seien es zwei, fünf, zehn oder noch mehr Jahre – bei meinem Vater bleiben und ihn glücklich machen würde, dann nur zu. Sie verdiente, was sie bekommen konnte.

Aber ich wusste, dass es nicht so ausgehen würde. Und ich fürchtete, dass mein Vater ernsthaft in Gefahr sein könnte.

»O Gott«, rief ich in meine Hände, weil ich nicht wusste, was Rogers Anwesenheit zu bedeuten hatte. Ich wusste bloß zwei Dinge: Ich brauchte erstens Antworten und hatte zweitens keine Ahnung, woher ich sie bekommen sollte.

Ich blieb im Bad, bis ich das Gefühl hatte, wieder eine Unterhaltung führen zu können, ohne in Tränen auszubrechen. Dann betätigte ich für den Fall, dass draußen jemand wartete, die Toilettenspülung und öffnete die Tür.

Davor stand Rachel Miller. »Alles in Ordnung?«, fragte sie mit einer aufgesetzten Miene der Besorgnis, die ihren tadelnden Unterton kaum kaschieren konnte. »Sie waren sehr lange da drinnen.«

»Mir geht es gut. Tut mir leid«, murmelte ich und ging zurück ins Wohnzimmer, wo mein Mann die übrigen Gäste mit seiner Anekdote über O.W. Mitchells Begegnung mit dem Chirurgen unterhielt. Ich trat hinter Roger. »Wir müssen reden«, flüsterte ich.

»Wann und wo?«

»In der Küche«, erklärte ich ihm. »Jetzt.«

»Nach dir.«

Ich verließ das Zimmer. Er folgte wenige Augenblicke später.

»Dein Mann ist ja ein großer Geschichtenerzähler«, bemerkte er.

»Da ist er nicht der Einzige.« Wir standen uns vor dem Küchentresen gegenüber. »Sag mir, was zum Teufel hier los ist«, wies ich ihn an. »Wer bist du?«

»Du weißt, wer ich bin.«

»Das dachte ich auch. Aber der Mann, den ich kannte, hieß Roger.«

»Ja. Das tut mir leid. Ich heiße Andrew.«

»Du bist also wirklich Elyses Sohn?«

»Ja, wirklich.«

Ich schüttelte den Kopf und versuchte, die Bedeutung zu verdauen. »Wozu die Verstellung? Das verstehe ich nicht.«

»Ich denke schon.«

»Nein.«

»Du bist ein schlaues Mädchen«, sagte er. »Du wirst bestimmt irgendwann draufkommen.«

»Im Gegenteil, ich bin genau das Dummerchen, für das du

mich gehalten hast. Du musst es mir schon vorbuchstabieren. Was für ein Spiel spielst du?«

Er lächelte. »Gar kein Spiel.«

»Wirklich, du kommst in mein Büro und gibst dich als jemand anderes aus? Du lässt dir Eigentumswohnungen von mir zeigen, gehst mit mir essen …«

»Und ins Bett«, flüsterte er mir vorgebeugt ins Ohr.

Ich blickte zur Halle. »Warum?«, fragte ich schlicht.

»Warum nicht?«

»Das ist keine Antwort.«

»Also gut. Nenn es eine Versicherung.«

»Eine Versicherung gegen was?«

»Gegen unerwünschte Einmischungen in das Leben meiner Mutter.«

»Das heißt?«

»Das heißt, solange du ihr nicht in die Quere kommst, ist alles gut.«

»Solange ich ihr nicht in die Quere komme?«, wiederholte ich.

»Meine Mutter wird deinen Vater weiterhin sehr glücklich machen, solange sie es schafft, seine ziemlich autokratische Art zu ertragen. Nun, ich muss *dir* bestimmt nicht erzählen, wie er ist …«

»Und?«

»Und du und deine reizende Schwester, ihr werdet nichts unternehmen, um das zu hintertreiben. Ihr werdet ihre Entscheidungen nicht infrage stellen oder schlechtreden. Ihr werdet nicht ungefragt juristischen Rat einholen. Ihr werdet ihre Pläne nicht stören. Ihr werdet sie liebenswürdig unterstützen und, na ja, genauso nett sein, wie ich es von dir kenne.«

»Und wenn nicht?«

»Ich möchte dir etwas zeigen.« Er zog ein Handy aus der Tasche seines dunkelblauen Blazers und hielt es mir hin.

Ich starrte auf das Display und sah ein Bild, auf dem ich schlafend in einem fremden Bett lag. Die Kamera schwenkte durch den Raum, das Zimmer, das ich mit Roger im King Edward Hotel geteilt hatte, wie ich erkannte. Sie bewegte sich langsam von meinen auf einen Stuhl geworfenen Kleidern zum Spiegel in der Badezimmertür, in dem der nackte Körper meines Liebhabers deutlich zu erkennen war.

»O Gott«, stöhnte ich.

»Ich weiß«, sagte er. »Nicht meine Schokoladenseite. Aber betrachte das Positive, *du* siehst sehr zufrieden aus. Ein guter Orgasmus lässt den Teint einer Frau besonders leuchten, findest du nicht?«

»Du Schwein!«

»Ich denke, wir sollten ohne gegenseitige Beschimpfungen auskommen. Andrew reicht völlig. Und keine Sorge. Ich habe nicht die Absicht, es irgendjemandem zu zeigen, vor allem deinem Mann nicht, der vermutlich nicht allzu begeistert von deinem postorgasmischen Glanz wäre.«

»Das Ganze war also eine Falle? Du hast mich benutzt …«

»Ich würde lieber sagen, wir haben uns gegenseitig benutzt. Sonst noch Fragen?«

»Elyses Referenzen …«

»Beide Male ich. Verstellte Stimmen, Einweg-Handys. Amateur-Kram. Aber es ist leicht, Menschen zu täuschen, wenn sie getäuscht werden wollen.«

In meinem Kopf drehte sich alles. *War das Ganze meine Schuld?* »Und was passiert jetzt?«

Er lächelte. »Jetzt spielen wir ganz brav kleiner Stiefbruder mit seiner Schwester und gesellen uns wieder zu der Party. Was sagst du, Schwesterherz?«

»Ich sage, fahr zur Hölle.«

Sein Lächeln verblasste. »Nach dir.«

Keine Sorge, dachte ich, als ich zurück ins Wohnzimmer kam. Ich bin schon dort.

KAPITEL ZWEIUNDFÜNFZIG

»Du rätst nie, was gerade passiert ist«, sagte Tracy, als wir von der Party aufbrachen.

»Was ist denn gerade passiert?«, fragte ich, während uns auf dem Weg zu unseren Wagen eine eiskalte Böe ins Gesicht schlug.

»Er hat gesagt, er würde mich gern wiedersehen.«

»Wer?«, fragte ich, obwohl ein flaues Gefühl im Magen mir sagte, dass ich die Antwort bereits kannte.

»Andrew natürlich.« Sie kicherte. »Ich wusste, dass er Interesse hat. Ich hab gemerkt, wie er mich angesehen hat.«

»Bitte sag mir, dass du abgelehnt hast.«

»Wieso sollte ich ablehnen?«

Ich blieb mitten auf der Straße stehen. »Weil er Elyses Sohn ist. Weil ich ihm nicht traue.«

»Du musst ihm auch nicht trauen«, sagte sie. »Er möchte *mich* wiedersehen.«

»Du solltest ihm auch nicht trauen.«

»Wieso nicht?«

»Weil ich glaube, dass er Ärger bedeutet?«

»Wie kommst du darauf?«

»Ich komme darauf, weil er Elyses Sohn ist«, wiederholte ich. *Ich komme darauf, weil der Mann, den du als Andrew kennst, derselbe Mann ist, den ich als Roger kannte, als ich vor ein paar Monaten mit ihm geschlafen habe, was er jetzt benutzt, um mich zu erpressen, damit ich die Pläne seiner Mutter nicht störe, was immer zum Teufel sie im Schilde führen mag.* »Ich finde bloß, du solltest aufpassen.«

»Aufpassen auf was?«

»Ich weiß nicht«, log ich. »Ich möchte nur nicht, dass du verletzt wirst.«

»Seit wann kümmert dich das?«

»Wie meinst du das? Es hat mich immer gekümmert.«

»Wirklich? Ich kann mich nicht erinnern, dass du Einwände erhoben hast, als ich mit diesem Arschloch Mark Webster zusammen war.«

»Mit wem?«

»Eben!«, verkündete sie.

»Die Damen«, schaltete Harrison sich von irgendwo neben uns ein. »Es ist spät, es ist eiskalt, und wenn wir noch viel länger hier mitten auf der Straße stehen und streiten, werden wir überfahren. Das könnt ihr doch bestimmt auch morgen früh ausdiskutieren.«

»Die Diskussion ist beendet«, erklärte Tracy. »Ich habe gewonnen.«

Ich schluckte meine Empörung herunter. »Wann soll dieses Date denn stattfinden?«

»Nicht in nächster Zeit. Er muss zurück nach Detroit und weiß noch nicht genau, wann er wiederkommt.«

Gott sei Dank, dachte ich. Das gab mir ein wenig Zeit zu überlegen, was ich tun konnte.

Vorausgesetzt natürlich, ich konnte irgendwas tun.

Ich bezweifle, dass ich in jener Nacht mehr als ein paar Stunden geschlafen habe. Immer wieder spulten sich vor meinem inneren Auge die Ereignisse der Party ab, von dem Moment, in dem Elyse Roger als ihren Sohn Andrew vorgestellt hatte, über das belastende Video meines postkoitalen Schlummers, das er mir gezeigt hatte, bis zu Tracys überraschender Enthüllung, er sei daran interessiert, sie wiederzusehen, und sie habe unbedingt die Absicht, sich darauf einzulassen.

Dazwischen blitzten immer wieder Erinnerungen von mir und Roger auf, in den Restaurants, in diversen Eigentumswohnungen, die ich ihm gezeigt hatte, im Bett im King Edward Hotel, und in dem Bett, in dem ich gerade neben meinem schlafenden Ehemann lag. »O Gott«, stöhnte ich, drehte mich auf den Bauch und versuchte, die gnadenlose Folge von Bildern mit meinem Kopfkissen zu ersticken.

Wie hatte ich so dumm sein können? Wie hatte ich meine Ehe, meine Familie, meine Prinzipien, alles aufs Spiel setzen können, nur weil ich mich ein bisschen vernachlässigt gefühlt hatte, weil ich ohne Grund eifersüchtig auf eine Frau gewesen war, die halb so alt war wie ich, weil ich mich von meinem haltlosen Verdacht hatte täuschen lassen? Was war mit mir los?

Als ich endlich einschlief, sank ich in ein Gewirr verrückter Albträume mit schrecklichen Bildern von Monstern mit wandelbaren Gesichtern, die mich durch dunkle, eisige, windgepeitschte Straßen jagten, nur um in Hunderte von Scherben zu zersplittern, die sich zu wieder neuen Gestalten zusammensetzten, wenn ich endlich den Mut aufbrachte, ihnen die Stirn zu bieten.

»Wenn du glaubst, ich würde bei dir bleiben nach allem,

was du getan hast, träumst du«, drang die Stimme meines Mannes in meine Traumbilder und riss mich wach. »Ich verlasse dich, und ich nehme die Kinder mit. Du wirst mich nie wiedersehen.«

»Was?«, rief ich, schreckte im Bett hoch und suchte im Dunkeln nach seinen Augen.

»Alles okay«, sagte er, als sein Gesicht unvermittelt über meinem auftauchte. »Du hast schlecht geträumt. Tief einatmen. Versuche, dich zu beruhigen. Sonst weckst du noch die Kinder auf.«

»Ich habe im Schlaf geredet?«

»Eher geschrien. Wer ist Roger?«

»Was?«

»Du hast immer wieder gerufen: ›Nimm dich vor Roger in Acht!‹«

Scheiße. »Ich kenne niemanden namens Roger«, antwortete ich. Nicht direkt gelogen. Der Mann, den ich als Roger kannte, existierte nicht.

»Versuch, wieder einzuschlafen«, drängte Harrison und zog mich zurück auf die Matratze.

Ich spürte, wie mein Kopf das Kissen zerknitterte, doch ich wusste, dass ich keinen Schlaf finden würde. Wie auch, wenn mein Unterbewusstsein mich im ersten ungeschützten Moment verraten konnte?

Also lag ich in den Armen meines Mannes, des Mannes, den ich so achtlos betrogen hatte, und versuchte an andere Dinge zu denken: die Kinder, meinen Job, die in der kommenden Woche anstehenden Termine.

Aber so sehr ich mich auch bemühte, meine Gedanken kehrten immer wieder zu der Party am Abend zurück, zu

Elyses wissendem Lächeln, als sie mich ihrem Sohn vorgestellt hatte, zu der Warnung ihres Sohnes, die Pläne seiner Mutter, wie auch immer die aussehen mochten, nicht zu torpedieren, bis zu Tracys unbedachter Entscheidung, das Unglück durch ein Treffen mit dem Mann direkt herauszufordern.

Ich konnte ihr nicht einmal erklären, warum ich so vehement dagegen war, dass sie ihn wiedersah. Wie konnte ich ihr meine Affäre anvertrauen, wenn sie nicht kapierte, dass es eine mehr als dumme Idee war, den Sohn einer offensichtlichen Betrügerin zu daten? Nicht, dass ich Tracy nicht zutraute, ein Geheimnis zu wahren, obwohl ich ihr diesbezüglich offen gestanden *tatsächlich* nicht ganz traute. Sie würde mich nicht willentlich verraten, eher würde ihr irgendwas herausrutschen. Tracy war unbesonnen und noch nie das gewesen, was man diskret nennen würde. Sie neigte dazu, erst zu reden und dann zu denken, und das Risiko konnte ich einfach nicht eingehen.

Elyse verstand das und nutzte es zu ihrem Vorteil, so wie sie alles zu ihrem Vorteil nutzte. Teilen und Herrschen war von Anfang an ein Element ihres Plans gewesen. Und mithilfe ihres Sohnes trieb sie das jetzt noch einen Schritt weiter. Indem Roger – wie ich ihn in meinen Gedanken immer noch nannte – mit einer Romanze mit meiner Schwester drohte, versicherte er sich meines Schweigens und Wohlverhaltens. Wie sollte ich irgendwas mit Tracy besprechen, wenn ich mir nicht sicher sein konnte, dass sie es nicht an Roger ausplauderte?

Aber wenn ich ehrlich war, ging es um mehr als das. Wenn ich Tracy von meiner Affäre erzählte, würde ich mich als mindestens ebenso leichtfertig entpuppen wie sie. Meine Schwester lebte schließlich nicht in einer festen Beziehung; sie hatte keine Kinder; sie glaubte nicht, dass sie die Geerdete, Selbstreflektierte und Verantwortungsvolle von uns beiden war.

Wie hatte ich so leichtgläubig und vertrauensselig sein können? Wie hatte ich mich so *irren* können?

Wer war ich, ihr zu sagen, was sie machen sollte?

Mein Leben war ein diffuses, brodelndes Durcheinander, und nur eines war schmerzhaft klar: Ich war damit allein.

KAPITEL DREIUNDFÜNFZIG

Ein berühmter Dichter hat den April einmal den »ärgsten Monat« genannt. Soweit ich mich an meine Uni-Seminare in Englischer Literatur erinnere, galt der April als arg, weil er im Gegensatz zum Winter, der uns warmhält, indem er begräbt das Erdreich unter Schnee-Vergessen, mit dem beginnenden Tauwetter nicht nur die darunter schlummernde Verwesung bloßlegt, sondern auch eine frische Hoffnung zutage fördert – nach Erneuerung, Veränderung, vor uns liegenden helleren Tagen –, die letztendlich dazu verurteilt ist, enttäuscht zu werden.

In meinem Fall war es weniger unerfüllte Hoffnung als vielmehr erdrückende Reue über das, was ich getan hatte, die permanente Angst, meine unbedachte Affäre könnte enthüllt werden, und eine allgegenwärtige böse Vorahnung, dass alles noch schlimmer werden würde.

Deshalb entschied ich mich trotz der Sorge um das Wohlbefinden meines Vaters für die feige Lösung und sagte mir, dass es das Beste für mich sei, mich samt meinen Bedenken und Vorbehalten bedeckt zu halten und keinen Staub aufzuwirbeln. Welchen Unterschied machte es, wenn Elyse nur hinter dem Geld meines Vaters her war, wenn sie am Ende alles erbte und Tracy und ich leer ausgingen? Es war das

Geld unseres Vaters, und er konnte damit machen, was er wollte. Welches Recht hatten wir, uns einzumischen, solange er glücklich war?

»*Meine Mutter wird deinen Vater weiterhin sehr glücklich machen, solange sie es schafft, seine ziemlich autokratische Art zu ertragen*«, hatte mein Exliebhaber gesagt.

Und wenn diese *ziemlich autokratische Art* unerträglich wurde, fragte ich mich unwillkürlich, weil mir die implizite Drohung, die in diesen Worten mitschwang, durchaus bewusst war, was würde dann passieren?

Mir kam der von Tracy geäußerte Verdacht in den Sinn, dass Elyse etwas mit dem Tod unserer Mutter zu tun gehabt haben könnte, dass ihr tödlicher Sturz auf der Treppe kein Unfall gewesen war.

War das möglich?

Und schwebte unser Vater jetzt ebenfalls in Gefahr?

Diese Fragen begleiteten mich durch meine wachen Stunden, und ich wälzte mich mit ihnen im Schlaf. Trotzdem behielt ich all diese Gedanken weiterhin für mich. Ich tröstete mich mit dem Wissen, dass unsere Ehe wieder in der Spur und die Beziehung zu meiner Schwester relativ stabil war, wofür Rogers bisherige Abwesenheit bestimmt förderlich war. Sogar im Verhältnis zu meinem Vater hatte sich bei aller andauernden Frostigkeit eine förmliche Freundlichkeit eingespielt. Ich rief einmal die Woche an; wir sprachen kurz miteinander; und Elyse ertrug weiterhin *seine ziemlich autokratische Art.*

Fordere den Ärger nicht heraus, sagte ich mir und dachte an das Gebet der Anonymen Alkoholiker: *Gott, gibt mir die Gelassenheit, die Dinge hinzunehmen, die ich nicht ändern kann, den Mut, die Dinge zu ändern, die ich ändern kann, und die Weisheit, das eine vom anderen zu unterscheiden.*

Dies war eins der Dinge, die ich nicht ändern konnte.

Zumindest redete ich mir das jenen ganzen ärgsten Monat über ein.

Und dann war es Mai.

Fast ein Jahr war vergangen seit meiner ersten schicksalhaften Begegnung mit Elyse. So viel hatte sich verändert. Meine Mutter war tot. Ich war eine Ehebrecherin. Die Frau, die ich als Haushälterin angestellt hatte, war jetzt die Herrin des Hauses.

»Klopf, klopf«, hörte ich jemanden sagen, begleitet von einem Klopfen an meiner Bürotür.

Ich blickte auf und sah Stephanie Pickering, die todschick in einem tomatenroten Blazer, weißer Seidenbluse und schwarzer Hose vor mir stand.

»Da war aber jemand tief in Gedanken«, sagte sie. »Ich steh schon seit fünf Minuten hier.«

»Tut mir leid«, entschuldigte ich mich. »Was gibt es?«

»Ich wollte mich bloß bedanken«, sagte sie, zog sich einen der Stühle vor meinem Schreibtisch heran, setzte sich, schlug ein Bein über das andere und präsentierte ein Paar knallrote Louboutins mit dünnen, hohen Absätzen.

»Wofür?«

»Ihr Vater hat mich gerade angerufen. Offenbar sind sie jetzt doch am Verkauf des Hauses interessiert?«

»Was?«

»Sie wirken überrascht.«

»Was?«, wiederholte ich, meine Ausweichfrage für alle Fälle, in denen ich nicht wusste, was ich sagen sollte.

»Entschuldigen Sie. Ich hatte angenommen, dass Sie etwas mit seinem Sinneswandel zu tun hatten, dass Sie ihn irgendwie überzeugt haben …«

»Verzeihung«, sagte ich. »Mein Vater hat Ihnen mitgeteilt, dass er überlegt, das Haus zu verkaufen?«

»Er hat mich gefragt, ob mein Kunde noch Interesse habe. Ich musste ihm natürlich sagen, dass der Zug bereits abgefahren ist. Aber ich sei sicher, dass ich im Handumdrehen einen anderen Käufer finden könnte. Ich fahre heute Nachmittag rüber, um mich noch einmal umzusehen, und ich nehme einige der anderen Makler mit, damit wir den optimalen Preis erzielen können. Oh je«, sagte sie, »ich sehe, dass Sie verstimmt sind.«

Ich schüttelte den Kopf, weil ich selbst nicht genau wusste, was ich empfand.

»Ich hoffe, Sie sind nicht wütend, dass er sich an mich gewandt hat«, sagte Stephanie, bevor ich eine Antwort formulieren konnte. »Er hat es sicherlich für das Beste gehalten, den Verkauf über ein Nicht-Familienmitglied abzuwickeln, um mögliche Reibereien zu vermeiden.«

Wann hatte mein Vater sich je darum gekümmert, Reibereien zu vermeiden, fragte ich mich. Mein Vater liebte Reibereien. Sie ließen ihn aufblühen.

»Sie sind selbstverständlich herzlich eingeladen, heute Nachmittag mitzukommen, wenn Sie möchten.«

Mir fiel kaum etwas ein, das ich weniger gern getan hätte. »Nein, schon okay. Ich denke, Sie können alles selbst regeln.«

»Super.« Sie stand auf. »Jodi«, begann sie, hielt inne, und ihr Blick schweifte durch den Raum, als würde sie nach den richtigen Worten suchen. »Nur damit es keine Missverständnisse gibt …«

»Das ist *Ihr* Verkauf«, beendete ich den Satz für sie.

»Vielen Dank für Ihr Verständnis.«

Ich lächelte. Was sollte ich sonst machen?

KAPITEL VIERUNDFÜNFZIG

Am Ende der Woche hatte sich Stephanie bei meinem Vater und Elyse zurückgemeldet und vorgeschlagen, einen Preis von fünfeinhalb Millionen Dollar aufzurufen, und sie hatten einem Verkauf zugestimmt.

»Ich schicke nächste Woche jemanden vorbei, um die Skizzen und Grundrisse zu zeichnen, und ich hoffe, dass Max Prescott möglichst bald ein Gutachten erstellen kann«, erklärte sie mir zwischen Tür und Angel in meinem Büro, als ich gerade zu einem Kundentermin aufbrechen wollte.

»Und wann wollen Sie das Haus in das Angebot aufnehmen?«, fragte ich, bemüht, so zu klingen, als hätte mein Vater mich bereits über seine Entscheidung informiert, sodass sie mir eigentlich nichts Neues erzählen konnte.

»Wahrscheinlich erst in einem Monat. Wir warten ab, was das Gutachten ergibt. Man weiß nie, was für unerwartete Probleme bei diesen alten Häusern auftauchen«, erklärte sie mir, als wäre ich neu in der Branche. »Ich habe ein paar Außenreparaturen vorgeschlagen, um das Haus einladender wirken zu lassen, weniger …«

»Unheimlich?«, schlug ich das Adjektiv meines Sohnes vor.

»Genau«, sagte sie. »Wie alt ist eigentlich das Dach?

Haben Sie eine Ahnung, wann es zum letzten Mal neu gedeckt wurde?«

»Nein, keine«, sagte ich wahrheitsgemäß und fragte mich, warum die vermeintliche Top-Maklerin der Agentur diese Frage meinem Vater nicht selbst gestellt hatte.

»Wenn wir ein neues Dach brauchen, könnte das die Sache verzögern. Aber drücken wir die Daumen und hoffen das Beste.«

Zu spät, dachte ich und drückte trotzdem die Daumen.

Sobald sie gegangen war, rief ich meinen Vater an.

Elyse nahm ab. »Jodi«, sagte sie. »Ich nehme an, du hast gehört, dass wir verkaufen wollen.«

»So ist es.«

»Ich hoffe, du bist nicht zu aufgewühlt. Ich glaube wirklich, dass es die richtige Entscheidung ist. Es wird Zeit. Und es ist ein guter Preis.«

»Es ist ein guter Preis«, stimmte ich zu. »Kann ich meinen Vater sprechen?«

»Er ist gerade leider ziemlich beschäftigt.«

»Ich kann warten.«

»Das würde ich dir nicht raten. Er ist unter der Dusche, und das könnte eine Weile dauern. Der Mann liebt es zu duschen. Aber ich sag ihm auf jeden Fall, dass du angerufen hast.«

»Mach das.« Kopfschüttelnd legte ich den Hörer auf, erstaunt über die Fähigkeit der Frau, weiterzumachen, als wäre alles normal zwischen uns. Als ob sie es nicht arrangiert hätte, dass ihr Sohn mich verführt hatte, munitioniert mit Informationen, die ich ihr dummerweise geliefert hatte, Empfindungen, die ich ihr unbesonnen anvertraut hatte. Als würde sie mich nicht im Grunde zum Schweigen erpressen und mich zu der immer klarer werdenden Einsicht zwingen: Sie hatte die Macht.

Ich saß ein paar Minuten am Schreibtisch und versuchte, diese unangenehmen Gedanken zu verdrängen, bis mir auffiel, dass ich zu spät zu meinem Termin kommen würde, wenn ich mich nicht sofort auf den Weg machte. Ich sollte einem verheirateten Paar zum zweiten Mal ein Haus in Moore Park zeigen, ein ziemlich gewöhnlich aussehendes Objekt, Küche, Wohnzimmer, drei Schlafzimmer, zwei Bäder, in einer Sackgasse in einer ruhigen Gegend. Angesichts der notwendigen Reparaturen verlangten die Verkäufer einen zu hohen Preis. Trotzdem waren am Wochenende Angebote eingegangen, mehrere Käufer waren interessiert, sodass das Haus ungeachtet seines Zustands wahrscheinlich beträchtlich mehr als den aufgerufenen Preis einbringen würde.

Meine Kunden – Joel und Joanna Rowe, beide Anwälte, Anfang vierzig – parkten bereits vor dem Haus, als ich in die Einfahrt bog. »Warten Sie schon lange?«, fragte ich, als wir uns an der Haustür trafen.

»Nur ein paar Minuten«, antwortete Joel Rowe.

Ich schloss mit meinem Schlüssel auf, und wir betraten den Hausflur.

»Es ist kleiner, als ich es in Erinnerung hatte«, sagte seine Frau, als wir durch das Erdgeschoss gingen.

Ich wartete in der altmodischen Küche, während die beiden sich noch einmal im ersten Stock umsahen.

»Wir würden gern ein Angebot abgeben«, sagte Joanna Rowe, als sie fertig waren. »Wie viel würden Sie empfehlen?«

»Nun, es gibt bereits vier registrierte Bieter«, erinnerte ich sie, »das heißt, das Haus wird für deutlich mehr als den aufgerufenen Preis verkauft werden. Die Frage ist bloß, wie hoch Sie gehen wollen.«

»Wie viel würden Sie empfehlen?«

Ich sah mich in dem wenig inspirierenden Haus um, Wände, die gestrichen, Parkettböden, die abgeschliffen werden mussten, eine Küche, die einer Komplettrenovierung bedurfte. »Entscheidend ist, dass Sie ein gutes Gefühl dabei haben«, sagte ich. »Ich nehme an, das Haus wird sich für mindestens fünfzigtausend Dollar über dem gelisteten Preis verkaufen. Ein niedrigeres Angebot abzugeben wäre für alle eine Verschwendung von Zeit und Energie.« *Vor allem für mich*, dachte ich, sagte es jedoch nicht laut. Ich wusste nicht mehr, wie oft ich im vergangenen Jahr stundenlang Verträge aufgesetzt und Angebote abgegeben hatte, nur um dann zu sehen, wie das Haus an einen Käufer gegangen war, der mehr geboten hatte.

»Okay«, sagte Joel Rowe. »Bieten Sie fünfundsiebzigtausend über dem gelisteten Preis, in bar und mit Aussicht auf einen zügigen Abschluss.«

»Klingt gut«, sagte ich. »Ich setze das Angebot gleich auf.«

»Glauben Sie, wir haben eine Chance?«, fragte Joanna.

»Ja, das glaube ich«, erklärte ich ihnen, obwohl man das in Wahrheit unmöglich voraussagen konnte. »Darf ich Sie etwas fragen?«, hörte ich mich sagen.

Joel und Joanna Rowe sahen mich erwartungsvoll an. »Selbstverständlich«, erwiderte Joanna.

»Es geht um ein juristisches Problem. Es hat nichts mit dem Haus zu tun.«

Die beiden Anwälte wechselten besorgte Blicke. »Okay«, antworteten sie hörbar skeptisch im Chor.

Ich zögerte. Hatte Roger mich nicht davor gewarnt, juristischen Rat einzuholen? Aber wie sollte er davon erfahren? Und ich hatte auch nicht aktiv danach gesucht, sagte ich mir. Das Schicksal hatte mir diese beiden Juristen quasi in den Schoß fallen lassen, und es wäre dumm, die sich bietende Gelegenheit nicht zu nutzen. »Nun, eine Freundin von mir …« *Im Ernst*, dachte ich. *Willst du wirklich so tun, als wäre das einer Freundin passiert?* »… also ihr Vater hat vor Kurzem erneut geheiratet, und seine neue Frau hat es offensichtlich auf sein Geld abgesehen. Nun bedrängt sie ihn, das Haus der Familie zu verkaufen, und meine Freundin würde gern irgendetwas unternehmen, um ihn aufzuhalten …« Ich brach ab. »Sie kann gar nichts machen«, sagte ich, als ich den Gesichtsausdruck der beiden sah.

»Nun, wie Sie wissen, ist keiner von uns Experte für Familienrecht«, begann Joel. »Ich kümmere mich um Fusionen und Übernahmen, Joanna ist spezialisiert auf Unternehmensrecht …«

»Ich nehme an, Ihre Freundin besitzt selbst keine Anteile an dem Haus?«, unterbrach Joanna ihn.

»Das stimmt.«

»Also, wenn sie nicht beweisen kann, dass ihr Vater geschäftsunfähig ist …«, fuhr sie fort. »Ist er das? Geschäftsunfähig, meine ich?«

»Nein. Eigentlich nicht.« *Noch nicht*, dachte ich.

»Ich weiß ein wenig darüber, weil einer Freundin von mir etwas Ähnliches passiert ist«, sprach Joanna weiter. »Ihre Mutter ist gestorben, und ihr Vater hat eine Frau geheiratet, die halb so alt war wie er, und als er ein paar Jahre später gestorben ist, hat die neue Frau alles gekriegt. Meine Mandantin hat sie verklagt, und irgendwann haben die beiden sich verglichen, aber nur im Rahmen eines Bruchteils des tatsächlichen Vermögens, und nachdem sie ihre Anwälte bezahlt hatte, blieb ihr praktisch nichts. Glauben Sie mir, es war den Ärger nicht wert. Sagen Sie Ihrer Freundin, sie soll sich einen Gefallen tun und das Haus abschreiben und vergessen.«

Ihr Mann nickte. »Guter Rat«, sagte er.

»Das werde ich ihr sagen. Danke.«

Wir gingen zur Haustür.

»Das Haus des Vaters Ihrer Freundin«, sagte Joanna und blieb stehen, »sollten wir es uns ansehen?«

KAPITEL FÜNFUNDFÜNFZIG

»Hallo, Elyse«, sagte ich in der kommenden Woche am Telefon, entschlossen, die Kommunikationskanäle offenzuhalten. »Was meinst du, kann ich heute Nachmittag vielleicht die Kinder zum Schwimmen vorbeibringen? Sie haben ihren Großvater eine Weile nicht gesehen und …«

»Es tut mir schrecklich leid«, unterbrach Elyse mich. »Aber es ist wirklich kein guter Zeitpunkt. Wie du weißt, lassen wir gerade ein paar Sachen am Haus machen, und die Arbeiter sind überall.«

»Wie wär's dann mit morgen? An einem Sonntag sind doch bestimmt keine Arbeiter da?«

»Ich fürchte, das wird auch nicht klappen. Wir sind sehr beschäftigt, und bei allem, was hier erledigt werden muss, haben wir die Poolheizung ehrlich gesagt gar nicht erst eingeschaltet.«

»Nun, wie wär's, wenn wir einfach so vorbeikommen und Hallo sagen?«

»Es ist wirklich kein guter Zeitpunkt.«

»Wann genau wäre denn ein guter Zeitpunkt?«, beharrte ich.

»Vielleicht nächstes Wochenende. Ich frage deinen Vater.«

»Ich kann ihn doch selbst fragen.«

»Natürlich. Im Moment macht er ein Nickerchen, aber ich sage ihm, dass du angerufen hast.«

Damit wurde die Verbindung unterbrochen.

Das gleiche Spiel wiederholte sich im Laufe der folgenden Wochen. Wenn ich anrief, machte mein Vater jedes Mal ein Nickerchen, war im Bad oder anderweitig beschäftigt; ich hinterließ Nachrichten, die er ignorierte oder von denen er nichts erfuhr; er unternahm keinen Versuch, sich bei mir oder meiner Schwester zu melden; er zeigte kein Interesse an seinen Enkelkindern.

»Ist Grandpa gestorben?«, fragte Daphne mich eines Sonntagnachmittags.

Ihre unschuldige Frage trieb mich zum Handeln. Ich rief Tracy an. »Ich fahre rüber«, erklärte ich ihr. »Wollen wir uns dort treffen?«

»Ich glaube, ich verzichte«, sagte Tracy. »Es ist sinnlos, irgendwo hinzugehen, wo man nicht erwünscht ist.«

Sie hatte recht, und ich weiß offen gestanden nicht, warum ich so beharrlich blieb. Mein Vater und ich hatten uns nie besonders nahegestanden. Er war immer störrisch und unfreundlich gewesen. Stets hatte ich ihn auf irgendeine Weise enttäuscht.

Vielleicht war ich deshalb so entschlossen, ihn dieses Mal nicht zu enttäuschen.

»Du lässt mich mit den Kindern allein?«, fragte Harrison, als ich ihm von meinen Plänen erzählte.

»Ich muss wirklich nach meinem Vater sehen. Es dauert nicht lange.«

»Du fängst schon jetzt mit dem Scheiß an?«, fragte er, und

sein Ärger traf mich unvorbereitet. »Ich weiß nicht, warum ich noch überrascht bin«, fuhr er fort. »Das passiert jeden Juni. Ich habe zwölf eingereichte Texte zu lesen und zu beurteilen, bevor mein Kurs anfängt. Wie soll ich irgendetwas schaffen, wenn zwei kreischende Kinder im Haus rumrennen?«

»Ich nehm die Kinder mit«, sagte ich, weil ich mich nicht streiten wollte.

Harrison winkte, als wir auf die Straße bogen. Ein weiterer Mann, den ich ständig enttäuschte.

»Ist das das richtige Haus?«, fragte Sam, als wir in der Auffahrt meines Vaters parkten. »Es sieht anders aus.«

Er hatte recht. Die Backsteinmauern waren sandgestrahlt worden, die Fenster zur Straße ausgetauscht und die Rahmen frisch weiß gestrichen worden.

Von Stephanie wusste ich, dass die Begutachtung nur ein paar kleinere Mängel ergeben hatte und zurzeit neue Grundrisse gezeichnet wurden, sodass das Haus wahrscheinlich Ende des Monats auf den Markt kommen würde.

»Können wir schwimmen gehen?«, fragte Daphne, als wir ausstiegen.

»Wir haben unsere Schwimmsachen nicht mitgebracht«, erinnerte Sam seine Schwester.

»Okay, Kinder«, erklärte ich. »Wisst ihr noch, was ihr tun sollt?«

»Wenn wir Grandpa begrüßt haben«, sagte Daphne, »fragen wir Elyse, ob wir Milch und Kekse haben können.«

»Perfekt.« Ich hoffte, dass mir diese kleine Scharade Zeit genug geben würde, um unter vier Augen mit meinem Vater zu sprechen.

Ich klingelte, und wir warteten. Niemand kam an die Tür. »Sieht so aus, als wäre niemand zu Hause«, sagte ich nach einigen Minuten.

»Da ist jemand am Fenster!«, rief Sam und streckte seinen Arm zum ersten Stock aus.

Mein Blick folgte seinem Arm zu dem Fenster.

Dort oben war niemand.

»Bist du sicher, dass du jemanden gesehen hast?«, fragte ich.

»Ziemlich sicher.«

Ich klingelte erneut. Und dann noch einmal.

Niemand machte auf.

Wir gingen um das Haus herum, doch das Tor in dem hohen Holzzaun um den Swimmingpool war abgeschlossen.

»Vielleicht machen sie einen Spaziergang«, meinte Sam.

»Ich hab keine Lust mehr zu warten«, jammerte Daphne.

»Ich auch nicht«, sagte Sam.

»Und ich erst recht nicht«, stimmte ich ihnen zu und war dankbar, dass meine Kinder lachten. Ich zog mein Handy aus der Handtasche und rief im Haus an.

Niemand nahm ab.

Ich hinterließ eine Nachricht: »Dad, es ist wirklich wichtig, dass wir uns sprechen.« Ich steckte das Handy wieder in die Handtasche und führte meine Kinder zurück zum Wagen. Als ich rückwärts aus der Einfahrt setzte, war mir, als hätte ich eine Bewegung an dem Fenster oben ausgemacht. Aber als ich anhielt und blinzelnd genauer hinsah, war da nichts.

Das Telefon klingelte, als wir uns gerade zum Essen hinsetzten.

»Arbeit oder deine Schwester«, bemerkte Harrison mit einem gereizten Unterton, der sich den Tag über gehalten hatte. »Wer ruft sonst zur Abendbrotzeit an? Und was ist das überhaupt für ein Zeug, das wir da essen?«, fuhr er nahtlos fort.

»Rindergulasch«, sagte ich auf dem Weg in die Küche. »Ich dachte, du magst mein Gulasch.«

»Und ich dachte, wir wollten unseren Konsum von rotem Fleisch reduzieren.«

»Dann lass das Fleisch weg«, sagte ich.

»Tolles Essen«, erwiderte er höhnisch. »Kartoffeln mit Gemüse.«

Seufzend nahm ich den Hörer ab. »Hallo?«

»Jodi«, sagte eine Männerstimme.

»Dad?«

»Ich habe deine Nachricht erhalten. Was ist denn so verdammt dringend?«

»Nichts ist dringend«, sagte ich. »Wir haben bloß eine Weile nicht mehr miteinander gesprochen. Ich mache mir langsam Sorgen.«

»Es gibt nichts, worüber du dir Sorgen machen müsstest. Wir sind nur sehr beschäftigt, das ist alles.«

»Zu beschäftigt, um deine Enkelkinder zu sehen? Zu beschäftigt, um anzurufen?«

»Ich ruf dich doch gerade an, oder?«

»Dann geht es dir also gut?«

»Warum sollte es mir nicht gut gehen?«

»Und wie läuft alles?«, setzte ich neu an.

»Alles läuft nach Plan. Stephanie ist das reinste Energiebündel. *Die* schiebt nichts auf die lange Bank.«

»Das freut mich«, erwiderte ich, ohne auf die unausgesprochene Andeutung einzugehen, dass das bei mir anders war.

»Sie hat mir erzählt, dass du mit einem nur um fünftausend Dollar zu niedrigen Gebot einen Verkauf in Moore Park verpasst hast.«

»Tja, man weiß nie, wie viel ein anderer Interessent bietet«, sagte ich müde.

»Ist sonst noch was?«, fragte mein Vater. »Ich muss Schluss machen.«

»Wieso musst du?«

»Elyse sucht mich bestimmt schon. Sie macht sich Sorgen, wenn sie mich nicht findet.«

»Das verstehe ich nicht. Wo bist du denn?«

»Im Bad. Es würde ihr nicht gefallen, wenn sie herausfindet, dass ich mit dir gesprochen habe.«

»Was soll das heißen, es würde ihr nicht gefallen? Was ist damit, was dir gefällt? Dad? Dad?«

Aber meine Fragen blieben unbeantwortet, und als ich aufgelegt hatte und ins Esszimmer zurückgekehrt war, war Harrison schon vom Tisch aufgestanden, sein Gulasch weitgehend unangerührt und mein Abendessen kalt.

KAPITEL SECHSUNDFÜNFZIG

In der darauffolgenden Woche rief mich Ronald Miller an.

Da der Anwalt meines Vaters Tracy und mir erklärt hatte, dass es für ihn einen Interessenkonflikt darstellte, die Angelegenheiten meines Vaters mit uns zu besprechen, war ich mehr als überrascht, von ihm zu hören.

»Wie kann ich Ihnen behilflich sein, Mr Miller?«, fragte ich.

»Hören Sie«, begann er und räusperte sich. »Ich sollte eigentlich gar nicht mit Ihnen sprechen, und wenn Sie irgendjemandem erzählen, dass ich Sie angerufen habe, werde ich es bestreiten. Das meine ich ernst«, fügte er hinzu, bevor ich etwas sagen konnte. »Sie dürfen mit niemandem über diesen Anruf sprechen, nicht mit Ihrem Mann, nicht mit Ihrer Schwester und vor allem nicht mit Ihrem Vater. Ich gehe ein gewaltiges Risiko ein. Ich könnte meine Zulassung verlieren, wenn irgendjemand davon erfährt.«

»Ich werde kein Wort sagen«, versicherte ich ihm, hellwach und sehr interessiert.

»Sie müssen mir Ihr Wort geben.«

»Sie haben mein Wort. Was ist los?«

»Es geht um Ihren Vater.«

»Davon war ich ausgegangen.«

»Ich mache mir seinetwegen Sorgen.«

Willkommen im Club, dachte ich. »Was ist passiert?«

Wieder räusperte er sich vernehmlich. »Vor einigen Wochen ist Ihr Vater mit seiner Frau zu mir gekommen, um Elyse eine Vertretungsvollmacht zu übertragen für den Fall, dass er selbst geschäftsuntüchtig werden sollte.«

»Verstehe.«

»Das ist für sich genommen noch nicht übermäßig beunruhigend. Viele Paare haben eine solche Vereinbarung. Aber ...«

»Aber?«

»Er hat mich außerdem angewiesen, ein paar ziemlich bedeutende Änderungen an seinem Testament vorzunehmen.«

»Was für Änderungen?«

»Die Einzelheiten kann ich wirklich nicht mit Ihnen erörtern.«

Ich nahm an, das bedeutete, dass er Elyse alles hinterließ. »Ich verstehe nicht recht, warum Sie mir das erzählen«, sagte ich aufrichtig.

»Ich auch nicht«, gab er zu.

»Und warum rufen Sie dann an?«

»Weil ich das deutliche Gefühl hatte, dass Ihr Vater ... wie soll ich mich ausdrücken?« Er hielt inne, als würde er nach den richtigen Worten suchen. »Nicht direkt gezwungen wurde ...«

»Sie sagen, er wurde gezwungen?«

»Nein. Nicht gezwungen. Er wirkte bloß ... verwirrt und als ob ihm unbehaglich sei.«

»Verwirrt und unbehaglich?« Es sah meinem Vater überhaupt nicht ähnlich, verwirrt über irgendwas zu sein. Und unbehaglich fühlten sich in seiner Gegenwart nur alle anderen.

»Ich bin mir offen gestanden nicht sicher, ob Ihr Vater sich vollkommen bewusst war, was vor sich ging. Er wirkte müde, ja, regelrecht ausgezehrt. Ich habe ihn bei all dem Gewichtsverlust ehrlich gesagt kaum wiedererkannt.«

»Er hat abgenommen?«

»Ist Ihnen das nicht aufgefallen?«

»Na ja, vielleicht ein paar Pfunde«, stotterte ich, weil ich nicht zugeben wollte, wie lange ich meinen Vater nicht gesehen hatte.

»Dann diese Vagheit in seinem Blick. Ich fand das beunruhigend. Einfach nicht der Mann, mit dem ich sonst zu tun hatte. Aber er wird in einer Woche achtzig ...«

Achtzig, wiederholte ich stumm. Konnte das sein?

»Jedenfalls habe ich ihm geraten, sich alles noch einmal gut zu überlegen, ehe er solch drastische Veränderungen vornehmen würde, und ich habe gemerkt, dass dieser Rat bei der neuen Mrs Dundas nicht gut angekommen ist.«

Ich schwieg und wartete, dass er weitersprach.

»Gestern habe ich dann einen Brief von Ihrem Vater erhalten«, fuhr der Anwalt fort, »in dem er mir mitteilt, dass meine Dienste nicht mehr benötigt werden, und mich bittet, seine Unterlagen an eine andere Kanzlei weiterzuleiten. Gelinde gesagt keine besonders seriöse Kanzlei – sie ist dafür bekannt, Abkürzungen zu nehmen und nicht immer ganz ethisch zu handeln. Deshalb habe ich es im Licht dessen, was Sie mir erzählt haben, sowie meiner eigenen jüngsten Beobachtungen und Bedenken für meine Pflicht gehalten, Sie über diese Entwicklungen zu informieren.«

»Haben Sie die Unterlagen weitergeleitet?«

»Ich hatte keine Wahl.«

»Habe *ich* eine?«

»Sie könnten vermutlich zur Polizei gehen. Die werden auch nichts machen können. Aber auf diese Weise machen Sie Ihre Besorgnis aktenkundig. Nur für den Fall …«

Er ließ den Satz unvollendet, aber wir wussten beide, wie er weiterging.

Nur für den Fall, dass Ihrem Vater etwas zustoßen sollte.

»Ich überlege es mir«, erklärte ich dem Anwalt, obwohl ich wusste, dass es nicht infrage kam, zur Polizei zu gehen. Sollte daraus irgendeine Ermittlung folgen, würde Elyse garantiert davon erfahren, und meine Affäre mit ihrem Sohn würde enthüllt werden. Das Risiko konnte ich nicht eingehen.

»Glauben Sie, er ist in Gefahr?«, fragte ich.

»Ausgenommen zu werden wie eine Weihnachtsgans, unbedingt. Darüber hinaus, hoffentlich nicht. Wie dem auch sei, ich denke, ich habe schon mehr als genug gesagt. Vergessen Sie nicht«, fügte er hinzu, bevor er auflegte, »dieses Gespräch hat nie stattgefunden.«

Um Mitternacht klingelte das Telefon. Ich tastete im Dunkeln nach dem Hörer.

»Was zum Teufel?«, murmelte Harrison neben mir.

»Hallo?«

»Tracy?«

»Dad?«, fragte ich.

»Tracy«, sagte er noch einmal.

»Nein, Dad. Hier ist Jodi«, sagte ich, zu müde, um gekränkt zu sein.

»Jodi?«

»Ja, Dad. Hier ist Jodi. Was ist los?«

»Was ist los?«, murmelte Harrison neben mir.

»Was willst du?«, fragte mein Vater.

»Dad, *du* hast *mich* angerufen.«

»Ich habe *dich* angerufen?«

»Na ja, du dachtest, du würdest Tracy anrufen.«

»Ach ja?«

»Ist alles in Ordnung? Soll ich rüberkommen?«

»Wovon redest du?«, knurrte Harrison. »Es ist nach Mitternacht! Du fährst nirgendwohin.«

»Wo ist Elyse?«, fragte ich meinen Vater.

»Deine Mutter ist im Bett und schläft.«

»Dad, Mom ist tot«, erinnerte ich ihn so sanft wie möglich.

»Vic«, hörte ich Elyse rufen. »Vic? Wo bist du? Was machst du denn da in dem Kleiderschrank? Herrgott noch mal! Mit wem redest du? Hallo? Wer ist da?«, sagte sie ins Telefon.

»Hier ist Jodi. Was ist los?«

»Geh wieder ins Bett, Liebling«, hörte ich sie zu meinem Vater sagen. »Genau, Schatz. Ich komme sofort nach.«

»Was ist los?«, fragte ich noch einmal.

»Es ist nichts«, antwortete Elyse ruhig. »Dein Vater ist manchmal ein wenig verwirrt, wenn er seine Schlaftablette genommen hat, das ist alles.«

»Seit wann nimmt er Schlaftabletten?«

»Seit er Probleme mit dem Einschlafen hat.«

»Er war immer dagegen, nicht notwenige Medikamente zu nehmen«, widersprach ich ihr.

»Manchmal sind Dinge aber notwendig«, sagte sie.

»Für wen?«

»Elyse!«, hörte ich meinen Vater rufen.

»Ich komme, Schatz. Alles in bester Ordnung, Jodi. Tut mir leid, dass er dich gestört hat. Und jetzt schlaf weiter. Alles ist gut«, wiederholte sie, bevor sie auflegte.

Alles ist gut, wiederholte ich stumm, als ich mich wieder hinlegte. *Alles ist gut. Alles ist gut.*

Gleich am nächsten Morgen rief Elyse an.

»Ich wollte mich für gestern Nacht entschuldigen«, sagte sie. »Ich bin sicher, dein Vater wollte dich nicht beunruhigen.«

»Kann ich mit ihm sprechen?«

»Er schläft noch. Er hatte offensichtlich eine ziemlich raue Nacht.«

»Wie wir alle.«

»So etwas passiert, wenn man älter wird«, sagte sie mit einem beinahe hörbaren Lächeln. »Apropos, am nächsten Samstag feiert dein Vater seinen achtzigsten Geburtstag, und ich hatte gehofft, dass ihr alle zum Abendessen kommen könnt.«

»Klingt reizend«, erklärte ich, das Gegenteil von dem, was ich empfand. Aber solche Einladungen waren dieser Tage rar, und ich würde eine Gelegenheit bekommen, meinen Vater zu treffen, sein Verhalten aus erster Hand zu beobachten und vielleicht sogar kurz mit ihm allein zu sprechen.

»Reizend«, bestätigte sie mit meinem Wort. »Ich sag Tracy Bescheid. Sechs Uhr?«

»Hört sich gut an.«

»Dann freuen wir uns darauf, euch zu sehen.«

KAPITEL SIEBENUNDFÜNFZIG

»Gott, was soll ich bloß mit diesen Haaren machen?«, jammerte ich beim Blick in den Badezimmerspiegel und sah, wie mein Mann hinter mir den Kopf schüttelte.

»Was ist denn damit?«

»Es sieht schrecklich aus.«

»Es sieht aus wie immer.«

Ich wusste nicht, ob ich lachen oder weinen sollte, und entschied mich für eine Mischung aus beidem.

»Ich weiß nicht, weshalb du dich so aufregst«, sagte Harrison. »Du siehst okay aus.«

»*Okay* ist nicht gerade die Reaktion, auf die ich gehofft hatte.«

»Es ist bloß ein Abendessen mit der Familie, Herrgott noch mal. Ich kann mich nicht erinnern, dass du wegen meines jährlichen Grillabends je so aus dem Häuschen gewesen bist.«

Ich verließ das Bad und ließ mich aufs Bett sinken. *Auf ein Neues*, dachte ich. Harrison war immer noch sauer, weil er seinen Grillabend wegen des Geburtstags meines Vaters um eine Woche hatte verschieben müssen. Ich hatte mich gefragt, wen aus der diesjährigen Auswahl von Studentinnen er beeindrucken wollte, verwarf solche Gedanken jedoch als unnötig und sogar unfreundlich. Außerdem hatte ich andere Sorgen. So sehr ich mir einzureden versuchte, dass der heutige Abend wirklich »nur ein Abendessen mit der Familie« werden würde, hatte ich den Verdacht, dass er in Wahrheit ein Vorwand für die nächste Bombe war, die Elyse platzen lassen würde. Da konnte ich wenigstens gut aussehen, wenn sie sie zündete.

Ganz bestimmt brauchte ich keine weiteren Bemerkungen darüber, wie müde und blass ich wirkte. Da mein Haar zu dem Wenigen in meinem Leben gehörte, über das ich zumindest einen Rest von Kontrolle hatte, beschloss ich, meine Energien darauf zu konzentrieren. Wenn ich mein Haar bändigen konnte, würde der Rest meines Lebens vielleicht wundersamerweise folgen.

»Mommy!«, rief Daphne und kam ins Schlafzimmer gerannt. Sie trug ein rosafarbenes Partykleid und sah zum Anbeißen aus, wie immer. »Bist du schon fertig?«

»Fast«, erklärte ich ihr. »Ich muss nur noch mein Haar machen.«

»Was ist denn verkehrt damit?«

»Gar nichts«, antwortete Harrison, nahm Daphne in beide Arme und hob sie hoch. »Wo ist dein Bruder?«

»Der guckt YouTube.«

»Na toll«, sagte Harrison und schüttelte verzweifelt den Kopf in meine Richtung, als das Handy in seiner Hosentasche mit einem Ping den Eingang einer Nachricht vermeldete. Prompt setzte er Daphne wieder ab. »Geh und hol Sam. Sag ihm, er soll YouTube ausmachen, wir fahren in zwei Minuten.«

Daphne war schon halb aus dem Zimmer, als sie stehen

blieb und zu mir auf der Bettkante zurückrannte. Sie legte den Kopf schräg und betrachtete meine widerspenstigen Locken. Dann hob sie langsam beide Hände, strich mehrere Strähnen aus meinem Gesicht sowie ein paar weitere hinter meine Ohren und machte einen Schritt zurück, um ihr Werk zu bewundern. »Wunderschön«, verkündete sie. »Guck selbst.«

Ich ging zurück ins Badezimmer und starrte mein Spiegelbild an. »Wunderschön« war vielleicht ein bisschen übertrieben, aber ich musste zugeben, dass das, was sie mit meinen Haaren gemacht hatte, definitiv eine Verbesserung war. »Danke, Püppchen«, sagte ich, und sie strahlte über ihr ganzes kleines Gesicht.

»Sammy!«, hörte ich sie rufen, als sie aus dem Zimmer rannte. »Daddy hat gesagt, du sollst YouTube ausmachen. Wir fahren in zwei Minuten.«

Ich strich den Rock meines blauweiß gestreiften Kleids glatt, rückte meine goldenen Ohrringe zurecht und entschied, dass ich heute nicht mehr schöner werden würde. »Also gut«, sagte ich und blickte zu Harrison, der eine Textnachricht zu Ende tippte und sein Handy wieder in die Tasche seiner schwarzen Hose schob. »Wer war das?«

»Nichts Wichtiges«, sagte er.

Ich beschloss, es auf sich beruhen zu lassen. »Wie sehe ich aus?«

»Okay.«

Wieder nicht gerade die Reaktion, die ich erhofft hatte.

»Bist du so weit?«

Ich nickte.

»Dann wollen wir mal.«

Wir standen an einer roten Ampel, als Harrisons Handy eine weitere eingehende Nachricht vermeldete. Er zog eilig das Telefon aus der Tasche, blickte darauf und ließ es auf seinen Sitz fallen. Sekunden später machte es wieder Ping.

»Wer schickt dir denn andauernd Nachrichten?«, fragte ich, ohne auf die leise Stimme in meinem Kopf zu achten, die mir sagte, dass ich lieber still sein sollte.

»Es ist nichts.«

»Irgendwas ist es offensichtlich doch.«

Als würden sie drohenden Ärger spüren, fingen die Kinder auf der Rückbank an zu streiten.

»Sam, Daphne, seid ruhig!«, bellte Harrison.

»Daddy muss fahren«, fügte ich hinzu, als die Ampel auf Grün sprang. »Gibt es ein Problem?«, fragte ich, als er losfuhr.

»Okay. Hör zu. Ich will nicht, dass du dich aufregst …«

»Wieso sollte ich mich aufregen? Hat es etwas mit meinem Vater zu tun?«

Er schüttelte ungeduldig den Kopf. »Warum muss sich immer alles um dich drehen?«

»Entschuldige. Ich wollte nicht … Worum geht es denn? Wieso sollte ich mich aufregen?«

»Ich bin gebeten worden, Ende August eine Reihe von Seminaren zu organisieren …«

»Das ist doch toll«, unterbrach ich ihn.

»… in Prince Edward County.«

»Prince Edward County?«, wiederholte ich und versuchte verzweifelt, den Namen *Wren* zu ignorieren, der plötzlich in Großbuchstaben in meinem Kopf aufleuchtete, und mir nicht ihr hübsches Gesicht und ihr perfektes Haar vorzustellen. »Aber das hast du doch letztes Jahr schon gemacht.«

»Diesmal ist es anders«, erklärte Harrison. »Offenbar war ich ein so großer Erfolg, dass sie beschlossen haben, das Programm zu einer einwöchigen Folge von Lesungen und Diskussionen zu erweitern. Sie haben mich gebeten, das Ganze zusammenzustellen, und mir ziemlich freie Hand gelassen zu machen, was ich will, und einzuladen, wen ich möchte.«

»Klingt anspruchsvoll.«

»Das ist es.«

»Aber ist es nicht ein bisschen spät, das alles jetzt noch zu organisieren?«

Es entstand eine kurze Pause. »Genau genommen ist es schon eine Weile in Arbeit.«

»Was meinst du mit einer Weile? Wie lange?«

Harrison zögerte. »Seit dem letzten Herbst mehr oder weniger.«

»Seit dem letzten Herbst? Und du erzählst mir jetzt davon?«

»Ich wollte es dir schon früher sagen, aber bei allem, was in deinem Leben los war, hat sich der Zeitpunkt jedes Mal falsch angefühlt.«

»Willst du behaupten, es wäre meine Schuld, dass du es mir nicht erzählt hast?«

»Ich sage nicht, dass es irgendjemandes Schuld ist«, widersprach er. »Es ist einfach so, wie es ist. Warum muss bei dir immer alles irgendjemandes Schuld sein?«

»Bei mir muss gar nicht immer …« Ich hielt inne, als mir die plötzliche Stille auf der Rückbank auffiel. Kleine Kinder haben große Ohren, dachte ich. »Ich nehme an, Wren ist in irgendeiner Weise beteiligt in dieser … wie würdest du es bezeichnen?«, fragte ich und senkte die Stimme.

»Ich würde es eine großartige Chance nennen«, antwortete Harrison. »Und ja, sie hilft bei der Organisation. Was ein weiterer Grund ist, warum ich dir nicht früher davon erzählt habe. Was Wren betrifft, warst du immer paranoid.«

»Ich bin nicht paranoid.«

»Was ist paranoid?«, fragte Sam von der Rückbank.

»Was ist Wren?«, fragte Daphne.

»Mommy und ich diskutieren«, sagte Harrison. »Das hat nichts mit euch zu tun.«

»Streitet ihr euch?«, fragte Daphne.

»Ihr mögt es nicht, wenn *wir* uns streiten«, fügte Sam hinzu.

»Wir streiten uns nicht«, antworteten Harrison und ich gleichzeitig.

»Dann ist es also Wren, die dir die Textnachrichten geschickt hat?«, fragte ich, nachdem ein Weilchen verstrichen und die Kinder zu ihren eigenen Kabbeleien zurückgekehrt waren.

»Okay, ja. Es war Wren«, antwortete Harrison mit zusammengebissenen Zähnen. »Sie war bloß total aus dem Häuschen, weil ein Schriftsteller, den anzufragen ich vorgeschlagen hatte, gerade per E-Mail geantwortet hat, dass er sehr gerne kommen würde. Das ist ein ziemlicher Coup, alle freuen sich riesig, und das wollte sie mir mitteilen.«

Ich nahm diese letzte kleine Information mit einem Kopfnicken entgegen. »Das Ganze findet Ende August statt, hast du gesagt?«

»In der letzten Augustwoche, ja.«

»Und du bist die ganze Woche weg?«

»Logischerweise.«

»Ich nehme an, Wren wird auch dort sein?«, fragte ich, so ruhig ich konnte.

Er straffte erkennbar die Schultern und kniff die Augen zusammen. »Natürlich.«

Ich zwang mich zu einem Lächeln, als wir in die Scarth Road bogen. »Eine Woche in Prince Edward County klingt eigentlich ganz nett. Vielleicht könnten die Kinder und ich mitkommen«, schlug ich vor. »Wir könnten für eine Woche ein Ferienhaus mieten und einen Urlaub daraus machen. Das hatten wir schon eine Weile nicht mehr. Ich könnte ein bisschen recherchieren, was noch frei ist …«

»Ich weiß nicht, ob das eine gute Idee ist.«

»Wieso nicht?«

»Ich werde sehr beschäftigt sein.«

»Wir finden bestimmt jede Menge Sachen, die wir unternehmen können.«

»Ich halte es einfach für keine gute Idee, Berufliches und Vergnügen miteinander zu verbinden. Am Ende hat unweigerlich irgendjemand das Gefühl, zu kurz zu kommen.«

»Ich wüsste nicht, wie wir dir im Weg sein sollten.«

»Also gut«, sagte er gereizt. »Ich denke noch mal drüber nach.« Er bog in die Auffahrt meines Vaters und stellte den Motor ab. »Okay, Kinder, da wären wir.«

»Yeah!«, riefen sie im Chor.

»Ich darf als Erster auf den Fahrstuhlknopf drücken«, sagte Sam, der schon halb ausgestiegen war, bevor Daphne ihren Gurt gelöst hatte.

»Wir besprechen das später«, sagte Harrison zu mir.

Ich atmete tief ein. *Ich kann es kaum erwarten*, dachte ich.

KAPITEL ACHTUNDFÜNFZIG

»Ihr seid zu spät«, sagte mein Vater.

»Herzlichen Glückwunsch, Dad«, erwiderte ich und strengte mich an, nicht zu bemerken, wie abgemagert er aussah, sodass die vertraute Begrüßung fast eine Erleichterung war. Ich beugte mich vor, um seine trockene hohle Wange zu küssen, und spürte merkwürdigerweise Bartstoppeln. »Mein Gott, wie viel hast du abgenommen?«

»Nur ein paar Pfund«, sagte Elyse, die sich in der Eingangshalle zu uns gesellte. Sie trug eine schwarze Palazzo-Hose und eine passende schwarze Samtbluse und sah sehr schick aus. »Heute fällt es mehr auf, weil er sich nicht rasiert hat. Er hat gesagt, sich nicht zu rasieren, sei sein Geburtstagsgeschenk für sich selbst.« Sie wandte sich meinen Kindern zu. »Und wie geht es meinen kleinen Engeln?«

»Mommy und Daddy haben sich gestritten«, erzählte Daphne ihr.

»Wirklich?«

»Sie hatten eine Diskussion«, erklärte Sam.

»Ah ja«, sagte Elyse wissend. »Eine Diskussion.«

Ich gab meinem Vater das Geschenk, das wir für ihn mitgebracht hatten.

»Es ist ein Buch«, verkündete Sam.

»Das dachte ich mir schon«, sagte mein Vater, ohne sich die Mühe zu machen, es auszupacken.

»Dein neues?«, fragte Elyse Harrison.

»Nein. Das erscheint erst in ein paar Monaten.«

»Wie aufregend. Darf ich fragen, wie es heißt?«

»*Weinroter Himmel.*«

»Ooh. Klingt faszinierend.«

»Ich dachte, es heißt *Dunkler Himmel*«, sagte ich.

»Ich fand weinrot besser. Atmosphärischer.«

»Stimmt«, sagte ich, als ich Schritte aus dem Wohnzimmer nahen hörte. Ich drehte mich um und sah meine Schwester. Sie trug eine transparente Bluse mit Leopardenmuster über einem schwarzen Spitzen-BH, einen kurzen schwarzen Lederrock und weiße Sneaker, die ihre schlanken nackten Beine betonten.

»Warum steht ihr hier draußen rum? Kommt ihr nicht rein?«, fragte sie.

»Ich wusste nicht, dass du schon da bist«, sagte ich. »Ich habe deinen Wagen nicht gesehen.«

»Das liegt daran, dass mich jemand abgeholt hat.«

Ihr Lächeln sagte mir, dass ich nicht zu fragen brauchte, wer dieser Jemand war.

»Ihr erinnert euch an meinen Sohn Andrew«, sagte Elyse, als mein Exliebhaber die Halle betrat.

Er trug ein hellblaues Hemd zu einer dunkelblauen Hose und sah so attraktiv aus wie eh und je. Trotzdem wurde ich bei seinem Anblick von einer Welle der Übelkeit erfasst, die mich beinahe umgeworfen hätte. »Harrison … Jodi«, sagte er. »Schön, euch wiederzusehen. Und diese entzückenden Kinder müssen Sam und Daphne sein.«

»Ich bin Daphne!«, verkündete meine Tochter.

Andrew – der Mann, den ich als Roger kannte, existierte nicht mehr – kniete sich vor sie. »Freut mich sehr, dich kennenzulernen, Daphne. Ein wunderschönes Kleid hast du an. Ist Pink deine Lieblingsfarbe?«

»Ich mag Pink und dann Gelb und dann Lila.«

»Das sind tolle Farben.«

»Ich mag Blau und Grün«, sagte Sam, der sich nicht ausstechen lassen wollte.

»Ausgezeichnete Wahl.« Andrew richtete sich wieder zu voller Größe auf.

»Andrew ist heute Nachmittag angekommen«, sagte Tracy.

»Ich konnte ja schlecht Vics achtzigsten Geburtstag verpassen, oder?«

»Bleibst du länger?«

»Nur über Nacht. Es sei denn natürlich, ich werde hier gebraucht.«

Ich wandte mich ab, weil ich seine Antwort als die implizite Drohung erkannte, als die sie gemeint war.

»Lasst uns essen«, sagte mein Vater. »Ich bin am Verhungern. Ich habe den ganzen Tag noch nichts gegessen.«

»Wieso hast du nichts gegessen?«, fragte ich.

»Natürlich haben wir gegessen, Schatz. Du hast pochierte Eier auf Toast zum Frühstück und einen leckeren Thunfischsalat zum Mittagessen gehabt. Er hat es vergessen«, sagte Elyse lachend.

»Es sieht meinem Vater gar nicht ähnlich, vergesslich zu sein«, sagte ich und wandte mich zur Bestätigung an ihn.

»Ich habe gar nichts vergessen«, sagte mein Vater. »Ich bin am Verhungern, und ich will essen.«

»Aber Vic …«

»Komm mir nicht mit ›Aber Vic‹.«

Ich lächelte. Das war mal der Mann, den ich kannte.

»Nun, denn, also los«, sagte Elyse, deren Lächeln auf ihren Lippen gefroren war, »lasst uns essen.«

Ich weiß nicht, wie ich den Abend überstanden habe, ohne hochzugehen oder zusammenzubrechen. Meine Welt kollabierte, alle vertrauten Hinweisschilder verschwanden. Da war zuerst mein Vater, normalerweise ein kräftiger, stolzer und störrischer Mann. Auch wenn er oberflächlich so grantig war wie immer, fehlte etwas. Er hatte mehr verloren als nur die Pfunde. Ronald Miller hatte recht: Sein Blick war leer. Ich fühlte mich an den alten Schwarzweißfilm erinnert, in dem die Menschen durch Außerirdische ersetzt wurden, die ihnen körperlich in jeder Hinsicht ähnlich sahen, denen jedoch die Gefühle abgingen, die die Menschen menschlich und zu dem gemacht hatten, was sie waren.

Mein Vater war nicht mehr derselbe.

Der Mann, der sonst größten Wert auf seine äußere Erscheinung gelegt hatte und immer glattrasiert und geschniegelt gewesen war, wirkte verlottert und ungepflegt. Getrocknete Flecken verunzierten seine zerknitterte Hose. Er hatte mindestens fünf Kilo abgenommen, wirkte müde und, was am beunruhigendsten war, verwirrt und vergesslich.

Ja, er wurde achtzig, aber in der heutigen Welt war das nicht mehr besonders alt. Und sein Verhalten – zaghaft, kleinlaut, ja, trotz seines willkommenen kurzen Aufbrausens gegenüber Elyse, regelrecht unterwürfig – stand im krassen Gegensatz zu seinem Auftreten nur ein paar Monate zuvor. So wenig ich sein unfreundliches Gepolter vermisste, so beunruhigt war ich auch.

Dann war da Elyse, eine Frau, die jetzt den Platz meiner Mutter am Tisch wie auch in ihrem Bett einnahm. Würde man das liebliche Lächeln und die glänzende Fassade abpellen, käme eine Frau oder eine Schlange zum Vorschein?

Und das Chamäleon von ihrem Sohn Andrew, den ich als Roger kennengelernt hatte und der mir den ganzen Abend am Tisch gegenübersaß, wo ich dabei zuschauen musste, wie er sich an meine Schwester ranmachte. Ich beobachtete, wie er sie ansah, so wie er mich einst angesehen hatte, als wäre er von ihrer bloßen Existenz bezaubert. Und Tracy, die untypisch still war, hing an seinen Lippen, als wäre sie total verknallt.

Und zuletzt war da Harrison, der mir seit Monaten etwas verheimlicht hatte. Wann hatte er vorgehabt, mir von Prince Edward County zu erzählen? Was verbarg er sonst noch vor mir?

Ich fragte mich, wer diese Menschen waren.

»Was geht in dir vor?«, wollte Tracy beim Aufbrechen von mir wissen.

»Wie meinst du das?«

»Ich meine, dass du den ganzen Abend nicht du selbst warst.«

Ich lachte.

Entweder das oder losheulen.

KAPITEL NEUNUNDFÜNFZIG

Es war am nächsten Abend nach Mitternacht, als das Festnetztelefon neben meinem Bett klingelte.

Um zu verhindern, dass Harrison geweckt wurde, griff ich hastig nach dem Hörer, stieß ihn dabei jedoch von der Gabel und musste eine Weile lang den Boden abtasten, bis ich ihn schließlich halb unter dem Bett wiederfand. »Hallo?«, flüsterte ich. Am anderen Ende hörte man nur jemanden abgerissen atmen. »Dad?«

Schweigen.

»Dad? Bist du das?«

Nach ein paar weiteren Sekunden Stille ertönte ein Besetztzeichen.

Vielleicht war es gar nicht mein Vater gewesen, sagte ich mir, sondern ein obszöner Anrufer. Machten die Leute das immer noch? Waren obszöne Anrufe noch in Mode?

»Super«, sagte ich im Dunkeln sitzend und überlegte, ob ich etwas tun sollte – oder konnte – und wenn ja was. »Harrison«, wandte ich mich an meinen Mann, erstaunt, dass er bei dem ganzen Hin und Her nicht aufgewacht war.

Der Platz neben mir im Bett war leer.

»Harrison?« Ich schaltete die Nachttischlampe an und blickte zu dem angrenzenden Bad. Aber die Tür stand offen, und das Licht war aus. War er bei Sam oder Daphne? Ich stand auf und tapste auf nackten Füßen durch den Flur.

Ein rascher Blick in ihre Zimmer bestätigte, dass beide Kinder in ihren Betten lagen und fest schliefen.

»Harrison?«, rief ich noch einmal und überlegte, ob er in die Küche gegangen war, um einen Mitternachtssnack zu sich zu nehmen. Elyse hatte darauf bestanden, dass wir die Reste des Geburtstagskuchens meines Vaters mitnahmen, und ein wenig war noch übrig. Vielleicht hatte Harrison beschlossen, ihn aufzuessen. Ich konnte mich zu ihm setzen, mich für meinen Anteil an der weiter zwischen uns herrschenden Kühle entschuldigen und ihm versichern, dass ich mich für seinen traditionellen Grillabend dieses Jahr ganz besonders anstrengen würde, um wiedergutzumachen, dass er ihn hatte verschieben müssen.

In diesem Moment fiel mir auf, dass die Tür zu seinem Büro, die normalerweise offen stand, geschlossen war. Ein schmaler Lichtstreifen drang darunter hervor. Ich ignorierte die leise Stimme in meinem Kopf, die mir sagte, dass ich zurück ins Bett gehen sollte, überquerte den Flur und öffnete die Tür.

Harrison saß im Bademantel an seinem Computer und schreckte hoch, als er mich sah. »Um Gottes willen, Jodi!«, rief er. »Was machst du?«

»Was machst *du*?«, fragte ich zurück und beobachtete, wie er eilig die Datei wegklickte, auf die er zugegriffen hatte, als ich ins Zimmer hineintrat.

Ein Foto des Covers von *Der Weg des Träumers*, das er als Bildschirmschoner benutzte, leuchtete auf. »Ich konnte nicht schlafen, deshalb dachte ich, ich setze mich noch ein bisschen an die letzten Korrekturen für mein neues Buch.«

»Ich dachte, die wären fertig.«

»Die sind nie fertig«, sagte er müde. »Wieso bist du auf?«

»Hast du das Telefon nicht gehört?«, fragte ich zurück.

»Jemand hat angerufen?«

Ich berichtete ihm die Einzelheiten.

»Du glaubst, es war dein Vater«, stellte er fest.

»Du nicht?«

Er zuckte die Schultern. »Ich bin zu müde, um irgendwas zu denken.«

Aber nicht zu müde, um an deinem Computer zu sitzen, dachte ich, behielt den Gedanken jedoch für mich.

Harrison schenkte mir ein vages Lächeln und schaltete das Licht aus. »Komm. Sehen wir zu, dass wir dich wieder ins Bett bringen.«

Ich ließ mich von ihm aus seinem Arbeitszimmer ins Schlafzimmer führen und war erleichtert, als er neben mir ins Bett schlüpfte, sich von hinten an mich schmiegte und seinen Arm träge über meine Hüfte legte.

Zehn Minuten später löste ich mich aus seiner lockeren Umarmung, stieg aus dem Bett und kehrte in sein Arbeitszimmer zurück.

Ich ließ die Tür angelehnt und das Deckenlicht aus. Von der Straße fiel genug Licht herein, um den Schreibtisch zu finden und problemlos den im Ruhezustand schlummernden Computer zu aktivieren. Das Cover von *Der Weg des Träumers* leuchtete auf. Ich wusste nicht genau, wonach ich suchte, doch mein Instinkt führte mich zu dem Briefmarken-Icon in der Symbolleiste am unteren Bildschirmrand. Als ich es anklickte, öffnete sich die lange Liste aktueller

E-Mails in Harrisons Posteingangsfach, ein paar von seiner Lektorin, andere von Online-Stores oder wohltätigen Institutionen, die um Spenden baten, einige von glühenden Fans.

Die meisten von einem ganz speziellen glühenden Fan.

Mir stockte der Atem, als ihr Name mich an der Gurgel packte.

Wren Gill
Re: Vermisse dich!
Lieber Harrison. Ich zähle die Tage, bis wir wieder zusammen sind. Jeder Tag fühlt sich an wie eine Ewigkeit. Ich kann das Ende des Sommers kaum erwarten, damit wir …

Wren Gill
Re: Glückwunsch!
Lieber Harrison. Glückwunsch, dass du Gregory Marcus als Gastredner gewinnen konntest. Alle sind begeistert, und das Ganze ist weit mehr …

Wren Gill
Re: Du bist die Beste!
Lieber Harrison. Gestern Abend war wundervoll. Ich fand es toll, deinen Freund John kennenzulernen. Ich freue mich auf viele weitere solcher Begeg…

Wren Gill
Re: Weinroter Himmel
Lieber Harrison. Ich freue mich total, dass dir mein Vorschlag gefällt, den Titel deines neuen Buches in

Weinroter Himmel zu ändern. Ich habe den Roman geliebt …

»O Gott«, stöhnte ich, blickte zur Tür und wünschte beinahe, dass Harrison auftauchen und eine Erklärung anbieten würde, die ich mir selbst als irgendwie glaubwürdig verkaufen konnte. Zum Beispiel, dass Wren bloß eine junge Frau war, die sich Illusionen machte und eine Fantasiewelt erschaffen hatte, in der sie und Harrison ein Paar waren, was er lediglich bis zum Ende des Sommers mitspielte, wenn seine Verpflichtungen gegenüber dem Festival, dessen Mitorganisator er war, beendet sein würden …

Und dann sah ich es:

Wren Gill
Re: Fotos aus Whistler
Lieber Harrison. Ich dachte, du freust dich vielleicht über ein paar Fotos von unserer magischen Reise. Du siehst gut aus, wie immer …

Ich klickte die E-Mail an, um sie in Gänze zu betrachten.

»Gütiger Gott«, flüsterte ich, als ein halbes Dutzend Fotos meines Mannes mit seiner ehemaligen Studentin vor dem Hintergrund der prachtvollen Berglandschaft von Whistler den Bildschirm füllten.

Da warteten sie Arm in Arm in der Schlange für eine Seilbahn. Dort waren sie auf einem der zahlreichen Naturwanderwege rund um Whistler unterwegs. Da genossen sie zu zweit ein Frühstück im Bett.

»O Gott. O Gott. O Gott.«

Aber so sehr mich diese Selfies auch schockierten, muss ich gestehen, dass ich nicht völlig überrascht war. Tief im Innern hatte ich schon die ganze Zeit den Verdacht gehabt – nein, ich hatte *gewusst*, dass die beiden eine Affäre hatten. Blieb nur noch die Frage, was ich deswegen zu tun gedachte.

KAPITEL SECHZIG

Ich wünschte, ich könnte berichten, ich wäre in unser Schlafzimmer gestürmt und hätte Harrison zur Rede gestellt, ihn aus dem Bett geworfen und auf die Straße gesetzt. Aber natürlich tat ich nichts dergleichen.

Stattdessen saß ich in dem dunklen Zimmer, bis der Computer sich wieder in den Ruhezustand versetzte und der Bildschirm schwarz wurde. Ich drückte sofort auf die Leertaste der Tastatur und sah mich erneut mit dem unbestreitbaren Beweis für die Untreue meines Mannes konfrontiert. Ich blieb dort sitzen und starrte auf die schrecklichen Bilder meines Mannes mit seiner jungen Liebhaberin, bis der Computer sich ein weiteres Mal in den Ruhezustand schaltete, woraufhin ich ihn erneut zum Leben erweckte.

Und noch einmal.

Und noch einmal.

Ich würde gern glauben, dass ich dabei meine Optionen erwog, aber ich bin mir ehrlich gesagt nicht sicher, ob ich überhaupt irgendwas gedacht habe. Ich war zu benommen, um klar zu denken, zu erschüttert, um wütend zu sein, zu müde, um irgendwas zu empfinden.

Und seltsamerweise war ich auch irgendwie erleichtert.

Harrison hatte mir das Gefühl vermittelt, all unsere Probleme seien meine Schuld – »Warum muss bei dir immer alles irgendjemandes Schuld sein?«, hatte er mich sogar dreist getadelt. Und auch wenn ich bereit war, zumindest einen Teil der Verantwortung für unsere ehelichen Probleme zu übernehmen, bewiesen diese E-Mails, dass die Schuld nicht allein, ja, nicht einmal überwiegend auf meinen Schultern lag. Ich war nicht verrückt. Ich war nicht paranoid. Ich sah keine Dinge, die es gar nicht gab. Ich reagierte nicht übertrieben auf eine Bedrohung, die nicht existierte. Meine Sorge war real, mein Verdacht begründet, mein Instinkt intakt.

Mein Mann hatte eine Affäre mit einer ehemaligen Studentin, und das schon seit Monaten. Nur wenige Tage nach dem Tod meiner Mutter war er nach Whistler gefahren und hatte sich unter dem Vorwand von Verpflichtungen mit seiner Geliebten vergnügt, obwohl er wusste, wie sehr ich zu Hause seine Unterstützung gebraucht hätte. Er hatte sie mitgenommen, um sie einem alten Autorenkumpel vorzustellen und tatsächlich die Unverschämtheit besessen, sich darüber zu empören, dass ich eine halbe Stunde zu spät gekommen war und seinen Aufbruch verzögert hatte. Wie oft die beiden sich wohl in den vergangenen Monaten getroffen hatten und wie viele Menschen von der Affäre wussten? Diese E-Mails belegten, dass Harrison mich fast ein Jahr lang angelogen hatte, vielleicht sogar noch länger.

Meine Gedanken wanderten über die Straße der Erinnerungen und beschworen Bilder der attraktiven jungen Frauen herauf, die seinen Kurs in den vergangenen fünf Jahren belegt hatten, Frauen, die ich für sein alljährliches Grillfest in meinem Haus willkommen geheißen hatte. Wie viele dieser Frauen hatte er mit seinem Charme und seiner Prominenz verführt? Ich bezweifelte, dass Wren seine erste Affäre war. Wenn ich mich in die E-Mails vergangener Jahre vertiefte, wie viele weitere belastende Nachrichten würde ich ausgraben?

Kopfschüttelnd entschied ich, mich nicht unnötig weiterzuquälen. Ich hatte alle Beweise, die ich brauchte, dass mein Ehemann ein Lügner und Betrüger war.

Genau wie mein Vater, wurde mir klar, und ein abgewürgter Schrei drang über meine Lippen, prallte von den Wänden zurück und hallte über den Flur. Mein Blick schoss zur Tür. Hatte ich Harrison geweckt? Ich hielt den Atem an, erleichtert, dass die nachfolgende Stille mir versicherte, dass er weiter fest schlief.

»Ich habe meinen Vater geheiratet«, gestand ich den gleichgültigen Wänden flüsternd. Und mir war bewusst, dass ein Grund für mein Zögern, ins Schlafzimmerzimmer zu stürmen und meinen Mann zur Rede zu stellen, darin lag, dass ich nicht so werden wollte wie meine Mutter. Wie viele Nächte hatte ich im Bett wach gelegen und den heftigen Auseinandersetzungen gelauscht, den wütenden Vorwürfen meiner Mutter, den verlogenen Dementis meines Vaters? Auf keinen Fall wollte ich meine Kinder einer ähnlich traumatischen Erfahrung aussetzen. Der Gedanke, sie könnten zitternd im Bett liegen, sich im vergeblichen Bemühen, den Lärm unseres wütenden Streits auszublenden, die Ohren zuhalten und verzweifelt beten, dass es aufhören möge, war mir unerträglich.

Wie hatte ich so dumm sein können, in die gleiche miese Falle zu tappen?

Meine Mutter war wenigstens kämpfend untergegangen,

wurde mir klar, und die Gedanken an meine Mutter führten unweigerlich zu der Frau, die ihren Platz eingenommen hatte. Was würde Elyse an meiner Stelle jetzt machen, fragte ich mich.

Und dann wusste ich es.

Ich spürte, wie ihre unsichtbare Hand die meine fasste und sie zur Tastatur führte. Binnen weniger Minuten hatte ich alle belastenden E-Mails von Wren an meinen Computer weitergeleitet und bei dem leisen Zischen, mit dem die Aktion bestätigt wurde, jeweils einen ungewohnten euphorischen Schub verspürt. *Als Versicherung*, hörte ich Elyse sagen.

Moment mal, meldete Tracy sich in meinem Kopf zu Wort. *Was ist mit mir?*

Daraufhin kehrte ich ganz zum Anfang der Liste zurück und löschte jede einzelne von Wrens Nachrichten. Alle anderen Mails – von den Online-Stores, den wohltätigen Organisationen und Harrisons Verlegern – ließ ich unangetastet.

Als ich fertig war, verließ ich das Mail-Programm und beobachtete, wie der Bildschirm schwarz wurde, als der Computer sich wieder in den Ruhezustand versetzte. Dann stand ich auf, vergewisserte mich, dass Harrisons Stuhl in etwa an derselben Stelle stand wie zuvor, und schlich auf Zehenspitzen aus dem Zimmer.

Ich versuchte mir die Reaktion meines Mannes vorzustellen, wenn er entdeckte, dass Wrens E-Mails verschwunden waren. Was würde er machen? Was *konnte* er machen? Würde er es wagen, mich zur Rede zu stellen? Was sollte er sagen, ohne sich selbst zu verraten?

Ich war seltsam ruhig, als ich zurück ins Schlafzimmer kam. Ich ging langsam auf das Bett zu und starrte auf Harrison, der mit halboffenem Mund schlief, während ein leises Pfeifen aus seinem Hals drang. Hatte er je ein schlechtes Gewissen gehabt? Ich hatte mich weiß Gott monatelang gemartert wegen meiner Untreue, die von einer Mischung aus Harrisons Gleichgültigkeit und Elyses Manipulationen befeuert worden war, wie ich jetzt erkannte.

Aber ich verwarf solche Rechtfertigungen als eigennützig. Ich konnte zwar gute Gründe für mein Verhalten anführen, es jedoch nicht vollkommen entschuldigen. Ich war erwachsen. Ich war für meine eigenen Handlungen verantwortlich. Letztendlich konnte ich niemand anderem die Schuld dafür geben, was ich getan hatte.

Vielleicht war das ein weiterer Grund dafür, dass ich Harrison in jener Nacht nicht zur Rede stellte. Ich weiß es nicht. Ich weiß nur, dass ich verwirrt, enttäuscht und erschöpft war. Der Moment der Konfrontation würde früh genug kommen. Ich schlug die Decke zurück, schlüpfte neben meinem Mann ins Bett und spürte sofort die Wärme seines Körpers, als er sich an mich schmiegte. »Wo warst du?«, murmelte er verschlafen.

»Im Bad«, entgegnete ich.

»Hmm«, sagte er und schluckte meine Lüge so problemlos, wie ich die seinen geschluckt hatte.

Underestimate Me, dachte ich und sah die Aufschrift auf Tracys Sweatshirt vor mir, als er seinen Arm träge über meine Hüfte legte. *That'll be fun.*

Am nächsten Morgen rief ich aus dem Büro als Erstes Tracy an.

»Ist Andrew da?«, fragte ich anstelle einer Begrüßung.

»Dir auch einen guten Morgen.«

»Ist er da?«

»Was? Nein. Er ist gestern zurück nach Detroit geflogen. Warum? Was ist los?«

»Sag mir die Wahrheit«, verlangte ich. »Hast du mit ihm geschlafen?«

»Ich verstehe nicht …«

»Beantworte einfach meine Frage.«

»Also, es geht dich im Grunde nichts an, Mutter Teresa, doch die Antwort lautet Nein«, sagte sie.

»Tu es nicht«, warnte ich sie.

»Wieso nicht?«

Ich atmete tief ein. »Weil ich es schon getan habe.«

»Was?«

»Ich habe mit ihm geschlafen.«

»Du hast mit wem geschlafen?«

»Mit Andrew.«

»Hör mir auf. Das hast du nicht.«

»Nur dass ich ihn als Roger kannte.«

»Geht es dir gut? Du machst mir langsam Angst.«

»Er ist vor ein paar Monaten in mein Büro gekommen, hat sich als Roger McAdams vorgestellt und behauptet, er würde nach einer Eigentumswohnung suchen. Und ich habe mit ihm geschlafen. Zweimal.«

»Weiter«, sagte sie argwöhnisch.

»Es ist eine lange Geschichte.«

»Und ich kann es kaum erwarten, sie zu hören.«

»Können wir uns nachher treffen?«

»Ich würde es um keinen Preis verpassen wollen. Ich hol dich ab.«

»Ich warte auf dich.«

KAPITEL EINUNDSECHZIG

»Heilige Scheiße!«, sagte Tracy, als ich ihr die schmutzigen Details meiner Liebelei mit Roger dargelegt hatte.

»Genau.«

Wir parkten in einer ruhigen Seitenstraße in der Nähe ihrer Wohnung.

»Ich muss zugeben, ich bin beeindruckt.«

»Ja, sie sind sehr clever«, stimmte ich ihr zu.

»Nein, nicht von Elyse und wie immer zum Teufel er heißen mag. Von dir!«

»Von mir?«

»Das habe ich dir nicht zugetraut.«

»Ich habe meinen Mann betrogen!«

»Was er komplett verdient hatte.«

»Warum sagst du das?«

Sie schüttelte den Kopf.

»Was weißt du? Sag es mir.«

Sie zögerte. »Du musst mir versprechen, dass du nicht wütend wirst.«

»Tracy ...«

»Okay. Okay. Erinnerst du dich, wie ich dich gefragt habe, ob du es rein theoretisch wissen wollen würdest, wenn dein Mann eine Affäre hat ...«

Ich nickte.

»Er hatte eine Affäre.«

»Weiter«, sagte ich wie sie zuvor am Telefon.

»Mit einer seiner Studentinnen. Laut dem Unitratsch mit mehr als einer. Genau genommen ist er sogar berüchtigt dafür. Ich habe versucht, es dir zu erzählen, aber du hast gleich so abwehrend reagiert …«

Ich erinnerte mich und nickte noch einmal.

»Ich hatte nie die Absicht, dich zu verletzen.«

»Ich weiß. Und ich weiß auch, dass Harrison eine Affäre hatte – hat.«

Ich erzählte ihr, wie ich Harrisons Mails durchgegangen war, den Beweis seiner Untreue entdeckt und Wrens E-Mails gelöscht hatte, nachdem ich sie an meinen Computer weitergeleitet hatte.

Tracy ließ sich in ihren Sitz zurückfallen. »Wow! Jetzt bin ich wirklich beeindruckt.«

»Besser nicht.«

»Soll das ein Witz sein? Du bist meine Heldin!«

Ich kicherte leise.

»Und was willst du jetzt machen?«

»Wegen Harrison? Gar nichts. Jedenfalls noch nicht. Nicht bevor wir geklärt haben, was wir wegen Elyse tun wollen.«

»Was können wir tun?«

»Also, die Entdeckung, dass mein Mann ein verlogener Mistkerl ist, hat zumindest den Vorteil, dass Elyse mir nicht mehr drohen kann. Es kümmert mich nicht mehr, ob Harrison von Roger erfährt. Ich glaube sogar, dass ich seinen Gesichtsausdruck genießen werde, wenn er diese Bilder von mir sieht, so sehr wie ich es genießen werde, seine Reaktion auf die vermissten E-Mails zu erleben.«

»Schau dich an, du hast deine innere Bitch entdeckt«, sagte Tracy.

Diesmal lachte ich laut. »Ich nehm das mal als Kompliment.«

»So war es auch gemeint.«

Ich startete den Motor und fädelte mich in den Verkehr ein.

»Wohin fahren wir?«

»Zur College Street vierzig.«

»Was ist da?«

»Die Polizeizentrale.«

Die Zentrale des Toronto Police Department war in einem zwölfstöckigen, postmodernen Gebäude aus braunem Backstein und Glas im Herzen der City untergebracht. Tracy und ich traten an den großen Empfangstresen in der Mitte der hellen geräumigen Lobby. »Ich bin Jodi Bishop, das ist meine Schwester Tracy«, erklärte ich einem uniformierten Beamten. »Wir möchten Officer Stankowski und Officer Lewis sprechen. Ich habe angerufen.«

Der Beamte wies zu einer Reihe von gläsernen Fahrstühlen zu unserer Rechten. Stankowski und Lewis erwarteten uns in einem Vernehmungsraum.

»Mrs Bishop«, sagte Officer Stankowski. »Schön, Sie wiederzusehen. Bitte nehmen Sie Platz.« Er wies auf ein Ledersofa gegenüber zwei passenden Polsterstühlen. »Wie können wir Ihnen helfen?«

»Soweit wir wissen, haben Sie ausdrücklich darum gebeten, uns zu sprechen«, sagte Officer Lewis und lehnte sich an einen schmucklosen Schreibtisch mit Blick auf einen Innenhof voller Bäume.

»Ja. Wir brauchen einen Rat, und da Sie mit der Dynamik innerhalb unserer Familie schon ein wenig vertraut sind …«

»Ich nehme an, Sie meinen den Zwischenfall mit Ihrem Vater vor ein paar Monaten, als wir Sie beschuldigt haben, den Schmuck Ihrer Mutter gestohlen zu haben«, unterbrach Officer Lewis mich und blätterte theatralisch in seinen Notizen, obwohl ich mir sicher war, dass beide Beamten ihre Unterlagen bereits vor unserem Gespräch eingesehen hatten.

»Meine Schwester und ich sind sehr besorgt um das Wohlbefinden meines Vaters«, sagte ich, ohne auf die Bemerkung über den angeblichen Schmuckdiebstahl einzugehen.

Die Polizisten setzten sich auf die Stühle uns gegenüber. Officer Stankowski zückte Stift und Notizblock, um alles festzuhalten, was ihm notierenswert erschien. »Inwiefern besorgt?«, fragte er.

»Wir fürchten, er könnte in Gefahr sein«, begann ich.

»Wir glauben, er hat eine Erbschleicherin geheiratet, die womöglich plant, ihm Schaden zuzufügen«, stellte Tracy klar.

»Eine Erbschleicherin?«, wiederholte Officer Lewis.

»Was für Schaden?«, fragte Officer Stankowski.

»Seine Haushälterin«, beantwortete ich die leichtere der beiden Fragen. »Sie haben sie kennengelernt.«

»Oh ja. Charmante Frau, soweit ich mich erinnere.«

»Den Eindruck macht sie«, stimmte ich ihm zu.

»Glauben Sie etwas anderes?«

»Wir glauben, sie ist hinter dem Geld unseres Vaters her.«

»Das könnte durchaus sein«, räumte der Polizist ein. »Aber das ist leider nicht strafbar.«

»Wir glauben, dass sie ihn mit Medikamenten betäubt.« Ich berichtete den Beamten von den seltsamen Anrufen meines Vaters und Elyses ziemlich suspekten Erklärungen.

»Schlaftabletten rufen bei älteren Menschen manchmal unvorhergesehene Nebenwirkungen hervor«, sagte Officer Stankowski. »Meine Großmutter ist gestürzt und hat sich die Hüfte gebrochen, weil sie nach Einnahme eines angeblich sehr milden und sicheren Beruhigungsmittels desorientiert war.«

»Wir glauben, dass Elyse unsere Mutter ermordet hat«, sagte Tracy, die sich offensichtlich nicht für die Verwandtschaft des Polizisten interessierte.

Das weckte ihre Aufmerksamkeit.

Tracy hatte die Theorie, dass Elyse für den Tod unserer Mutter verantwortlich sein könnte, schon zuvor geäußert, aber ich hatte jedes Mal versucht, mir einzureden, dass das ein Hirngespinst ihrer überhitzten Fantasie war. Hatte unser Vater nicht beharrlich erklärt, dass er mit Elyse gefrühstückt hatte, als meine Mutter gestürzt war?

»Das ist eine ziemlich schwerwiegende Beschuldigung«, sagte Officer Lewis. »Haben Sie Beweise, um sie zu untermauern?«

Tracy schilderte knapp die Umstände des Todes meiner Mutter.

»Aber Sie glauben nicht, dass es ein Unfall war«, stellte der Polizist fest, als sie fertig war.

»Wir glauben, dass eventuell jemand nachgeholfen hat«, sagte Tracy. »Womöglich wurde sie gestoßen.«

Glaubten wir das, fragte ich mich, als ich den skeptischen Blick bemerkte, den die beiden Polizisten wechselten, ein

Blick, der sagte, dass sie unsere Befürchtungen – und uns – nicht mehr besonders ernst nahmen.

»Noch einmal, haben Sie irgendwelche Beweise …?«

»Nein, aber …«

»Haben Sie überhaupt einen Hinweis darauf, dass Ihr Vater in Gefahr schwebt?«

»Nein«, sagte Tracy noch einmal. »Aber …«

»Er hat abgenommen«, warf ich ein. »Er ist verwirrt. Er sieht ungepflegt aus. Dabei war er früher immer so pingelig mit seiner Erscheinung …«

»Teilt Ihr Vater Ihren Verdacht bezüglich seiner Frau?«, unterbrach Officer Lewis mich.

»Nicht, dass wir wüssten«, gab ich zu.

»Hat er Ihnen gegenüber geäußert, dass er um seine Sicherheit fürchtet?«

»Nein. Aber als er angerufen hat, habe ich gemerkt …«

»Was haben Sie gemerkt? Hat er gesagt, dass er Angst um sein Leben hat?«

»Nein, aber …«

»Hören Sie. Wir verstehen Ihre Besorgnis. Wirklich«, sagte Officer Stankowski, »aber die Erklärung der Frau Ihres Vaters für sein Verhalten ist absolut plausibel, und solange Ihr Vater sich nicht offiziell beschwert, sind uns die Hände gebunden.«

»Und … was jetzt?«, fragte ich. »Können Sie nicht wenigstens vorbeifahren und persönlich nachsehen?«

»Dafür haben wir keine Grundlage«, sagte Officer Lewis. »Wir können nicht einfach bei Privatpersonen reinplatzen …«

»Also, wenn Sie meinen Rat hören wollen«, sagte Officer

Stankowski zögernd, »würde ich vorschlagen, dass Sie regelmäßig Kontakt zu Ihrem Vater halten, vielleicht hin und wieder unerwartet vorbeischauen. Wenn Elyse Ihnen den Zutritt zu Ihrem Dad verwehrt, liegt ein Grund für eine Intervention vor. Andernfalls ...«

»... sind Ihnen die Hände gebunden«, beendete ich den Satz für ihn.

»Ich fürchte ja.«

Tracy und ich standen auf.

»Danke, dass Sie sich die Zeit genommen haben«, sagte ich.

Tracy ging zur Tür und blieb noch einmal stehen. »Wenn meinem Vater etwas zustößt«, erklärte sie, »sagen Sie nicht, wir hätten Sie nicht gewarnt.«

KAPITEL ZWEIUNDSECHZIG

»Na, das war ja eine grandiose Zeitverschwendung«, schimpfte Tracy, als wir zum Wagen zurückgingen.

»Immerhin haben wir unsere Befürchtungen aktenkundig gemacht«, erklärte ich ihr.

»Ja, mag sein.« Wir stiegen in den Wagen. »Darf ich dich was fragen?«, sagte sie, als wir die Sicherheitsgurte anlegten.

»Kann ich dich daran hindern?«

Sie lächelte. »Wie war er?«

»Wie war wer?«, fragte ich, obwohl ich schon wusste, wen und was sie meinte.

»Andrew ... Roger ... wie immer du ihn nennen willst. Wie war er ... du weißt schon ... im Bett?«

Ich stöhnte, fuhr los und folgte der Bay Street in nördlicher Richtung.

»Er war gut, oder?«

»Sehr gut«, gab ich zu.

»Ich wusste es. Die Stinkstiefel sind immer gut im Bett.«

»Darf ich *dich* etwas fragen?«, erwiderte ich.

»Kann ich dich daran hindern?«, fragte sie lachend zurück.

»Warum hast du nicht?«

»Warum habe ich was nicht?«

»Mit ihm geschlafen?«

»Ist das dein Ernst?«, antwortete Tracy. »Mit Elyses Sohn schlafen? Ich bin vielleicht oberflächlich, aber ich bin nicht blöd. Denkst du, ich hätte nicht gespürt, dass an dem ganzen Szenario irgendwas faul war? Ich wusste, dass er mich benutzt, um über uns auf dem Laufenden zu bleiben, und dass er seinen beträchtlichen Charme einsetzt, um jede nur mögliche Information aus mir herauszubekommen. Im Prinzip das Gleiche, was ich bei ihm versucht habe.«

»Wirklich? Du hast so verzückt gewirkt.«

»Ich hab dir ja gesagt, dass ich eine tolle Schauspielerin bin.«

Ich lachte. »Und *hast* du etwas Nützliches herausgefunden?«

»Nichts, was ich nicht schon wusste, nachdem ich ihn gegoogelt hatte.«

»Du hast ihn gegoogelt?«

»Du nicht?«

Ich stöhnte noch einmal. Wie blöd *war* ich? »Er wohnt also wirklich in Detroit und arbeitet für einen große Vermögensverwaltungsfirma?«

»Offenbar. Aber wer weiß?«, überlegte sie. »Das Ganze könnte auch eine Fassade sein. Es soll schon vorgekommen sein, dass Leute Fake-Accounts eröffnet haben.« Sie blickte sich um. »Wohin fährst du jetzt?«

»Zu Dad.«

»Was? Warum?«

»Schon vergessen, was Officer Stankowski uns geraten hat? Hin und wieder unerwartet vorbeischauen? Und wenn Elyse uns den Zutritt verwehrt …«

»Dann können wir die Polizei einschalten.«

»Einen Versuch ist es wert«, sagte ich.

»Auf jeden Fall«, stimmte sie mir zu.

Elyse besprach etwas mit einem der Handwerker, die an der Fassade des Hauses arbeiteten, als ich in die Einfahrt bog. Sie trug ein T-Shirt und Bermuda-Shorts bis knapp über die Knie. Der Mann hatte einen gelben Helm auf, Elyse einen breitkrempigen Strohhut.

»Jodi … Tracy«, sagte sie und schirmte mit einer Hand die Augen ab, als sie auf uns zukam. »Wem oder was habe ich dieses unerwartete Vergnügen zu verdanken?«

Echt jetzt, fragte ich mich, als Tracy und ich ausstiegen. *Wie lange wollen wir uns noch gegenseitig etwas vorspielen?*

»Wir sind hier, um unseren Vater zu sehen«, sagte Tracy.

»Oh, das tut mir schrecklich leid. Er macht gerade ein kleines Nickerchen.«

Tracy blickte auf ihre Uhr. »Es ist drei.«

»Und da macht er meistens seinen Mittagsschlaf.«

»Er hat immer gesagt, Mittagsschlaf sei etwas für Weichlinge«, erklärte ich ihr.

»Nun, euer Vater ist bestimmt kein Weichling.« Elyse lächelte. »Aber er ist auch nicht mehr so jung, wie er mal war.«

»Ja. Seit eurer Hochzeit scheint er rapide gealtert zu sein.«

Das Lächeln in Elyses Gesicht verblasste.

»Wir können warten, bis er aufwacht.«

»Das könnte eine Weile dauern.«

»Verwehrst du uns den Zutritt zu unserem Vater?«, fragte Tracy.

Elyse riss die Augen auf, als hätte Tracys Wortwahl in

ihrem Kopf ein Alarmglöckchen läuten lassen. Sie zögerte, dann kehrte das Lächeln auf ihre Lippen zurück, auch wenn es ihre Augen nicht mehr erreichte. »Natürlich nicht. Warum um alles auf der Welt sollte ich das tun?«

»Sag du es uns«, erwiderte Tracy.

»Ich bezweifle, dass ich euch Mädchen irgendwas sagen könnte.« Elyse wies mit dem linken Arm zur Haustür. »Nach euch.«

Unser Vater lag auf der Seite zum Fenster gewandt auf einer neuen elfenbeinfarbenen Steppdecke, die über das große Doppelbett gebreitet war, und schnarchte leise.

»Vic, Schatz«, gurrte Elyse förmlich, als wir das Zimmer betraten. »Aufwachen, Liebling. Schau, wer da ist!«

Unser Vater rührte sich. »Hä?«

»Deine Töchter sind gekommen, um dich zu besuchen, Schatz.«

Er richtete sich auf und wandte sich uns zu, sein ausgezehrtes Gesicht war eine Maske der Verwirrung. »Wer ist das?«, fragte er und blickte aus wässrigen Augen von Tracy zu mir und zurück.

»Wir sind's, Dad, Tracy und ich«, erklärte ich ihm. »Erkennst du uns nicht?«

»Natürlich erkennt er euch«, antwortete Elyse für ihn. »Er ist nur noch nicht ganz wach.«

»Natürlich erkenne ich euch«, plapperte mein Vater ihr nach wie ein Papagei. »Was wollt ihr?«

»Wir waren in der Gegend«, begann ich.

»Und da dachten wir, wir machen kurz Halt und sagen Hallo«, fügte Tracy hinzu. »Um zu sehen, wie es dir geht.«

»Mir geht es prima. Oder es *ging* mir zumindest prima, bis ihr mich geweckt habt.«

»Ich habe versucht, es ihnen zu erklären«, sagte Elyse.

»Hast du etwas dagegen, wenn wir ein paar Minuten allein mit unserem Vater sprechen?«, fragte ich.

»Ich fürchte *ja*«, sagte Elyse. »Wie ihr seht, reagiert euer Vater nicht gut auf Überraschungsbesuche.«

»Dad?«

»Ihr habt Elyse gehört. Ihr seid sehr unhöflich.«

»Entschuldigen Sie«, hörte ich einen Handwerker aus dem Erdgeschoss rufen. »Mrs Dundas? Könnte ich Sie kurz sprechen?«

Elyse zögerte.

»Nur zu«, ermutigte ich sie. »Wir gehen nirgendwohin.«

»Es dauert nur einen Moment«, erklärte sie unserem Vater. »Unternehmt nichts, was euren Vater aufregt«, fügte sie an mich gewandt hinzu und blickte mir mit einer stummen Warnung direkt in die Augen.

»Was ist los, Dad?«, fragte ich, sobald sie gegangen war.

»Ich weiß nicht, was du meinst.«

»Hast du mich gestern Nacht angerufen?«

»Habe ich das?« Sein Blick schweifte durchs Zimmer, als würde er versuchen, sich zu erinnern.

Wir verschwendeten kostbare Zeit. Elyse würde jeden Moment zurückkommen. Ich hatte keine andere Wahl, als direkt zur Sache zu kommen. »Soweit ich weiß, ist Elyse mit dir zu einem neuen Anwalt gegangen und bedrängt dich, dein Testament zu ändern und ihr eine Handlungsvollmacht zu übertragen.«

»Was?!«, fragte Tracy. »Woher weißt du das?«

Ich wischte ihre Frage beiseite. »Dad, hör mir zu. Es ist wichtig, dass du es irgendwie hinauszögerst, etwas zu unterschreiben ...«

»Warum sollte ich das tun?«, fragte er und fuhr sich erregt mit der Hand durch sein ungekämmtes Haar, während er sich anstrengte, seinen Blick zu fokussieren. »Was wollt ihr mir sagen?«

»Wir glauben, dass Elyse dich mit Medikamenten betäubt und du womöglich in Gefahr bist«, erklärte ich ihm, als ich Elyses Schritte auf der Treppe hörte. »Du musst die Polizei anrufen.«

»Die Polizei?!«

»Alles in Ordnung hier drinnen?«, fragte Elyse, als sie den Raum betrat. Ihr Blick schoss zwischen meinem Vater, Tracy und mir hin und her.

»In allerbester Ordnung«, antwortete Tracy.

»Das höre ich gern«, sagte Elyse. »Und nun, denke ich, es ist Zeit, dass ihr Mädchen euch wieder auf den Weg macht und eurem Vater ein wenig Ruhe gönnt, wenn ihr nichts dagegen habt.«

»Was denkst *du*, Dad?«, fragte ich.

Er blickte von Tracy zu mir, zu Elyse und wieder zu mir. »Ich denke, ihr solltet gehen«, sagte er.

KAPITEL DREIUNDSECHZIG

»Was war das von wegen einem neuen Anwalt?«, wollte Tracy wissen, als wir wieder in meinen Wagen stiegen.

»Warte«, erwiderte ich und setzte rückwärts aus der Einfahrt, weil ich möglichst viel Abstand zwischen uns und das Haus legen wollte, bevor ich irgendwas sagte, während ich gleichzeitig überlegte, wie ich erzählen konnte, was ich wusste, ohne Ronald Millers Vertrauen zu verraten. »Hör zu«, erklärte ich meiner Schwester, als wir etliche Blocks entfernt waren. »Es ist unwichtig, woher ich es weiß. Wichtig ist, *dass* ich es weiß.«

»Und du weißt mit Sicherheit, dass Elyse Dad zu einem neuen Anwalt geschleppt hat und ihn unter Druck setzt, ihr eine Handlungsvollmacht zu erteilten und sein Testament zu ändern?«

»Ja.«

Sie schwieg einen Moment, während sie die Neuigkeit verdaute. »Weiß Elyse, dass du es weißt?«

»Nicht, wenn Dad es ihr nicht erzählt.«

»Glaubst du, dass er das tun wird?«

»Ich habe keine Ahnung. Ich weiß nicht genau, wie viel von dem, was wir gesagt haben, überhaupt zu ihm durchgedrungen ist.«

»Glaubst du, er wird die Polizei anrufen?«

Ich zuckte die Schultern.

»Kann ich dich noch etwas fragen?«

»Kann ich dich aufhalten?«, fragte ich zurück, und wir lächelten beide.

»Warum bist du so besorgt um Dads Wohlbefinden? Ich meine, ich weiß, warum *ich* es bin. Ich bin ein eigensüchtiges, verwöhntes Gör und will nicht, dass mein Erbe Elyse in die Hände fällt. Aber ich glaube nicht, dass es dir ums Geld geht. Worum dann?«

»Ich verstehe die Frage nicht«, erklärte ich ihr aufrichtig. »Ich mache mir Sorgen um Dad. Er ist mein Vater, und ich liebe ihn.«

»Warum?«

»Wie meinst du das?«

Sie drehte ihren ganzen Körper in meine Richtung und runzelte verwirrt die Stirn. »Was gibt es da zu lieben?«

Ihre Frage traf mich unvorbereitet. »Ernsthaft?«

»Ernsthaft. Was liebst du an ihm? Außer dass man seinen Vater lieben soll. Wann hat er zum letzten Mal etwas auch nur halbwegs Nettes zu dir gesagt?«, fuhr sie fort, als mir keine Antwort einfiel.

Über die Antwort auf diese Frage musste ich nicht lange nachdenken. Die Wahrheit war, dass ich den ganzen Tag hier sitzen und vergeblich versuchen könnte, mich an ein Kompliment zu erinnern, das mein Vater mir irgendwann gemacht hatte. »Ich gebe zu, er macht es einem nicht leicht, aber …«

»Er ist ein elender, egozentrischer Mistkerl.«

»Er hat sich all die Jahre um Mom gekümmert«, wandte

ich ein und fragte mich, warum ich mich anstrengte, ihn zu verteidigen. »Er hat aufgehört zu arbeiten, damit er sie zu Hause pflegen konnte …«

»Soll das ein Witz sein? Er hat es genossen. Ihr Zustand hat ihm die totale Kontrolle gegeben. In den letzten Jahren war Mom mehr seine Gefangene als seine Frau.«

»Das ist nicht fair.«

»Wer sagt, dass die Wahrheit fair sein muss?«

Darauf hatte ich keine Antwort.

»Vermisst du sie?«, fragte Tracy.

»Ich vermisse die *Vorstellung* von ihr«, antwortete ich ehrlich. »Und du?«

Sie zuckte die Schultern. »Eigentlich nicht.«

»Sie hat dich vergöttert«, erinnerte ich sie.

»Nur weil sie in mir sich selbst gesehen hat. Dad ist genauso. Ich bin die Summe ihrer schlechtesten Eigenschaften.«

Ich schüttelte den Kopf. »Du bist kein bisschen wie die beiden.«

Sie lächelte. »Da bin ich mir nicht so sicher.«

Ich fasste ihre Hand. »Aber ich.«

Ich setzte Tracy bei ihrer Wohnung ab und fuhr kurz im Büro vorbei, um mich auf den neusten Stand zu bringen, obwohl ich das auch problemlos per Telefon hätte erledigen können. Aber ich hatte es offen gestanden nicht eilig, nach Hause zu kommen. Harrison würde seinen Kurs unterrichtet und anschließend die Kinder im Ferien-Camp abgeholt haben. Er würde seine E-Mails abgerufen haben.

»Was willst du wegen Harrison machen?«, hatte Tracy

mich noch einmal gefragt, als wir vor ihrem Haus hielten, als hätte sie meine Unentschiedenheit gespürt.

»Ich weiß nicht«, gab ich zu. »Was würdest du machen?«

»Ich? Ich würde wahrscheinlich seinen Du-weißt-schon-was abschneiden und an die Tauben im Park verfüttern.«

»Reizend. Danke für den Rat.«

»War mir ein Vergnügen«, sagte sie beim Aussteigen. »Ruf mich an, wenn du Hilfe brauchst, um ihn festzuhalten.«

Ich hörte Harrison schon, bevor ich die Haustür erreichte.

»Hallo? Harrison? Was ist denn das für ein Geschrei?«, fragte ich, als ich den Flur betrat und zur Treppe ging.

»Ich habe nichts gemacht!«, hörte ich meinen Sohn irgendwo über mir rufen.

»Lüg mich nicht an!«, brüllte Harrison.

»Was ist denn los, mein Schatz?«, fragte ich, als Sam tränenüberströmt die Treppe heruntergerannt kam und sich förmlich in meine Arme warf.

»Ich habe nichts gemacht.«

Harrison erschien mit wutrotem Gesicht auf dem Absatz. »Von wegen nichts gemacht.«

»Mommy!«, rief Daphne, drängte sich an ihrem Vater vorbei und lief zu ihrem Bruder und mir am Fuß der Treppe.

»Was ist los?«, fragte ich noch einmal.

»Halt dich da raus«, warnte Harrison mich. »Und hör auf, sie zu verhätscheln. Sam, komm weg von deiner Mutter.«

Als Reaktion klammerte Sam sich noch fester an mich.

»Ich war es nicht«, schluchzte er in die Falten meines Rocks.

»Was?«

»Daddy sagt, Sammy hat seinen Computer kaputt gemacht«, erklärte Daphne.

Mir gefror das Herz in der Brust. »Was soll das heißen, er hat deinen Computer kaputt gemacht?«

»Der kleine Scheißer hat die Hälfte meiner Mails gelöscht«, tobte Harrison.

Ein Zittern erfasste meinen gesamten Körper. Der Gedanke, dass Harrison Sam die Schuld für meine Tat geben könnte, war mir überhaupt nicht gekommen.

»Wie oft habe ich den Kindern erklärt, dass sie mein Arbeitszimmer nicht betreten und schon gar nicht in die Nähe meines Computers kommen sollen?«

»Wir waren nicht im Arbeitszimmer!« Sam schüttelte so heftig den Kopf, dass seine Tränen durch die Luft flogen wie verirrte Regentropfen. »Ich schwöre.«

»Stopp!«, erklärte ich Harrison, als er die Treppe herunterkam. »Beruhige dich erstmal.«

»Sag mir nicht, dass ich mich beruhigen soll.«

»Dann erkläre mir, warum du glaubst, Sam hätte irgendwas mit deinen fehlenden E-Mails zu tun.«

»Wer sollte es sonst gewesen sein?«

»Wir haben in meinem Zimmer gespielt«, sagte Sam. »Wir waren nicht in deinem Arbeitszimmer.«

»Wir waren in Sams Zimmer«, wiederholte Daphne.

»Hör auf, für deinen Bruder zu lügen«, warnte Harrison sie.

»Wir lügen nicht!«, beharrte Sam. »Bitte, Mommy. Wir lügen nicht.«

»Ist schon gut, mein Schatz.«

»Es ist nicht gut«, fauchte Harrison. »Sag ihm nicht, dass es gut ist.«

»Ich habe Daddys Computer nicht angefasst«, beteuerte Sam.

»Ich weiß, mein Schatz.«

»Hör auf, ihn zu verteidigen«, befahl Harrison.

»Er hat deinen beschissenen Computer nicht angerührt!«, schrie ich. »Er hat deine beschissenen Mails nicht gelöscht!«

Daphne stockte der Atem. »Mommy hat ein böses Wort gesagt.«

»Woher zum Teufel willst du das wissen?«, fragte Harrison.

Ich straffte die Schultern und starrte meinem Mann direkt in die Augen. »Ich war es!«

KAPITEL VIERUNDSECHZIG

Nie hatte es sich so gut angefühlt, drei kleine Worte auszusprechen. »Fahr zur Hölle« kommt dem nicht ansatzweise nahe. Nicht einmal »Ich liebe dich« hat mich je mit dem gleichen Maß an schierer Befriedigung erfüllt, mit einem so puren Gefühl von Befreiung, wie ich es in diesem Augenblick erlebte. »Ich war es!«, prallte von den Wänden ab und erfüllte das Haus.

Man sagt, eine Beichte sei gut für die Seele.

Das ist nur ein Teil der Wahrheit.

In diesem Fall war sie auch gut für mein Herz, meine Selbstachtung und mein elementares *Selbstbewusstsein.*

»Was?« Harrison lief erst rot und dann weiß an, riss ungläubig die Augen auf und versuchte, die Implikationen meines Geständnisses zu begreifen.

»Ich habe deine beschissenen E-Mails gelöscht«, sagte ich noch einmal lauter, zum Teil, um sicherzugehen, dass Harrison mich verstanden hatte, aber vor allem, weil ich es einfach genoss, es auszusprechen. Ich wandte mich Sam und Daphne zu, die beide mit angehaltenem Atem dastanden. »Kinder, wie wär's, wenn ihr eine Weile im Garten spielen geht?«

»Hast du wieder eine Diskussion mit Daddy?«, fragte Daphne.

»Ja, mein Schatz, ich glaube schon.«

»Komm, Daphne«, drängte Sam, fasste den Arm seiner Schwester und führte sie eilig durch die Küche zur Hintertür.

Ich wandte den Blick nicht von meinem Mann, während wir darauf warteten, dass die Tür geschlossen wurde.

»Du hast meine Mails gelöscht«, sagte Harrison, als ob er noch immer verarbeiten musste, was das zu bedeuten hatte.

»Deine *beschissenen* Mails. Ja, das habe ich definitiv.«

»Das verstehe ich nicht.«

»Ich denke schon.«

»Du hast dir Zugang zu meinem Computer verschafft?«

»Na ja, ich musste mir nicht groß Zugang verschaffen. Er war im Ruhezustand. Ich musste ihn bloß zum Leben erwecken.«

»Wann? Warum?«

»Gestern Nacht. Nachdem wir wieder ins Bett gegangen waren. Irgendwas hat sich einfach nicht richtig angefühlt, also habe ich gewartet, bis du eingeschlafen bist, und bin dann zurück in dein Arbeitszimmer gegangen, um nachzusehen.«

»Dazu hattest du kein Recht.«

»Im Ernst? Du willst über mich diskutieren?«

»*Du* bist diejenige, die mein E-Mail-Postfach durchsucht hat.«

»*Du* bist derjenige, der eine Affäre hat!«

»Hör zu. Ich weiß nicht, was du glaubst, gesehen zu haben …«

»Oh, ich glaube gar nichts. Ich *weiß*, was ich gesehen und gelesen habe. *Lieber Harrison … zähle die Tage, bis wir wie-*

der zusammen sind ... Du bist die Beste ... Gestern Abend war wundervoll ... Ich fand es toll, deinen Freund John kennenzulernen. Und dann die Fotos von eurer *magischen* Reise nach Whistler. Korrigiere mich, wenn ich mich irre, aber ich glaube, diese magische Reise hat kurz nach dem Tod meiner Mutter stattgefunden. Wie rücksichtslos von ihr, dass sie deine Pläne beinahe ruiniert hätte, indem sie gestorben ist«, fuhr ich fort und hätte mich jetzt auch nicht mehr bremsen können, wenn ich es versucht hätte. »Besonders gut hat mir die Aufnahme von dir und Wren beim Frühstück im Bett gefallen. Sie weiß wirklich, wie man tolle Selfies macht, im richtigen Winkel und so. Ich kriege das nie hin ...«

»Okay, okay«, sagte Harrison. »Du hast deinen Punkt hinreichend deutlich gemacht.«

»Wie lange geht das schon?«, fragte ich.

»Auf die Diskussion will ich mich jetzt wirklich nicht einlassen.«

»Oh, du hast dich längst eingelassen. Wie lange schon?«

Er atmete langsam und vernehmlich aus. »Seit Prince Edward County.«

»Seitdem schlaft ihr miteinander?«

»Ich habe versucht, es abzubrechen ... eine Zeit lang haben wir uns nicht gesehen ...«

Wahrscheinlich um die Zeit, als unser Sexleben plötzlich aktiver und intensiver geworden war, begriff ich.

»Aber sie war so hartnäckig ...«

»Verstehe. Es war also alles *ihr* Werk.«

»Das habe ich nicht gesagt.«

»Nicht? So hat es sich nämlich angehört.«

»Warum musst du einem immer das Wort im Mund umdrehen? Wenn du ein bisschen verständnisvoller und weniger kritisch gewesen wärst …«

»Oh, jetzt ist es also *meine* Schuld?«

»Ich glaube, du musst zumindest einen Teil der Verantwortung annehmen.«

»Für *deine* Affäre? Das glaube ich nicht.«

»Versuch nur einen Moment lang, das Ganze aus meiner Perspektive zu sehen, ja? Du verdienst das Geld, deshalb triffst du die Entscheidungen. Du verdienst das Geld, deshalb ist deine Karriere wichtiger als meine. Du verdienst das Geld, deshalb haben deine Termine Vorrang vor meinen. Derweil darf ich die Mahlzeiten zubereiten, auf die Kinder aufpassen …«

»Das ist lächerlich. Ich bereite genauso viele Mahlzeiten zu wie du; ich kümmere mich genauso um die Kinder …«

»Du hast kein Verständnis dafür, wie es ist, stundenlang auf den leeren Bildschirm zu starren«, unterbrach er mich, »um etwas von Wert zu schaffen und die Erwartungen der Menschen zu erfüllen.«

»Wrens Erwartungen hast du offenbar ganz gut erfüllt.«

»Sie hat mir das Gefühl zurückgegeben, ein Mann zu sein und kein beschissener Haushälter. Und ja, ich gestehe, dass ich es genossen habe, mich ausnahmsweise mal begehrt und geschätzt zu fühlen. Ist das so verkehrt?«

»Ich habe dich immer begehrt und geschätzt.«

»Wirklich? Wenn du nur halb so viel Zeit darauf verwendet hättest, mich zufriedenzustellen statt deinen Vater …«

»Das ist völliger Quatsch, und das weißt du auch.«

»Ach ja?«, fragte er. »Wo warst du denn heute Nachmittag? Ich weiß, dass du nicht im Büro warst, weil ich versucht habe, dich dort zu erreichen, um dir zu sagen, dass ich mich verspätet hatte, und dich zu fragen, ob du die Kinder im Camp abholen könntest. Man hat mir erklärt, dass du um eins gegangen seiest. Wo warst du? Nein, sag es mir nicht. Lass mich raten. Du hast Daddy besucht.«

»Deine schmutzige kleine Affäre hat nichts mit mir oder meinem Vater zu tun.«

»Aber ich habe recht, oder?« Er schüttelte den Kopf. »Wenn du nur die Hälfte der Energie für mich und unsere Familie aufgewendet hättest, die du für …«

O Scheiße! Geht das wieder los. »Wir reden hier nicht von mir«, unterbrach ich die vertraute Litanei. »Wir reden von dir und der Tatsache, dass du seit dem letzten Sommer eine Affäre hast, noch dazu mit einer deiner Studentinnen. Wir reden davon, dass du ein Lügner, ein Betrüger und ein komplettes Riesenarschloch bist.«

Er schüttelte den Kopf. »Fühlst du dich besser, wenn du mich beschimpfst?«

»Doch, schon«, gab ich zu. »Ja.«

Eine gefühlte Ewigkeit standen wir uns gegenüber und sahen uns mit mordlustigen Blicken an.

»Und was ist jetzt?«, fragte er schließlich.

»Ich weiß nicht.«

Die Hintertür wurde geöffnet. »Können wir wieder reinkommen?«, fragte Sam. »Es fängt an zu regnen.«

Ich blickte zu dem Fenster zur Straße hinaus und sah dicke Tropfen gegen die Scheibe platschen. *Die Elemente bilden unsere Gefühle nach*, dachte ich. *Die Vermenschlichung der Natur*, wenn ich mich korrekt an meinen Literaturkurs erinnerte. *Allzu* menschlich. »Natürlich könnt ihr reinkommen«, erklärte ich meinem Sohn.

»Ist Daddys und deine Diskussion zu Ende?«, fragte Daphne.

»Ja, sie ist beendet«, antwortete ich und fragte mich, ob das auch für unsere Ehe galt.

»Dürfen wir fernsehen?«

»Klar. Guckt oben in Mommys Zimmer. Okay?«

»In Mommys Zimmer?«, fragte Harrison, während die Kinder die Treppe hinauf verschwanden.

»Ich halte es für das Beste, wenn du hier unten schläfst, bis wir alles geklärt haben«, erklärte ich ihm.

Er nickte. »Macht es irgendeinen Unterschied, wenn ich dir sage, dass ich sie nicht liebe und dass ich die Affäre ein für alle Mal beenden werde?«

Machte es das? »Ich weiß nicht«, antwortete ich und dachte an meine eigene Affäre. *Hatte ich das Recht, andere zu verurteilen?* »Ich weiß es nicht.«

KAPITEL FÜNFUNDSECHZIG

In den nächsten beiden Wochen änderte sich nicht viel. Ich arbeitete weiter fleißig. Harrison unterrichtete weiter fleißig. Wir brachten abwechselnd die Kinder zu ihrem Sommer-Camp und holten sie wieder ab. Wir aßen jeden Abend zusammen. Wir gaben uns größte Mühe, höflich zu sein, und sprachen uns nur selten direkt an. Harrison schlief immer noch auf der Couch.

Tracy und ich wechselten uns mit unangekündigten Besuchen bei meinem Vater ab, obwohl diese Visiten bald ihr Überraschungsmoment verloren hatten. Wir bogen in die Einfahrt, wo Elyse uns an der Tür erwartete, während unser Vater jedes Mal entweder schlief, gerade aufgewacht war oder sich demnächst hinlegen wollte. Elyse wich nie von seiner Seite, der sprichwörtliche Stachel in unserem Fleisch.

Unser Vater war entweder stumm, verwirrt, mürrisch oder fügsam, was am beunruhigendsten war. Er hatte Momente der Klarheit, doch sie wurden immer seltener. War irgendetwas von dem, was ich zu ihm gesagt hatte, zu ihm durchgedrungen?

»Wann warst du zum letzten Mal beim Arzt?«, fragte ich ihn bei einem dieser Besuche.

»Dein Vater wurde im vergangenen Monat komplett

durchgecheckt«, antwortete Elyse. »Er erfreut sich bester Gesundheit. Der Arzt hat gesagt, für sein Alter sei er in exzellenter Verfassung.«

»Wirklich? Dr. Abramson hat gesagt, dass alles okay ist?«

Mein Vater sagte nichts. Der leere Ausdruck in seinen Augen verriet, dass er keinen Schimmer hatte.

»Dein Vater ist jetzt bei Bryce Carter«, sagte Elyse.

»Wer zum Teufel ist Bryce Carter?«

»Er ist mein Arzt. Wir fanden, dass es nicht sinnvoll ist, zwei verschiedene Ärzte zu konsultieren und dafür zweimal in die Stadt zu fahren.«

Mühsam verdaute ich diese Neuigkeit. »Aber du bist schon seit Jahren bei Dr. Abramson«, sagte ich zu meinem Vater. »Er kennt deine Vorgeschichte. Ich bezweifle, dass es eine gute Idee ist, jetzt den Arzt zu wechseln.«

»Dich hat niemand gefragt«, erwiderte er gereizt.

»Aber …«

»Ende der Diskussion.«

Elyse lächelte. »Du musst dir nicht so viele Sorgen machen, Jodi. Dein Vater ist erwachsen und durchaus in der Lage, seine eigenen Entscheidungen zu treffen.«

»Das scheint mir eher *deine* Entscheidung gewesen zu sein als seine.«

»Unsinn. Vic hat durchaus seinen eigenen Willen. Nicht wahr, Schatz?«

»Verdammt richtig.«

Es war offensichtlich, dass mein Vater es selbst in seinem geschwächten Zustand nicht ertrug, wenn seine Autorität infrage gestellt wurde. Elyse wusste ganz genau, wie sie ihn manipulieren konnte.

»Nun reg dich nicht wieder auf«, ermahnte sie ihn. »Ich bin sicher, Jodi meint es nur gut. Ich denke, du solltest jetzt besser gehen«, fügte sie mit fast geschlossenen Lippen flüsternd an mich gewandt zu. Eine Minute später begleitete sie mich zur Tür. »Aber du bist selbstverständlich jederzeit eingeladen, wieder reinzuschauen.«

Zu Hause suchte ich eingedenk Tracys vorherigem Tadel im Internet nach einem Dr. Bryce Carter.

Erstaunlicherweise gab es im Großraum Toronto zwei Bryce Carters. Der eine war vereidigter Buchprüfer, womit er ausschied. Der andere nannte sich »Gesundheitspraktiker«. Nicht wirklich ein Arzt, dachte ich, entschied jedoch, dass es trotzdem zwecklos war, Elyse in dieser Frage herauszufordern. Stattdessen notierte ich es in dem Tagebuch, das ich zu führen begonnen hatte. Würde es als Beweis anerkannt werden, fragte ich mich.

Beweis wofür?

Ein paar Tage später war ich im Büro, als die Empfangssekretärin den Kopf hereinsteckte. »Entschuldigen Sie die Störung«, begann sie. »Da ist ein Mann am Telefon, der verlangt, Sie zu sprechen. Er will seinen Namen nicht nennen, aber er ist sehr beharrlich. Ich wusste nicht, ob ich ihn durchstellen soll.«

»Tun Sie das«, wies ich sie an und nahm behutsam den Hörer ab.

Ich erkannte den abgerissenen Atem meines Vaters sofort. »Dad, bist du das? Was ist los?«

»Du musst irgendwas machen«, flüsterte er.

»Worum geht es?«

»Sie besteht darauf, dass ich die Papiere unterschreibe.

Sie sagt, wenn ich sie nicht unterschreibe, verlässt sie mich. Dann bin ich allein.«

»Du bist nicht allein. Du hast Tracy. Du hast mich. Wir finden eine andere Haushälterin.«

»Sie sagt, wenn ich nicht unterschreibe, verlässt sie mich«, wiederholte er, als hätte ich gar nicht gesprochen.

»Dann lass sie doch!«

»Das kann ich nicht machen. Sie wird ... O nein. Sie kommt. Ich muss Schluss machen.«

»Was soll das heißen? Was wird sie machen? Dad? Dad? Wo bist du?«

»Sie kommt. Ich muss Schluss machen.«

»Dad, warte! Ruf die Polizei an. Dad ... Dad!«

Ich blieb in der Leitung, bis ein Freizeichen die Stille ersetzte.

»War das Ihr Vater?«, fragte die Empfangssekretärin, als sie kurz darauf wieder auftauchte. »Ich habe seine Stimme gar nicht erkannt.«

Ich erkenne meinen Vater selbst nicht, dachte ich, ohne es laut zu sagen.

»Sollten wir die Polizei anrufen?«, fragte Tracy, nachdem ich ihr von dem Anruf erzählt hatte.

»Und was sollen wir sagen? Man wird uns bloß erklären, dass das eine Privatangelegenheit ist und sie nichts machen können, solange Dad nicht anruft und eine körperliche Misshandlung meldet.«

Ich telefonierte trotzdem mit der Polizei. Man sagte mir, dass das eine Privatangelegenheit sei und sie nichts machen könnten, solange unser Vater nicht anrufen und eine körperliche Misshandlung melden würde.

Ich verzeichnete den Anruf meines Vaters in meinem Tagebuch. Ein weiterer Beweis, doch allmählich befürchtete ich, dass es zu spät sein könnte, ehe irgendjemand ein Interesse an diesen Beweisen zeigte.

Zu spät wofür?

Hatte ich ernsthaft die Befürchtung, dass Elyse meinem Vater etwas antun könnte?

So viel wusste ich: Sie wollte, dass er sein Testament änderte, zweifelsohne um sie zur Alleinerbin zu machen. Und wenn das Haus erst einmal verkauft und der Handel besiegelt war, würde sie auch diesen Erlös einkassieren. Ich hatte wenig Zweifel, dass sie meinen Vater seit Monaten mit Medikamenten vollpumpte, ihm Beruhigungsmittel und weiß Gott was sonst noch verabreichte, um ihn schläfrig und leicht kontrollierbar zu machen.

Wozu war sie noch fähig?

Würde mein Vater einen ähnlich unglücklichen Unfall haben wie meine Mutter? Würde ich bei einem meiner Überraschungsbesuche seinen gebrochenen Körper am Fuße der Treppe vorfinden? »*Er war benommen von all den Schlaftabletten, die er geschluckt hatte*«, konnte ich Elyse unter Schluchzen der Polizei erklären hören. »*Ich habe ihn so oft gewarnt, er soll vorsichtig sein und nicht so viele nehmen. Aber er war so stur.*«

Würden sie sich dann für mein Tagebuch interessieren?

Ich schüttelte verzweifelt den Kopf. Und selbst wenn, meine Notizen waren keine Beweise, das war mir klar.

Es galt nach wie vor der Grundsatz *Im Zweifel für den Angeklagten*, und ich hatte nicht den geringsten Zweifel, dass Elyse mit allem davonkommen würde.

Inklusive Mord.

War sie das bereits?

Einer erledigt, noch einer übrig.

»Klopf, klopf«, sagte eine Stimme an der Tür. Ich drehte mich um und sah Stephanie, todschick in einem neongelben Jumpsuit, mit einem Lächeln, das sich von einer Seite ihres unnatürlich angespannten Gesichts bis zur anderen streckte.

Vor meinem inneren Auge blitzte ein Bild auf, wie ihre Lippen unvermittelt zurückschnappten wie ein Gummiband, sodass die oberste Reihe ihrer perfekten Veneers aus ihrem Mund purzelte wie eine Handvoll Smarties. Ich lächelte.

»Ich habe tolle Neuigkeiten«, sagte sie.

Ich wartete, und das Lächeln auf meinen Lippen gefror.

Sie warf die Hände in die Luft, als würde sie Glitzerkonfetti verstreuen. »Ich habe das Haus verkauft!«

KAPITEL SECHSUNDSECHZIG

»Was soll das heißen, sie hat das Haus verkauft?«, fragte Tracy, als ich sie anrief, um ihr die Neuigkeit zu berichten. »Ich dachte, es sollte erst morgen auf den Markt kommen.«

»Sie hat ein sogenanntes ›Bully Offer‹ erhalten.«

»Was zum Teufel ist das?«

»So nennt man es, wenn jemand ein bindendes, aber befristetes Angebot abgibt, bevor andere Angebote eingehen.«

»Darf man das?«

»Ja, darf man und hat man. Für den vollen verlangten Preis. Vertragsabschluss und Vollzug binnen dreißig Tagen.«

»Dreißig Tage? Ist das nicht ein bisschen kurzfristig?«

»Sehr. Aber die Käufer haben offenbar kleine Kinder und wollen vor dem Herbst einziehen.«

»Scheiße.«

»Genau.«

»Was machen wir jetzt?«

Kopfschüttelnd überlegte ich, wie oft wir uns diese Frage in den letzten Monaten gegenseitig gestellt hatten und wie oft wir auf dieselbe Antwort gekommen waren. »Ich habe keine Ahnung.«

»Wir dürfen nicht zulassen, dass sie damit durchkommt.«

»Ich wüsste nicht, wie wir sie aufhalten sollen.«

»Du musst mit Dad reden.«

Ich konnte nicht umhin, die Veränderung des Personalpronomens zu bemerken. »Das wird nichts nützen. Du weißt, ich hab es versucht.«

»Versuch es noch einmal.«

Ich versuchte es noch einmal.

»Wie ich höre, sind Glückwünsche angebracht«, sagte ich zu Elyse, als sie das Telefon abnahm.

»Ja«, stimmte sie mir zu. »Ist das nicht wundervoll? Offenbar hatten die Käufer das Haus schon seit einer Weile im Blick, und als sie gehört haben, dass es verkauft werden soll … nun, sie haben uns ein Angebot gemacht, das wir nicht ablehnen konnten.« Sie lachte.

»Kann ich meinen Vater sprechen?«

»Oh, das tut mir schrecklich leid. Er ruht sich gerade aus. Die Aufregung des Verkaufs …«

»Wirklich, Elyse?«, sagte ich, weil ich nicht in der Stimmung für ihre Spielchen war. »Willst du mich zwingen, dich mit einem weiteren Besuch zu überraschen?«

»Einen Moment«, sagte sie. Jede Spur von Freundlichkeit in ihrem Ton war verschwunden. »Ich werde sehen, ob ich ihn noch erwische, bevor er sich hinlegt.«

»Mach das.«

»Vic, Schatz«, hörte ich sie rufen. »Jodi ist am Telefon, Liebling. Sie möchte dir zum Verkauf des Hauses gratulieren.«

Zwei Minuten später hörte ich ihn zum Telefon schlurfen.

»Dad?«, fragte ich, als ich seinen Atem vernahm.

»Ja.« Das einzelne Wort vibrierte vor Ungeduld.

»Wie geht es dir?«

»Ich bin müde.«

»Sag ihr, dass du dich gerade hinlegen wolltest«, wies Elyse ihn im Hintergrund an.

»Ich wollte mich gerade hinlegen.«

»Stephanie hat mir erzählt, dass du das Haus verkauft hast.«

»Wir haben das Haus verkauft«, sagte er.

»Bist du sicher, dass du das wolltest?«

»Was soll das heißen?«

»Bist du sicher, dass du das Haus verkaufen wolltest?«

»Natürlich bist du sicher«, sprach Elyse ihm vor.

»Natürlich bin ich sicher«, sagte mein Vater.

»Es geht schrecklich schnell. Hast du dir das gut überlegt?«

»Du willst doch nicht das Urteilsvermögen deines Vaters anzweifeln, meine Liebe, oder?«, fragte Elyse.

»Vollzug in dreißig Tagen lässt euch nicht viel Zeit, etwas anderes zu finden«, wandte ich ein, bevor mein Vater sich empören konnte.

»Wir haben sogar vielleicht schon etwas anderes gefunden«, sagte Elyse. »Eine reizende Eigentumswohnung am Wasser. Mein Sohn – ich bin sicher, du erinnerst dich an Andrew. Ich weiß, dass er große Stücke auf dich hält. Also, er hat bei einem seiner Besuche in einer charmanten Airbnb-Wohnung übernachtet und erzählt, dass die Besitzer eventuell interessiert seien zu verkaufen. Und wenn das nicht klappt«, fuhr sie fort, und ihr selbstzufriedenes Lächeln triefte förmlich durch die Leitung, »kann Stephanie bestimmt etwas Passendes für uns finden.«

»Dad …«

»Ich fürchte, er ist wieder ins Bett gegangen. Vorsicht auf der Treppe, Liebling«, rief sie. »Ich weiß ehrlich gesagt nicht, was ich mit dem Mann machen soll. Er ist dieser Tage nicht mehr so sicher auf den Beinen, weigert sich jedoch rundweg, den Fahrstuhl zu benutzen.«

»Ich warne dich, Elyse«, sagte ich. »Wenn meinem Vater irgendwas zustößt …«

»Auf Wiedersehen, Jodi. Einen schönen Abend noch.«

In jener Nacht klingelte mein Telefon um kurz nach zwei.

Ich wurde aus einem unangenehmen Traum gerissen, in dem ich mich gerade in einem Kleiderschrank vor einem Serienmörder verbarg, als das Handy in meiner Tasche klingelte und mein Versteck verriet. Nach dem dritten Klingeln begriff ich, dass das Geräusch nicht zu meinem Albtraum gehörte, sondern vom Festnetztelefon auf meinem Nachttisch ausging. »Hallo? Dad?«, meldete ich mich, bevor es erneut klingeln konnte.

»Wer ist da?«, fragte mein Vater.

»Hier ist Jodi, Dad. Was ist los?«

»Wieso rufst du an?«

»Ich habe nicht angerufen, Dad. Du hast mich angerufen.«

»Wirklich?«

»Ja, Dad. Wo bist du? Wo ist Elyse?«

»Elyse schläft. Wieso rufst du an?«

»Ich habe nicht … Alles in Ordnung, Dad?«

»Ich will das Haus nicht verkaufen.«

»Dann verkauf es nicht«, sagte ich, schlagartig hellwach.

»Der endgültige Abschluss ist erst in einem Monat. Sag Stephanie, du hast es dir anders überlegt.«

»Stephanie?«, fragte er, als wüsste er nicht, wer das ist.

»Schon gut. Ich sage es ihr.«

»Du sagst es ihr?«

»Gleich morgen früh als Erstes. Dad?«, fragte ich und hörte, wie die Verbindung unterbrochen wurde. »Scheiße«, sagte ich, ließ mich aufs Bett plumpsen und den Hörer fallen.

»Jodi?«, fragte eine Stimme flüsternd aus dem Flur.

Ich drehte mich um und sah Harrison in der Tür stehen.

»Was ist los?«, fragte er.

»Nichts. Schon okay.«

»Es ist nicht okay«, sagte er und kam ins Zimmer. Er trug eine alte Schlafanzughose, sein Oberkörper war nackt und sein Haar zerzaust. »War das dein Vater? Ich dachte, ich hätte dich Dad sagen hören.«

Ich nickte. »Tut mir leid, wenn das Telefon dich geweckt hat.«

»Ich hab nicht geschlafen. Die Couch ist nicht die bequemste ...« Er kam zum Bett, hob den auf dem Boden liegenden Hörer auf und legte ihn auf die Gabel. »Möchtest du darüber reden?«

»Nein«, sagte ich, während eine Flut von Tränen über meine Wangen strömte. Was gab es zu sagen?

Er setzte sich neben mich aufs Bett. »Was kann ich machen?«

»Nichts. Es gibt nichts, was irgendjemand machen kann.«

»Ich kann dich in den Arm nehmen«, sagte er und streckte die Hand aus. »Wenn du mich lässt ...«

Es ist mir peinlich zuzugeben, dass ich in diesem Moment nichts mehr wollte, als von meinem Mann umarmt zu werden.

Ich ließ ihn.

KAPITEL SIEBENUNDSECHZIG

Der letzte Anruf kam zehn Tage später.

Es war kurz nach elf, und Harrison und ich machten uns gerade fertig fürs Bett. Ja, wir schliefen wieder im selben Bett, hatten aber noch nicht wieder miteinander geschlafen. Harrison hatte nichts weiter versucht, außer mich zu umarmen, und ich hatte ehrlich gesagt keine Ahnung, was ich machen würde, wenn er es versuchen würde.

Meine Gefühle für ihn waren komplett widersprüchlich: Ich hasste ihn; ich wollte, dass er weg war; ich wollte ihn in mir; er war ein Lügner und Betrüger; er war der Vater meiner Kinder.

Das ließ mich tatsächlich am meisten zögern.

Wollte ich meinen Kindern wirklich ihren Vater entziehen, einen Vater, den sie liebten? Und der sie ungeachtet seiner vieler Unzulänglichkeiten ebenfalls ehrlich liebte und bei allem Murren immer für sie da gewesen war?

Im Gegensatz zu *meinem* Vater.

Liebte mein Vater mich, fragte ich mich ständig. Hatte er mich *je* geliebt?

Ich habe meine Erinnerungen durchkämmt, um nur einen Anlass zu finden, bei dem er ein freundliches Wort zu mir gesagt hatte, aber so sehr ich mich bemüht habe, mir ist kein einziger eingefallen. »Benutzt die Worte, die ihr kennt«, habe ich meine Kinder immer ermutigt. Mein Vater hat viele Worte gemacht. Doch »Ich liebe dich« gehörte einfach nicht zu seinem Wortschatz.

Hatte ich meinem Vater je gesagt, dass ich *ihn* liebte? Vielleicht irgendwann einmal vor langer Zeit, wahrscheinlich in der Erwartung – oder Hoffnung, dass er mir das Gleiche sagte. *Liebte* ich ihn? Das hatte Tracy mich gefragt, und ich hatte darauf keine Antwort gewusst, die eine von uns beiden zufriedengestellt hätte. Sicher, ich *wollte* meinen Vater lieben. Oder wahrscheinlich fühlte ich mich *verpflichtet*, ihn zu lieben. Er hatte mir schließlich das Leben geschenkt und war in diesem Leben seit mehr als vierzig Jahren auf seine grimmige Art präsent. Nun, da er zu einem Schatten seines früheren Selbst reduziert war, schuldete ich ihm zumindest Loyalität. Ob ich ihn liebte oder nicht, ob er *mich* liebte oder nicht, ich hielt es für meine Pflicht, ihn zu beschützen.

»Scheiße«, murmelte ich, als das Telefon an jenem Abend klingelte. »Auf ein Neues.«

Es war mehr als eine Woche her, seit mein Vater zum letzten Mal angerufen hatte, mehr als eine Woche, seit ich ihm meinen letzten »Überraschungsbesuch« abgestattet hatte.

»Du musst nicht rangehen«, sagte Harrison, obwohl wir beide wussten, dass das keine Option war.

Ich atmete tief ein und nahm den Hörer ab. »Dad?«

»Hilf mir!«, rief mein Vater.

»O Gott. Was ist los?«

»Du musst mir helfen.«

»Wo ist Elyse?«

»Sie war so wütend. Sie … sie hat gedroht …«

»Sie hat dir gedroht? Bitte, Dad. Wähle den Notruf!«

»Nein! Nicht die Polizei!«

»Dad, hör mir zu …«

»Du musst vorbeikommen. Ich flehe dich an!«

»Okay. Okay«, erklärte ich ihm. »Ich bin gleich da.«

»Beeil dich!«

»Das kann nicht dein Ernst sein«, sagte Harrison, als ich den Hörer fallen ließ und zum Kleiderschrank rannte. »Du hast doch nicht ernsthaft vor, zu so später Stunde rüberzufahren.«

»Ich muss. Er ist verzweifelt.«

»Dann ruf die Polizei an.«

»Und was soll ich sagen?«, fragte ich und zog eine Jeans über mein Nachthemd.

»Irgendwas!«, antwortete Harrison.

Ich nickte, schnappte meine Handtasche und lief zur Treppe. »Ich habe keine Zeit. Mach *du* das.«

»Sei um Gottes willen vorsichtig«, rief er mir nach.

Die Fahrt zu meinem Vater ist in meiner Erinnerung komplett verschwommen. Ich bin den ganzen Weg gerast und habe dabei halb gehofft, dass ein Polizist mich anhalten und darauf bestehen würde, mich zum Haus meines Vaters zu begleiten, um meine Geschichte zu überprüfen.

Und was würde er dort vorfinden?

Einen streitlustigen, verwirrten, alten Mann, der keine Erinnerung daran hatte, seine Tochter angerufen zu haben, von einem Hilferuf ganz zu schweigen?

Eine scheinbar besorgte, liebevolle Ehefrau, die sich für das erratische Verhalten ihres Mannes und die bedauerliche Überreaktion seiner Tochter entschuldigte?

Aber niemand hielt mich auf. Ich bog in die Einfahrt meines Vaters, lief zur Haustür, voller Angst davor, was zur Hölle mich dahinter erwarten würde.

Das Haus war dunkel. Ich klingelte mehrmals. Niemand öffnete, also hämmerte ich mit der Faust gegen die Tür, trat schließlich frustriert dagegen und erschrak, als sie aufging.

»Dad?« Vorsichtig betrat ich die Halle. Das Geräusch meines Atems hallte von den Wänden wider. »Dad, wo bist du?«

Ich hörte ein Stöhnen von der Treppe, tastete nach dem Lichtschalter neben der Tür und machte das Deckenlicht an.

Das Erste, was ich sah, war ein Körper am Fuß der Treppe.

»O mein Gott!«, rief ich und dachte sofort an meine Mutter. Es musste ein weiterer jener verrückten Träume sein, die mich in letzter Zeit heimgesucht hatten. Das konnte nicht zwei Mal passieren, versicherte ich mir. *Das konnte überhaupt nicht passieren.*

In diesem Moment hörte ich wieder das Stöhnen, ein leises Klagen, das die ganze große Halle erfüllte. Ängstlich folgte mein Blick dem Geräusch bis zum oberen Treppenabsatz.

Mein Vater saß im Pyjama auf der obersten Stufe, klammerte sich nach vorn gekrümmt ans Geländer und starrte ins Leere.

Ich setzte widerwillig einen Fuß vor den anderen, als würde ich durch dickflüssigen Sirup waten.

Das passiert nicht wirklich. Wach auf, verdammt! Wach auf!

»Ist sie tot?«, fragte mein Vater, als ich mich neben den Körper kniete.

Noch bevor ich nach einem Puls an Elyses ausgestrecktem

Arm fühlte, wusste ich, dass sie hinüber war. Ihr Kopf war grässlich zur Seite verdreht, ihr Hals offensichtlich gebrochen. Ihre offenen Augen sahen nur den Tod.

»Wie … was …?«, begann ich, unfähig einen Gedanken, geschweige denn einen Satz zu Ende zu bringen.

»Ist sie tot?«, wiederholte mein Vater.

»Ja«, hörte ich mich sagen, und mein Blick schoss zu ihm. »Ist mit dir alles in Ordnung?«

»Ich konnte nicht anders«, murmelte mein Vater, als ich die Treppe hinaufstieg. »Sie hat mir keine andere Wahl gelassen.«

Ich setzte mich neben ihn, umarmte ihn, drückte ihn fest an mich und spürte seine knochige Gestalt unter dem weichen Baumwollstoff seines Pyjamas.

»Wieso bist du hier?«, fragte er plötzlich. »Wo ist Tracy?«

Ich war zu müde und benommen, um gekränkt zu sein. »Du hast *mich* angerufen, Dad.«

»Wirklich?«

»Was zum Teufel ist passiert?«

Er schüttelte den Kopf, als versuchte er, meine Frage zu begreifen. »Sie hat zu lange gebraucht, um zu sterben«, sagte er schließlich.

»Was?«

»Sie hätte schon vor Jahren sterben sollen«, fuhr er fort. »Aber sie hat sich an ihr Leben geklammert und sich geweigert aufzugeben.«

»Von wem redest du?«

»Ich habe mich all die Jahre um sie gekümmert. Elyse hat gesagt, ich hätte ein wenig Glück verdient.«

Nun war ich diejenige, die Mühe hatte zu begreifen, was

er sagte, was ich hörte. »Das verstehe ich nicht. Sprichst du von Mom?«

»Tracy?«

»Nein, Dad. Ich bin's, Jodi. Willst du sagen, dass Elyse etwas mit Moms Tod zu tun hatte und du sie die ganze Zeit geschützt hast? Willst du sagen, dass ... dass sie Mom ermordet hat?«

»Sie hat Medikamente in mein Essen getan«, sagte er, unvermittelt in die Gegenwart zurückgerissen. »Ich habe sie gewarnt, dass ich ihr auf der Spur war, dass ich wusste, dass sie es nur auf mein Geld abgesehen hat. Ich habe ihr erklärt, dass sie verschwinden soll. Sie ist wütend geworden. Sie hat gesagt, sie würde zur Polizei gehen und erzählen ...«

Ich begann am ganzen Körper zu zittern. »Was wollte sie der Polizei erzählen?«

»Dass ich es war. Dass ich Audrey aus dem Bett gezerrt und zur Treppe getragen habe, als ob ich das allein geschafft hätte ...«

Ich ließ meine Arme sinken.

»Was für ein Leben hatte deine Mutter noch?«, fragte er wütend. »Was für ein Leben hatte *ich* noch?«

In meinem Kopf hallten ferne Echos wider. Ich hörte meine Eltern, die sich auf dem Flur im ersten Stock anschrien. »Los. Schlag mich noch mal, du elender Mistkerl!« Ich spürte den Aufprall, als meine Mutter auf den Boden fiel, nachdem er zum zweiten Mal hingelangt hatte.

»Nein!«, sagte ich und versuchte, mir einzureden, dass mein Vater nicht klar bei Verstand war; er war so verwirrt von all den Medikamenten, mit denen Elyse ihn gefüttert hatte, dass er nicht wusste, was er redete.

Aber so sehr ich mich auch bemühte, tief im Innern kannte ich die Wahrheit: Mein Vater war absolut imstande zu solcher Gewalt. Mit Elyses Hilfe hatte er meine Mutter kaltblütig die Treppe hinuntergestoßen, als er es leid gewesen war, den Krankenpfleger zu spielen; und er hatte Elyse in den Tod gestoßen, als er ihrer Manipulationen überdrüssig geworden war und sie damit gedroht hatte, zur Polizei zu gehen.

»O Gott«, rief ich, als das Geräusch von Sirenen näher kam.

»Was heulst du hier rum?«, fragte mein Vater wütend, als vor dem Haus Wagentüren zugeschlagen wurden und Polizisten durch die Haustür platzten. »Wo ist Tracy?«

KAPITEL ACHTUNDSECHZIG

»Wow«, sagte ich und sah mich in dem vollen Buchladen um. »Nur noch Stehplätze. Beeindruckend.«

»Ziemlich erstaunlich«, stimmte Tracy mir zu.

»Das sind auf jeden Fall mehr als hundert Leute.«

»Es ist ein gutes Buch.«

»Stimmt«, bestätigte ich.

»Alles okay mit dir?«, fragte sie. »Du siehst ein bisschen nervös aus.«

»Bloß aufgeregt«, antwortete ich. »Mir geht es gut.«

Und das stimmte. Fast zwei Jahre sind seit den Ereignissen jener Augustnacht vergangen. Zwei Jahre voller Verwirrung, Tränen und Veränderungen, größeren und umwälzenden.

Mein Vater ist tot; er ist vor fünf Monaten den verheerenden Folgen eines Bauchspeicheldrüsenkrebses erlegen. Auch wenn manche sagen mögen, er hat bekommen, was er verdient hatte, bezweifle ich, dass ich irgendjemandem dieses spezielle Schicksal wünschen würde. Vielleicht hätte er einen hilfreichen Stoß eine Treppe hinunter dem langsamen, schmerzhaften Abgang vorgezogen, den er durchleiden musste.

Bevor er in die Palliativabteilung des Princess Margaret

Hospitals verlegt wurde, hatte er in einem Pflegeheim gelebt, nachdem die Polizei unter Hinweis auf seinen offensichtlich verwirrten Geisteszustand und das Fehlen von konkreten Beweisen darauf verzichtet hatte, wegen des Todes meiner Mutter gegen ihn zu ermitteln. Bezüglich Elyse behauptete mein Vater, in Notwehr gehandelt zu haben. Er blieb dabei, dass sie diejenige gewesen sei, die *ihn* angegriffen hatte. Und tatsächlich schienen alle »Beweise«, die ich in den Monaten davor gesammelt hatte, sowie mein Besuch in der Polizeizentrale diese Behauptung zu untermauern. In Anbetracht der Faktenlage, des Alters meines Vaters und seiner fraglichen Zurechnungsfähigkeit entschied man, dass eine Anklage gegen ihn wenig Sinn haben würde.

Ich weiß nicht recht, ob ich mit dieser Entscheidung einverstanden bin.

Alt, ja. Verwirrt, vielleicht. Unzurechnungsfähig, nie.

Am Tag seines Todes rief man mich aus dem Hospital an, um mich darüber zu informieren, dass er die Nacht wahrscheinlich nicht überleben würde, und ich bin hingefahren und habe an seinem Bett gesessen. Tracy lehnte es ab, mich zu begleiten, was sie mit ihrer bekannten Aversion gegen Krankenhäuser begründete. Ich war weder überrascht noch enttäuscht. Ich bin nach wie vor nicht ganz sicher, warum *ich* mir die Mühe gemacht habe.

Außer natürlich, dass der Mann trotz allem immer noch mein Vater war.

Also wollte ich ihm vielleicht eine letzte Chance geben, einer zu sein, wollte sehen, dass er meine Anwesenheit mit einem Lächeln zur Kenntnis nahm, wollte ihn meinen Namen sagen hören.

Jodi.

Das tat er natürlich nicht.

Und wieder war ich weder enttäuscht noch überrascht.

Manchmal überkommt mich noch ein stechendes Schuldgefühl. Schließlich war ich diejenige, die Elyse in unser aller Leben gebracht hat. Hätte ich das nicht getan, wäre vielleicht alles ganz anders gekommen. Meine Mutter und Elyse könnten noch leben. Mein Vater wäre kein Mörder.

Am Tag nach seinem Tod kündigte ich bei Dundas Immobilien. Das Testament unseres Vaters ließ Tracy und mich finanziell unabhängig zurück, sodass ich mir die dringend benötigte Zeit nehmen konnte zu entscheiden, was ich wirklich machen wollte. Und das war, wie ich nach kurzer Zeit herausfand, zurück zur Uni zu gehen, um Innenarchitektur zu studieren. Die Seminare beginnen im Herbst. Bis dahin habe ich hocherfreut die Einladung meiner Schwester angenommen, sie auf einer einmonatigen Tour durch Europa zu begleiten.

Die Kinder verbringen den Sommer bei ihrem Vater in Prince Edward County. Ja, wir sind geschieden.

Der letzte Nagel für den Sarg unserer Ehe war sein Zögern, seine Pläne für Prince Edward County in diesem Sommer aufzugeben. Ein kurzer Moment reichte aus, um mich davon zu überzeugen, dass unsere Ehe ein für alle Mal beendet war. *Weinroter Himmel* wurde im letzten Frühjahr veröffentlicht und war ein bescheidener literarischer und kommerzieller Erfolg. Hoffentlich dauert es nicht wieder zehn Jahre, bis Harrison seinen nächsten Roman fertig hat. Aber, hey, das ist nicht mehr meine Sorge. Er lebt jetzt mit Wren zusammen, und sie kann ihn gern behalten.

Ich weiß. Ich habe lange genug gebraucht.

Was Roger McAdams alias Andrew Woodley betrifft, haben wir nach Elyses Tod versucht, Kontakt mit ihm aufzunehmen, ihn jedoch unter beiden Namen nirgendwo gefunden. Er ist einfach verschwunden, zusammen mit seinem Facebook-Profil, und niemand hat je wieder etwas von ihm gehört. War er wirklich Elyses Sohn? Ihr Komplize? Vielleicht sogar ihr Liebhaber?

Wer weiß?

Wen kümmert's?

Er ist weg.

»Siehst du irgendjemanden, den du kennst?«, fragte Tracy und ließ den Blick über die Menge schweifen.

Ich suchte den Raum ab. »Keine Menschenseele«, sagte ich dankbar und blickte auf meine Uhr. »Es ist fast sieben.«

Ein Vertreterin des Verlages trat auf meine Schwester zu. »Sind Sie so weit?«, fragte sie.

Tracy drehte sich zu mir um. Sie trug ein hinreißendes, hellrosafarbenes Hemdkleid von Victoria Beckham, das sie vor diesem Event gekauft hatte. »Wie sehe ich aus?«

»Wie die bestgekleidete Bestseller-Autorin der Stadt«, antwortete ich aufrichtig.

»Du siehst auch ziemlich stylish aus.«

Ich trug ein blaues Chanel-Kostüm, das sie mir gekauft hatte, als die Verkaufszahlen ihres Romans durch die Decke gingen. »Dank dir.«

»Ich hab dir ja gesagt, was passiert ist, verfügt über alle Elemente eines guten Krimis«, sagte Tracy, als die Moderatorin des Abends auf das Podium trat und sich zum Mikrofon vorbeugte.

»Meine Damen und Herren«, verkündete sie und blickte auf die große Menge, »wir freuen uns sehr, heute Abend so viele Leserinnen und Leser begrüßen zu dürfen. Es ist uns eine große Ehre, Tracy Dundas zu Gast zu haben, die kurz vor ihrer ausverkauften Europatour für uns aus ihrem Bestseller *Die Haushälterin* lesen wird. Und ich habe noch eine großartige Neuigkeit für Sie – Tracy hat mir vorhin erzählt, dass ihr nächster Roman fast fertig ist.«

Das Publikum brach in spontanen Beifall aus.

»Natürlich wird Tracy im Anschluss signieren, wir werden Zettel verteilen, auf die Sie Ihren Namen schreiben können, wenn Sie eine persönliche Widmung wünschen. Und nun begrüßen Sie mit mir die Autorin des Spitzentitels der *New-York-Times*-Bestsellerliste, *Die Haushälterin* … Tracy Dundas.«

»Zeig's ihnen«, sagte ich.

Sie blieb stehen, drehte sich noch einmal um und fasste meine Hände. »Ich liebe dich, weißt du«, sagte sie.

»Ja, ich weiß«, sagte ich dankbar. »Ich liebe dich auch.«

DANKSAGUNG

Unglaublich, aber *Die Haushälterin* ist mein dreißigster Roman. Ich hatte nicht vorgehabt, so bald nach *Home, sweet home* ein weiteres Buch zu schreiben, doch dann kam die Pandemie. Da Reisen und normale Geselligkeit keine Option mehr waren, hatte ich unvermittelt nichts zu tun. Anfangs war das okay, weil ich zu viele Ängste hatte und mich schlecht auf irgendetwas konzentrieren konnte. Ich habe es kaum geschafft, ein Buch zu lesen, geschweige denn eins zu schreiben. Aber als die Monate sich hinzogen, formte sich allmählich eine Idee, und *Die Haushälterin* ist das Ergebnis. Und weil es keine Unterbrechungen gab, konnte ich das Buch in nicht einmal fünf Monaten beenden. Es ist einfach aus mir herausgeflossen! Wären doch alle Bücher so leicht!

Was sich seit der Pandemie nicht geändert hat, ist die lange Liste von Menschen, denen ich für ihren Beitrag bei der Entstehung dieses Buches zu danken habe, beginnend mit meinen ersten Lesern: Larry Mirkin, Beverly Slopen und Robin Stone. Ihre Kritik war erneut überaus wertvoll. Dank an meine fabelhafte Agentin Tracy Fisher und ihre Assistentin Sam Birmingham bei WME für ihre unermüdliche Arbeit zu meinen Gunsten. Ein großes Dankeschön an meine Lektorin Anne Speyer für ihr scharfes Auge und ihre gütigen Worte, und auch an den Rest des Produktionsteams bei Ballantine: Jesse Shuman, Jennifer Hershey, Kim Hovey, Kara Welsh, Derek Walls, Dennis Ambrose, Steve Messina, Courtney Mocklow und Emma Thomasch. Danke auch an alle bei Doubleday, Canada: Kristin Cochrane, Val Gow, Kaitlin Smith, Robin Thomas, Christina Vecchiato, Maria Golikova, Martha Leonard und meine liebenswürdige kanadische Lektorin Amy Black. Des Weiteren möchte ich meinen Verlegerinnen und Verlegern sowie meinen Übersetzerinnen und Übersetzern weltweit für den großartigen Job danken, den sie bei Übersetzung, Werbung und Vertrieb meiner Bücher machen. Möge unsere Verbindung noch lange weiterbestehen.

Ein ganz besonderer Dank an meine Familie, Freundinnen und Freunde und vor allem an meinen Ehemann, am 11. Januar 2022 seit achtundvierzig Jahren, der mich stets unterstützt. Ich glaube, es ist nicht immer leicht, mit mir verheiratet zu sein, und ich danke dir, dass du es ausgehalten hast und der klügste und ehrenwerteste Mann bist, den ich je gekannt habe.

Dank auch an meine prachtvollen Töchter Shannon und Annie dafür, dass sie zu wirklich wunderbaren jungen Frauen herangewachsen sind. (Shannon ist übrigens diejenige, die bei der Betreuung meiner Präsenz in den sozialen Medien einen Spitzenjob macht.) Und ein Hoch auf die Männer in ihrem Leben – Annies Ehemann Courtney und Shannons Freund Eric (den sie zu Beginn der Pandemie bei einem Spaziergang kennengelernt hat und mit dem sie seitdem zusammen ist). Und natürlich an die beiden kostbarsten Enkelkinder, die je gelebt haben, Hayden und Skylar, meine eigenen »süßen Zuckerschnecken«. Ihr bringt so viel Freude in mein Leben und helft mir außerdem, glaubwürdige Kinderfiguren für meine Bücher zu erschaffen.

Meiner Schwägerin Bessie verdanke ich die dringend benötigten Informationen darüber, was beim Kauf und Verkauf von Immobilien in Toronto eine Rolle spielt. Ich hoffe, ich habe alles richtig dargestellt. Wenn nicht, ist es mein Fehler, nicht ihrer.

Danke an meine Schwester Renee, mit der ich während dieses andauernden COVID-Albtraums beinahe tägliche stundenlange Spaziergänge gemacht habe. Ich freue mich darauf, diese Spaziergänge fortzusetzen, auch wenn – Daumen drücken – die Normalität zurückkehrt.

Danke an Corinne Assayag, die Frau, die meine Website entworfen hat und pflegt. Wir arbeiten jetzt schon sehr lange zusammen, und auch wenn wir an unterschiedlichen Küsten leben und uns nur selten sehen, bedeutet mir ihre anhaltende Unterstützung die Welt.

Und an meine eigene Haushälterin Mary, die mich mit Essen versorgt und meine Wohnung sauber hält. Gott sei Dank, dass du zurück bist!

Autorin

Joy Fielding gehört zu den großen Spitzenautorinnen Amerikas. Seit ihrem Psychothriller »Lauf, Jane, lauf« waren alle ihre Bücher internationale Bestseller. Joy Fielding lebt mit ihrem Mann und zwei Töchtern in Toronto, Kanada, und in Palm Beach, Florida.

Joy Fielding im Goldmann Verlag:

Blind Date • Home, sweet home • Solange du atmest • Die Schwester • Sag, dass du mich liebst • Das Herz des Bösen • Am seidenen Faden • Im Koma • Herzstoß • Das Verhängnis • Sag Mami Goodbye • Nur der Tod kann dich retten • Träume süß, mein Mädchen • Tanz, Püppchen, tanz • Schlaf nicht, wenn es dunkel wird • Nur wenn du mich liebst • Bevor der Abend kommt • Zähl nicht die Stunden • Flieh wenn du kannst • Ein mörderischer Sommer • Lebenslang ist nicht genug • Schau dich nicht um • Lauf, Jane, lauf!

(alle auch als E-Book erhältlich)